Y

TODO

ARDE

‣ **Título original:** *Bright We Burn*
‣ **Dirección editorial:** Marcela Luza
‣ **Edición:** Melisa Corbetto con Erika Wrede
‣ **Coordinación de diseño:** Marianela Acuña
‣ **Diseño de interior**: Tomás Caramella sobre maqueta
  de Silvana López
‣ **Diseño de portada:** Alison Impey
‣ **Arte de portada:** © 2017 Sam Weber

un sello de
V&R Editoras

Los derechos de traducción fueron gestionados por Taryn Fagerness Agency
y Sandra Bruna Agencia Literaria, SL.

MÉXICO:
Dakota 274, Colonia Nápoles, C. P. 03810,
Del. Benito Juárez, Ciudad de México
Tel./Fax: (5255) 5220–6620/6621 • 01800-543-4995
e-mail: editoras@vergarariba.com.mx

ARGENTINA:
San Martín 969 piso 10 (C1004AAS) Buenos Aires
Tel./Fax: (54-11) 5352-9444 y rotativas
e-mail: editorial@vreditoras.com

Primera edición: enero de 2019

ISBN: 978-607-8614-37-0

Impreso en México en Litográfica Ingramex, S. A. de C. V.
Centeno No. 162-1, Col. Granjas Esmeralda, C. P. 09810
Delegación Iztapalapa, Ciudad de México.

KIERSTEN WHITE

SAGA AND I DARKEN
-LIBRO TRES-

Y TODO ARDE

Traducción:
Graciela Romero

HUNGRÍA

TRANSILVANIA

Sighişoara

Hunedoara

Fortaleza
Poenari

VALA

ESTADO VASALLO DE
SERBIA

Río Danubio

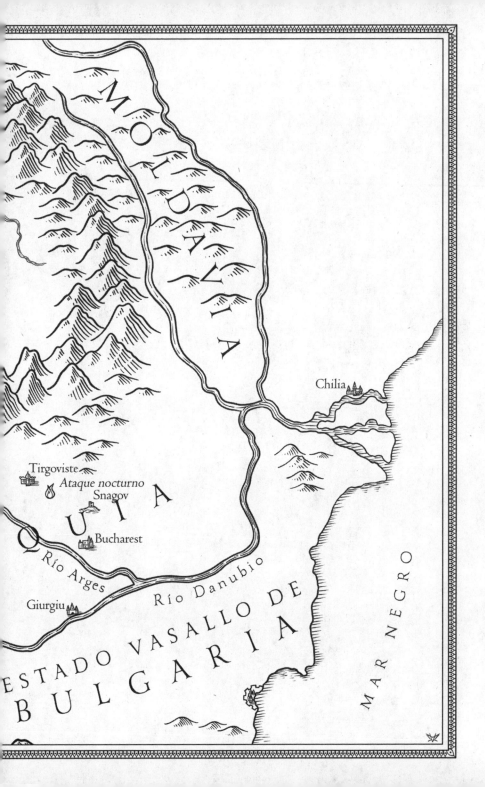

PARA WENDY LOGGIA, MI
QUERIDO RAYO DE SOL CON
FORMA HUMANA, QUIEN DESDE EL
PRINCIPIO VIO LO QUE ESTOS LIBROS
LLEGARÍAN A SER Y ME AYUDÓ EN
CADA PASO DEL CAMINO.

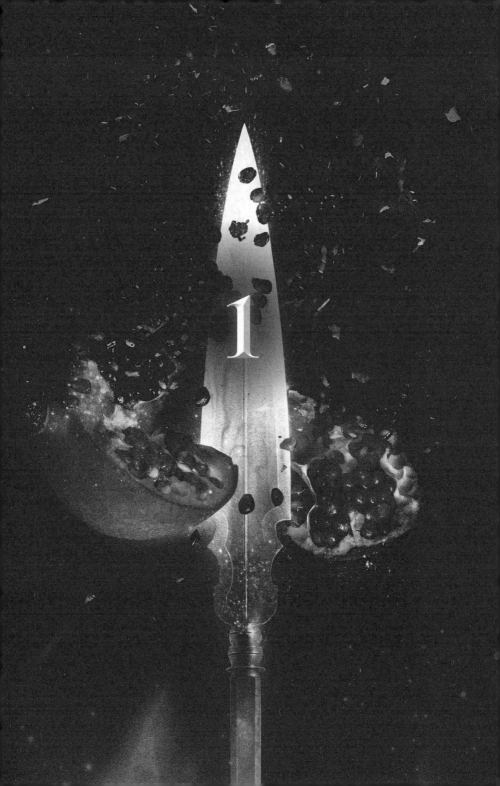

1

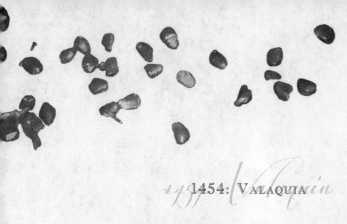

1454: Valaquia

Lada Dracul había hecho todo lo necesario para llegar al castillo.

Eso no significaba que quisiera estar dentro de él. Era un alivio escapar de la capital. Entendía la necesidad de tener una sede del poder, pero odiaba que esta fuera Tirgoviste. No podía dormir en esas habitaciones de piedra, tan vacías pero a la vez abarrotadas por los fantasmas de todos los príncipes que estuvieron antes que ella.

Como aún le faltaba mucho camino antes de llegar con Nicolae, Lada planeó acampar esa noche. La soledad cada vez era más preciada, y también otro recurso del que ella tristemente carecía. Pero un pequeño pueblo lejos del helado camino la llamó. Durante uno de los últimos veranos antes de que ella y Radu fueran entregados a los otomanos, habían viajado por este mismo camino con su padre. Fue una de las temporadas más felices de su vida. Aunque ahora era invierno, la nostalgia y la melancolía la invitaron a alentar su paso hasta que decidió quedarse.

Afuera del pueblo, pasó unos fríos minutos poniéndose ropa más común que su típica selección de pantalones y túnicas negras. Eran lo suficientemente notorias como para arriesgarse a ser reconocida. Se puso falda y una blusa, pero con cota de malla debajo. Eso siempre. Para el ojo poco entrenado, no había nada que la distinguiera como príncipe.

Encontró alojamiento en una cabaña de piedra. Como no había suficiente espacio para plantar como para que a los boyardos les interesara, los campesinos podían tener pequeñas tierras para ellos. No eran suficientes para que se enriquecieran, pero les alcanzaba para sobrevivir. Una mujer mayor sentó a Lada junto al fuego y le dio pan y estofado en cuanto las monedas cambiaron de manos. La mujer tenía una hija, una cosilla pequeña que vestía ropas demasiado grandes y remendadas.

Además tenían un gato, el cual, pese a la profunda indiferencia que le profesaba Lada, insistía en frotarse contra su pierna mientras ronroneaba. La niñita se sentó muy cerca.

—Mi gata se llama Príncipe —dijo la niña, rascándole una oreja a la gata.

—Qué nombre más raro para una gata —contestó Lada enarcando una ceja.

La niña sonrió, mostrando todas las separaciones infantiles entre sus dientes.

—Pero ahora los príncipes también pueden ser niñas.

—Ah, sí —Lada intentó no sonreír—. Dime, ¿qué opinas de nuestro nuevo príncipe?

—Nunca la he visto. Pero ¡quisiera hacerlo! Creo que debe ser la chica más bonita del mundo.

Lada hizo un sonido burlón al mismo tiempo que la mamá de la niña. La mujer se sentó en una silla frente a Lada.

—He oído que no es especialmente atractiva. Y qué bueno. Quizás eso la salve del matrimonio.

—¿Oh? —Lada removió su estofado—. ¿No cree que debería casarse?

—Viniste sola. ¿Una mujer? ¿Viajando sola? Hace un año una cosa así hubiera sido imposible. Durante la última cosecha pudimos llevar nuestros cultivos a Tirgoviste sin pagarles a los ladrones cada cinco kilómetros —dijo la mujer acercándose a ella con gesto de intensidad—. Ganamos el doble del dinero que solíamos conseguir. Y mi hermana ya no tiene que enseñarles a sus hijos que finjan ser idiotas para evitar que se los lleven a las malditas tropas jenízaras del sultán.

Lada asintió, como si no estuviera segura de estar de acuerdo.

—Pero el príncipe mató a muchos boyardos. He escuchado que es terrible.

La mujer soltó un resoplido y sacudió la mano con desdén.

—¿Qué hicieron los boyardos por nosotros? Ella tenía sus razones. Escuché que… —se acercó con un movimiento tan rápido y con tal fuerza que la mitad de su estofado se derramó sin que ella se diera cuenta—. Escuché que le da tierras a cualquiera. ¿Te lo imaginas? No hace falta tener un apellido importante ni ser de linaje boyardo. Se las da a quienes las merecen. Así que espero que nunca se case. Espero que viva cien años con ese fuego y bebiendo la sangre de nuestros enemigos.

La niñita tomó a la gata y se la puso en el regazo.

—¿Has escuchado la historia del cáliz dorado? —preguntó, y sus ojos se iluminaron.

—Cuéntamela —dijo Lada sonriendo.

Y así, Lada escuchó nuevas historias sobre ella misma de su propia gente. Eran exageradas y extremas, pero estaban basadas en cosas que realmente hizo, y en las formas en que mejoró *su* país para *su* gente.

Esa noche, Lada durmió bien.

· · · ·

—¿Sabías —dijo Lada, observando el pergamino en su mano— que para resolver una disputa entre dos mujeres que peleaban por un niño, corté al niño a la mitad y le di una parte a cada una?

—Eso fue muy pragmático de tu parte —Nicolae había cabalgado hasta el camino para encontrarse con ella. Ahora estaban lado a lado, con sus caballos paseando entre los árboles cubiertos de hielo. Extrañamente, aunque este invierno era preferible al anterior, Lada extrañaba la camaradería de acampar como fugitiva junto a sus hombres. Ahora estaban cada uno por su parte. Todos haciendo labores importantes para Valaquia, pero ella aprovechaba cualquier oportunidad para reunirse con ellos. Había estado ansiosa por este momento con Nicolae.

Él los guio por el estado que solía pertenecerle al consejero de Lada, Toma Basarab. Antes del gobierno de Lada, Toma había estado sano y salvo, y estos caminos eran casi imposibles de cruzar sin la protección de guardias armados. Ahora Toma estaba muerto y los caminos eran seguros. Ambos, la muerte de los boyardos y la seguridad para el resto, eran los patrones del gobierno del Lada hasta este momento.

El aire gélido le aguijoneaba la nariz de una forma que a ella le parecía vigorizante y placentera. El sol brillaba fuertemente, pero no podía competir con el manto de hielo bajo el que dormía Valaquia. Quizás eso también contribuía a la seguridad de los caminos. Nadie quería estar afuera en estas condiciones.

Lada lo prefería al castillo con una intensidad tan afilada como los témpanos bajo los cuales iba pasando.

Sacudió el pergamino con la historia de sus inusuales métodos para resolver disputas familiares.

—La parte más ofensiva —dijo— es que la historia es muy poco original. Los transilvanos sacaron eso de la Biblia. Lo menos que podrían hacer sería inventar *nuevas* historias sobre mí en vez de robárselas a Salomón —debería escribir las historias que la mujer y su hija le contaron anoche. Debería soltar *esos* rumores en su lugar.

Nicolae señaló el paquete de reportes que le había entregado a Lada.

—¿Viste el nuevo grabado? Es un artista muy talentoso. Está en la siguiente página.

Lada estaba revisándolo de la mejor manera posible sobre un caballo, tirando cada página cuando la terminaba. Ninguna había sido más que difamaciones. Nada importante. Nada cierto. Sus gruesos guantes no estaban hechos para manejar las delgadas hojas, pero buscó hasta encontrar la ilustración.

—Estoy comiendo carne humana en un bosque de cuerpos empalados.

—¡Así es! La comida en Tirgoviste ha cambiado desde que me enviaste a este lugar.

Lada se acomodó su sombrero de satén rojo con una estrella enjoyada en medio que representaba la estrella caída que acompañó su llegada al trono.

—No hizo bien mi cabello.

Nicolae estiró una mano y le dio un tirón a uno de sus largos rizos.

—Es difícil capturar algo tan majestuoso con herramientas simples.

—Te extrañé, Nicolae —su tono era mordaz, pero el sentimiento era sincero. Lo necesitaba donde estaba, pero extrañaba tenerlo a su lado.

Nicolae señaló la estrella al centro de su sombrero, brillando.

—Claro que me extrañaste. Me atrevería a decir que soy uno de los más brillantes; no, el punto más brillante de tu existencia. ¿Cómo te las arreglaste en la oscuridad durante estos seis largos meses sin mí?

—En paz, ya que lo mencionas. Un hermoso silencio.

—Bueno, las conversaciones nunca fueron el fuerte de Bogdan —la sonrisa de Nicolae cambió de forma, frunciendo su larga cicatriz—. Pero claro que no lo tienes contigo para hablar.

—Puedo matarte —Lada rechinó los dientes—. Muy rápido. O muy, muy lentamente.

—Si los sajones hacen un grabado de mi muerte, lo aceptaré con gusto —declaró acariciándose la barbilla—. Por favor, pídeles que hagan bien mi cara. Un rostro como este no debería representarse fallidamente.

Pero Nicolae no se equivocaba respecto a Bogdan. El compañero de la infancia de Lada y ahora el soldado y seguidor más leal no hablaba mucho. Pero últimamente hasta eso había sido demasiado. Tomarse un descanso de él había sido uno de sus motivos para hacer sola este viaje. Se encontraría con él en Arges, pero deliberadamente le había dado una tarea que lo alejara de ella antes de eso.

Bogdan era como el sueño. Necesario y a veces agradable. Ella lo necesitaba. Y cuando era inalcanzable, lo extrañaba. Pero a Lada le gustaba poder sentirse segura de él la mayor parte del tiempo.

Mehmed nunca habría tolerado un trato así. Lada hizo un gesto de disgusto y lo sacó de su cabeza. Mehmed no merecía un lugar en sus pensamientos. Era un usurpador en su cabeza tal como lo era en cualquier otro lugar.

Pasaron junto a un estanque congelado en el que los patrones del hielo contaban una historia que Lada no pudo leer. Los árboles se abrieron más adelante para dar paso a una ondulante tierra de labranza suavizada por la nieve.

—¿Por qué Stefan no se quedó tras entregar estas cartas? Sabía que yo llegaría pronto.

—Quería volver con Daciana y los niños. Y probablemente temía que si te veía antes de eso, lo volvieras a enviar a otro lugar y no podría hacer una parada en Tirgoviste.

Lada gruñó. Era verdad. Quería que fuera a Bulgaria o quizás a Serbia. Ambos eran estados vasallos activos del Imperio otomano, y probablemente serían áreas de preparación para cualquier ataque. No *esperaba* un ataque, pero estaría preparada, y para ello necesitaba a Stefan, quien había pasado los últimos meses explorando Transilvania y Hungría para darse una idea de sus climas políticos y saber si eran amenazas activas contra el gobierno de Lada. Ella quería hablar con Stefan en persona. Daciana no debería ser prioridad frente a eso. Nada debería serlo.

Daciana dirigía los asuntos del día a día en el castillo, todos los detalles y cosas mundanas que a Lada no podrían importarle menos. Lada estaba agradecida por su trabajo. Encontrarla durante su lucha el año anterior había sido un golpe de suerte. Pero no había nada en el castillo que necesitara la atención de Stefan. Daciana estaba ocupada y a salvo, y él debería saber que era mejor no desperdiciar el tiempo de todos.

Lada hojeó los reportes bien ordenados rápidamente. Stefan había escrito sus comentarios junto a las impresiones de los grabados. En Hungría, Matthias era rey. No se llamó Hunyadi, como su padre, sino que se nombró Matthias Corvinus. A Lada no le sorprendió. La relación de Matthias con su padre soldado había sido tensa. Era obvio que no honraría al hombre que le obstaculizó el camino hacia la corona. Y al final, Lada ayudó. Traicionó el legado de Hunyadi y asesinó por Matthias.

Y luego, de cualquier modo, tuvo que hacerlo todo ella sola, pues la ayuda de los hombres nunca era lo que prometían. Siempre venía con ganchos, pinchos invisibles que la detenían cuando se acercaba a su meta.

Al menos para Matthias ser rey no estaba siendo fácil. De acuerdo al reporte de Stefan, gastaba todo su tiempo y dinero adulando a los nobles e intentando comprarle su corona a Polonia. El rey polaco la había tomado en *custodia* años atrás, cuando el rey anterior había sido asesinado en la batalla. Era un símbolo importante, y Matthias estaba desesperado por la legitimidad que le daría a su cuestionable toma del trono.

Lada revisó esa información. Matthias era un tonto si creía que un pedazo de metal le daría lo que quería, y a ella no le importaban realmente ninguno de sus actos mientras estuvieran dirigidos a otros países. Además, servían para mantenerlo distraído. Hasta donde sabía Stefan, no tenía planes respecto a Lada pese a que ella se negaba a someterse ante su autoridad.

Las impresiones de los grabados demostraban la constante oposición de Transilvania a su gobierno, pero fuera de su talento artístico, no tenían una oposición organizada. No parecía haber ningún intento por desestabilizar su ejército. Stefan mencionó la desventaja de perderlos como aliados, pues por mucho tiempo habían sido un mediador entre Valaquia y Hungría, pero no había nada que hacer al respecto. Después de todo, Lada había pasado muchos años quemando sus ciudades. Pero si no hubieran querido que hiciera eso, debieron haberse aliado con ella antes.

Teniendo en cuenta todo esto, eran las mejores noticias que podía esperar. Pero Lada tenía preguntas para Stefan. Y ahora también tenía preocupaciones. Daciana era suya. Stefan era suyo. No le gustaba que fueran el uno del otro antes que de ella.

Metió los papeles en su morral.

—¿Y a ti cómo te ha ido?

—Duermo bien por las noches y mi apetito es consistente. Algunos días siento una ligera melancolía, pero la combato con largas caminatas y grandes barriles de vino —sonrió al ver la expresión exasperada de Lada—. Oh, ¿no querías saber sobre mí en lo personal? Nací para ser un señor. Toda esta autoridad me sienta bien. Mis cultivos crecen, los campos están listos para la cosecha y la gente en mi tierra es feliz. Las ganancias serán robustas este año. Buenas noticias para la tesorería real, la cual…

—Sigue vacía. ¿Y los hombres? —además de la tierra de labranza, habían apartado una sección del estado de Toma Basarab para entrenar a los soldados de Lada. Los príncipes nunca habían tenido permitido tener un ejército permanente. Se esperaba que confiaran totalmente en los boyardos y sus fuerzas individuales. Era un sistema desorganizado y desastroso, y un sistema que vio morir a un príncipe tras otro antes de su tiempo.

Pero Lada no era como ningún otro príncipe.

Nicolae se acomodó su sombrero. El frío le había puesto la nariz de un rojo brillante y su cicatriz se veía casi púrpura.

—Tuviste razón al enviarnos a este lugar. Es más fácil controlar a los hombres e imponer disciplina cuando no están las tentaciones citadinas. Y se está aplicando todo lo que aprendí de los jenízaros. Este será el mejor grupo de guerreros que Valaquia ha visto.

A Lada no le sorprendía, pero sí le complacía. Sabía que sus métodos eran mejores que lo que siempre se había hecho. El poder no se dividía entre esos entrometidos y egoístas boyardos. Su gente estaba motivada.

Pasaron junto a dos cuerpos congelados que colgaban de un árbol. Uno tenía un letrero que decía DESERTOR. El otro, LADRÓN. Nicolae hizo un gesto de dolor y luego miró hacia otro lado. Lada se acercó para acomodar uno de los letreros.

Se había enfocado en hacer que los caminos fueran seguros y en prepararse para la siembra de primavera. También había estado disminuyendo a los boyardos. Pero el trabajo de Nicolae era igual de importante para el futuro de Valaquia, y ella daría lo que tuviera que dar. Era otro tipo de semilla que había que regar.

Nicolae se estiró, juntando sus largos brazos sobre su cabeza mientras bostezaba.

—¿Cómo están las cosas en la capital? ¿Ha habido problemas con los boyardos? Escuché rumores de que Lucian Basarab estaba enojado —el tono casual de Nicolae estaba tan trabajado como un grabado transilvano. Lada sabía que él no había olvidado ni perdonado las elecciones que ella tomó en el banquete sangriento.

Aunque Lada había matado principalmente a boyardos Danesti, la familia más directamente responsable por la muerte de su padre y su hermano mayor, Toma Basarab también fue eliminado. No le fue bien a la familia Basarab, incluyendo a su adinerado e influyente hermano, Lucian.

Lada no se arrepentía. Entre menos boyardos vivos que pudieran traicionarla, mejor. Ya habían sobrevivido a demasiados príncipes. Esto los había vuelto flojos y confiados, seguros de su importancia. Si los boyardos ahora vivían con miedo constante por sus vidas, ese no era un problema. Debían saber que eran igual que cada uno de los ciudadanos de Lada: o servían a Valaquia o morían.

Pero Nicolae siempre quería más sutileza. Más piedad. Esa era una de las razones por las que lo había enviado a este lugar, aunque era uno de los mejores. A Lada no le servían sus consejos sobre la moderación y el apaciguamiento, ni eran capacidades que le interesara cultivar en lo más mínimo. Si los boyardos servían para algo, podían quedarse. Pero casi nunca lo hacían.

La piedad era un lujo que el gobierno de Lada aún no podía concederse. Quizás algún día. Hasta entonces, sabía que lo que estaba haciendo era necesario además de que *funcionaba*.

Lada inhaló el aire frío y penetrante y el aroma de la madera ardiendo que los llamaba hacia el calor y la comida. Galoparon por los campos hacia la Valaquia que ella había liberado de entre sus fallos del pasado.

—Revisé las preocupaciones de Lucian Basarab. Ya se están atendiendo. Soy excelente príncipe.

—Cuando no estás ocupada cortando bebés por la mitad —respondió Nicolae entre risas.

—Ah, eso casi no me quita tiempo. Ten en cuenta que son tan pequeñitos.

• • • •

Unos días después, satisfecha de que Nicolae tuviera a sus tropas bajo control, Lada galopó sobre las mismas laderas que ya había recorrido dos veces antes. Primero siendo una niña con su padre, descubriendo su país. Y luego con sus hombres en un intento de recuperarlo.

Esta vez viajaba sola. Se detuvo en un brazo del río donde una cueva escondía un pasaje secreto desde las ruinas del fuerte de la montaña.

Pero ya no eran ruinas. Ya no se podía encontrar la soledad ahí. Lada escuchó los cinceles, los gritos de los hombres y el choque de las cadenas de metal. Al fin una promesa cumplida: había regresado para reconstruir su fortaleza.

Cabalgó lentamente por los estrechos y zigzagueantes caminos que llevaban a las inclinadas faldas de la montaña. Esta mañana se había vestido con su uniforme completo, con todo y su sombrero rojo de satén que la señalaba como príncipe. Por donde pasaba, sus soldados le hacían reverencias, y los hombres y las mujeres se agazapaban y se quitaban de su camino.

Cerca de la cima, donde los nuevos muros de su fortaleza se elevaban frente a ella, grises y gloriosos, Bogdan se acercó para recibirla. Lada permitió que la ayudara a bajarse de su caballo acomodando su mano en la cintura de ella.

—¿Cómo va? —Lada devoró los muros con la mirada. El medallón de plata que le dio Radu y que estaba lleno de flores y trozos de árboles que llevó con ella en todos los largos años que estuvieron separados se sintió pesado en su cuello, como si este también estuviera aliviado por volver a casa.

—Casi terminado.

Un hombre encadenado avanzó pesadamente junto a ellos, empujando una carretilla llena de piedras. Su ropa era harapienta, estaba manchada y apenas dejaba ver un atisbo de que alguna vez fue elegante. Lada prefería a Lucian Basarab de esta manera. Detrás de él, su mujer y sus dos hijos iban empujando otras carretillas. Los niños tenían la mirada perdida y avanzaban como si estuvieran sedados. Lucian Basarab levantó la vista, pero no pareció ver a Lada. Luego se desplomó a la orilla del camino.

Uno de los soldados corrió hacia él con un palo en la mano. Lada no sabía si Lucian Basarab estaba muerto, pero no importaba. Había otros que podían tomar su lugar. Igual que el resto de Valaquia, la fortaleza se estaba reconstruyendo a un paso impresionante gracias a los esfuerzos involuntarios de quienes se opusieron a ella.

Al menos encontró algo para lo que eran buenos esos boyardos.

—Muéstrame mi fortaleza —dijo Lada, avanzando entre sus enemigos directamente hacia su triunfo.

Constantinopla

Algún día Radu dejaría de añorar el tiempo en que tenía la seguridad de que ciertas cosas eran terribles pero no tenía ni idea de cuánto empeorarían.

Pero este día lo atormentaban los recuerdos de cabalgar por el mismo camino a Constantinopla con Nazira y Cyprian a su lado. Estaba tan nervioso, tan asustado, tan decidido a sacar el mayor provecho de su estancia en ese lugar, a demostrarle su valor a Mehmed.

Sentía lástima por el hombre que fue durante ese viaje. Y también lo extrañaba. Ahora, cabalgando hacia la ciudad, lo único que sentía era la ausencia de Nazira y Cyprian. La ausencia de su seguridad respecto a estar haciendo lo correcto. La ausencia de su fe en Mehmed. La ausencia de su fe en la fe misma.

Era un camino muy solitario.

No había planeado volver a Constantinopla. Para él, la ciudad estaba maldita y siempre lo estaría. Cuando Mehmed la tomó, Radu volvió a Edirne en la primera oportunidad que tuvo, tanto para escapar como para estar con Fátima. La culpa que llevaba a cuestas no era nada comparada con la deuda que tenía con ella por haber perdido a su esposa, y por eso, para aminorar un poco el dolor de Fátima, Radu soportaba la angustia que le generaba estar cerca de ella. No había ninguna otra cosa que pudiera hacer por Nazira.

Ni todas sus cartas ni los intentos de Kumal e incluso los de Mehmed habían generado noticia alguna. Nazira, Cyprian y Valentín, el siervo, estaban desaparecidos. Radu los vio alejarse navegando de la ciudad en llamas que se iba perdiendo entre el humo y la distancia. Los hizo irse para que pudieran sobrevivir, pero temía que solo les hubiera conseguido otra forma de morir. Todos los días Radu rezaba pidiendo que no se hubieran sumado a los cientos de tumbas anónimas. No soportaba la idea de que las personas que despertaban sus añoranzas quizás ya no existieran.

Y por eso continuó enviando cartas y esperó en su hogar en Edirne, donde podrían encontrarlo fácilmente.

Pero luego Mehmed le escribió. Una petición del sultán nunca era una petición: era una orden. Aunque Radu consideró rechazar la invitación de Mehmed para acompañarlo a Constantinopla, al final hizo lo que siempre hacía: regresó a él.

Fátima tenía suficiente fe para ambos en que todo saldría bien. Esperó en la ventana de su casa en Edirne día tras día. Ahora Radu se la imaginaba allí, en el mismo lugar en el que la dejó cuando se fue. ¿Esperaría allí infructuosamente hasta el final de su vida?

Una carreta que pasaba lo sacó repentinamente de su lóbrego ensueño. La última vez, el camino a Constantinopla había estado vacío, despejado por el fantasma de la guerra que se extendía por todo el campo. Ahora el tráfico fluía de aquí para allá como la sangre que corre por las venas, llevando y trayendo la vida con un pulso constante. La ciudad ya no era algo moribundo.

Las puertas estaban abiertas como si fueran brazos que lo esperaban para darle la bienvenida, o para arrastrarlo al interior. Radu apisonó el pánico que se levantaba en su interior al verlas así. Había pasado tanto tiempo defendiéndolas y también rezando por su caída, que su cuerpo no sabía cómo responder al verlas funcionando como deben hacerlo las puertas de una ciudad.

Era mucho lo que se había hecho por reparar los muros en los que luchó. Rocas nuevas y relucientes reconstruyeron las secciones caídas durante el largo sitio. Era como si lo ocurrido la primavera pasada nunca hubiera sucedido. La ciudad sanó y el pasado fue borrado. Reconstruido. Enterrado.

Radu observó la tierra frente al muro y se preguntó qué habrían hecho con los cadáveres.

Tantos cadáveres.

—¡... Radu Bey!

Radu salió a rastras de sus recuerdos oscuros para encontrarse con el brillo del día.

—¿Sí?

Le tomó un momento de confusión darse cuenta de que el joven que le hablaba había sido un niño apenas unos meses atrás. Amal creció tanto que estaba casi irreconocible.

—Me dijeron que llegaría hoy. Es mi deber acompañarlo al palacio.

Radu tomó la mano de Amal. Su corazón se hinchó al ver a ese joven allí, vivo y sano. Era uno de los tres muchachos que Radu había logrado salvar de los horrores del sitio.

—Venga —dijo Amal sonriendo—. Lo están esperando. Cabalgaremos entre los muros e iremos directo hacia allá.

Radu no supo si sentirse aliviado o decepcionado. Había pensado en cabalgar por la ciudad, pero sabía a dónde lo llevaría su corazón: una casa vacía donde nadie lo estaría esperando. Lo mejor era ir directo con Mehmed.

—Gracias —respondió. Amal tomó las riendas del caballo de Radu y lo guio por el espacio entre los dos muros de defensa de la ciudad. No quería estar ahí. Hubiera preferido visitar a los fantasmas que, pese a la melancolía, al menos tenían un toque de dulzura. Aquí los muros solo eran los fantasmas del acero y los huesos, de la sangre y la traición.

Radu se estremeció, arrancando su mirada de lo alto del muro hacia la puerta a la que se dirigían. La misma puerta que Radu abrió en medio de la batalla final, sellando el destino de Constantino y derribando la ciudad a su alrededor.

Amal señaló hacia los muros a los lados.

—Apenas el mes pasado terminaron las reparaciones.

Radu les echó un vistazo a los jenízaros más cercanos. Se preguntó si esos hombres habían formado parte del sitio. Si se agolparon contra el muro, si lo sobrepasaron. ¿Qué hicieron cuando entraron a la ciudad tras esos días infinitos de anticipación avivada por la frustración y el odio?

Radu tragó saliva y esta le supo amarga, agria; ya no podía seguir mirando esos muros.

—Quisiera recorrer solo el resto del camino —dijo, recobrando las riendas de su caballo.

—Pero debo…

—Conozco la ruta —Radu ignoró la expresión llena de pánico de Amal e hizo girar a su caballo. Cruzó la puerta principal abriéndose paso entre el amontonamiento de hombres, aplastado por la vida. Al menos era algo.

Una vez que estuvo adentro, dejó que su caballo deambulara guiado por la multitud. Estaba desesperado por no estar solo. Había tantas cosas que podían distraerlo. Esta parte de la ciudad antes estaba casi abandonada. Ahora las ventanas estaban abiertas de par en par, las paredes tenían nueva pintura y había flores creciendo en pequeñas macetas. Una mujer sacudía un tapete, tarareando distraídamente, mientras un niño caminaba con torpeza y perseguía a un perro con sus piernas inseguras.

Aunque la primavera había sido extrañamente fría, el invierno era moderado y agradable. No se sentía como la misma ciudad desconfiada, hambrienta y desesperada. Adonde quiera que Radu mirara, había cosas construyéndose y siendo reparadas. No había evidencias del fuego, ni una pista de que más tragedia que los años hubiera azotado a esta ciudad.

Radu iba tan distraído que se pasó del camino que debía seguir y terminó en el sector judío. Nunca se había detenido allí. También estaba lleno de actividad. Hizo una pausa frente a un edificio en construcción.

—¿Qué es esto? —le preguntó a un hombre que llevaba varias vigas de madera.

—La nueva sinagoga —respondió el hombre. Vestía una túnica y llevaba turbante. Le pasó las vigas a un hombre que llevaba un kipá en la cabeza y rizos junto a sus orejas.

Radu cruzó el sector cabalgando, y luego se encontró en un área más conocida. Los niños rodeaban un enorme edificio que solía ser una biblioteca abandonada. Descansaban sobre los escalones, hablando o jugando. Al sonar de una campana los niños se levantaron de un salto y entraron corriendo. Radu se preguntó cómo eran sus vidas. De dónde habrían venido. Qué sabían de lo que tuvo que pasar para que se creara una ciudad donde pudieran jugar en los escalones de su escuela, seguros. En paz.

Miró la calle. Si seguía por ahí, llegaría a Santa Sofía.

Dio la vuelta y se dirigió hacia el palacio. El paseo bastó para aclarar un poco sus ideas. Había anticipado lo difícil que sería volver a ver esos muros, pero ver la vitalidad de la ciudad fue un bálsamo para sus sentidos. No lo pondría en riesgo revisitando Santa Sofía tan pronto.

Amal estaba esperándolo cerca de la entrada del palacio, frotándose las manos con nervios. Sin duda Radu le había complicado el día con su desvío. No era culpa de Amal que Radu se sintiera como se sentía, y realmente le alegraba verlo vivo y bien. Radu desmontó y le entregó las riendas a su antiguo asistente.

—Perdóname —dijo Radu—. Volver ha sido algo… emocional.

—Comprendo —Amal sonrió, y de pronto se vio aún mayor que el joven que era. Radu protegió a dos jóvenes herederos de Constantino de los horrores de la caída de la ciudad, pero Amal lo padeció antes de que Radu lo liberara—. Acomodaré su caballo. Y, si no le molesta, pedí que me asignaran como su siervo personal mientras esté aquí.

—Nada me haría más feliz —Radu observó a Amal llevándose al caballo, retrasando su entrada a palacio.

Un bultillo en movimiento se acercaba a él a toda velocidad. Radu casi no tuvo tiempo de extender sus brazos antes de que un niño se lanzara contra ellos.

—¡Radu! ¡Él dijo que estabas aquí!

Radu retrocedió, mirando el angelical rostro de Manuel, uno de los dos herederos del caído emperador Constantino. Cuando Nazira, Cyprian y Valentín se fueron, Radu se quedó para salvar a los pequeños herederos de Constantino. Fueron su intento por redimirse de todo lo que hizo durante el sitio y ante todos los que había traicionado. No logró la redención, pero al tener a Manuel, vivo, sano y alegre entre sus brazos, por primera vez en meses Radu se sintió feliz. Riéndose, lo acercó más a él y le plantó un beso en la coronilla.

De toda la vida que vio al volver a la ciudad, esta pequeña vida era mejor que todo lo que esperaba.

—¿Dónde está tu hermano?

Manuel se retorció para liberarse del abrazo y se acomodó la ropa. Llevaba una túnica de seda al estilo otomano. Estaba muy lejos de lo tieso y estructurado de las prendas bizantinas que solía usar antes.

—Murad está adentro, esperando. Dice que ya está muy grande para correr.

—¿Murad? —preguntó Radu, confundido. Ese era el nombre del padre de Mehmed.

—Sí, y yo soy Mesih. El sultán me dejó escogerlo solo —dijo Manuel con una enorme sonrisa.

—Tienen nuevos nombres —Radu frunció el ceño.

—Creímos que era lo mejor. ¡Es un nuevo imperio! Un nuevo comienzo. Un renacimiento, nosotros lo decidimos.

—¿Nosotros? —preguntó Radu.

—Sí, Murad y yo. Y el sultán.

Así que Mehmed se apegó a su palabra de incluir a los niños en su corte. A Radu le alegró saber que había cumplido su promesa. Y supuso que renombrarlos tenía sentido. Él mismo comenzó a aceptar y ajustarse a su nueva vida al sentir que estaba en su sitio. Probablemente lo mejor para los niños era alejarlos de quienes fueron, olvidar el trauma y las pérdidas de su pasado. Manuel —Mesih— sin duda se veía bastante feliz.

Si tan solo el nuevo nombre de Radu Bey hubiera tenido el mismo efecto.

Mesih tomó a Radu de la mano y lo jaló hacia el interior del palacio. No detuvo ni un segundo su charla casual, contándole a Radu lo que podrían cenar y preguntándole si iría con ellos a hacer las oraciones vespertinas a Santa Sofía o si rezaría en otra parte. Luego comenzó a hablar de sus clases, cuáles eran sus tutores favoritos y cómo su letra era mucho mejor que la de su hermano.

–Y estoy seguro de que ya notaste lo bueno que soy para el turco.

–Lo noté –dijo Radu entre risas–. Podría escucharlo todo el día –y sospechaba que así sería hasta que se separaran. Pero había algo que le molestaba mientras Mesih seguía hablando de sus clases.

Descubrió cuál era la diferencia con una mezcla de alegría y tristeza: este niño estaba recibiendo una educación real sin crueldad. No había visitas al jardinero principal, no había viajes educativos a las prisiones y cámaras de tortura, no había golpizas. No era la misma infancia que Radu y Lada vivieron bajo un sultán.

Mehmed no era su padre. Él tomó la ciudad y la convirtió en algo mejor. Tomó a los herederos de su enemigo y los convirtió en su familia. El miedo que Radu sentía por ver a su amigo más antiguo se disipó. Aún había mucha distancia entre ellos, pero al menos Radu no se equivocó al creer en la capacidad de Mehmed para hacer grandes cosas.

–¿Estás bien, Radu Bey? –preguntó Mesih.

Radu resolló y se aclaró la garganta.

–Sí, estoy bien. O al menos creo que estaré bien.

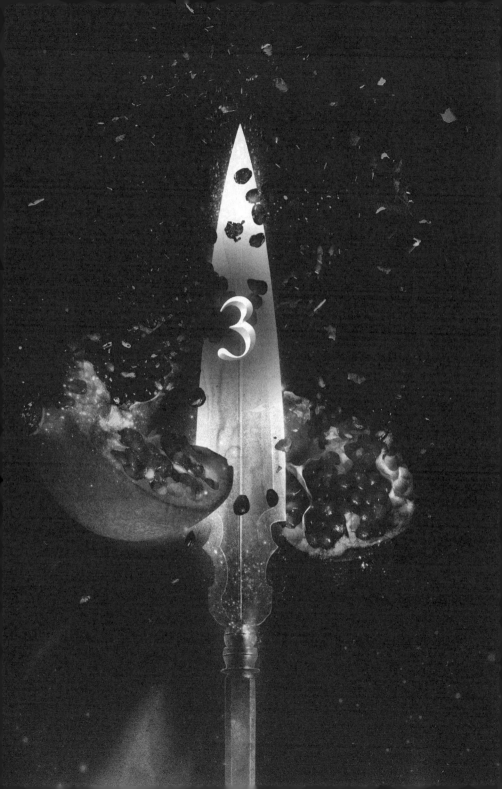

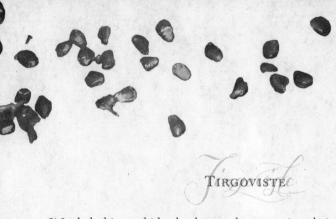

Tirgoviste

Si Lada hubiera sabido el volumen de pergaminos bajo el que se enterraría, quizás habría elegido un título que no fuera príncipe. Volvió revitalizada de su visita a la fortaleza, pero solo para encontrarse con las montañas de cartas que la estaban esperando.

Lada soltó un gemido, echando la cabeza hacia adelante. El cepillo que Oana le estaba pasando por el cabello se atoró en una maraña.

—Siéntate derecha —ordenó Oana.

—No quiero hacer esto —Lada señaló con desgano hacia la mesa cubierta con peticiones a su tiempo y su atención.

—Pues yo te ayudaría, pero no sé leer.

—Considérate afortunada —Lada se sentó en el suelo junto a la mesa, echándose una pila de misivas al regazo—. Ve a buscar a Stefan. Quiero hablar con él si algo de esto resulta interesante —Lada comenzó a separarlas.

Boyardo pidiendo compensaciones por la muerte de un pariente: a la pila de la esquina.

Boyardo solicitando una reunión para hablar sobre la conscripción de la tierra para los intereses de Lada: misma pila.

Carta de su primo Stephen, el rey de Moldavia. Esta la leería con cuidado. No lo conocía en persona, pero tenía una reputación salvaje. Le escribió para felicitarla sobre los reportes de orden y paz en su país. No dijo nada sobre su madre. Lada tuvo un oscuro sentimiento de placer vengativo. Su madre hablaba casi obsesivamente sobre las visitas anuales de Stephen. Era uno de los puntos más altos de la triste y solitaria vida de Vasilissa, y no significaba mucho para él.

Pero el final de la carta amargó un poco de su placer.

Por favor, evita contrariar a los vecinos. Avísame cuando tengas un nuevo arreglo con el sultán. Me llena de curiosidad saberlo.

Furiosa, Lada tiró la carta junto a las exigencias boyardas.

—De Matthias Corvinus —dijo Stefan, pasándole una carta delgada.

Lada no se enteró cuando él entró a la habitación, pero no le concedería el placer de reaccionar ante su sigilo. Aún estaba molesta con él por no ir a encontrarla en el estado de Nicolae.

—Léela. A mí no me interesa —tomó otra carta, más tonterías de un boyardo adulador.

—Matthias quiere reunirse contigo. Dice que tienen mucho de qué hablar.

—No tengo nada que decirle. Ambos tenemos lo que nos corresponde. En lo que a mí respecta, nuestra relación se acabó.

Stefan le extendió la carta.

—Queremos que sea nuestro aliado.

—¿Nuestro? Yo no quiero nada con él.

Stefan no bajó la mano ni cambió su expresión impasible. Soltando un quejido frustrado, Lada le arrancó el papel y lo acomodó junto a ella, pero no en la pila que terminaría en el fuego.

—Bien.

Stefan tomó otra carta.

—Esta es de Mara Brankovic. Es… —hizo una pausa y sus ojos se movieron mientras buscaba entre los miles de datos que llevaba siempre consigo—. La hija del rey serbio. Viuda del sultán Murad.

Lada abrió esa carta con más curiosidad de la que había sentido hasta ese momento. La letra de Mara era perfecta y elegante. No había ni una sola gota de tinta fuera de lugar. Lada leyó la carta dos veces para asegurarse de haberla entendido.

—Mara fue a Constantinopla y se unió a la corte de Mehmed como una de sus consejeras. ¿Habías escuchado de algo así? Estaba tan ansiosa por escapar de Edirne, ¿y ahora vuelve al imperio por voluntad propia?

—No había escuchado que una extranjera fuera consejera de un sultán. Lada frunció el ceño, revisando las palabras.

—Pues es un movimiento inteligente de su parte. Mara es brillante. Y, como parte de la realeza serbia, tiene conexiones y puede tratar con los europeos mejor que el mismo sultán. Es una elección perfecta para mejorar las relaciones —Lada se echó hacia atrás, dándose golpecitos en la pierna con la carta. Mehmed obviamente se beneficiaba, pero Mara no era la clase de persona que se metía en algo en lo que no quería. Su matrimonio con Murad había sido forzado, pero ella le sacó todo el provecho que pudo. Y logró escapar y volver con su familia.

Ah. Esa era su motivación. Seguía siendo lo suficientemente joven para atraer un matrimonio político. Ese cambio de lugar y su nueva posición la ponía completamente fuera del área de poder de su padre. Ahora era, en todo sentido, libre para siempre. ¡Qué mujer más inteligente!

—¿Qué quiere de ti? —preguntó Stefan.

—¿Qué? —Lada levantó la mirada, saliendo de sus recuerdos de las comidas con Mara, durante las cuales la mujer mayor le daba consejos sobre cómo usar las exigencias de la sociedad para crearse una posición de estabilidad. A Lada le disgustaban sus métodos, pero no podía negar que Mara sabía lo que estaba haciendo—. Ah, quiere que vaya a Constantinopla. Lo plantea como una invitación social. "¡Ven a visitar el palacio! ¡Comeremos, daremos un paseo por los jardines, hablaremos de las formas en las que deberías dejar que Mehmed y su horrible imperio sigan mandando en tu vida!". Me pregunto si se le ocurrió esto a ella o si Mehmed le pidió que me escribiera pensando que nuestra conexión pasada me convencería —Lada no sabía cuál de las dos opciones prefería creer: que Mara intentaba manipularla, y no lo dudaría ni le preocuparía, o que Mehmed intentaba acercarse a ella por cualquier medio posible.

Pero si ese fuera el caso, sin duda habría enviado a Radu. O al menos él hubiera escrito. Lada no tenía noticias de él desde la carta en la que le contó sobre la caída de Constantinopla y su nuevo nombre, Radu Bey.

Tal vez su ausencia significaba que Radu al fin había dejado de ser controlado por Mehmed, pues Mehmed jamás desaprovecharía una ventaja como Radu, no si tuviera la opción.

—Deberíamos escribirle a mi hermano —dijo Lada, tomando otra carta.

—¿Para pedirle que venga a ayudarnos?

—No —descartó la carta sin siquiera mirarla—. Ya aprendí cómo manejar a los boyardos yo sola. No *necesito* nada de él. Pero podría ser una buena fuente de información sobre Mehmed —Lada podía aceptar eso como la razón. La otra razón más pequeña era que lo extrañaba. Temía por su vida en Constantinopla y se preguntaba qué le había pasado allí. No le gustaba sentirse así. Radu era el que extrañaba, el que sufría.

—Del papa —dijo Stefan pasándole otra carta—. Maldice a los infieles y pide que el cielo acabe con su imperio. Y luego llama a la paz.

—Que se decida —Lada lanzó la carta del papa a su pila para el fuego—. Si tuviera un país sin fronteras. Si tuviera una isla —se levantó y observó el resto de las cartas. Solicitudes y exigencias, alianzas y enemigos, las minucias políticas de una docena de países y un imperio invasor que clamaba por su atención.

Las juntó todas y las echó al fuego. Sus pantalones limpiaron con facilidad los restos de pergamino y sellos de cera.

—Iré a los establos. La tarde está perfecta para una cabalgata.

• • • •

Dos semanas después, los embajadores turcos aparecieron sin aviso ni invitación con una escolta de jenízaros. Lada llamó a sus hombres a la habitación para demostrar su poder. Triplicaban en número a los jenízaros. Sus hombres, muchos de los cuales solían ser jenízaros, tenían hielo en la mirada.

Lada se acomodó en su trono con una pierna sobre el reposabrazos. Movía impacientemente su pie en el aire. En las miradas confundidas y las posiciones incómodas de los embajadores podía ver que su falta de decoro los ponía nerviosos.

—Esto es Valaquia —dijo sonriendo—. Quítense los sombreros como muestra de respeto.

Ni los jenízaros con sus gorros cilíndricos con alas blancas ni los embajadores con sus turbantes respondieron a su orden.

El embajador principal, un hombre mayor con barba blanca y ojos astutos, enarcó una ceja con desdén.

—Traemos noticias sobre su vasallaje de nuestro sultán, la Mano de Dios en la Tierra, el césar de Roma, Mehmed el Conquistador.

Lada se dio unos golpecitos en la barbilla con gesto reflexivo.

—¡Qué carga ser la mano de Dios! Me pregunto: ¿cuál mano es? ¿La mano derecha o la mano izquierda de Dios? Si Mehmed se limpia el trasero con la mano que es la mano de Dios en vez de con la que es suya, ¿lo acusarían de blasfemia?

Varios de sus hombres se rieron estridentemente, y Lada se ruborizó de placer. Pero Bogdan desvió la mirada. Odiaba cuando ella hablaba así de Dios. Era bueno que se lo recordara. A ella no le servía para nada Dios, pero a la mayoría de su gente sí, y cualquier cosa que llamara a la fe era una fuente de poder. Lada vio lo que Mehmed había logrado con su fe inalterable. Vio cómo esa misma fe le robó a su propio hermano. La fe era poder. Sabía que no debía despreciar nada que le diera poder sobre los demás. Se incorporó.

—Nuestro dios, el verdadero Dios del Cristianismo, no tiene forma y por tanto carece de manos. Rechazamos el título de su sultán y también su autoridad. No tienen nada que hacer aquí. Váyanse.

—Hay algo más —el capitán de los jenízaros dio un paso al frente. Era compacto y ancho; los años de entrenamiento se dejaban ver en cada uno de sus movimientos. Lada casi se había olvidado de lo perfectos que eran los jenízaros. La intranquilizaba pensar en los hombres a los que ahora dirigía. No eran nada comparados con estos soldados, entrenados desde la niñez para ser armas del sultán. El capitán continuó—: En nuestro camino hacia aquí pasamos por Bulgaria. Parece que ha habido algunos conflictos en su frontera. Varios pueblos de Valaquia fueron quemados.

Lada no podía creer que se estuviera enterando de esto recién ahora y en voz de un enemigo en vez de su propia gente. Odiaba que él le demostrara que tenía más información que ella.

—Aún no se me ha reportado eso.

El hombre no cambió su expresión fría y dura como el acero.

—Todos los de Valaquia murieron. Es muy desafortunado. Probablemente fue un malentendido. Pero cuando se definan los acuerdos del vasallaje, Bulgaria será un aliado poderoso y estos conflictos se detendrán. El sultán protege a sus vasallos.

¿Este hombre, este otomano, creía que podía ir y contarle de ataques en su propio país, del asesinato de su propio pueblo, como método para forzarla a aceptar el gobierno otomano? Como si los muertos de Valaquia de algún modo hablaran en favor de aliarse con quienes los mataron. Y no tenía sentido que él tuviera esa información antes que ella.

A menos que viniera directamente de haberlo hecho. Lada se inclinó hacia adelante y con voz fría declaró:

—Mataste a mi gente.

El capitán jenízaro le ofreció una sonrisa que no se reflejó en su mirada.

—No. Los búlgaros mataron a tu gente en una frontera caótica. Los acuerdos del sultán eliminan ese caos. Un pacto sólido, seguido respetuosamente, protegerá a tu gente.

Lada mostró sus dientes pequeños y blancos. No era una sonrisa.

—*Yo* protegeré a mi gente. También la vengaré. Y ustedes no tienen nada que enseñarme sobre el respeto. Después de todo, ninguno de ustedes me mostró respeto quitándose los sombreros —se levantó—. Amárrenlos.

Sus hombres se pusieron en acción. El capitán jenízaro y sus soldados se resistieron, pero no les habían permitido llevar armas a la sala del trono. Todos fueron vencidos, aunque no sin dar batalla y dejar varias narices rotas.

El embajador principal le lanzó una mirada asesina a Lada.

—No puedes lastimarnos. No quieres arriesgarte a lo que eso provocaría.

—A ti no te preocupó el riesgo que traería matar a mi gente —soltó Lada con rabia. Vinieron a su tierra. Mataron valacos bajo su protección. A diferencia de las cartas, cosas así no podían dejarse sin una respuesta. Lada enviaría un mensaje que haría eco por todo el imperio de Mehmed y Europa.

Paso a paso, fue rodeando al embajador para luego darle un tirón al borde de su turbante.

—Voy a ayudarlos. Si era tan importante para ustedes mantener sus cabezas cubiertas en mi presencia, tan importante que valía la pena faltarle al respeto a un príncipe, me aseguraré de que nunca tengan que volver a descubrírselas —Lada se volvió hacia Bogdan—. Tráeme clavos y un martillo.

Finalmente, el embajador principal se estremeció. Finalmente, vio cómo respondía Lada a las faltas de respeto y a la muerte de su gente.

Lada se paró en medio del salón del trono mientras sus hombres enterraban clavos en las cabezas de los otomanos. Como siempre, se quedó a ver. Habría sido más fácil hacerlo en privado. En un calabozo escondido. Pero no. Lada sería testigo de las cosas que se hacían por la seguridad de Valaquia. Tal era su carga, su responsabilidad.

Sus gritos eran ensordecedores. Como un destello brillante y sangriento, le vino el recuerdo de tantos viajes infantiles para ver las brutales torturas del sultán. El precio de la estabilidad siempre se pagaba con sangre, carne y dolor.

Observó, pero era como si lo hiciera desde una gran distancia.

No eran hombres. Eran metas cumplidas. No eran hombres.

De pronto, la envolvió una oleada de alivio al pensar que Radu no estaba ahí. No le gustaba imaginarse la expresión en su rostro si estuviera. Siempre había intentado protegerlo porque era su responsabilidad. Ahora todo Valaquia lo era. Lada haría lo que fuera necesario para proteger a su pueblo.

Los gritos cesaron. Lo cual era bueno. Tenía otras cosas por hacer.

—Envíaselos a su Mano de Dios —dijo, echándole un vistazo a los cuerpos. Algunos seguían vivos. Era desafortunado para ellos, pero no duraría mucho—. Dile que él me respetará a mí.

Se volvió hacia Bogdan, cuyas manos estaban empapadas de sangre. Su madre, Oana, lo limpiaría. Algunas cosas no cambian.

—Traigan a Nicolae y al ejército. Tenemos asuntos que atender en Bulgaria.

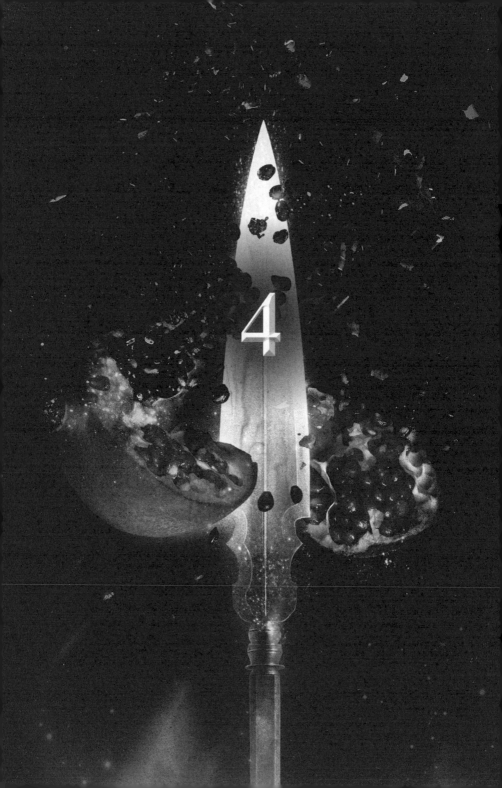

Constantinopla

Radu no estaba tan lejos de Mehmed como lo estuvo en Edirne, cuando fingieron que Radu había caído de su gracia. Pero aquí nadie se sentaba junto a Mehmed. Estaba en una mesa en un estrado, a la cabeza de la habitación y separado del resto.

Radu agradecía no haber pasado mucho tiempo en el palacio bajo el mando de Constantino, por lo que esta habitación era nueva para él. Impresionantes azulejos azules y dorados cubrían las paredes con diseños florales que se extendían hasta el techo, el cual estaba decorado con láminas de oro. Un pesado candelabro colgaba sobre sus cabezas. Al menos parecía original. Pero Radu sospechaba que bajo los azulejos había otros murales religiosos del gusto bizantino. Mehmed estaba tomando posesión de cada centímetro de la ciudad, un mosaico a la vez.

Radu llegó tarde, su desvío por la ciudad lo hizo perderse el inicio de la comida, así que tras limpiarse, tomó su lugar junto a su vieja amiga Urbana y una mujer que reconocía vagamente de la corte de Murad. Era inusual que hubiera tantas mujeres en una cena formal. Murad las excluía por completo. Pero a Radu le tranquilizó y agradó sentarse junto a Urbana. A ella no la había cambiado el sitio, salvo por la cicatriz encendida que desfiguró la mitad de su rostro. Olía ligeramente a pólvora y tenía manchas de hollín en cada uno de sus dedos.

Otra cosa que no había cambiado en Urbana era su disgusto por la comida otomana. No detuvo su río de quejas en húngaro dirigido hacia la otra mujer. Radu miraba fijamente sus platos, evitando ver a Mehmed. ¿Por qué lo había hecho ir a la ciudad? ¿Cómo sería volver a hablar con él?

Cuando Radu se fue seis meses atrás, Mehmed estaba tan ocupado con los planes y la reconstrucción que casi no se vieron. ¿Mehmed lo había extrañado?

¿Radu había extrañado a Mehmed?

Su estómago se encogió y su pulso se aceleró cuando levantó la vista y observó al otro hombre. Sí, lo había extrañado. Pero no era la misma nostalgia simple que había experimentado antes.

Mehmed estaba envuelto en púrpura. Su turbante, dorado y asegurado con un detallado broche de oro y rubíes, coronaba su cabeza. Ahora tenía veintiún años y sus rasgos habían alcanzado la adultez. Sus ojos destilaban inteligencia, sus cejas estaban perfectamente formadas y sus labios carnosos no mostraban expresión alguna. Radu anheló que se curvaran para formar una sonrisa, que los solemnes ojos de Mehmed se arrugaran de placer.

Pero Mehmed, su amigo, se había convertido en Mehmed, el sultán. Era como ver el dibujo de un ser amado. Reconocía a Mehmed, pero a la vez sentía que algo había cambiado por completo, perdiéndose en el proceso de ser capturado en el papel.

Un sirviente se arrodilló junto a Radu.

—Permítame entregarle la bienvenida del sultán. Tras la comida, lo llevaré a su recepción, donde podrá esperar para la audiencia —el sirviente hizo una reverencia y luego se retiró. Radu quedó sorprendido. Nunca había tenido una *audiencia* con Mehmed. Especialmente no una agendada por un sirviente.

Murad no dirigía así su corte. Sus favoritos siempre habían tenido permitido andar cerca de él, sentarse a su lado. Él estaba al centro de todo, disfrutando de las fiestas y de sus amigos cercanos. Pero esta simple comida era la muestra de que Mehmed gobernaba de manera mucho más formal. Nada de huir al campo para soñar con filósofos. Nada de permitir que consejeros como Halil Pasha —ejecutado públicamente meses atrás en una exhibición a la que Radu no asistió— y gente de su tipo cayeran en gracia, y por tanto, ganaran poder.

Radu se preguntó si la distancia que Mehmed había creado en público continuaría en lo privado. O ¿simplemente se comunicaría con Radu a través de mensajeros, manteniéndose separados por siempre?

–¿Cómo está tu hermana, Radu Bey?

Radu levantó la mirada, sorprendido. La mujer que fue parte de la corte de Murad había hablado. Era una paradoja de áspera elegancia. Todo en ella estaba a la moda de los estándares europeos, su detallado vestido y su peinado eran como una barrera entre ella y el mundo. La mujer estaba erguida, con sus faldas extrañamente extendidas a su alrededor, en vez de apoyada sobre un codo como muchos otros comensales.

–Disculpa, no recuerdo tu nombre –Radu le ofreció una sonrisa como disculpa.

–Mara Brankovic. Fui una de las esposas de Murad.

–¡Ah, sí! Negociaste los nuevos acuerdos del vasallaje de Serbia –había sido su acto de despedida, usando una oferta de matrimonio de Constantito para negociar su propia libertad y mejores derechos para su pueblo. Mehmed la admiraba por eso.

Sin pensarlo, Radu se descubrió observando de nuevo a Mehmed. Se obligó a devolver su mirada hacia Mara.

–¿Qué te trae al imperio?

Mara miró a Mehmed. Su expresión era cariñosa.

–Un líder que reconoce mi valor. Estoy aquí como consejera en temas europeos. Ayudo a manejar a los venecianos. A los serbios, obviamente. Y a un pequeño y problemático país que a ti te es muy familiar y que de hecho es tu familia –se rio ligeramente por su propio chascarrillo.

–Así que no estás invitando a mi hermana como un acto de cortesía social.

–¡Oh, claro que sí! La cortesía social es el alma de mi labor en este lugar –su tono era tranquilamente irónico–. Es increíble lo que uno puede lograr pidiendo las cosas amablemente. Además, me agradaba mucho Lada. Aunque fue una tontería dejar pasar una alianza matrimonial con Mehmed. Le hubiera ido bastante bien.

Radu miró su plato, que ahora estaba lleno de pequeñas piezas de pan sin levadura que él había desmenuzado.

—*Bastante bien* nunca sería suficiente para ella.

Mara se rio. Urbana solicitó su atención para señalar cómo el pan ácimo era mucho peor que los demás, y Radu de nuevo se quedó solo con sus pensamientos. Los cuales, para su sorpresa, no se fueron hacia la persona en la tarima.

—Mara —interrumpió—. ¿Tienes algún contacto en Cyprus?

Ella frunció el ceño con gesto de estarlo considerando.

—No personalmente, pero estoy segura de que conozco a alguien que sí los tiene. ¿Por qué?

—Estoy buscando noticias de mi esposa y mis… amigos. Huyeron durante la caída de la ciudad y no he sabido nada de ellos desde entonces.

Mara puso una mano sobre la de Radu. Sus ojos oscuros lo miraron con empatía y seriedad.

—Anota sus nombres y cualquier detalle que sea importante. Haré todo lo que pueda.

—Gracias —dijo Radu—. Los he estado buscando junto con Kumal Pasha y…

—Es muy guapo —comentó Urbana en el mismo tono que usaría para hablar sobre la cualidad del metal para hacer cañones o para comentar el clima—. No parece que sería violento. Y desde hace algún tiempo que es viudo.

Radu no comprendió del todo el cambio de conversación.

—¿Lo estás… cortejando?

Urbana le lanzó la misma mirada de disgusto que le dedicó a la carne sazonada.

—Para Mara. Yo no tengo ni tiempo ni necesidad de un esposo.

Mara cruzó una mirada agobiada con Radu.

—A Urbana le preocupa que mis años fértiles se están yendo rápidamente. Habla de ello con frecuencia —suspiró pesadamente—. Con demasiada frecuencia.

Radu casi soltó una carcajada pero lo detuvo un pinchazo al recordar cómo Urbana se entrometía en su vida privada, y en su falta de bebés con Nazira. Ella debería estar ahí, junto a él. Debería estar junto a Fátima. Era su culpa que no estuviera.

—Podrías casarte con Radu —dijo Urbana con tono meditabundo—. Es demasiado joven para ti. ¿Ya tienes dieciocho? Pero se casó con su primera esposa siendo muy joven, así que eso no le molesta. Es amable y no tiene mal carácter. Solía escuchar a las muchachas hablando sobre lo guapo que es, con sus enormes ojos negros y su quijada fuerte —miró a Radu de una manera que lo hizo sentir profundamente incómodo—. Supongo que entiendo a qué se referían. Por lo menos es alto y saludable. Y ahora que su esposa desapareció, le hace falta la compañía.

Radu se atragantó con un trozo de pan que tenía en la boca. Se puso de pie, incapaz de tolerar el resto de la comida en ese lugar que tanto le había quitado. Si Mehmed lo quería ahí, estaría ahí. Pero no podía fingir que todo era normal. No podía sostener conversaciones sobre su futuro como si su pasado no estuviera enredado en su cuello como una horca, ahogándolo entre el arrepentimiento y la pena.

Justo en ese momento se abrieron las puertas del salón de banquetes. Una procesión de hombres desarmados, vestidos con poco lujo en capas negras, entró arrastrando y empujando unas largas cajas de madera. Los jenízaros de Mehmed se detuvieron y tomaron sus posiciones, con ojos fijos y atentos. Un sirviente llegó corriendo e hizo una reverencia al pie de la tarima de Mehmed.

—No quisieron esperar —dijo, temblando.

El líder de los hombres también hizo una reverencia, meciendo exageradamente uno de sus brazos. Sus botas estaban sucias y sus ropas, llenas de polvo. Seguramente acababan de llegar. Radu los miró más de cerca y se dio cuenta de que los hombres llevaban capas con el escudo de la familia Draculesti. Eran un dragón y una cruz tomados de la Orden del Dragón. No era agradable verlo ahí. Las ya de por sí frágiles emociones de Radu se retorcieron al ver el símbolo de su familia. De su pasado.

El hombre hablaba en la lengua de Valaquia, no en turco, como sería apropiado.

—Trajimos un regalo de Lada Dracul, vaivoda de Valaquia, para su majestad el sultán. Le envía saludos, y pide que, en el futuro, se asegure de que sus hombres le ofrezcan el nivel de respeto que merece como príncipe.

Tras decir eso, el hombre se dio la vuelta y salió de la habitación. El resto de los valacos lo siguieron con paso veloz. Radu se volvió hacia Mehmed, quien le devolvió la mirada enarcando una ceja. Mehmed no hablaba mucho valaco.

—Dijo que es un regalo. De Lada. Envía saludos y pide que en el futuro tus hombres la respeten como príncipe.

—¿Qué es? —preguntó Mehmed.

Radu negó con la cabeza ligeramente.

—No lo dijo.

Mehmed había mejorado en esconder sus emociones. Radu no sabía cómo se sentía Mehmed por la sorpresa o cómo se sentía respecto a Lada. El sultán no mostraba nada. Hizo una señal y un sirviente corrió a abrir con una palanca la tapa de la primera caja. En cuanto la levantó, soltó un grito de horror y consternación. Se cubrió la nariz y la boca con un brazo y retrocedió.

Mehmed se bajó de la tarima, pero Radu lo detuvo levantando una mano.

—Permíteme —se detuvo a unos pasos de las cajas. El olor que emanaba ahora que la tapa estaba abierta bastaba para saber que no quería ver lo que su hermana había enviado.

De cualquier modo, se inclinó para echar un vistazo.

Un cadáver le devolvió la mirada; la sangre seca marcaba el camino de su agonía en líneas que cruzaban su rostro sumido. Por lo que Radu alcanzaba a ver desde su lugar, un pico de metal había sido enterrado en su turbante directo a su cabeza.

Se alejó para ocultar el horror de su vista una vez más. Manteniendo los ojos fijos en la pared más lejana, volvió a poner la tapa sobre la caja.

—Salgan de la habitación –dijo.

Nadie se movió.

Mehmed se puso de pie e hizo un gesto severo. El lugar se vació rápidamente, quedando solo sus guardias jenízaros y un sirviente personal. Bajó de su tarima y fue junto a Radu al lado de la primera caja. Había otras diez. Mehmed estiró un brazo hacia una de ellas.

—No –dijo Radu–. No necesitas verlo.

—¿Mis embajadores?

—Sí.

Mehmed miró fijamente la caja por un momento y luego llevó sus ojos a las otras.

—Y no vienen con una carta.

—No.

Mehmed señaló a uno de sus guardias.

—Busca a los hombres que los entregaron. Quiero que me expliquen con detalle lo que pasó –el guardia salió corriendo de la habitación.

Mehmed se dio la vuelta y su túnica púrpura ondeó en el aire.

—Ven conmigo –avanzó ágilmente hacia una puerta que llevaba a una habitación privada. Radu lo siguió. Entraron a una sala con altos techos. Las pequeñas ventanas enjoyadas permitían el paso de la luz pero eran demasiado pequeñas como para que alguien entrara por ellas. En cuanto Radu estuvo adentro, Mehmed echó las aldabas. No había otras salidas.

Radu quedó de frente a una pared que mostraba la elaborada y hermosa tugra, el sello y firma del sultán, de Mehmed. A su alrededor había algunos versos del Corán en alifato escritos en oro.

—Por esto me llamaste. Por ella –dijo Radu sin darse la vuelta.

Mehmed lo pensó. Radu podía sentir la presencia del otro hombre detrás de él, lo suficientemente cerca como para tocarlo. Luego, el sultán se sentó en uno de sus sofás y soltó un suspiro.

—No sabía que esto iba a pasar.

—No debería sorprenderte.

—Ella siempre me sorprende.

Radu apretó los dientes con tal fuerza que le dolió la quijada.

—No puedo ayudarte con ella. Ni puedo ni quiero meterme entre mi hermana y tú. Tendrás que encontrar a alguien más.

Radu se dio la vuelta para irse. Mehmed se levantó y lo tomó del brazo. Radu miró la mano de Mehmed, que llevaba un anillo lleno de joyas en cada dedo. Recordó entonces la simpleza de la infancia que compartieron. Si los dos niños que se conocieron en una fuente en Edirne, que se aferraron el uno al otro contra la crueldad del mundo, se vieran ahora, verían a un par de extraños. Tantos años habían construido un muro de seda, oro, poder y dolor entre ellos.

Mehmed soltó el brazo de Radu.

—¡No pedí que vinieras para que me ayudaras con Lada!

—Entonces, ¿por qué lo hiciste? —Radu se volvió para mirarlo.

—¡Porque sí! —Mehmed se envolvió con sus propios brazos, encogiéndose—. Porque estoy construyendo un imperio, convirtiendo esta ciudad en una joya para el mundo y volviéndome el sultán que mi pueblo necesita. Y es algo tan solitario… —su voz se quebró en la última palabra.

Ya no quedaba nada de la fría seguridad del sultán, de la calculadora inteligencia que el año anterior había enviado lejos a Radu para hacer de espía. La intocable Mano de Dios fue reemplazada por el niño de la fuente. El amigo de juventud de Radu. La base de su corazón. Radu abrió los brazos y Mehmed se lanzó a ellos, hundiendo su rostro en el hombro de su amigo.

Radu lo abrazó con fuerza, respirando él también con inhalaciones profundas y temblorosas.

—Te necesito —susurró Mehmed.

—Estoy aquí —respondió Radu.

• • • •

—Halil acumuló demasiado poder —Mehmed estaba en el suelo de su habitación privada, tendido sobre su espalda, observando el techo. Radu estaba tirado junto a él, hombro con hombro. No eran un sultán y un bey. Solo eran Mehmed y Radu–. Mi padre era demasiado permisivo, estaba demasiado dispuesto a dejar que los otros se metieran demasiado en el manejo del imperio. Eso provocó la corrupción, el derroche y la debilidad. Por eso yo me mantengo distante, no permito que nadie piense que tiene mucho de mi atención o de mi confianza. Pronto tendré un palacio edificado de manera que todas las habitaciones y muros rodeen el centro. Yo estaré ahí, y todos los demás girarán a mi alrededor. Tal como soy el centro del imperio y el resto solo existe para servir al imperio a través de mí.

—Sí que suena como algo solitario –dijo Radu suavemente.

—Lo es. Y lo será. Pero no puedo anteponer mis necesidades a las de mi pueblo. Necesitan un sultán fuerte. Necesitan que sea la Mano de Dios y no un hombre cualquiera. Y por eso debo hacer a un lado lo que yo quiero, mis comodidades y mis relaciones, para ser lo que mi pueblo merece.

Radu pensó en su propia vida, en las cosas que había sacrificado para ser la persona que los demás necesitaban que fuera. Casi siempre, para ser la persona que Mehmed necesitaba que fuera. ¿Podría hacer lo mismo que él? ¿Hacer a un lado lo que quería, lo que estaba en su corazón, por el bien del imperio?

Cerró los ojos. Ya no sabía dónde estaba su corazón. No podía hacer a un lado algo que ni siquiera podía encontrar.

—Quiero que te quedes aquí, conmigo –anunció Mehmed y su voz trajo a Radu de regreso–. Quiero que seas mi amigo entre toda esta locura.

Radu sabía que debía decir que sí. No debía arruinar la cercanía. Pero había pasado tanto tiempo fingiendo. Ya no quería hacerlo.

—Sabes lo que dirá la gente. Sabes que ya lo piensan. Si vuelvo a tu lado, resurgirán los viejos rumores sobre Halil –Radu sintió cómo la cabeza de Mehmed giraba hacia él, sintió su mirada oscura posándose en su mejilla. Tragó saliva para controlar la emoción que se le agolpaba en el pecho y volvió su cabeza hacia Mehmed, dejando sus labios a un instante de los de él. Mehmed lo estaba mirando con ojos cautos y escrutadores.

—Que digan lo que quieran. No me pueden hacer daño, y no dejaré que te hagan daño a ti.

—¿Y Lada? —preguntó Radu, arrastrando a su hermana para colocarla en el espacio entre ellos, donde siempre estaba.

Mehmed frunció el ceño. Volvió a mirar al techo, pero entrelazó su brazo con el de Radu. El movimiento se sintió como algo planeado, como un paso de baile.

—Nosotros tres estamos destinados a estar juntos. Yo te tengo a ti. Ella vendrá a nosotros.

—¿Quieres que lo haga? ¿Aun después de eso?

El silencio de Mehmed bastó. La perdonaría por el asesinato de sus enviados. A Radu no debería sorprenderle. No le sorprendía.

—¿Y si no vuelve con nosotros?

—Pues —Mehmed dejó que la palabra pendiera en el aire sobre ellos—. Al menos siempre te tendré a ti.

—Después de todo, soy el más bello.

La risa de Mehmed llenó la habitación. También solía llenar a Radu hasta que la sentía en sus venas. Pero ahora sus sentimientos eran apenas el eco de los de antes. Y no sabía si volverían a crecer.

Mehmed entrelazó sus dedos con los de Radu y él se quedó quieto a su lado, pensando en cuántas veces se imaginó cómo se sentiría ese acto.

Se había equivocado. El tiempo también le quitó eso, porque al tener los dedos de Mehmed entre los suyos, recordó otros dedos que recorrían las heridas en sus manos. Los ojos grises en vez de los negros. El amor que encontró cuando perdió el primero.

Ahora Cyprian estaba perdido. ¿Volverían sus sentimientos por Mehmed?

¿Quería que volvieran?

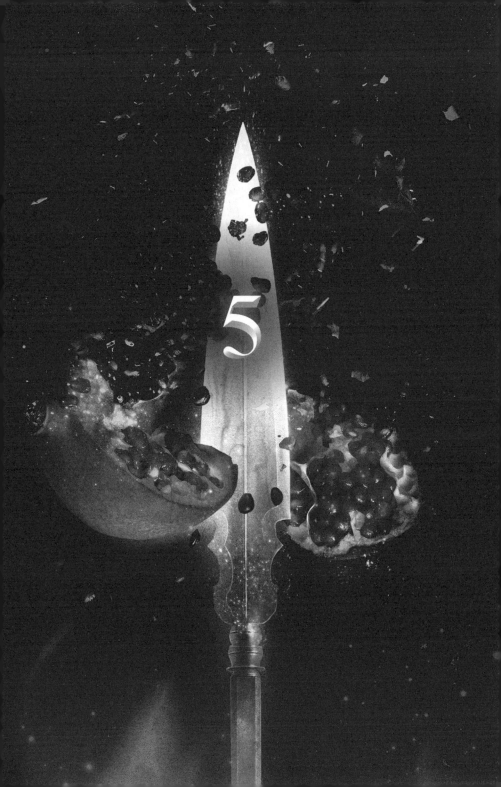

BULGARIA

Las cenizas del pueblo estaban tan frías como el alba que las rodeaba. Por todas partes, el suelo estaba cubierto de negro en vez de blanco, como si hubiera caído una nevisca desde el Infierno.

Lada, envuelta en pieles, se acuclilló. Se quitó los guantes y pasó su mano sobre las cenizas de lo que quedaba del pueblo. Su pueblo. El pueblo de Valaquia. Su mano volvió manchada de un negro sin brillo.

—¿A cuánta gente mataron? —preguntó. Habían ido inmediatamente después de ver partir a los enviados de Mehmed. Fue directamente a la frontera para asegurarse de que ningún otro pueblo hubiera sido atacado. Por el camino encontró a algunos testigos.

Un campesino del otro pueblo se rascó la cabeza mientras sus ojos se movían de un lado a otro al ritmo de sus cálculos mentales.

—¿Trescientos?

—¿Quién es el boyardo que está a cargo de esta región? —Lada debería saberlo, pero nunca le habían importado los boyardos a menos que le causaran problemas.

—No lo conozco —respondió el campesino encogiéndose de hombros.

Lada miró a Stefan. Él asintió y se fue. Lo averiguaría. Y habría consecuencias para ese boyardo, tanto por no proteger a la gente que estaba a su cargo como por no informarle a Lada sobre este ataque. Ella no debería haberse enterado por boca de la gente de Mehmed. Cerró los ojos y se permitió imaginar la reacción del sultán a su mensaje. La llenó de algo agudo y cálido, algo como anticipación.

—¿Por qué sonríes? —preguntó Bogdan.

Sus ojos se abrieron de golpe.

—Por nada —Lada se levantó y se limpió las manos en los pantalones; la ceniza que en la nieve se veía negra ahora parecía algo grisáceo sobre la tela negra. Un cambio de perspectiva lo modificó todo—. ¿Cuándo llegará Nicolae?

—En menos de una hora.

Nicolae había ido a reunir a todos sus soldados. Cuando llegara, lo haría con más de tres mil hombres. Y los suministros especiales que ella había estado reuniendo.

Lada miró al sol con los ojos entrecerrados, permitiendo que su brillo le entibiara el rostro.

—Trescientos. Muy bien. Mataremos a tres mil. Cada muerte de Valaquia se pagará por diez.

—Tendremos que recorrer parte de Bulgaria para matar a todos esos.

—Entonces, la recorreremos —nadie podría dudar de su fiereza ni de su compromiso con su pueblo. Y de ahí en adelante nadie debería atacar Valaquia sin pensar muy bien en las consecuencias. Serían muchos cadáveres, pero Lada los veía como una inversión. Matar a miles para salvar a miles.

• • • •

Dos días después, el boyardo que le falló a su gente se apretó el pecho con sus manos heridas y ensangrentadas. El agujero que cavó, uno de los cientos que hizo desde que Stefan lo llevó a su campamento, estaba listo. Dos hombres llevaron la estaca y la acomodaron en el agujero, inclinándola por arriba. El cadáver se desparramó, creando un macabro escudo de armas para la entrada de Lada a Bulgaria.

Lada miró el camino que se abría paso entre el bosque lleno de recordatorios sangrientos.

—¿Cuántos son? —le preguntó a Bogdan, quien cabalgaba junto a ella.

—Mil quinientos, mil seiscientos.

Había entrado por los pueblos de la frontera con la fuerza de un río que rompe su dique. Todos cayeron a su paso, nadie recibió clemencia. Pero algo no estaba bien. Solo unos pocos eran realmente sus enemigos. No tenía ningún cariño por los búlgaros, eran demasiado débiles para liberarse del yugo otomano, y por tanto eran tan culpables como cualquiera, pero no eran turcos. Su intención de que sus fronteras fueran inviolables había quedado en claro. Pero... se preguntaba si podría dejar otro mensaje.

Un mensaje de que la protección de los otomanos no era una protección real.

Un mensaje de que sus métodos eran mejores.

Nicolae echó un vistazo a las estacas con desagrado y cansancio.

—Solo unas cuantas pérdidas de entre nuestros hombres.

—Bien. ¿Y ya se está corriendo la noticia?

—No quedó nadie que pueda avisarlo —respondió Nicolae negando con la cabeza—. Mis exploradores no informan de ninguna movilización de las fuerzas turcas en ninguna de las fortalezas cercanas.

Lada se restregó los ojos. Estaban irritados por el humo de las cabañas y los campos quemados.

—Esta es la gran protección que les gana su lealtad al sultán. ¿Cómo pueden no verlo? ¿Cómo pueden no ver que todas sus reverencias y ruegos a Mehmed no les sirven de nada?

—¿Vamos al siguiente pueblo? —preguntó Bogdan.

—¿Dónde están las tropas turcas? —respondió Lada negando con la cabeza.

—Hay una fortaleza a dos horas en caballo de aquí. Quizás haya unos mil hombres allí que fácilmente podrían extenderse por la región. Otra, con unos quinientos hombres, está a medio día de aquí.

Lada asintió, haciendo girar su caballo hacia el camino flanqueado por los cadáveres.

—Ya no habrá más muertes búlgaras. Quiero que el resto de mis estacas se bañen con la sangre de los hombres de Mehmed.

Acabar con la primera fortaleza fue más fácil de lo que Lada esperaba. Las tropas otomanas eran perezosas y estaban desacostumbradas a la resistencia y la lucha. Lada había enviado a sus hombres con entrenamiento jenízaro a la vanguardia. Para cuando llegó a la fortaleza, los guardias de la puerta ya habían sido asesinados y todo estaba abierto de par en par, esperándolos.

Perdió a ciento veintisiete hombres, y agregó sus muertes a la cuenta de las venganzas requeridas.

Antes de empalar a las tropas otomanas, los desnudaron. Los guardias en la siguiente fortaleza abrieron sus puertas sin hacer preguntas cuando vieron los uniformes de sus compañeros otomanos acercándose en medio de la noche. Lada iba a la cabeza y mató ella misma a ambos guardias. La mayoría de los otomanos estaban dormidos, y murieron entre el caos y el revuelo de sus sábanas ensangrentadas. Los que estaban despiertos dieron buena batalla.

Pero los hombres de Lada fueron mejores.

Al día siguiente, llegaron a una pequeña ciudad. Estaba hecha casi por completo de estructuras de madera con una alta cerca que las rodeaba. Dos puertas, una al frente y otra al fondo, permitían la entrada y salida de la gente.

La noticia llegó antes que ellos. Cientos de búlgaros estaban postrados afuera de las puertas de la ciudad.

—Por favor —dijo un hombre cuando se acercó Lada en su caballo. Él no la miró—. Por favor, no nos mate.

—¿Quién los protege? —preguntó ella, mirando de lado a lado con los brazos abiertos y las palmas hacia arriba—. Pensé que este país estaba bajo la protección del sultán.

—Nadie nos protege —respondió el hombre, temblando.

Lada bajó de su caballo. Hizo un gesto impaciente indicándole al hombre que se levantara. Así lo hizo, con hombros caídos y su cabeza calva respetuosamente agachada.

—¿Son cristianos?

El hombre asintió.

—¿Quieren protección?

Volvió a asentir, temblando aunque el día estaba lo suficientemente cálido como para anunciar la primavera.

Lada levantó la voz.

—Todos los cristianos que estén tan cerca de Valaquia están a la distancia justa para ser mi pueblo. Tengo granjas, tierras y seguridad para quien quiera venir conmigo, que es más de lo que cualquier sultán podría ofrecerles.

—Pero nuestra ciudad… nuestros hogares.

—Su príncipe vendió su ciudad y sus hogares al sultán. Y también sus vidas —Lada volvió a mirar a su alrededor—. Veo que ni su príncipe ni su sultán están aquí. Solo estoy yo.

El hombre asintió rápidamente.

—Sí. Sí. Vengan conmigo, les daré comida y vino, y…

Una mujer que estaba cerca se levantó. Era muy delgada pero tenía un rostro fuerte y un espíritu aún más fuerte que el del hombre, el cual se dejaba ver en la forma en que mantenía su barbilla en alto y la mirada sin miedo.

—No entren en la ciudad —dijo—. Los soldados infieles los están esperando para emboscarlos. Los vi al salir.

El hombre calvo soltó un gemido desesperado. El aire de pronto se llenó de olor a orina.

Lada le sonrió a la mujer fuerte.

—Gracias. Me encargaré de que tengas casa, tierra y animales para comenzar tu nueva vida en Valaquia.

La mujer le respondió con una sonrisa triste mientras hacía una reverencia con su cabeza.

Lada estudió el muro. No había nadie vigilando hasta donde podía ver. Probablemente se estaban escondiendo. La ciudad no tenía torre desde donde pudieran observarla.

—Nicolae, asegura la puerta trasera. En silencio.

Él se fue galopando con varios cientos de hombres para rodear la ciudad.

—La oferta sigue en pie para quien quiera tomarla —anunció Lada subiendo la voz.

Los búlgaros se incorporaron. Muchos llevaban niños. Mirando con desconfianza a los hombres de Lada, pasaron junto a ellos avanzando por el camino hacia Valaquia. Lada también podía ser generosa, y la noticia correría. No tan rápido como las historias sobre su lado violento, pero ambas tenían su mérito.

—Entra —ordenó Lada, volviéndose hacia el hombre.

—Lo siento… yo… lo siento…

—Vuelve a tu ciudad.

Él soltó un sollozo rápido y aterrado, y luego se giró para cruzar la puerta lentamente.

—Ciérrala —instruyó Lada.

El hombre hizo lo que le ordenaron, y sus ojos llenos de terror fueron lo último que Lada vio antes de que la puerta se cerrara. Lada señaló hacia allí.

—Ayudémoslos a mantenerse seguros —una docena de sus hombres corrieron con martillos, clavos y unos cuantos tablones de metal. Nicolae debería estar haciendo lo mismo en la otra puerta.

—Envíenles una calurosa bienvenida.

Mientras las flechas encendidas volaban hacia la ciudad de madera, Lada se dio la vuelta para observar a los campesinos yendo hacia su nuevo hogar. El hogar que ella les había dado.

· · · ·

—¿Cuántos muertos? —le preguntó Lada a Bogdan cinco noches después, tras haber atacado cada fortaleza turca importante a lo largo de la frontera de Valaquia. Alrededor de la hoguera estaban Nicolae, Stefan,

Bogdan e Iskra, la mujer de la ciudad de madera que los previno y que fue nombrada consejera regional, además de algunos de sus hombres con los cargos más altos.

Bogdan se encogió de hombros.

—Dos mil búlgaros. Mil otomanos de la primera fortaleza. Quinientos de la segunda. Quién sabe cuántos había en la ciudad que quemamos. Matamos al menos a mil que intentaban trepar los muros para escapar.

Iskra gruñó.

—Llegaban de todos los cuarteles alrededor de la ciudad. Probablemente dos mil o dos mil quinientos.

Bogdan asintió, contando las ciudades con sus dedos.

—Entonces, además de eso, atacamos Oblucitza y Novoselo, Rahova, Samovit y Ghighen. Toda la región que rodea a Chilia. En total, ¿veinticinco mil muertos? Principalmente turcos, aunque también hubo muchos búlgaros.

Lada se rio, sorprendida. El número era inmenso. Al menos para líderes como Matthias de Hungría, quien quería jugar a la política, gobernar detrás de los muros, pelear con cartas en vez de con armas. Pero Lada sabía lo que podría lograr con unos cuantos miles de hombres.

Las fuerzas otomanas estaban mal distribuidas y eran perezosas. Demasiado acostumbradas a que nadie las enfrentara. Si los otomanos hubieran estado preparados, las fuerzas de Lada podrían haber caído en una masacre. Pero había sido bastante fácil abrirse paso por la frontera entre Valaquia y Bulgaria. Lada había tenido suerte.

No. Había sido inteligente. Sabía que no volvería a encontrarse con una situación tan fácil, pero sería más inteligente que su enemigo. Haría lo inesperado en cada paso. Esto ya le había funcionado una vez; no volvería a funcionarle.

—¿Es suficiente? —preguntó Bogdan, quien aún tenía los dedos extendidos calculando el tamaño del horror que habían provocado.

Nunca sería suficiente.

Pero bastaba por ahora.

—Sí —Lada escuchó cómo Nicolae suspiraba, aliviado.

—¿Quieres que deje a algunos hombres? —preguntó Nicolae tras inclinar la cabeza desde un hombro hacia el otro, frotándose el cuello—. ¿Nos vamos a expandir?

—No, vamos a retirarnos. No me interesa conquistar. Solo quiero que los demás sepan que la frontera de Valaquia es inviolable. Nadie volverá a atacar mis pueblos. No a menos que quieran la guerra.

Nicolae le ofreció una sonrisa cansada.

—Creo que ese mensaje ha quedado claro.

—Bien. Ahora tengo otros mensajes que enviar —Lada miró el fuego, observando cómo devoraba la oscuridad a su alrededor.

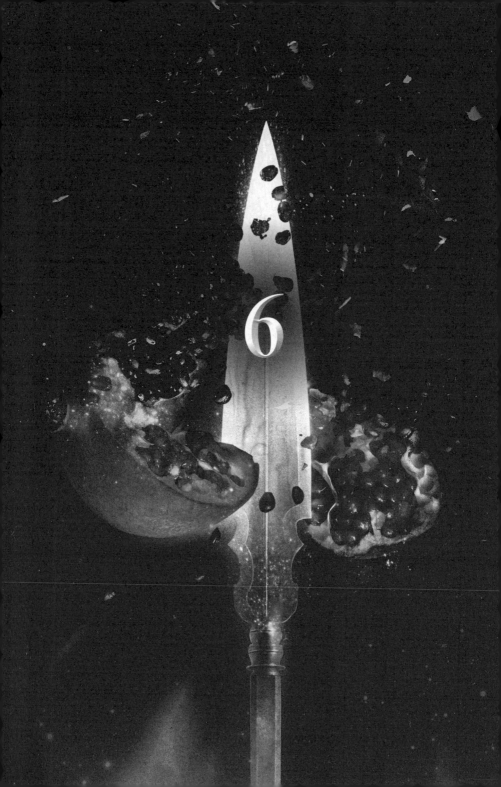

6

CONSTANTINOPLA

Radu continuaba encontrando paz en las oraciones. Durante el sitio extrañó las mezquitas, extrañó rezar a una voz con sus hermanos rodeándolo. Era reconfortante regresar a esa rutina.

Pero no lograba convencerse de ir a Santa Sofía, ni siquiera ahora que era una mezquita. Tenía demasiados recuerdos allí como para realmente entregarse en la oración. Por eso prefirió ir a otras mezquitas en la ciudad. Casi todas estaban convertidas en iglesias ortodoxas, pero ya se habían comenzado a construir algunas nuevas mezquitas. Su cuñado, Kumal, lo acompañaba en la mayoría de las oraciones y, como prometió, Radu también rezaba con los pequeños Murad y Mesih.

Al volver con ellos tras los rezos vespertinos, a Radu le sorprendió encontrarse con Mehmed. El sultán casi nunca estaba en la calle. Radu hizo una pronunciada reverencia. Mehmed le hizo una señal para que fuera con él. Uno de sus guardias jenízaros bajó de su caballo y se lo ofreció a Radu.

—¿A dónde vamos? —preguntó, cuidándose de mantener su caballo un paso atrás de Mehmed para guardar las apariencias. Llevaba una semana en Constantinopla, y aunque en privado eran tan cercanos como siempre (cuando Mehmed tenía tiempo de verlo), en público Radu era consciente de la importancia de mantener su distancia. Mehmed necesitaba estar apartado, necesitaba estar por arriba. Él no quería arruinar eso.

—Urbana tiene algunos nuevos diseños de cañones de mano que quisiera mostrarme. Además, estoy seguro de que estará feliz de verte.

Radu soltó una risa burlona.

—No la conoces muy bien, ¿verdad?

Mehmed giró la cabeza, sonriéndole a Radu sobre su hombro.

—No puedo ni imaginarme que alguien pudiera no estar feliz de verte —su mirada se posó en el rostro de Radu. Se sentía como si estuviera viendo su reacción más que al mismo Radu.

Últimamente, Mehmed hacía eso cada vez más. Decía algo agradable, o tocaba a Radu en el hombro o en la mano, incluso en la mejilla, y siempre lo observaba, lo estudiaba. Catalogaba qué acciones o palabras disparaban cuáles reacciones. Radu no sabía qué pensar al respecto. Ahora le ofreció una sonrisa a Mehmed, la cual pareció complacerlo.

Pero en la última semana que llevaban juntos, Mehmed no había vuelto a hablar de Lada. Radu no sabía si discutió su *mensaje* en privado con otros consejeros. Pero parecía que, por el momento, a Mehmed le parecía bien dejar el asunto enterrado junto a los cadáveres de los hombres enviados por Lada.

No era raro que los enviados fueran víctimas de las agresiones entre países. Mehmed mató al enviado del emperador Constantino un año atrás, y a Cyprian solo se lo indultó porque había sacado a Radu y Nazira de Edirne, pero Mehmed tuvo que encargarse de la baja y lo que esto implicó. Quizás estaba planeando algo y creía que Radu se opondría. O quizás, dada la reciente paz en Constantinopla, Mehmed no quería enfrentar a Lada hasta que fuera absolutamente necesario.

De cualquier manera, el recuerdo de lo que Radu vio en la caja se quedó con él, retorciéndose por debajo de su piel. El pico. El rostro congelado en la agonía de su muerte. Su hermana hizo eso, y debía recibir una respuesta. Cuando eso pasara, Radu no sabía qué iba a sentir o qué querría que pasara.

Eligió el lado de Mehmed el año anterior cuando Lada le pidió ayuda. Al parecer, tendría que tomar esa decisión una y otra vez por el resto de sus vidas. Cambió su fe, su destino, su vida e incluso su nombre, pero no podía cambiar ni escapar de su hermana.

Radu seguía pensando en el problema de Lada cuando llegaron a su destino. El mundo daba vueltas a su alrededor. Congelado sobre su caballo, miró fijamente hacia la fundidora donde él y Cyprian pasaron una larga noche derritiendo plata y haciendo monedas.

—¿Radu?

Sorprendido, parpadeó varias veces antes de voltearse hacia Mehmed. El otro hombre lo miraba intrigado.

—Te ves como si acabaras de despertar —Mehmed señaló hacia la fundidora—. ¿Conoces este lugar?

Radu asintió en silencio, esperando que Mehmed no hiciera más preguntas.

—¿Qué hacías aquí? —Mehmed se acercó a Radu con gesto ansioso—. ¡Me has contado tan poco sobre lo que hiciste en la ciudad durante el sitio! Fuiste un desconocido para mí en esos meses. Quiero saberlo todo. ¿Saboteaste sus intentos de construir un arsenal?

Radu se restregó los ojos, dejando que sus dedos los cubrieran por más segundos de los necesarios para un gesto casual.

—No. Nunca tuvieron la esperanza de crear suficientes cañones para alcanzarte en ese sentido.

—Entonces, ¿qué hacías aquí?

Radu irguió los hombros, mirando hacia la puerta detrás de la cual pasó una noche delirantemente caliente y confusa con Cyprian. Recordó la forma de sus hombros, las líneas donde su torso se hundía en sus pantalones, la mesa entre ellos. Pero antes de eso, la risa, la diversión pura, jugando a las escondidas con su amada esposa falsa y el amigo al que ya estaban traicionando.

—Robamos plata de las iglesias y la derretimos para hacer monedas.

—¿Nazira y tú?

—Y Cyprian.

Mehmed se incorporó de golpe sobre la silla de su caballo, alejándose de Radu. La emoción en su voz cambió, al igual que su postura.

—¿Para qué hacían monedas?

Radu suspiró, dejando que el recuerdo lo abandonara.

—Para comprar comida. La gente se estaba muriendo de hambre.

—¿Cómo ayudaba eso a nuestra causa?

Radu desmontó y se detuvo por un momento, acariciando el flanco de su caballo. No volvió la cabeza para ver si Mehmed lo estaba observando.

—No ayudaba. No a ti, y a fin de cuentas, a ellos tampoco. Pero en ese momento parecía lo correcto —Radu entró a la fundidora, entrecerrando los ojos ante la súbita penumbra. Su conflictivo pasado, su confuso presente y su futuro desconocido hacían que el aire abrasador allí dentro fuera aún más pesado y difícil de respirar.

Sus impurezas ardían como la plata derritiéndose. Radu se sintió fundido y sin forma. Podría tomar cualquier forma. Podría llenar el molde del querido amigo y confidente de Mehmed. Podría llenar el de Radu Bey, poderosa fuerza del Imperio otomano. Probablemente incluso podría volver junto a Lada y llenar de nuevo uno como el Dracul menor.

Pero el molde que añoraba, la forma que sentía más suya, no podía hacerse. Porque la gente que deseaba que lo formara estaba perdida. Quizás para siempre.

Lada siempre supo exactamente qué forma tomaría ella. Nunca dejó que esta fuera determinada por quienes la rodeaban. Pero Radu no podía escapar de su necesidad de amor, su necesidad de tener personas en su vida que lo ayudaran a ver lo que debía, y podía, ser. Lada se formó pese a su entorno. Radu se formó gracias a él.

Se quedaría en la ciudad porque Mehmed seguía dándole forma a una parte de él. Pero no podía convertirse en lo que Mehmed quería, ni en lo que necesitaba. Y temía que el fuego revelara que en realidad nunca fue plata, quemándolo hasta convertirlo en ceniza en su intento desesperado por convertirse en algo de valor.

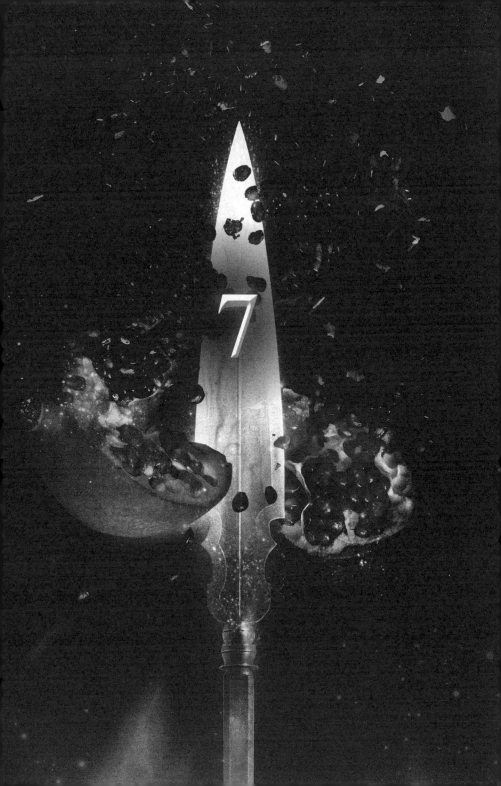

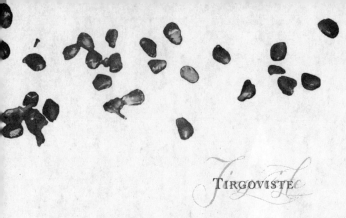

Tirgoviste

Lada entró a su recepción con Bogdan a un lado y Nicolae al otro. Dos hombres la esperaban. Uno, el rey que ya conocía. Y el otro, su primo.

Matthias Corvinus se puso de pie y arrojó un manojo de pergaminos al suelo de piedra.

—Monstruosa tontúela —soltó.

Lada le respondió con una sonrisa.

—Calma, calma —dijo el otro hombre, Stephen, rey de Moldavia. Se recargó despreocupadamente en su silla con una pierna estirada frente a él, y observó a Lada con curiosidad—. Prima.

Lada lo saludó inclinando la cabeza.

—Primo.

No sabía mucho sobre él fuera de la afición por buscar pelea y ganar. Y con eso ya le caía mejor que Matthias.

Pero por más que hubiera preferido reunirse solo con Stephen, era bueno que los dos reyes llegaran al mismo tiempo. Eso aceleraba las cosas.

Stephen se incorporó.

—Bueno conocerte al fin. Tu madre…

—Mi madre no me interesa en lo más mínimo —no quería sacar a discusión a esa mujer y sus debilidades. Stephen necesitaba ver que ella no era como esa mujer que la parió. Lada se acomodó en la silla frente a ambos hombres. Se sentó como ellos, con la espalda erguida, las piernas separadas y los brazos cruzados sobre el pecho.

Matthias volvió a tomar asiento, mostrando enojo en su postura endurecida. Probablemente esperaba otra reacción. La última vez que estuvieron juntos, él casi era rey y ella estaba luchando por la oportunidad de ser príncipe. Ahora era príncipe, y Lada no le permitiría olvidarlo.

—Supongo que recibiste la misma carta que yo —le dijo Matthias a Stephen.

Enarcando una ceja, Stephen sacó su manojo de pergaminos. Se aclaró la garganta y procedió a leer en voz alta.

—"He matado campesinos, hombres y mujeres, jóvenes y viejos, que vivían en Oblucitza y Novoselo, desde donde el Danubio corre hacia el mar hasta Rahova, que está cerca de Chilia…" —hizo una pausa y levantó la mirada—. ¿Cómo está Chilia en esta época del año?

—Muy agradable —respondió Lada, notando lo mordaz en la pregunta de Stephen. Ella no había olvidado que Moldavia tenía profundos intereses en Chilia. Lo mencionó específicamente por esa razón. A lo largo de los años había pasado entre Bulgaria, Valaquia y Moldavia. Ahora era suyo, porque Lada lo había tomado.

Stephen enarcó una ceja con gesto divertido.

—Me alegra escuchar eso. Continúa con más lugares a lo largo del Danubio, ah, sí, esta es mi parte favorita: "Matamos a veintitrés mil ochocientos ochenta y cuatro turcos, sin contar a los que les quemamos sus casas ni a los turcos cuyas cabezas fueron cortadas por nuestros soldados. Por tanto, su alteza, debe saber que he roto la paz con Mehmed" —Stephen bajó la carta, riéndose—. Vaya que sí.

—¿Por qué harías algo así? —quiso saber Matthias—. ¡No podemos arriesgarnos a una guerra con los otomanos!

Lada respondió a su intensidad con una mirada gélida.

—No podemos arriesgarnos a *no* tener una guerra con ellos. Toman nuestras fortalezas, toman nuestros pueblos, toman nuestras tierras, toman a nuestros niños. Yo, por mi parte, ya no puedo aceptar el costo de su administración. Liberaré a Valaquia de ellos. Y he demostrado que esto es posible. Nos gobiernan porque se lo permitimos. Y ya no más.

Stephen se dio unos golpecitos en la rodilla con la carta.

—Tus números son impresionantes.

—Lo hice con tan solo tres mil de mis hombres.

Matthias soltó una exclamación de incredulidad.

—Estás exagerando de un lado o del otro.

Lada sacó una daga y se limpió las uñas con la punta.

—Nos movimos rápido y los sorprendimos, fortaleza tras fortaleza. Nunca nos enfrentamos a más de mil hombres por vez. Así que no, no exagero, y sabes que es verdad. No finjas que no sabes cuántos hombres tengo a mi disposición, Matthias. Y no me faltes al respeto implicando que falsificaría mis logros. Los que realmente *hacemos* las cosas no tenemos necesidad de falsedades.

Matthias se levantó con la furia de una tormenta una vez más. Stephen también se puso de pie, extendiendo una mano.

—Cálmate. Piénsalo. Le ha causado pérdidas devastadoras a los turcos. Y, como señaló, ha demostrado que eso, por más increíble que sea, es posible. Así que dime, prima: ¿por qué estamos aquí? ¿Qué más tienes planeado?

—Vamos a iniciar una cruzada —anunció Lada.

Matthias volvió a sentarse. Su silla gimió en protesta por tanto movimiento.

—Constantinopla ya cayó. Ni siquiera tú puedes ser tan ilusa como para pensar que recuperarla es posible.

—No me interesan los infortunios de los griegos e italianos. Que Mehmed se quede con lo que les quitó. Pero que nunca nos quite nada a nosotros. Haremos cruzada por Europa. La haremos para demostrar que las fronteras son nuestras, inamovibles, inviolables, que nunca volverán a quitarnos tierras cristianas.

Matthias estaba escuchando con los ojos entrecerrados.

—No pelearé por tierras valacas.

—No te pido que pelees por tierras valacas. Yo pelearé por mis propias tierras. Simplemente te pido que pelees tus batallas por una vez en tu patética vida.

La espada de Matthias ya estaba a medio desenvainar antes de que Bogdan llegara a su lado con un cuchillo contra el cuello del rey.

Lada dejó que el cuchillo se quedara ahí por el momento.

—Esto es lo que hacemos, enfrentamos a Mehmed. Lo acosamos. Si Stephen hace lo mismo, le damos tres frentes a Mehmed, tres batallas que no quiere. Su imperio depende de la estabilidad. No arriesgará todo por fronteras que no necesita. Lo obligaremos a retirarse de nuestras tierras —Lada sacudió una mano y Bogdan movió el cuchillo pero no se alejó de Matthias.

—Entonces, ¿quieres que trabajemos juntos? ¿Coordinados? —preguntó Stephen.

—No. Si le damos solo un frente, será mucho más fácil para él derrotarnos. Quiero que hagamos todo por separado. Sin un blanco específico, sin un camino asequible para derrotarnos. Ya usé una pequeña fuerza inesperada para asesinar a sus hombres por toda la frontera. Nuestro mejor plan es desafiar sus planes.

Matthias se frotó la garganta y su mirada era tan afilada como el cuchillo de Bogdan.

—Pero Mehmed no está en Hungría. Y yo no voy a atacar a otros países. ¿De qué te serviría eso?

—Pacta con los transilvanos. Convéncelos de que trabajen conmigo. Necesito sus números.

Stephen se rio, girando despreocupadamente una copa de vino en el brazo de su asiento.

—He leído algunas de sus obras sobre ti, Lada Dracul. Muy creativas.

—¿Viste la del pícnic? —preguntó Nicolae.

—Ah, sí —dijo Stephen asintiendo—. Encantadora. El rey Matthias será perfecto para ese trabajo.

—Estoy segura de que lo hará bien —señaló Lada. No estaba para nada segura de eso—. Y tu otro papel es mucho más importante, Matthias. Necesitamos dinero. La única persona que podría financiar lo que necesitamos es el papa.

—¿El papa? —con su garganta libre, Matthias se inclinó hacia adelante, con los ojos más entrecerrados conforme la conversación avanzaba hacia algo de su interés—. ¿Qué te hace pensar que el papa nos dará dinero?

—Teme que el islam invada Europa. Le escribí para contarle de mis victorias en Bulgaria, y le gustan mucho.

Matthias soltó una carcajada maliciosa.

—Eso es porque no te conoce.

—Exactamente. No tengo ni el tiempo ni el carácter para ganarme su agrado. ¿Podrías hacerlo tú?

El rey húngaro hizo un gesto burlón uniendo las puntas de los dedos de una mano.

—Tendrías que convertirte al catolicismo.

—No.

—No te apoyará mientras seas ortodoxa.

¿Por qué los hombres siempre estaban buscando tomar posesión de distintas partes de ella? Su cuerpo, su nombre, su alma. ¿Por qué les importaba dónde estaban sus lealtades?

—Entonces, ya me convertí. Puedes informárselo —anunció marcando una cruz con la mano.

—Creo que es mucho más complicado que eso —dijo Nicolae.

—Si el rey de Hungría le escribe al papa diciéndole que soy católica, entonces soy católica —Lada se había convertido al islamismo más o menos de la misma forma, gracias a las maniobras políticas de Radu. Eso había sido para salvar sus vidas. Esto era para financiar la guerra.

Además, a fin de cuentas no podrían tocar su alma, pese a todas las exigencias sobre sus lealtades.

—A tu pueblo no le gustará tu conversión —comentó Stephen, enarcando una ceja con seriedad. Lada siguió su mirada para encontrarse con el gesto impresionado de Bogdan, quien le era tan fiel a su fe ortodoxa casi tanto como a Lada.

—A mi pueblo —dijo Lada, lanzándole una mirada enfurecida a Bogdan— le gustará, porque yo lo elegí, y todo lo que yo elijo es por el bien de Valaquia —Bogdan bajó la mirada al suelo tras la reprimenda.

El deseo de Matthias no se había borrado de su rostro por más que intentó disimularlo. Lada sintió una súbita y poderosa añoranza por el padre de Matthias, Hunyadi. Un hombre honesto. Un hombre de verdad. Un hombre que hubiera sido invaluable en las batallas por venir.

Pero lo único que tenía era al hijo de Hunyadi, y lo usaría si podía.

Matthias le ofreció una pequeña sonrisa.

—Podría funcionar. Con la pérdida de Constantinopla tan reciente, creo que puedo convencer a Roma de enviarnos oro. Mucho, quizás.

—Bien. Entonces, ya todos sabemos cuáles son nuestros deberes.

Stephen sonrió con entusiasmo, extendiendo su copa hacia Lada para brindar.

—Perturbar la estabilidad. Pedir oro. Provocar al imperio más grande sobre la faz de la Tierra —hizo una pausa—. Esto será divertido.

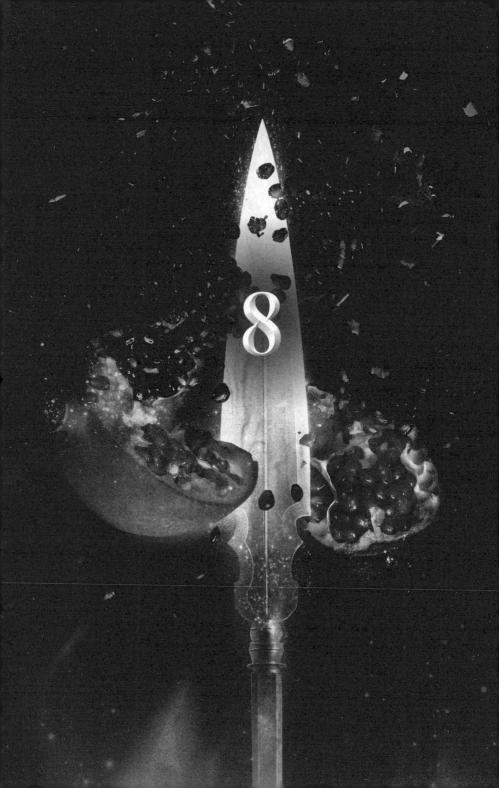

CONSTANTINOPLA

Durante las siguientes dos semanas, Radu no salió del palacio, el lugar que menos lo atormentaba de la ciudad. Pasaba el tiempo escribiendo cartas y hablando con Mara sobre dónde podrían buscar a Nazira. La sonriente paciencia de Mara le molestaba; esa manera quieta y tranquilizadora en la que hablaba le hacía temer que realmente no había esperanza.

No perdería la esperanza. No por Nazira. Jamás.

Radu era invitado a todas las juntas relativas a Europa. Se preguntaba si era para legitimar su lugar en la corte de Mehmed, aunque se sentía inútil. A diferencia de Mara, él no había mantenido ningún vínculo con su país de origen fuera de Aron y Andrei Danesti, con quienes se veía ocasionalmente. La suya era una relación destinada a la incomodidad. Su hermana había matado al padre de ellos; él había matado al padre de Radu. Y ahora su hermana estaba en el trono al que ellos tenían el mismo derecho. Los evitaba, igual que a todos los demás, tanto como era posible dentro de los límites de la amabilidad.

La única paz que podía encontrar Radu estaba en la oración, pero ni sus estudios del islam lograban distraer su corazón inquieto y adolorido. Cada vez que pensaba que había encontrado su lugar en el mundo, el mundo cambiaba a su alrededor y Radu una vez más estaba solo.

Hoy Mehmed estaba a la cabeza de la habitación sobre una plataforma elevada. Junto con otros consejeros de Mehmed, Radu estaba cerca de él. Pero nadie tenía permitido subir a la plataforma. Ni siquiera Radu, pese a lo cercanos que eran con las puertas cerradas. Algunas cosas no cambiaban.

Se restregó los ojos con cansancio. No sabía cuánto tiempo más soportaría estar fingiendo. Eso lo mantuvo vivo durante su infancia, manteniéndose a flote en la caprichosa corte del sultán Murad, y detrás de los muros de Constantinopla durante el sitio. Pero cuando Nazira y Cyprian se fueron, perdió a la única persona que realmente lo conocía. Y perdió a la otra persona a la que hubiera querido permitírselo.

Intentó poner atención al consejo que se debatía a su alrededor, pero le costaba trabajo concentrarse. Mara estaba dando detalles sobre una minucia diplomática que le daría a Mehmed más ventajas de comercio con los venecianos. Parecía algo profundamente irrelevante.

—¿Y Nazira? —preguntó Radu cuando la discusión aminoró.

—¿Qué hay con ella? —quiso saber Mehmed.

—¿Se ha sabido algo? ¿Podemos enviar más hombres en su búsqueda? Sabemos que salieron de la ciudad en un barco. Tal vez si buscáramos por toda la costa…

Mehmed negó con la cabeza.

—Sería un desperdicio de recursos. Se fue con un sobrino del emperador y él sabe lo que vale Nazira. Si vamos a buscar, solo verán nuestra desesperación e incrementarán el monto del rescate que pedirán en algún momento. El mejor camino es esperar y ver qué piden —notó la expresión horrorizada de Radu y levantó una mano para calmarlo—. ¡Claro que lo pagaremos! Lo que pidan. Pero tenemos que ser inteligentes respecto a cuánto demostramos que vale.

—Cyprian nunca haría eso.

El rostro de Mehmed permaneció cuidadosamente neutral.

—Cyprian. Ah, sí. Había olvidado su nombre.

Radu no le creía. Y no podía aceptar que esta fuera la solución de Mehmed. Simplemente *esperar* a ver qué pasaba. Radu llevaba meses esperando.

—Si no sabemos nada de Nazira debe ser porque están en problemas. Si me dieras a los hombres, podría…

La puerta se abrió de golpe y Kumal Pasha, el querido cuñado de Radu, entró corriendo. Radu se preguntó si de alguna manera había sido atraído por la discusión respecto a su hermana. Radu se puso de pie, agradecido. Kumal apoyaría su petición para obtener más recursos.

—Me disculpo por interrumpir —dijo Kumal haciendo una reverencia—, pero acabamos de recibir noticias de Bulgaria —extendió un manojo de papeles. Un sirviente los tomó y luego fue hacia Mehmed, haciendo una reverencia y ofreciéndoselo. Radu deseaba seguir presionando con el tema de Nazira, pero Kumal había venido con otros asuntos. Hablaría con Mehmed luego. Y volvería a traer el tema a colación cuando estuvieran solos de nuevo. Mehmed había sido tan evasivo respecto a la búsqueda que ahora Radu se preguntaba si era por Cyprian. ¿Podría estar celoso?

Mehmed miró los papeles y su expresión, normalmente contenida, fue cambiando conforme sus ojos se abrían más y más al leer. Cuando levantó la mirada, la dirigió directamente hacia Radu.

—Lada. Atacó Bulgaria y mató a decenas de miles.

El corazón de Radu se aceleró como si fuera él a quien atacaron.

—¿Por qué? —ya había matado a los enviados, y ¿antes de recibir una respuesta hizo esto?

Mehmed se puso de pie.

—Kumal Pasha, Mara Brankovic, Radu Bey, quédense. Todos los demás, fuera.

Tras el sonido de pasos apresurados y el movimiento de las túnicas, los cuatro quedaron solos, fuera de los guardias de Mehmed.

—Vengan —dijo, y entró a su habitación privada.

Radu lo siguió, y extrañamente el espacio se sentía más grande con más gente ahí. Quizás porque Mehmed solo era mucho más imponente que Mehmed con otras personas presentes. Radu se apoyó contra una pared mientras el sultán se movía de un lado a otro. Kumal y Mara se sentaron en una banca larga y baja.

—No puedes tolerar esto —dijo Mara, rompiendo el silencio.

Mehmed tenía la expresión de alguien que quiere arrojar algo. Pero todo lo que había en la habitación era costoso, delicado y de su propiedad. Sus puños se abrían y cerraban a sus costados.

–No lo entiendo. Le di el trono.

Radu se movió con incomodidad.

–Pero no se lo diste. No realmente. Nunca le enviaste hombres o apoyo. Ella lo tomó. Entenderás que siente que no es vasalla.

–¡Valaquia es un estado vasallo! Ella lo sabe.

–Tampoco respondiste a su asesinato de los enviados.

Mehmed le lanzó a Radu una mirada molesta y tajante.

–¿Crees que yo provoqué eso?

–¡Claro que no!

–No importa –señaló Mara, negando con la cabeza–. Debemos responsabilizarla.

Radu pasó sus dedos por los bordes de su turbante. Normalmente, la sensación de la tela lo tranquilizaba, pero ahora no encontró consuelo en ello. Decenas de *miles*. Y nada menos que búlgaros. No tenía sentido. ¿Qué intentaba lograr?

–¿Tomó alguna tierra?

Kumal había estado cuchicheando con Mara, dándole los detalles. Levantó la cabeza y negó.

–Solo una fortaleza en Chilia que tradicionalmente ha sido de Valaquia.

–Entonces, ¿no está ganando territorio? ¿Por qué atacaría a Bulgaria? Desestabiliza toda la región.

Mara abrió de golpe un abanico y lo sacudió frente a su rostro aunque la habitación estaba fresca.

–Atacó y acabó con todas las fortalezas otomanas. Nuestros hombres que estaban allá deben estar en medio del caos. No creo que los búlgaros lo usen como una oportunidad para revelarse contra nosotros, los serbios no lo harán, nosotros pelearemos con ustedes, pero sí hará que todos en la región estén más tensos. Especialmente Moldavia. ¿Tiene alguna relación con el rey Stephen? Es su primo, ¿no es así?

Radu sacudió la cabeza, sintiendo la desesperanza.

–No lo sé. No he estado en casa… –se detuvo en esa palabra, preguntándose cómo pudo escaparse al hablar de Valaquia–. No he estado ahí desde que era niño. La relación es del lado de mi madre, y ella se fue cuando éramos muy jóvenes. Si Lada lo contactó, es algo reciente.

—¿Cómo logró hacer tanto daño? —preguntó Kumal—. No debería ser posible.

—Con ella nunca se sabe. Lo imposible es donde mi hermana más se luce —dijo Radu—. En eso y en nunca retractarse.

Mara seguía jugando con su abanico, abriéndolo y cerrándolo.

—¿Qué quiere? ¿Podemos comprarla?

Mehmed rio irónicamente.

—Si ser emperatriz no tentó a Lada de Valaquia, nada lo hará.

Radu inhaló profundamente. ¿Emperatriz? ¿Cuándo le ofreció eso Mehmed? No mencionó que la hubiera visto o se hubiera comunicado con Lada desde que se fue. Mehmed la mantenía en secreto, la mantenía en una parte de su corazón a la que Radu no tenía acceso. Radu bajó la cabeza. Todas las horas que pasaron ahí, solos. Todas las confesiones y la cercanía. Todo el trabajo que Radu hizo para él mientras Lada estaba lejos y trabajando activamente *contra* Mehmed. Y aun así ella lo poseía. Siempre sería así.

Kumal se puso de pie y fue hacia el mapa en la pared.

—Si consigue que Hungría, Moldavia y Transilvania se pongan de su lado, podría lograr quitarnos el control de toda la región. También perderíamos el Danubio. Podemos enfrentar a Valaquia sin grandes pérdidas, pero no me gustan nuestras probabilidades frente a más regiones.

—Valaquia no es muy querida. Le tomará tiempo ganar los favores de Europa. Deberías atacarla —dijo Mara—. Inmediatamente.

Radu abrió la boca para manifestar su desacuerdo, pero se detuvo. Sus dudas habían costado muchas vidas en Constantinopla, a cada lado del muro. No había actuado de manera agresiva, y lo atormentaba pensar qué habría pasado si lo hubiera hecho. Si hubiera asesinado a Constantino cuando tuvo la oportunidad, quizás podría haber salvado a decenas de miles. No lo hizo porque le importaba el emperador, y porque le importaba Cyprian. Aún no sabía si había tomado la decisión correcta.

Sospechaba que no. ¿Soportaría quedarse quieto mientras morían más inocentes? Esta vez no era su culpa, pero...

¿O sí lo era? Lada le pidió que lo apoyara. Sin él a su lado, no había nadie que la calmara, nadie que la guiara ante sus primeros impulsos. Sin Radu para empujarla suavemente en otra dirección, Lada se estaba convirtiendo en su versión más brutal posible.

Radu eligió a Mehmed sobre Lada, y este era el resultado. Más muerte. Siempre la muerte.

No hubo respuesta a la sugerencia de ataque de Mara. Radu levantó la mirada. Todos lo estaban observando. Kumal, con compasión. Mara, expectante, y Mehmed, con agitación. Finalmente, sus puños se relajaron y dejó caer sus hombros.

—No quiero —dijo Mehmed con voz suave—. No quiero destruirla.

Radu asintió con un gesto triste.

—Entonces iré a hablar con ella.

Mara habló, tan compuesta y elegante como una pintura, aunque una línea ya se había posado entre sus cejas.

—¿De qué serviría hablar con ella? No puedes quitarle el vasallaje a Valaquia. Sería un terrible precedente. Si podemos pensar en algo que la atraiga y que no sea la total independencia, no tenemos nada para ofrecerle.

—Si continúa presionando de esta manera, la van a matar —Kumal levantó las manos como si estuviera sopesando algunas opciones—. No lo digo en tono de amenaza. Lo digo como un hecho. Tú mismo has dicho que nunca se retractará. Sus acciones amenazan a todos en nuestro imperio. La inestabilidad genera grietas por las que se cuela la muerte. Es nuestra responsabilidad mantener a salvo al pueblo y responder a las amenazas a su bienestar. Radu, sé que es tu hermana, pero si no cede, esto terminará con su muerte.

Radu sintió la presión detrás de sus ojos de las lágrimas que no dejaría salir. Kumal tenía razón. Lada estaba llamando a la muerte, y se llevaría números incontables en su camino sangriento. Él ya le había fallado antes, pero esta vez no le fallaría. Aunque para protegerla, tendría que traicionarla. La traición se estaba convirtiendo rápidamente en la única habilidad que podía ofrecer.

—No cederá —aceptó Radu, asintiendo—. Cuando venga a verme, y lo hará, porque soy su hermano y le indigna que yo le haya pertenecido a alguien más en estos años, la traeré hasta aquí.

—No volverá —dijo Mara.

—No por voluntad propia —Radu les dio un momento para que comprendieran lo que quería decir.

—No —interpuso Mehmed—. No puedo hacerla prisionera. No como lo hizo mi padre. Eso... —su voz se quebró antes de quedar en silencio.

—Eso mataría lo que le queda de amor por nosotros dos —Radu cruzó la habitación y tomó a Mehmed por los hombros. Vio su propia tristeza y su propio cansancio reflejados en los ojos de su amigo. Odiaba esta decisión, aunque sentía que era la correcta. La única—. Quizás algún día podamos arreglarlo. Pero ahora la gente está muriendo por su causa. Tu gente. Nuestra gente. ¿Podemos dejarlos morir por nuestra historia con ella?

Los ojos de Mehmed iban de un lado a otro, como si estuvieran revisando los futuros posibles. Sin duda buscaba aquel en el que podría tener a Lada como él quería. El futuro que veía no giraba en torno a Radu.

—Tráela —dijo Mehmed—. Tráela a casa.

Lo que tuvieran, lo que pudieran ser, terminaría si Lada volvía, sin importar si ella no lo quería así. Ella siempre tenía la prioridad. Pero no importaba. Radu no sabía qué esperar, pero toda la esperanza desapareció cuando Mehmed no dudó en volver a enviarlo lejos si eso significaba recuperar a Lada.

Fue la puerta que se cerró de golpe. Radu supo que todo se puso en movimiento el día en que huyó de Edirne con Cyprian y descubrió que vale más romper algunos corazones que otros. Y sospechaba que muy pronto la puerta se cerraría para siempre. Podía seguir reconociendo sus sentimientos por Mehmed aunque sabía que pronto terminarían.

Radu retiró sus manos de los hombros de Mehmed, sonriendo porque no sabía qué más hacer. Se había aferrado a su amor por él durante tanto tiempo. Había sido su primer amor, y no podía imaginarse que nada le quitara ese lugar. Pero se equivocaba.

Así que dejaría que ese amor imposible se extinguiera lentamente. Para siempre.

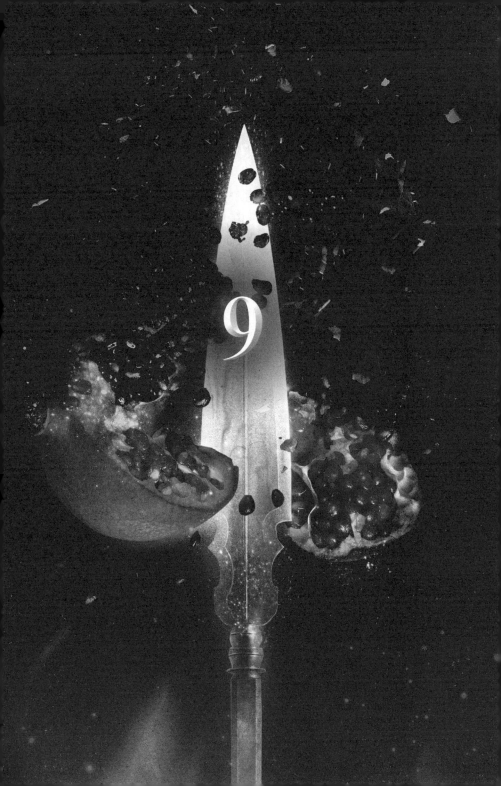

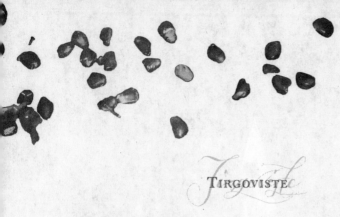

Lada estaba escondida.

Prefería verlo como un retiro estratégico, pero la verdad era que necesitaba unos minutos rodeada del tibio aroma del pan horneándose y nada más. Hundió un dedo en un frasco de conservas frutales, sacó un bocado y lo lamió.

—Ten modales —canturreó Oana, pero sus palabras no buscaban el regaño. Tarareó mientras iba de aquí para allá en la cavernosa cocina. Lada se transformó en una niña, y por primera vez en diecinueve años, eso no le molestó. Se metió bajo una mesa y se agazapó cerca de los hornos calientes, cerró los ojos y se terminó el frasco de conservas.

—¿Has visto a Lada? —preguntó Nicolae. Se había quedado con ella después de lo de Bulgaria, pues su presencia se necesitaba más en el castillo que en los campos de entrenamiento. Lada se quedó inmóvil. No podía verlo, pero eso no significaba que él no pudiera verla a ella—. Hay una disputa entre dos terratenientes, y vinieron a exigir que ella lo arregle. También tenemos varios peticionarios solicitando que les den tierras antes de que comience la temporada de siembra, y algunas docenas de reclutas para sus fuerzas esperando ser aprobados; y tenemos que hablar de cómo cobraremos los impuestos de las regiones sin boyardos. Y además hay más cartas.

Oana se acomodó de manera que sus faldas cubrían el nido de Lada.

—Tal vez salió a cabalgar.

—¿Con tanto frío?

Oana hizo una expresión de indignación.

—Ya no soy su cuidadora, como le encanta recordarme. No sé dónde está. Y ahora, sal de mi cocina o ponte a ayudarme. Maldito castillo que no puede alimentarse solo.

Nicolae se retiró a toda prisa. La mano de Oana apareció debajo de la mesa, ofreciendo otro frasco de conservas y media hogaza de pan aún humeante.

Lada volvería a ser príncipe en una hora. Pero por el momento, se dio el lujo de dejar que su antigua nodriza la cuidara.

—Gracias —murmuró.

El alegre tarareo de Oana indicó que la presencia de Lada era todo lo que necesitaba como agradecimiento. Quizás nunca abandonaron sus papeles. Oana siempre sería su institutriz, y Lada, su responsabilidad. Bogdan, el leal compañero de juegos. Radu...

Posó la hogaza tibia contra su mejilla y decidió ya no pensar más.

· ● · ● ·

Su hermano mayor, Mircea, había sido enterrado vivo por el polvo. A veces, Lada temía que ella terminara enterrada viva bajo los pergaminos.

Revisó un nuevo montón, entrecerrando los ojos para combatir el dolor de cabeza y extrañando el calor de la cocina. La primavera seguía siendo una promesa que solo entregaba una cubierta de hielo sobre las piedras del castillo.

—La fortaleza en Bucarest está casi lista —dijo. Y Nicolae lo anotó, esperando más información—. La fortaleza Poenari en Arges también está casi terminada. Quisiera estar ahí —Lada masajeó su nuca, soñando con las frías piedras de la montaña, el verde profundo de los árboles, el brillante correr del río a lo lejos. De todos los lugares de Valaquia, su fortaleza en la cima de la montaña era el que más sentía como su hogar. Pero Tirgoviste exigía su presencia con la molesta insistencia de cientos de peticionarios al día y docenas de cartas urgentes.

—¿Necesitamos enfocarnos en otras fortificaciones? —preguntó Nicolae—. A los muros de esta ciudad les vendría bien algo de atención.

—No ganaremos nada protegiéndonos aquí adentro.

—Defender una locación bien fortificada es más fácil que enfrentarse al aire libre.

Lada subió un pie a la mesa.

—Díselo a Constantinopla. No. Pelearemos de maneras nunca antes vistas. Así conservaremos nuestras tierras.

—Si es que el sultán viene a atacarnos.

—Vendrá —dijo Lada, y su voz estaba ensombrecida por los recuerdos de la última vez que vio a Mehmed en persona.

La suavidad de la voz de Nicolae era tan falsa como un día cálido en febrero.

—¿Crees que es posible que lo estés provocando porque *quieres* que venga?

—Habla claro, Nicolae —exigió Lada.

—Quiero decir que estás haciendo hasta lo imposible por confrontarlo. Lo de Bulgaria fue innecesario.

Lada bajó su pie de la mesa.

—¡Mataron a mi gente!

—En *un* pueblo. Y mataste a sus enviados como respuesta. Creo que eso fue un mensaje más que suficiente. Estoy intentando entender por qué.

—Hago lo que hago por Valaquia.

Nicolae le ofreció una sonrisa arrepentida y en su rostro se remarcó su vieja cicatriz.

—¿En serio? A Mehmed le importas. Podrías aprovechar eso, hacer que acepte nuevos términos de vasallaje. Pagos menores. Nada de niños en su ejército. Lo haría. Podrías crear la mejor posición y la más estable para Valaquia en años.

—¡Como un estado vasallo de los turcos!

—¡¿Y qué más da?!

Lada se levantó furiosa de su silla, tirando a Nicolae de la suya y aplastándolo contra el suelo con un brazo presionando su garganta. Le mostró los dientes y su pesado aliento se mezcló con el de él, que cada vez era más entrecortado. Nicolae no se movió ni intentó quitársela de encima.

—No seré vasalla de nadie —advirtió Lada con rabia—. Valaquia es mía. *Mía.* ¿Entiendes?

Nicolae parpadeó, sacudiendo sus oscuras pestañas sobre sus ojos. Algo que estaba ahí desde antes que la cicatriz, desde antes de que Lada lo conociera, había desaparecido de su mirada. Lada no sabía qué era, nunca había notado su presencia, solo se dio cuenta de ello ahora que se había ido.

—Entiendo —dijo Nicolae con voz tensa.

—¿Lada? —preguntó Daciana.

Lada se levantó y le dio la espalda a Nicolae. Daciana estaba en la puerta, mirando la escena sin saber qué hacer. Llevaba varios paquetes en los brazos.

—¿Sí?

—Tu nueva ropa. ¿Podemos asegurarnos de que lo haya cortado todo correctamente?

—Muy bien. Puedes irte, Nicolae. Habla con Bogdan antes de que te vayas. Ha estado buscando nuevos soldados entre los prisioneros.

Esperaba que Nicolae discutiera, él siempre discutía, pero solo le ofreció una reverencia y se retiró.

Daciana tomó su lugar, ayudando a Lada a desvestirse sin decir palabra. Era mejor costurera que Oana, cuyos ojos ya no eran buenos. Por eso Oana había tomado la cocina y Daciana se encargaba de vestir a Lada. Cuando la tuvo quieta mientras la media, Daciana al fin habló.

—¿Hay algún problema con Nicolae?

—No.

—Qué bueno. Me agrada.

—No te pedí tu opinión.

Daciana hizo un pequeño ruido, levantando la mirada hacia Lada desde donde estaba marcando la tela con su gis. El nuevo abrigo tendría cuello y muñequeras de piel. Estaba teñido de un rojo profundo para combinar con el sombrero de Lada.

—Entonces, tal vez no quieras escuchar mi siguiente opinión, que es que deberías cuidarte de no dejar que Bogdan te encuentre sola en los próximos días.

—¿De qué hablas?

—Te va a proponer matrimonio.

Lada dio un salto, sorprendida, provocando que el gis marcara un largo trazo en las faldas de su futura túnica.

—¿Qué?

—A veces platica conmigo, en la iglesia. La última vez echó un vistazo a su alrededor y comentó lo lindo que sería casarse ahí, o en el monasterio en la isla Snagov. Y como no estaba intentando ganar *mi* interés, puedo asumir sin miedo a equivocarme que estaba pensando en la única mujer que existe para él.

Lada se sentó, arruinando la forma de la túnica sin coser.

—¿Por qué ninguno de los hombres en mi vida puede simplemente hacer lo que le pido?

—¿Le has pedido a Bogdan que no esté enamorado de ti? —preguntó Daciana con tono bromista. Recogió la tela caída y luego desenvolvió el resto que cubría a Lada.

—No puedo entender qué lo mueve a estarlo, para empezar. O por qué se imaginaría que me voy a casar con él.

—Es un niño —Daciana dejó la tela a un lado y luego sacó un peine y comenzó a trabajar en el cabello de Lada. Era mucho más cuidadosa que Oana. A Lada no le molestaba tanto cuando Daciana la arreglaba—. Ve en ti lo que quiere ver. Sé amable con él cuando te lo pida.

Lada levantó la mirada para ver a Daciana por debajo de sus pesadas pestañas y enarcó una ceja.

—Bueno, no amable —corrigió, riéndose—. Pero intenta no ser cruel. Es un alma frágil.

—Es del doble de tu tamaño. Lo he visto romper cuellos con las manos.

—Pero tú romperás su corazón con las tuyas.

—Yo no pedí su corazón.

Daciana terminó acariciando el cabello de Lada con una mano.

—Así pasa cuando das el corazón. No esperas que alguien te lo pida. Simplemente lo ofreces y esperas que alguien lo quiera.

La puerta se abrió de golpe y dos niños entraron con pasos torpes. Stefan iba detrás de ellos, un destello de sorpresa cruzó su rostro inexpresivo al ver a Lada.

—Lo siento, pensé que te habías ido —se agachó para recoger a los niños, pero estos se escabulleron.

—Quieren a su madre —dijo Daciana, riéndose. Extendió los brazos y ambos niños corrieron hacia ella hasta estrellarse contra su cuerpo.

Lada estaba confundida. Dada la cantidad de tiempo que pasaba lejos del castillo, no veía mucho a Daciana. Y no había visto a la niña de Daciana, que llevaba el nombre de Lada, desde que era una bebé.

Pero Lada estaba absolutamente segura de que solo era una.

—¿Quién es él? —preguntó, señalando al otro niño.

Daciana y Stefan compartieron una expresión furtiva. Lada solo la notó porque estaba acostumbrada a que Stefan fuera inexpresivo. Esa mirada que compartieron cortó su confusión y la desconfianza comenzó a supurar.

—Nuestro hijo —Daciana sonrió complacida, como si fuera algo obvio.

—¿Y de dónde salió?

Daciana liberó su cabello de la manita empuñada del pequeño.

—Pues de donde salen todos los bebés.

Lada no estaba para juegos.

—¿De quién es ese hijo? —preguntó, poniéndose de pie.

Stefan recogió al niño, abrazándolo contra su pecho.

—Mío —dijo. Tomó a la niñita con el otro brazo y salió de la habitación.

Daciana recogió sus cosas, mirando a cualquier parte menos hacia Lada.

—Hay muchos huérfanos —dijo, encogiéndose de hombros—. Pensamos que a nuestra pequeña Lada le agradaría tener un hermano.

—Mmm —Lada observó a Daciana intentando guardar el peine y tirándolo. Lo levantó, luego agachó la cabeza y salió a toda prisa del lugar. No terminó su trabajo, lo cual era raro en ella.

Daciana había sido nodriza de una familia boyarda tras tener a su propio bebé. Una familia boyarda Danesti.

Lada mató a todos los boyardos Danesti. Y ordenó que sus herederos también fueran asesinados.

Entonces, buscó la hoja de notas cuidadosamente tomadas por Nicolae y agregó dos nuevas al final.

Vigilar a Nicolae.

Vigilar a Stefan.

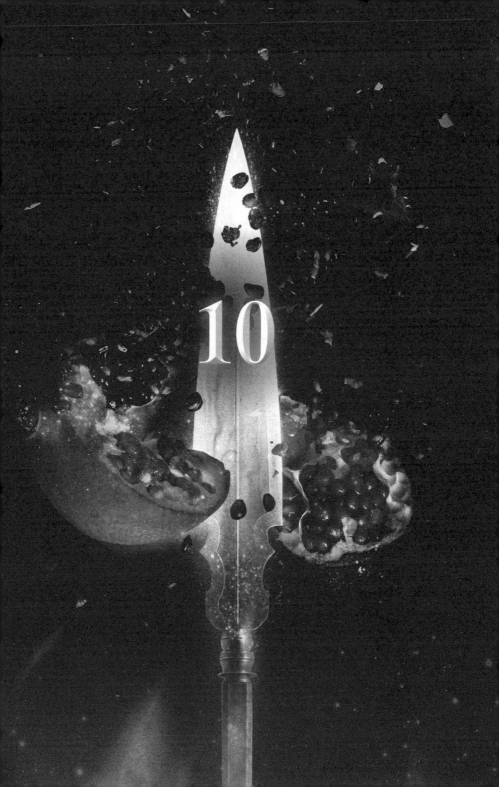

CONSTANTINOPLA

Radu y sus hombres cabalgaron hacia las puertas de Constantinopla acompañados por Mehmed, quien iba en medio de un círculo de guardias. Su turbante brillaba y resplandecía bajo el sol con sus hilos de oro puro. Su caballo era alto, una cabeza más alto que el resto, blanco y brillante. La capa púrpura de Mehmed caía tras ellos. Radu se imaginó que era un ciudadano junto al camino, observándolos, impresionado. El sultán sin duda era todo lo que debía ser. La personificación del poder y la gloria.

Se detuvieron afuera de la ciudad y Mehmed permitió que Radu se le acercara.

—Tráela a casa —la discreta urgencia en su voz contrastaba con su postura de seguridad.

Radu asintió, pero no podía fingir que se sentía seguro. Lada ya estaba en casa. Y Radu no se sentía en casa en Constantinopla. Pero traería a Lada, y la llevaría de regreso. Y luego…

No sabía a dónde iría. Pero sus deberes tanto para con Mehmed como para con Lada se acabarían, y sabía qué haría: pasaría el resto de sus días buscando a Nazira.

Con un dolor profundo en su cuerpo que le resultaba tan conocido como inocuo, Radu echó a andar en su caballo. Lejos de Mehmed.

Kumal se le acercó a unos cuantos kilómetros de la ciudad.

—Gracias por venir —dijo Radu con una sonrisa más genuina de las que podía ofrecerle a Mehmed.

—No es nada. Será bueno salir de la ciudad.

—¿No te gusta? —Radu nunca había escuchado ni una queja de Kumal.

Pero tampoco había escuchado nunca ni una palabra de protesta por la pérdida de su única hermana. Radu se preguntó si Kumal sería capaz de realizar un acto de crueldad. A decir verdad, esperaba que sí. Le daba esperanza pensar que los hombres como Kumal eran iguales a cualquiera, y simplemente elegían ser mejores.

Kumal pareció sorprendido, pero luego negó con la cabeza.

—No. Estoy conforme con mi posición cercana al sultán. Es un buen hombre y lo respeto. Es un honor servir a nuestra gente. Pero es difícil no sentir que no estamos haciendo nada mientras esperamos saber algo de Nazira.

Radu agachó los hombros en un gesto reflexivo. Sabía que Kumal no sacó el tema de Nazira para molestarlo, pero no podía escapar de la culpa constante por su ausencia.

Kumal notó su incomodidad y acercó su caballo aún más.

—Tomaste la mejor decisión posible en un momento imposible. Sé que hiciste todo lo que estuvo en tu poder para protegerla. Me refería a que estar esperando en un mismo lugar puede enloquecer a un hombre. Es bueno salir, estar activo, defender el imperio. Conservaremos la esperanza y seguiremos rezando por recibir noticias de que Nazira está bien. Pero eso también se puede hacer en el camino.

Radu asintió, sintiéndose un poco aligerado.

—Gracias. Siempre has sido un buen amigo.

—Eres mi hermano.

—Tú eres el hermano que elegí —dijo Radu riéndose—. Mi propio hermano nunca fue mi amigo.

—Hablando de hermanos, ¿cuál es el plan con Lada? ¿Intentarás negociar primero?

—Le enviaré un aviso con tiempo para que nos encuentre en nuestro puesto en Giurgiu. Creo que irá a verme, aunque no haya promesas específicas. Cuando llegue, la separaremos de sus hombres y la llevaremos de regreso a Constantinopla.

—¿Cuánta fuerza estás dispuesto a usar?

Radu se reacomodó en su montura, incómodo, hundiéndose más en las pieles. Pareció un buen plan cuando lo habló con Mehmed y Mara. Pero no había pensado en los detalles. Lada no querría ir. Eso era obvio. ¿Tendría que matar a sus hombres? ¿Y si Bogdan iba con ella? A Radu nunca le agradó Bogdan; sacaba lo peor de Lada con su obstinada lealtad. Pero no quería matarlo. Ni a Nicolae. Siempre había pensado que Nicolae era superior al resto de los hombres de Lada. Gracioso e inteligente, incluso amable a veces.

Y luego estaba la propia Lada. Radu se imaginó atándola, llevándola en una de sus carretillas. De no hacerlo así, pasaría todo el camino luchando contra ellos. Y cuando la tuvieran de regreso, ¿qué? ¿A una celda?

Radu suspiró, frotando sus ojos.

—Tanta fuerza como haga falta.

No podía encontrar una solución feliz para su plan, pero no podía dejar a Lada con sus agresiones continuas.

—¿Es lo correcto? ¿Traerla con falsas promesas de paz para luego secuestrarla? —Kumal no sonaba molesto, pero su tono suave tenía algo de desaprobación. No había contribuido mucho durante la planeación. Aún estaba en deuda con Mehmed y no lo contrariaría, pero Radu estaba más cómodo.

—Salvará vidas en el largo plazo —extendió las manos y luego las dejó caer a sus costados, derrotado—. Y también salvará su vida. Mara tenía razón. No puede seguir así. Alguien la va a matar. Prefiero que esté segura en la prisión en Constantinopla que en una tumba sin nombre junto a nuestro padre y nuestro hermano.

—Muy bien —dijo Kumal, asintiendo—. Si crees que este es el mejor camino, haré todo lo que esté en mi poder para apoyarte. A veces tenemos que trabajar con tretas. Aunque debo admitir que es una túnica que no me queda bien. No tengo ni habilidades ni gusto por ello.

—Eso es porque eres un hombre bueno y honesto —esta vez Radu no pudo sonreír. Él caía en los engaños tan fácil como quien se mete a una tina de agua tibia. Siempre había sido su máxima habilidad: decir y hacer lo que hiciera falta para sobrevivir.

Ahora diría y haría lo que hiciera falta para asegurarse de que su hermana sobreviviera. Aunque ella nunca lo perdonara por eso.

· ● ● ● ·

A dos días de su viaje hacia el norte camino a la fortaleza en Giurgiu que marcaba el límite de la tierra controlada por los otomanos, los alcanzó un mensajero.

—Me envía Mara Brankovic —dijo, cubierto en polvo y extendiéndoles una carta.

Radu la tomó, confundido. ¿Qué necesitaba comunicarle Mara con tanta desesperación? Rompió el sello y la abrió. Una de las hojas era una nota de Mara. Las elegantes líneas de su caligrafía lo abrumaron. No lograba controlar su respiración, no podía mirar la siguiente carta.

—¿Qué pasa? —preguntó Kumal.

—Mara. Se enteró de algo sobre Nazira. No puedo… Kumal. No puedo leer —Radu tembló por el miedo de saber qué le había pasado a Nazira. No saber era horrible, pero tener su destino en las manos era peor. No soportaría que estuviera muerta.

Kumal tomó suavemente la carta. Radu no despegó los ojos del suelo. Ver a Kumal esperando su reacción era lo mismo que leer la carta. Quería detener el tiempo para siempre en ese momento, cuando no tenía que saber si su mejor amiga estaba muerta y era su culpa.

El hombre soltó un ruidoso suspiro de alivio y dio gracias a Dios. Radu se llenó de esperanza y se atrevió a levantar la mirada. Las lágrimas brillaban en los ojos de Kumal, y sonrió.

—Está viva.

Un grito ahogado escapó del pecho de Radu, liberando todos los meses de tormento y miedo.

—¿Está viva?

—Sí —Kumal ojeó de nuevo la carta—. Naufragaron en una isla del mar de Mármara. Nazira no sufrió daños. Cyprian y el sirviente quedaron muy malheridos. Ella tuvo que quedarse a cuidarlos y no tenía forma de comunicarse hasta que pudiera viajar a un área con más gente.

Nazira estaba viva. Cyprian y Valentín estaban heridos.

—¿Están...? ¿Cyprian y Valentín se recuperaron?

—No lo dice. Esto no lo escribió Nazira, sino uno de los contactos de Mara. Quien lo escribió dice que puede acompañar a Nazira hasta la ciudad portuaria de Bursa, pero que alguien tendrá que recibirla ahí.

Radu ya estaba haciendo girar su caballo. Respiró profundo, cerró los ojos y levantó su rostro hacia el cielo. Inhaló gratitud, exhaló el miedo. Inhaló esperanza, exhaló preocupaciones. Nazira estaba viva y bien. Radu no mató a su mejor amiga, la más querida. Llevaría a la esposa de Fátima a casa.

Y Cyprian.

Si Cyprian y Valentín estuvieran muertos, la carta lo habría dicho. Sin duda estaban bien, y no podía pedir nada más. Cualquier otra cosa sería demasiado egoísta de su parte después de todo lo que había hecho.

—Debes ir con ella —le dijo Radu a Kumal, sonriendo.

Los ojos cálidos de Kumal estaban llenos de lágrimas. Sacudió la cabeza y una sonrisa iluminó su rostro. La misma sonrisa amable y buena que fue el salvavidas de Radu cuando era un jovencito aterrado y perdido en una tierra extraña.

—Tú eres su esposo. Ve por ella.

—Pero Lada...

—Yo lo arreglaré todo. Prometo que la trataré con respeto y tan amablemente como sea posible. Permíteme encargarme de tu hermana mientras tú te encargas de la mía.

Radu se rio y tomó una de las manos de Kumal.

—Gracias, hermano. La traeré a casa —Radu giró su caballo hacia la ruta que lo llevaría a Bursa y a Nazira. Luego se detuvo—: Por favor, sé cuidadoso con mi hermana.

—Prometo que la trataré bien.

—No, quise decir que te cuides de ella.

La expresión de Kumal se tornó fría e indudablemente hosca.

—He leído los informes. No la subestimaré.

Tras intercambiar gestos de despedida con la cabeza, Radu y Kumal se separaron para ir por las hermanas que debían volver al imperio. Una rescatada, la otra como prisionera.

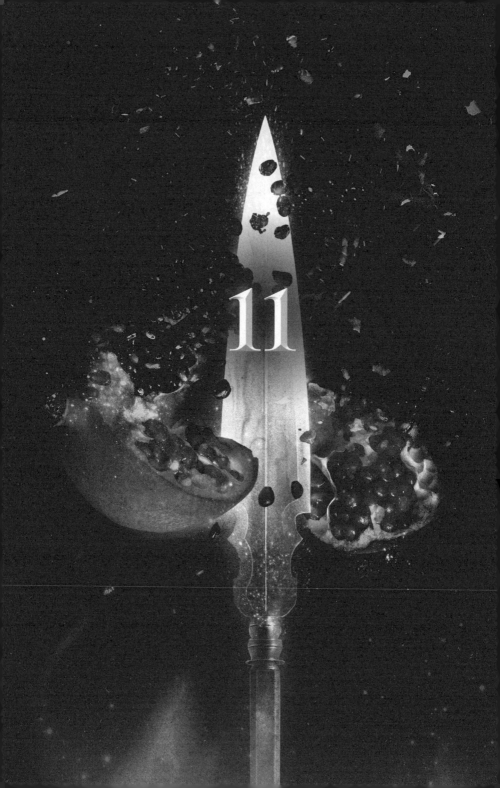

11

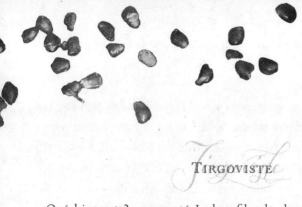

—¿Qué hizo este? —preguntó Lada, afilando dagas mientras un variado grupo de prisioneros esperaba frente a su trono, rodeado de sus soldados.

—Violación —respondió Bogdan.

—Mátenlo —Lada no levantó la mirada para ver cómo se llevaban a rastras al hombre y traían al siguiente—. ¿Y este?

—Robo.

Lada sintió la mirada de Bogdan sobre ella, pidiéndole que lo mirara. Lo había estado evitando desde la advertencia de Daciana. No tenía tiempo para cuidar sus sentimientos y le molestaba tener que tomarlos en cuenta.

—¿Por qué? —preguntó.

—Mi familia se estaba muriendo de hambre —gimió el prisionero—. Lo volvería a hacer.

Lada hizo una pausa, estudiando al hombre. Era delgado y desgarbado, pero con potencial para ser fuerte si se alimentaba bien.

—Puedes unirte a mi ejército. Estarás en las primeras filas en cualquier conflicto y lo más seguro es que te maten. Si sobrevives y te distingues, tus crímenes quedarán perdonados y tendrás la oportunidad de recibir tierras para ti y tu familia. Si vuelves a robar o me decepcionas de alguna manera, te mataremos. De otro modo, volverás a las celdas. ¿Aceptas?

El hombre lo pensó con el ceño fruncido. A Lada le pareció bien. Los hombres que aceptaban sin tomarse el tiempo de sopesar la oferta o estaban mintiéndose a sí mismos o, más probablemente, le estaban mintiendo a ella. A esos siempre hacía que los devolvieran a prisión o que los mataran, dependiendo de sus crímenes.

Finalmente, el hombre hizo una reverencia con la cabeza y se hincó sobre una rodilla.

—Acepto, mi príncipe.

—Muy bien —Lada le hizo una seña con la mano para que se fuera. Los soldados lo llevaron a la otra salida, donde se uniría a su ejército que se expandía constantemente. Ya estaba cerca de los cinco mil, y esperaba conseguir más en Transilvania.

—¿Realmente queremos criminales en nuestro ejército? —preguntó Nicolae. Estaba cerca de Lada, aunque ella no le pidió que fuera a la sesión de ese día.

—Hemos tenido criminales en la nobleza desde hace siglos. ¿Por qué no dejaríamos que los criminales nos ayuden en algo?

Nicolae suspiró.

—Pero ¿realmente les darás tierras después de esto?

—Le doy tierras a quien mejor me parezca. Si yo se la doy, me deberán todo. Si caigo, perderán todo lo que han ganado. ¿Se te ocurre una mejor manera de asegurar la lealtad entre mi gente?

Nicolae se encogió de hombros y sonrió. Pero había algo extraño en su sonrisa, algo raído y desgastado como su cicatriz. Las cosas no habían sido iguales entre ellos desde que la cuestionó. Lada sentía la distancia que los separaba como el filo de una espada dentada. Si le pasas un dedo lentamente apenas es incómodo, pero si lo mueves demasiado rápido, habrá sangre.

—¿Por qué estás aquí, Nicolae? Deberías estar entrenando a nuestros nuevos reclutas.

—Llegó una carta.

—Ah, una carta. Qué novedad. ¿Es una propuesta de matrimonio? ¿Quizás una cuidada admonición para que me mantenga dentro de mis fronteras y no moleste a nuestros enemigos? ¿O será que alguien quiere felicitarme por mis acciones pero no hará nada para ayudarnos? Me encantan esas cartas —Lada envainó una daga afilada en su muñeca y sacó la siguiente para sacarle filo.

—Es de tu hermano.

—Salgan de la habitación —ordenó Lada incorporándose.

Los soldados sacaron a empellones a los prisioneros que quedaban, dejando solo a Bogdan y Nicolae.

—¿Dónde está Stefan? —preguntó Lada, extendiendo una mano.

—No lo sé —Nicolae le entregó la carta. Radu tenía un nuevo sello, algo en un alifato con florituras y estilizado. Lada destrozó esa cera roja antes de abrir la carta.

Querida hermana:

Escribo en nombre de su magnificencia, la Mano de Dios en la Tierra, el emperador de Roma, el sultán del glorioso Imperio otomano, Mehmed el Conquistador.

Lada se maravilló por la retahíla de títulos que Mehmed se había puesto. ¿Cómo caminaba con todas esas palabras colgando a sus espaldas?

Los recientes eventos requieren una renovación de los términos del vasallaje de Valaquia con el Imperio otomano. Para evitar un conflicto que no podrías ganar, solicito te reúnas conmigo en Giurgiu, donde podremos llegar a un acuerdo sobre cómo continuar con la amistad y la paz. Preferiblemente, una amistad que incluya muchos menos cuerpos empalados.

Lada soltó una carcajada sorprendida. Ese era su hermano. Ese era el Radu que se escondía detrás de un nuevo nombre, detrás de un imperio que no era suyo. Sintió un golpe de melancolía que a la vez era de ira. Lo extrañaba. Le pidió que fuera con ella hace tanto tiempo, y él aparecía ahora por insistencia de Mehmed, quien supuso correctamente que Radu era el único enviado que no corría el riesgo de volver en una caja de madera. Fue un movimiento inteligente de su parte.

Estaré esperando tu llegada. Ha pasado demasiado tiempo, hermana. Tenemos mucho de qué hablar. Y te he extrañado. Hasta pronto,

Radu Bey

Su caligrafía, siempre elegante y meticulosa, se leía ligeramente temblorosa en las palabras "te he extrañado". ¿Era porque mentía? ¿O porque estaba admitiendo una difícil verdad?

Lada le entregó la carta a Nicolae y comenzó a andar de un lado a otro.

—Interesante —dijo él al terminar de leerla—. Mucho más civilizado de lo que esperaba, a decir verdad. Quizás el pequeño fanático aún te guarda un poco de afecto, incluso ahora.

Lada no reaccionó, pues sospechaba que Nicolae la estaba azuzando de nuevo.

—¿Qué vas a hacer? —preguntó él.

—Iré a ver a mi hermano.

—¿Y aceptarás nuevos acuerdos? Entre la influencia de tu hermano y la misericordia del sultán, creo que podríamos asegurar los mejores términos que haya tenido Valaquia —Nicolae sonaba emocionado, y sus palabras se agolpaban. Había sugerido lo mismo en los aposentos de Lada. Esta carta probaba que sus ideas eran correctas—. Todo por lo que has luchado recibirá su recompensa. Y toda tu gente se beneficiará.

Lada sonrió, moviendo su daga para que reflejara la luz.

—Me reuniré con Radu. Y lo traeré a casa.

—No mencionó nada sobre volver a Tirgoviste —Nicolae sonaba mucho menos emocionado y mucho más preocupado.

—No, no querrá venir —la sonrisa de Lada creció aun más—. Vamos a secuestrar a mi hermano.

—¿Qué? —preguntó Bogdan—. ¿Por qué?

Porque de cualquier modo, él debía ser suyo.

Porque lo había extrañado, y lo odiaba por eso.

Porque Bogdan quería más de lo que ella podía darle. Porque no confiaba

96

en Stefan. Porque las preguntas de Nicolae ardían bajo su piel. Porque Petru, joven y socarrón pero suyo, estaba muerto, asesinado por los boyardos que ella misma mató en el comedor de este mismo castillo. Porque aun después de todo esto, la sangre que corría por sus venas sabía que podía confiar en Radu.

Y porque… Nicolae tenía razón. Lada sí estaba buscando iniciar una pelea con Mehmed, aunque no se hubiera dado cuenta antes. No lo hacía por Valaquia. Lo hacía por ella misma. Por todo lo que él había significado para ella. Por todas las maneras en las que le había fallado. Ella tenía a Valaquia, y haría todo lo que pudiera para protegerla, pero quería castigar a Mehmed. Secuestrar a Radu, recuperar lo primero y lo último que Mehmed le había quitado, podría bastar para hacer que viniera a ella como decenas de miles de cuerpos no lo habían logrado.

Solo tres cuerpos importaban. Los mismos tres cuerpos que habían importado siempre.

El de Radu.

El de Lada.

Y el de Mehmed.

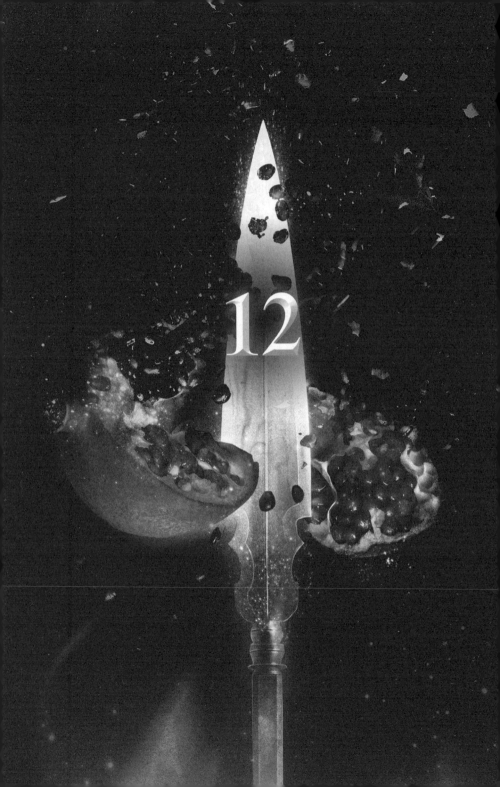

12

Bursa

Radu no podía bajarse del barco más rápido. Y por primera vez no era porque se sintiera mareado, sino por la persona que lo estaba esperando. Estuvo en la proa, observando el horizonte, desde el amanecer. En cuanto vio Bursa en la distancia, no pudo hacer más que contenerse de saltar al agua y nadar. Lo único que lo mantenía a bordo era saber que sería mucho más lento que el barco.

Se acercaron de lado a la ciudad, esa que visitó con Nazira antes de Constantinopla, y el viento azotó el rostro de Radu con el mismo frenesí de sus emociones. Finalmente, se acercaron al muelle.

Radu vio una figura conocida, tan brillante y agradable como la primavera.

Se bajó del barco de un salto y cayó con un golpe seco sobre el mulle. Nazira corrió a su encuentro. Él la rodeó con sus brazos y la levantó del suelo, haciéndola girar. No sabía si reía o lloraba. Tras unos minutos de abrazos, Radu la soltó. Tomó el rostro de Nazira entre sus manos y lo observó. Estaba más morena que antes, evidenciando que había pasado más tiempo bajo el sol de lo normal, y su ropa tenía colores que ella nunca habría elegido, pero se veía saludable. No había surcos malditos bajo sus ojos, no había terrores contenidos en la dulce redondez de sus labios.

—Nazira, yo…

—Por favor, no te disculpes —dijo ella, poniéndole una mano sobre la boca—. Te conozco. Probablemente has estado cargando con la culpa estos meses, atormentándote con eso. Pero lo hiciste. Nos salvaste. Sobrevivimos, lo cual significa que estamos vivos para sanar y crecer.

Radu suspiró, dejando caer su cabeza y moviendo la mano de Nazira para descansarla sobre su mejilla.

—Todo el tiempo que estuvimos juntos en Constantinopla, eso fue lo único que pedí en mis oraciones. Que pasara lo que pasara, estuvieras bien.

—Dios es bueno —respondió Nazira, sonriendo.

Radu no había buscado a nadie más que a Nazira. Pero ahora, con su corazón lleno y a punto de explotar tras verla *viva*, bien y sana, tenía espacio para otras preguntas.

—Valentín y Cyprian...

—No están aquí. Pero también están vivos.

Radu se estremeció. Podía sentir físicamente cómo soltaba la culpa y el terror, y se sintió a punto del desmayo. Nazira lo tomó de la mano, pues no estaba dispuesta a soltarlo, al igual que él a ella, y lo llevó a una pila de piedras cerca del agua para sentarse. La última vez que estuvieron juntos habían observado la flota de Mehmed. Cuando Radu creía saber lo que deparaba el futuro, cuando Constantinopla era apenas una meta y no una realidad empapada de sangre.

Nazira miró el rostro de Radu, tocando su turbante.

—Es bueno verte con esto de nuevo. Es bueno dejar de fingir —miró su propia ropa—. A veces, cuando sueño, aún visto las ropas de Constantinopla. Y cuando despierto no puedo respirar —sacudió la cabeza como para salir de un sueño—. ¿Cómo está Fátima?

Radu la rodeó con un brazo y la acercó a él. No pensaba que fuera a soltarla nunca más. Salvo para entregarla a Fátima.

—Está bien —dijo suavemente—. Le mandé un aviso de que te llevaría de regreso, pero no tuve tiempo para ir por ella.

Nazira se limpió las lágrimas.

—La he extrañado tanto. Pero sabía que tú la cuidarías. Eso ha hecho que la añoranza fuera tolerable. Tan solo era tristeza, no tristeza y miedo.

—Nunca perdió la esperanza. Creo que está hecha de eso.

Nazira se rio y asintió con su cabeza moviéndose sobre el hombro de Radu.

—Así es. Ella es mi luz que nunca se apaga. Y tú eres el cristal que protege nuestra llama —Nazira lo besó en la mejilla—. Llevo tres días en Bursa. Esperé aquí, en el muelle, cada uno de ellos, sabiendo que vendrías. Cuando el hombre de Mara Brankovic llegó para traerme aquí, me separé de Cyprian y Valentín. No sé dónde están ahora. Me dolió dejarlos. Se han convertido en mi familia.

Radu sabía que debieron ir a buscar unos caballos para volver con Fátima lo más pronto posible, pero aun así se sentía nervioso y necesitaba tomarse unos minutos para que su cuerpo procesara la noticia de que Nazira estaba segura.

—Cuéntame todo lo que pasó desde que se fueron. Por favor.

—Primero cuéntame tú: ¿los salvaste? ¿A los sobrinos de Constantino?

Radu asintió, mirando hacia el cielo nublado. Había dejado a Nazira con Cyprian para volver a la ciudad y salvar a los dos niños. Todos arriesgaban algo. Radu arriesgó su vida por lo que podía ser una misión inútil, y arriesgó a Nazira confiándole su cuidado a Cyprian aun después de que revelara su traición. Pero eso nunca pareció un riesgo. Sabía tan bien entonces como ahora que Cyprian nunca haría nada para lastimarlos.

Quizás fue más de lo que merecían, y eso lo hacía extrañar a Cyprian aún más.

—Sí, los salvé. Y les evitamos la mayor parte del terror y la matanza. Ahora están en la corte de Mehmed con nuevos nombres, Murad y Mesih. Son felices.

Nazira apretó su mano. No pidió detalles, y él no se los ofreció. Ya había visto suficiente durante su huida como para saber que no quería tener más imágenes de esa pesadilla.

—Diría que hiciste lo correcto, pero creo que en esas circunstancias lo *correcto* no existe. Pero sí hiciste algo bueno. ¿Cómo está la ciudad?

—Prosperando. Como sabíamos que sería bajo los cuidados de Mehmed.

—¿Y cómo está el sultán?

Radu le dio un golpecito cariñoso.

—No tienes que hablar como si fueras un cirujano explorando una herida. No he tenido con quién hablar, nadie que sepa todo lo que soy. Por favor, deja de fingir.

Nazira le devolvió el golpecito con el codo.

—Muy bien. ¿Cómo ha sido estar de nuevo con él?

—¿Recuerdas cuando me dijiste que el ser tan maravilloso lo hace a la vez más y menos hombre? He pensado mucho en eso. Está tan solo, por necesidad. Se niega a cometer los mismos errores de su padre. Y depende de mí, e incluso me ama, a su manera. Pero esto, lo que tengo contigo, me ha dado más en los últimos minutos que los meses que he pasado con Mehmed.

—Lo lamento.

—¿Lamentas tener razón?

—Es un gran peso tener siempre la razón —dijo Nazira, riéndose—. Pero algunos tenemos que soportarlo.

—Agradezco que lo hagas por mí, pues yo no estoy calificado para hacerlo —Radu se levantó y extendió una mano—. Ahora, ven. Iremos por caballos y provisiones. Y aún no me has contado nada de lo que pasó desde que te dejé en el Cuerno de Oro.

—Prepárate —anunció Nazira—. Es una *gran* historia. Al menos ahora que sé que tiene un final feliz.

Recorrieron las ventosas calles de Bursa comprando lo que necesitaban. Tener el dinero del sultán ayudó a acelerar el proceso. Nazira contó su historia entre compra y compra.

—Nadamos hasta una pequeña galera abandonada. Cyprian logró izar las velas para aprovechar el viento y nos fuimos sin que nadie nos notara entre el caos. Decidimos ir hacia Cyprus. Cyprian quería atracar antes, pero me negué. Tenía miedo de que si nos atrapaban las fuerzas otomanas, matarían a Cyprian. Sabía que tú preferirías que fuéramos más lejos en vez de arriesgar su vida.

Radu asintió, acariciando al caballo que había elegido mientras esperaban por monturas y cajas de carga.

—En nuestro segundo día en el barco —continuó Nazira— las cosas empeoraron. No teníamos provisiones y, exhaustos como estábamos, nos quedamos dormidos todos al mismo tiempo. Nos despertó una tormenta, y antes de poder llevar el barco a tierra, volcamos.

»Cyprian se golpeó muy fuerte. Nos hundimos. No podía encontrarlos ni a él ni a Valentín entre la tempestad. Luego vi al niño aferrado al mástil y abrazando a Cyprian. Entre los dos logramos sostenernos por el tiempo suficiente para llegar a la orilla. Pero Valentín se había roto una pierna y no sabíamos qué tan herido estaba Cyprian.

Aun sabiendo que los tres habían sobrevivido, Radu estaba conteniendo la respiración.

—Arrastré a Cyprian hasta tierra firme, y luego volví para ayudar a Valentín. Esperamos a que pasara la tormenta cobijados por algunos árboles. Cuando terminó, y como Cyprian seguía inconsciente, fui en busca de ayuda.

»No había nada. Nadie. De algún modo llegamos a la isla más solitaria de todo Europa, creo —se rio ligeramente, pero Radu sabía que le costaba trabajo fingir que no había sido aterrador. Mientras acomodaban las cajas de carga en los caballos, Nazira dio más detalles. Los meses posteriores cuidó a Cyprian, que no solo se había lastimado la cabeza, sino también un tobillo y un hombro, y a Valentín, mientras luchaba por conseguir suficiente comida y armar un barco usando los restos del anterior.

—Nunca dejas de sorprenderme —dijo Radu mientras seguía asegurando las provisiones. No podía dejar de ver a Nazira, y ella se ruborizó, ofreciéndole una tímida sonrisa.

—Espero que pueda dejar de sorprenderte ahora mismo, pues no quisiera tener que hacer algo así de impresionante de nuevo. Al fin logramos llegar a un pueblo y encontramos una granja solitaria. Pero no confiaban en nosotros y querían dinero, lo cual no teníamos. Nos pusieron a trabajar. Cuando decidieron que ya habíamos ganado suficiente para pagarles por alimentarnos y darnos techo, me permitieron ir caminando al pueblo más cercano, que estaba a un día de distancia, donde podría pedir ayuda e información. ¡Imagínate mi sorpresa cuando me enteré de que alguien ya había dado aviso y nos estaba buscando! Primero temí que fuera por Cyprian, que le hubieran puesto precio a su cabeza, y por eso no te escribí. Lo siento. No podía arriesgarme a que lo encontraran. Después de todo lo que hemos pasado, él es familia. Y yo cuido a mi familia.

—Yo sé que sí —Radu terminó de amarrar las provisiones y ayudó a Nazira a subirse al caballo para luego montar el suyo.

—Entonces agendé una reunión con el hombre que llevó el aviso y esperé. Cuando me dijo que Mara Brankovic era quien estaba buscando con tanto interés, asumí que Cyprian estaba seguro. Su agente nos llevó hasta un puerto donde pude conseguir un pasaje a Bursa. Allí me separé de Cyprian y Valentín. Intenté hacer que vinieran, pero…

Radu no la presionó para contar la dura verdad.

—Tras mis mentiras y mi participación en la caída de Constantinopla, no creo que estuvieran ansiosos de verme. Usamos terriblemente a Cyprian, no lo culpo de nada.

—Le conté todo a Cyprian.

—¿Qué quieres decir con "todo"?

—Quiero decir *todo*. No merecía menos que la honestidad total. Se enojó, pero más que eso, le dolió. Quería entender por qué hicimos lo que hicimos. Cómo pudimos mentirle por tanto tiempo. Le conté sobre tu infancia, cómo me conociste y lo que hiciste por mí. Le conté de Lada y tu padre. Le conté lo que el imperio te ofreció: seguridad, un hogar, fe. Cosas que nunca tuviste. Le dije por qué estábamos en la ciudad como espías y lo que realmente hicimos estando ahí. Le hablé de Fátima y mis propias razones para querer seguridad tanto para nuestro imperio como para nuestra fe. Le dije lo que pensaba que el sultán le haría a la ciudad. Y le conté sobre tu relación con Mehmed, tanto lo que es como lo que no.

Radu hizo un gesto de dolor y cerró los ojos. Ya le había contado a Cyprian lo más difícil, claro: la verdad sobre su duplicidad. Pero saber que Cyprian conocía todo se sentía más íntimo, más humillante. ¡Cuánto debía odiarlo Cyprian! Finalmente, Radu asintió.

–Tomaste la decisión correcta. Te salvó pese a todo.

–No me salvó pese a todo. Me salvo *por* todo. Puede que hayamos entrado a Constantinopla con falsas intenciones, pero nuestra amistad era real. Salvamos su vida varias veces. Y lo hicimos porque lo amábamos. Creo que él lo sabe.

–No importa –Radu suspiró–. Está en el pasado. Espero que pueda perdonarnos algún día, pero es una esperanza egoísta. Es por mí y no por él. Así que mejor esperaré que de alguna manera encuentre la felicidad.

–No podemos esperar nada más ni nada menos.

Radu se sintió a la vez más ligero y con más carga por esa información. Al menos le había dado a Cyprian otra oportunidad para vivir. Sin Radu, seguramente hubiera muerto junto a su tío. Le alegraba saber que estaba por ahí, en alguna parte. Jaló las riendas.

–Vamos. Hay una muchacha en Edirne que lleva mucho tiempo esperando.

–Voy a abrazarla durante semanas. Tendrás que alimentarnos a las dos, porque no la voy a soltar por nada del mundo.

–Será un honor –dijo Radu entre risas.

–¿Y mi hermano?

–Hubiera venido, pero estábamos en camino a Valaquia para recuperar a Lada. Por la fuerza, si es necesario. Kumal se ofreció a encargarse de eso para que yo pudiera venir por ti.

–Intercambiaron hermanas.

Radu se rio, pero más por culpa que por alegría.

–Él dijo lo mismo. Sin duda me tocó la mejor parte del trato –Radu tenía una enorme deuda con Kumal.

–Y ¿qué harás cuando volvamos? ¿Irás de nuevo a Constantinopla?

Radu guio a sus caballos hasta las afueras de Bursa, hacia el camino que los llevaría a Fátima.

–No lo sé. Y no me importa. Te tengo a ti y tú tienes a Fátima. He cumplido todas mis promesas. Estoy cansado. Y estoy feliz.

El cielo se había clareado de nubes y era de un azul brillante, lo que prometía un viaje agradable. No hacía tanto frío como en el camino a Valaquia. Pero todo se sentía más cálido con Nazira a su lado.

El futuro era un espacio en blanco, y a Radu no le molestaba. Había recuperado a Nazira, y pronto Kumal volvería para reunirse con ellos. Cyprian estaba a salvo. Mehmed tendría a Lada de nuevo, y por primera vez Radu no sentía nada al respecto. Si estaba presa habría menos probabilidades de que la mataran. Y sin duda mataría menos. En cuanto a los sentimientos de Mehmed hacia ella, Radu no tenía ninguna emoción. El reciente y horrible capítulo de su vida en Constantinopla estaba cerrado. Todos a quienes amaba estaban seguros. Radu iba a volver a casa de una vez por todas.

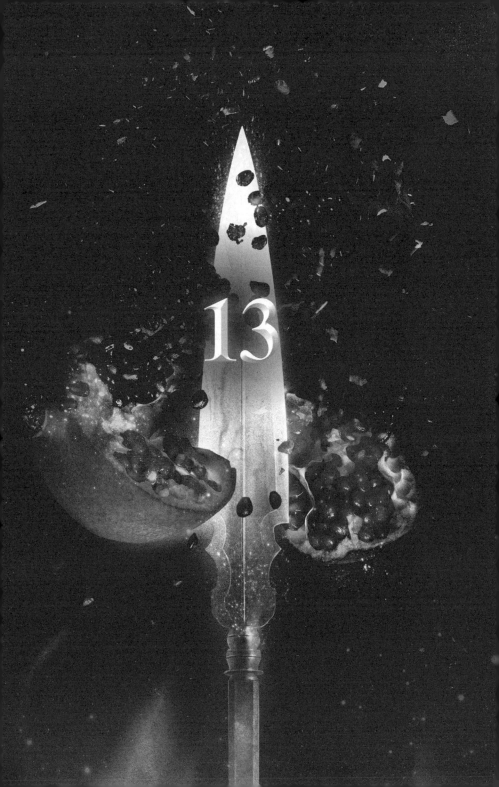

Cerca de Giurgiu

–¿Dónde estaban? –el explorador jenízaro miró con enojo a los hombres de Lada, que llevaban uniformes jenízaros. Los que iban al frente hablaban en turco. Los de atrás estaban en silencio–. Los esperábamos ayer.

–Tuvimos algunas complicaciones –respondió Bogdan con aspereza. De hecho, ellos eran las complicaciones. El día anterior emboscaron a un grupo de refuerzos jenízaros que iban hacia la fortaleza Giurgiu. Ahora ellos se habían convertido en esos jenízaros. Lada se erguía, anónima, en medio de sus hombres. Los de Valaquia que no crecieron como jenízaros estaban detrás de ella a fin de que pudieran hacer lo que ella hacía. No sabían cómo comportarse como jenízaros, pero sabían cómo imitar.

Nicolae iba al frente como su líder. Fue junto a Bogdan para hablar con el explorador. Aún estaban a unas cuantas horas de la fortaleza, así que debieron mandar al hombre a buscarlos. Lada se acercó un poco más para alcanzar a escuchar. Los insectos habían comenzado a emerger de entre el hielo del invierno, revoloteaban en el aire fresco y se posaban en los árboles salpicados de brotes verdes que comenzaban a asomar. El camino hasta allí había sido lodoso e indirecto, pero tenían que asegurarse de conseguir los uniformes jenízaros y llegar después de Radu.

–¿Cuál es el plan en la fortaleza? –preguntó Nicolae.

–¿No lo sabes?

–Vamos adonde nos dicen –se encogió de hombros con gesto indiferente–. Nos dijeron que viniéramos aquí. Eso es todo lo que sé.

–Sus fuerzas fronterizas a veces son tan malas como los spahis.

Nicolae se acercó más, jugando con la empuñadura de su arma. Su voz tranquila tomó un tono peligroso como respuesta al nivel de insulto del jenízaro. Los spahis eran de la elite, hombres con tierras, no los soldados vitalicios que eran los jenízaros. No era poca la rivalidad que había entre ellos. Los spahis tenían los privilegios, pero los jenízaros tenían el prestigio y generalmente la predilección del sultán.

—Más vale que retires eso —advirtió Nicolae.

—Perdón —dijo el hombre, ondeando una mano—. Estar parado en un puesto de avanzada llega a ser frustrante. Nos enteramos de todo pero no nos llaman a la acción. Estamos aquí con un pasha. La perra que se declaró príncipe de Valaquia viene en camino para firmar los nuevos acuerdos de vasallaje.

Nicolae se hurgó entre los dientes con gesto casual.

—¿Por qué necesitan tantos hombres extra para eso?

El explorador se encogió de hombros, rascándose por debajo de su clásico sombrero de alas blancas.

—¿Te enteraste de a cuántos mató en Bulgaria?

—Estábamos en Serbia —respondió Nicolae—. Y después de eso hemos estado en el camino. Aún no puedo creer la cantidad.

—Pues —el soldado se le acercó con gesto conspiratorio—... no me dieron los detalles, pero tengo la sensación de que no estamos aquí para llegar a un acuerdo. Son demasiados hombres, además de un vagón con barrotes y grilletes. Creo que hemos venido para llevarla a recibir su castigo.

Lada contuvo una sonrisa. Era gratificante que Radu aún supiera que no debía subestimarla. Preparó una trampa con el fin de lograr lo mismo que ella se había propuesto. Lada casi se rio ante la ironía de ir a secuestrar a su hermano, quien había venido a secuestrarla.

Nicolae sí se rio.

—Qué fácil llevarse a una mujer. Aún no entiendo por qué pidieron a tantos hombres. Odio viajar en esta época del año. Las tormentas de nieve caen justo cuando empiezas a sentirte cómodo. Y cuando no, llueve. Lodo por todas partes. Me toma una vida limpiar el uniforme.

—Creo que el pasha se asustó después de lo de Bulgaria. Quiere protección extra.

—¿Cuántos hombres están ya en la fortaleza?

—Mil.

—Mmm —Nicolae sonó ligeramente impresionado. Lada se sentía halagada. Era una considerable inversión de hombres ante lo que habían anticipado que sería una trampa fácil. La tropa jenízara que emboscaron y mataron en su camino estaba conformada por doscientas personas. Así que ella tenía a doscientos de sus hombres ahí y otros quinientos que la seguían a distancia.

—¿Cuántos hombres esperamos que traiga ella? —preguntó Nicolae.

—Solamente un guardia personal. Me gusta cómo se ven las cosas para nosotros —el jenízaro se rio con ganas—. Deberías alegrarte de que te hayan dado una tarea tan fácil.

—Qué bueno que será fácil, pues nosotros haremos todo el trabajo, como siempre —comentó Nicolae tras soltar un gruñido—. Conocí a Radu Bey hace algunos años durante el sitio de Kruje. Tenía que usar pantalones color café para ocultar que siempre se estaba cagando de miedo. ¿Sigue siendo así?

—No lo sé. No está aquí.

Lada soltó una expresión de sorpresa y Bogdan tosió para ocultar el sonido.

Nicolae lanzó otra pregunta.

—Pero pensé que Radu Bey era el anzuelo. Es su hermano, ¿o me equivoco? ¿Quién vendría si no es él?

El explorador se detuvo para observar a Nicolae con súbita desconfianza y sin duda arrepintiéndose de su boca floja.

—Pensé que no sabías mucho respecto a esto.

—Soy una caja de sorpresas —respondió Nicolae, sonriendo.

Lada sacó su cuchillo y saltó frente al explorador, tirándolo al suelo. Se lanzó sobre él y llevó el cuchillo hacia su garganta.

—¿Quién eres? —preguntó él con voz ahogada.

—Soy la perra que asesinó a miles. Dime: ¿qué tanto te gusta cómo se ven las cosas ahora?

El rostro del hombre palideció.

—¿Dónde está Radu?

—No lo sé —dijo el explorador entre respiraciones superficiales y entrecortadas que dejaban ver su terror. Pero aún no se había dado cuenta de que ya estaba muerto. Habló rápido, como si sus palabras pudieran liberarlo—. Radu se separó del grupo antes de llegar aquí. Yo no lo vi.

—¿Quién está en su lugar?

—Kumal Pasha.

Los músculos de Lada se tensaron por instinto, reaccionando ante el nombre. Para la mala suerte del explorador, el movimiento le cortó la yugular. Lada se puso de pie mientras el hombre se desangraba sobre el suelo del bosque.

—Podría haber tenido información —dijo Nicolae, frunciendo el ceño.

—Fue un accidente —Lada recogió el sombrero del explorador moribundo y usó las alas blancas para limpiar su arma. Era Kumal y no Radu quien la estaba esperando.

Todos sus viejos resentimientos volvieron a encenderse con hambre y ardor. Una vez más, Kumal Pasha le había quitado a su hermano. Él fue la razón por la que Radu aceptó voluntariamente su cautiverio con los otomanos. Claro que Radu amaba a Mehmed, pero Lada también lo había amado, y aun así pudo irse. Pero Radu fue envenenado desde la infancia por el dios que Kumal le entregó. Fue la falsa fe de Radu lo que lo separó de Lada, fue su falsa fe lo que lo unió a sus enemigos para siempre. Kumal incluso lo convirtió en su hermano a través de su matrimonio, arrancando aún más a Radu de su verdadera familia y su legado.

Ahora Kumal de nuevo le había quitado a su hermano. En vez de volver a la ciudad con Radu junto a ella, voluntariamente o no, de nuevo había sido despojada. Envainó su espada rechinando los dientes.

—Y ahora ¿qué? —preguntó Nicolae—. No sabemos dónde está Radu.

—No voy a volver a Tirgoviste con las manos vacías —Lada comenzó a

111

avanzar hacia la fortaleza–. El plan es el mismo. Infiltrarse y llevarnos a alguien.

Pero, a diferencia del plan que tenían los otomanos para ella, ese alguien no regresaría vivo.

· · · · ·

Esperaron hasta que la oscuridad ocultó sus filas.

—¡Oye! –gritó Nicolae mientras se acercaba a la puerta–. ¿Ya llegó esa mujer?

—Ya sabes cómo son esas. Siempre llegan tarde –le respondió un hombre a voz en grito.

—Estamos cansados y hambrientos. Abre la puerta –Nicolae la pateó para hacer más énfasis.

Las puertas se abrieron y Lada y sus doscientos hombres con uniformes jenízaros entraron. El resto estaba escondido o rodeando la fortaleza.

—¿Dónde están todos? –Nicolae señaló hacia la plaza vacía. Unas antorchas solitarias generaban más sombras que la luz que ofrecían. Unos cuantos hombres podían verse en los muros como siluetas negras contra el cielo nocturno. Pero todos parecían estar afuera, no adentro, donde ya estaba la amenaza.

—En la cama. Llegan demasiado tarde para conseguir catre. Les toca el suelo como castigo.

—Maldigo cada centímetro de este país olvidado por ello –Nicolae rodeó al guardia con un brazo. Luego el guardia se desplomó a un lado.

—Primero a las barracas –dijo Lada con voz baja–. Mátenlos silenciosamente. Luego sepárense y vayan a los muros. Yo buscaré a Kumal.

Comenzó a avanzar, confiando en que sus hombres seguirían a Nicolae, Bogdan y los otros líderes. Tras entrar a la fortaleza, mató a los guardias en los pasillos, silenciosa como una sombra, hasta que llegó a un área de habitaciones. Tomó una antorcha de las muchas que había en la pared. La primera habitación estaba vacía. En la segunda estaba su objetivo.

—Despiértate —ordenó, pateando la cama.

Kumal Pasha se incorporó con los ojos muy abiertos y encandilados ante la luz temblorosa. Lada nunca lo había visto sin turbante. Era casi calvo y su cráneo estaba más pálido que su rostro.

—Lada Dragwlya —dijo, y la comprensión de lo que pasaba transformó su gesto de sorpresa a pena.

—Lada Dracul —corrigió ella—. Príncipe.

Kumal tuvo la osadía de hacer una respetuosa reverencia con la cabeza, como si no estuviera ahí para secuestrarla. Como si no le hubiera robado la preciada oportunidad de recuperar a su hermano y lastimar a Mehmed con un solo paso.

—¿Dónde está Radu?

—Fue por Nazira. Había estado desaparecida desde la caída de la ciudad y...

Lada meció la antorcha en el aire para hacerlo callar.

—No me interesa qué hace tu hermana. Ustedes dos siempre han trabajado juntos para quitarme a mi hermano.

—Él quería estar aquí —dijo Kumal suavemente.

—¿Esta fue idea suya? ¿Secuestrarme?

—Sí. No nos gusta engañar, pero él dijo que era necesario.

Lada se rio y sintió un calor en su pecho.

—Pues yo también venía a secuestrarlo, así que parece que tenemos más en común de lo que pensábamos.

—Ven conmigo. Al sultán le importas. Te tratará con justicia. No puedes seguir por este camino.

—¿En qué camino crees que estoy? —Lada quería golpearlo. Su actitud calmada la enfurecía.

—Obtuviste lo que querías, pero no eres feliz. Atacas y haces sufrir a los demás. Esas no son las acciones de una persona que está en paz con su pasado y su futuro.

—Tú no sabes nada sobre mí ni sobre mi pasado —respondió Lada, enfurecida.

—Sé sobre el pasado de tu hermano. Y sé que es capaz de encontrar la felicidad aun en las circunstancias más oscuras, y eso es porque su fe lo sostiene. ¿Qué te sostiene a ti?

—La sangre de mis enemigos.

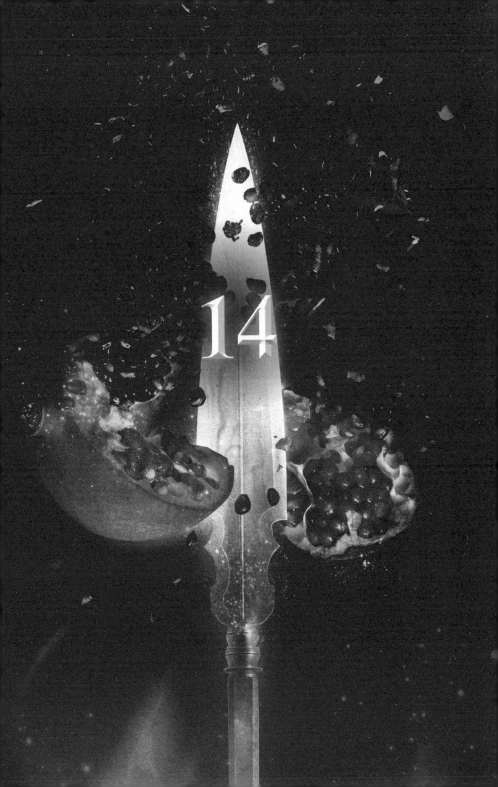

14

Edirne

Nazira no exageraba respecto a sus intenciones. Solamente soltaba a Fátima cuando era absolutamente necesario. Radu se recargó en su almohada, sonriendo mientras Nazira intentaba comer su cena sin soltar la mano de Fátima en ningún momento.

—¿Cuándo volverán a su país? —preguntó Radu. Sabía que ese era el lugar donde ambas mujeres eran más felices. Estuvieron en Edirne para ayudarlo, pero como el sitio ya había terminado y al fin todos estaban a salvo, él ya no necesitaba ayuda. Pero las extrañaría. Vivir sin Nazira esos terribles últimos meses había sido una tortura. Claro que sería diferente sabiendo que ella estaba feliz, pero aun así él se imaginaba su ausencia con una enorme tristeza.

—No vamos a volver —dijo Fátima.

—¿Qué?

Nazira soltó la mano de Fátima, pero solo para tomar un mechón de su cabello entre sus dedos y acariciarlo.

—Lo hablamos anoche. Fátima y yo nos quedaremos donde tú estés.

—Pero ¡Fátima odia estar lejos de casa!

La sonrisa de la joven era dulce y tímida.

—Nuestra familia es mi casa —respondió ella. La sonrisa de Nazira era tan firme y decidida como todo lo que se proponía.

—Ya lo decidimos. No volveremos a separarnos.

Radu no podía negar el alivio que lo llenaba. No quería pedir algo así, pero no lo había pedido: ellas lo ofrecieron. Y, tras haber vivido tanto tiempo sin honestidad y sin amor, no iba a rechazarlo.

—Gracias —esperaba que pudieran sentir lo mucho que significaba esa palabra—. Le pediré a Mehmed que me dé un puesto en el campo, en algún lugar con menos recuerdos.

—Haremos nuevos recuerdos —Fátima descansó su cabeza sobre el hombro de Nazira.

—Además —dijo Nazira, jugando con una uva en la boca de su esposa—, quisiéramos tener un bebé.

Radu se atragantó con su pan.

Su ahogo fue interrumpido por unos golpes firmes en la puerta. Se levantó tan rápido que tropezó con su almohada.

—Veré quién es.

Alcanzó a escuchar la risa de Nazira mientras corría hacia la puerta por el pasillo. En la entrada principal encontró a un mensajero con el escudo de Mehmed.

—El sultán, su magnificencia Mehmed segundo, césar de Roma y la Mano de Dios en la Tierra, solicita su presencia inmediata en Constantinopla —señaló para dirigir la atención de Radu hacia un grupo de caballos que esperaban en la calle.

Lada, pensó Radu. Entonces, funcionó. Se preguntó qué pensaba Mehmed que lograría con su presencia. Ella jamás aceptaría el cautiverio, como no lo había aceptado antes, y no había nada que Radu pudiera hacer para cambiar eso. Pero de cualquier modo iría. Haría lo que Mehmed pidiera, porque no sabía cómo hacer algo distinto.

La idea de ver a Lada lo aterraba. No era la misma persona que ella dejó atrás. Y, sin embargo, no podía imaginarla como nadie distinta a quien siempre fue. Radu no quería ver cómo su hermana lo juzgaba y lo consideraba insuficiente.

Pero el tener a Nazira y Fátima a su lado le daría la fuerza que necesitaba para recordar que las cosas podían, y debían, ser distintas. Le pediría un nuevo puesto a Mehmed inmediatamente. Esto ya no era su problema. No traicionaba ni a su amigo ni a su hermana siendo honesto. Lada y Mehmed eligieron el poder, y ninguno de ellos lo eligió a él.

Radu podía irse.

El mensajero se aclaró la garganta. Radu se había quedado en silencio, perdido en su propia historia.

—Dame unos minutos para recoger mis cosas —Radu cerró la puerta cortésmente. Volvió con Nazira y Fátima, quienes estaban de pie en el pasillo. Su sonrisa se sentía como la primera capa de hielo sobre un río en invierno. Fría y frágil—. Me han llamado a Constantinopla. Su decisión se pondrá a prueba antes de lo que esperábamos.

Fátima lo sorprendió al hablar primero.

—Ya habíamos empacado para un escenario así —y desapareció por las escaleras.

Nazira miró a Radu con una sonrisa burlona.

—No escaparás de esta conversación con un llamado urgente a la ciudad. ¡Piensa en todo el tiempo que tendremos en el camino para hablar del nuevo miembro de nuestra familia!

Resultó que, de hecho, sí había algo más aterrador que Lada.

• • • •

Durante el largo camino hacia Constantinopla, a Radu lo salvó la llegada de un bey menor al que llamaron por un asunto de impuestos. Aunque Radu no lo había visto antes, pronto se convirtió en su mejor amigo, pidiéndole que le contara cada mínimo detalle de su vida.

Nazira observó y esperó con un brillo de diversión en la mirada. Radu no se había salvado de la conversación sobre… su familia. Solo estaba retrasando lo inevitable. Pero sin duda aprovecharía cada retraso que pudiera conseguir.

Al atravesar los muros hacia Constantinopla, Fátima miró a su alrededor maravillada. Viajaron toda la noche, pues Mehmed había pedido que fueran con urgencia, aparentemente, así que entraron a Constantinopla junto con el alba, cálida y dorada, bañados por la más suave luz. Radu intentó verla con los ojos de Fátima: sin fantasmas, sin sangre, sin el peso de los recuerdos que aplastaban más que las piedras de los muros. Nazira se acercó a él y lo tomó de la mano.

—Lo hizo hermoso —dijo, pero mantuvo la mirada fija en sus propias manos.

Aunque la mañana apenas nacía, los sonidos de martillos y construcciones ya flotaban como música en el aire conforme se acercaban al palacio. Un sirviente llegó a su encuentro, dirigió al bey de los impuestos hacia otra parte y les pidió a Radu y compañía que lo siguieran.

—Ayudaremos a tu hermana —murmuró Nazira hacia Radu—. Como sea posible. Nos encargaremos de que superes esto.

Radu intentó dedicarle una sonrisa agradecida, pero su quijada estaba demasiado tensa. Lada nunca quiso su ayuda cuando eran niños, y cuando al fin la pidió, él se la negó. Y ahora él la había atrapado. Su estómago se llenó de miedo cuando el sirviente le señaló una puerta y le ofreció una reverencia. Radu no conocía esa habitación, pero el palacio tenía muchas recepciones.

Respirando profundo, Radu avanzó, seguido por Nazira y Fátima.

Mehmed se levantó del sofá en el que estaba sentado. Radu recorrió la habitación con la mirada. Mehmed estaba solo. ¿Acaso Lada estaba tan descontrolada por la rabia que ya la habían echado a una celda?

Mehmed observó a Nazira y Fátima detrás de Radu, y ambas le ofrecieron bellas reverencias. Radu recordó que debía hacer lo mismo. Cuando se irguió, Mehmed seguía mirando a Nazira. Sus rasgos arrogantes no le hubieran revelado nada a alguien que no lo conociera, pero Radu lo conocía.

Mehmed no quería decir lo que debía.

—¿Qué pasa? —preguntó Radu, y el miedo dentro de él creció aún más—. ¿Dónde está Lada?

—No está aquí —Mehmed negó con la cabeza.

Radu sintió cómo su pecho se apretaba. Cerró los ojos para tranquilizarse. No estaba muerta. No podía estar muerta. ¡Mehmed no quiso decir eso! Quiso decir que estaba en otro edificio. Radu le conseguiría un lugar mejor que las frías y húmedas celdas que vio cuando interrogaba prisioneros en nombre de Constantino. Era lo menos que podía hacer.

—¿Dónde la tienes?

—Quise decir que no está en ninguna parte de este lugar.

—¿Kumal no ha vuelto? —preguntó Radu con gesto preocupado—. ¿Qué pasó?

Mehmed negó de nuevo con la cabeza, y sus ojos pasaron del horror a la tristeza, haciendo que el corazón de Radu se acelerara. Quería salir corriendo para huir de lo que venía.

Radu miró a Nazira, quien tenía un gesto tranquilo y complacido, esperando noticias de su querido hermano. El estómago de Radu se aplastó y un escalofrío recorrió todo su cuerpo.

—¿Qué hizo Lada? —susurró sin despegar los ojos del diseño floral de la gruesa alfombra. No podía ver a nadie.

—Lo siento tanto —dijo Mehmed—. Aparentemente, fue a la fortaleza con el plan de secuestrarte. Pero encontró a Kumal —hizo una pausa, buscando las palabras—. No fue compasiva.

No fue compasiva.

¿Cuándo lo había sido? Radu se dejó caer sobre sus rodillas, agachando la cabeza.

—Es mi culpa. Debí haber estado ahí. Debí haber ido con ella y enviar a Kumal con… Si lo hubiera hecho así…

Una mano suave y temblorosa se posó sobre su hombro. Nazira habló entre susurros.

—¿Qué significa eso? Dime qué significa, Radu.

—Debí saberlo —continuó él, negando con la cabeza—. Es mi hermana. Yo sé mejor que nadie que la compasión no está en su naturaleza. Debí ser yo.

Ser un Dracul le había costado tanto. Pensó que ya había terminado de pagar por la sangre que corría por sus venas, pero nunca acabaría. El precio de ser parte de su familia era que le quitaran una y otra vez todo lo que amaba. Eran dragones. Demonios. No había clemencia en ellos ni para ellos.

—Dime —Nazira se hincó junto a él—. Dime exactamente qué significa.

El castigo de Radu era tener que pronunciar esas palabras. Tener que decirle eso a Nazira.

–Ella lo mató.

Su grito fantasmal comenzó tan bajo al principio que Radu no comprendió lo que era hasta que creció para ser un alarido. Nazira, que siempre había sido tan fuerte, estaba rota. Fátima se hincó junto a ella, tomándola entre sus brazos. Nazira gritó y lloró, arañando los brazos de Fátima como si pudiera enterrarse en ellos y esconderse ahí del dolor.

Radu no sabía qué hacer. No podía hacer nada.

–Yo… Nazira, lo siento tanto, yo…

–Por favor –dijo Fátima, moviendo la cabeza en un gesto de advertencia–. Por favor, deja de hablar –estiró un brazo y Radu fue hacia las mujeres.

Fátima los abrazó a los dos.

Radu recordó a Kumal como la última vez que lo vio. Sonriendo. Agitando una mano en despedida. Una imagen no solicitada de su hermano, su maestro, su amigo atravesó su recuerdo como una cuchilla: Lada matando a Kumal. ¿Cómo lo hizo? ¿Con un cuchillo? ¿Con una espada? ¿Kumal se defendió? Radu no quería ni imaginárselo, no quería esa imagen en su mente. Pero tampoco podía detenerse.

No se dio cuenta de que los sollozos guturales salían de él hasta que Fátima le acarició la espalda haciendo un suave sonido de "shhh". Nazira lo tomó del brazo y sus dedos se le enterraron dolorosamente para acercarlo más a ella hasta hundir la cara en su hombro. La mujer tembló, ahora en silencio, mientras su aliento salía en sollozos trémulos. Juntos, los tres formaban un nudo de devastación.

No era apropiado comportarse así con un sirviente, pero a Radu ya no le importaba mantener el engaño sobre el papel de Fátima. No en ese momento. No frente a Mehmed, quien no había hecho nada por darle consuelo y ni siquiera lo había tocado. Que Mehmed viera y supiera lo que quisiera.

Radu lloró con su familia por todo lo que habían perdido.

Por todo lo que él les había costado.

121

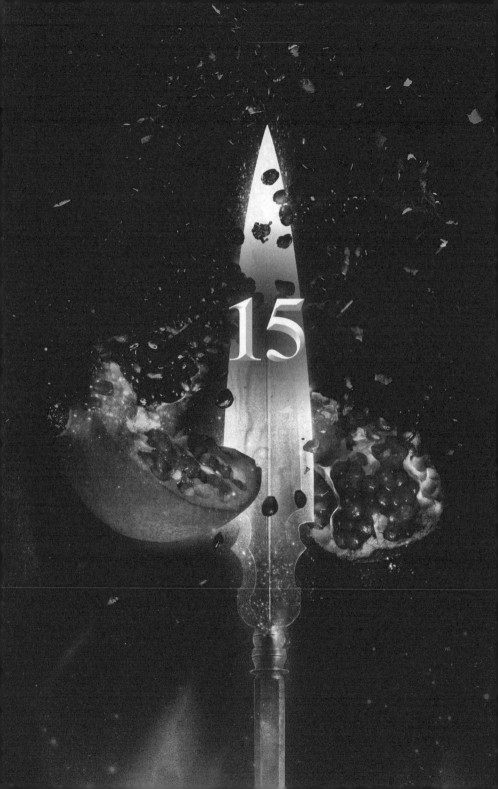

15

Tirgoviste

Lada inspeccionó el puente con pesadumbre.

—¿Estamos seguros de que no tenemos suficiente pólvora para simplemente hacerlo estallar?

Nicolae puso una mano sobre su hombro y asintió con tristeza.

—Me temo que tendremos que desmantelarlo a la antigua: obligando a otros a que lo hagan.

Lada y Nicolae se quedaron en una colina supervisando el trabajo. A lo lejos, sus hombres supervisaban a su vez a un grupo de criminales que estaban tirando el puente. Era el primero de muchos que tenían que visitar ese día. Lada quería vigilarlo todo para asegurarse de que se cumplieran sus órdenes. También era una oportunidad para hacer un reconocimiento del terreno.

—Tanto trabajo para que las carreteras sean seguras —dijo, raspando la tierra con una de sus botas—, y ahora nuestro trabajo es hacer que el país sea intransitable.

—No tenemos que hacer esto, ¿sabes? —Nicolae estaba hablando de nuevo con ese tono suave, el que a Lada se le enterraba como una espada entre las costillas. No habían hablado en privado desde la pelea en su habitación. Ella no había querido hacerlo y tampoco quería ahora.

—¿Y qué debería hacer, entonces? —sus palabras fueron como golpes llenos de ira.

Bajo la cicatriz que dividía su rostro, la expresión de Nicolae era melancólica.

—Me gustaba más cuando éramos bandoleros. Podríamos volver a serlo. Escapar por la noche para nunca volver.

Lada retrocedió, sorprendida. Esperaba que Nicolae volviera a presionar para lograr un nuevo acuerdo.

—¿Por qué haríamos algo así?

—Porque sería fácil. Porque podemos. No tenemos que elegir esto.

—¿Tienes miedo?

—Claro que tengo miedo —dijo Nicolae, riendo—. Estás pidiendo que el ejército más grande del mundo venga a enfrentarte. Yo *estuve* en ese ejército. Sé lo que pueden hacer. Sueño con eso cada noche. Tengo tanto miedo que tuve que dejar de beber tan solo para evitar orinarme en los pantalones demasiado seguido —hizo una pausa y ese horrible tono suave volvió. La miró como si estuviera aprendiéndose su cara—. Tengo miedo de morir y tengo miedo de verte morir a ti, de ser incapaz de evitarlo. Cada paso que damos en esta dirección se siente como un paso que nos acerca a tu tumba. No quiero ver eso —se aclaró la garganta, desviando la mirada con una sonrisa automática—. Aunque sospecho que no tendremos tumbas. Cuando mucho habrá picas para nuestras cabezas, si tenemos suerte.

Lada levantó la mirada al cielo. Había dejado a Bogdan en Tirgoviste para evitar conversaciones llenas de sentimientos que ella no quería enfrentar. Aparentemente, debió dejar también a Nicolae. Pero era uno de sus amigos más antiguos, el primero que la apoyó y quien la hizo entrar a las filas jenízaras. Su padre le dio un cuchillo; Nicolae le dio una espada.

—Lo lograste —insistió—. Te convertiste en príncipe. Nadie dijo que tuvieras que mantenerte siendo un príncipe. Tenemos tantas opciones.

—No me puedo ir.

—¿Por qué?

Mehmed apareció en sus recuerdos como una melodía que no lograba sacarse de la cabeza. Él sabía por qué. Solo él comprendía este impulso, esta ambición, esta necesidad de tener su país. No podía abandonarlo porque Valaquia era ella. Si pudiera alejarse de Valaquia, si pudiera dejárselo a otros, Lada ya no sería. Era tan simple como eso.

—¿Te quedarás conmigo? —esta vez no tenía un codo enterrado en la garganta de Nicolae. En vez de eso, le extendió una mano mientras miraba fijamente a sus ojos color avellana, aún intentando descubrir qué había cambiado en ellos. Cuando él puso una mano sobre la suya, Lada se dio cuenta de qué se había perdido el día en que lo atacó.

Nicolae ya no tenía esperanza.

Su optimismo, cubierto por un humor oscuro y perverso, había sido una constante en la vida de Lada. Nicolae era un hombre que miraba de frente a su propia muerte. Había visto a algunas personas mirándola así antes, pero solo cuando tenía una espada en mano. No cuando les estaba ofreciendo su mano.

—Nicolae, yo...

El puente azotó contra el agua del río causando un estruendo impresionante. Nicolae y Lada voltearon a ver.

—Oh —exclamó Nicolae, lanzándose contra un costado de Lada, quien se tambaleó ante su peso.

—¿Qué estás...?

Nicolae echó un vistazo por encima de su hombro y luego lanzó a Lada al suelo. Tras hacer un gesto de dolor, cayó de rodillas.

—¿Qué te pasa? —exigió saber Lada, incorporándose.

Nicolae se fue de bruces.

En su espalda estaban enterradas dos flechas de ballesta y unos oscuros círculos de sangre se extendían por su túnica. Lada estudió los árboles, donde un hombre preparaba un tercer ataque. Con un salto esquivó a Nicolae y salió corriendo entre gritos. El asesino cargó su ballesta.

El cuchillo de Lada encontró el cuello del hombre antes de que su dedo alcanzara el gatillo.

Tras cortarle la garganta lo siguió hasta el suelo para apuñalarlo una y otra y otra vez. No se detuvo hasta que sus ojos vidriosos y sin vida quedaron fijos hacia el cielo y su mano estuvo empapada por la sangre del hombre.

Una parte de Lada quería regresar. Ayudar a Nicolae.

La otra parte sabía lo que significaba cuando la sangre corre tan rápido, cuando las flechas dan en esas partes. Esas flechas eran para ella. La primera la recibió Nicolae por accidente al voltearse hacia el puente derrumbado, pero la segunda la recibió a propósito. Quizás aún había tiempo para agradecerle. Para regañarlo por ser tan estúpido. Para pedirle perdón. Pero no quería decir nada de eso.

No cuando significaban lo mismo que un adiós.

Pero de cualquier modo corrió hacia él, y cada paso fue una exhalación, cada paso fue un latido, cada paso fue una eternidad.

Dejándose caer a su lado, se llevó la cabeza de Nicolae a su regazo. Él la miró con su pálido rostro, tan feo y tan amado. La sangre de las manos de Lada se embarró en la piel de él, y Lada se aterró al verlo. Debía limpiarlo, debía quitarle esa sangre de encima. Sentía una presión tremenda detrás de sus ojos y una estrechez en su garganta que le dificultaba hablar.

—Dijiste que me seguirías hasta los confines de la Tierra —lo miró directamente a los ojos, aunque ya comenzaban a desenfocarse—. Cumple tu promesa. Estamos muy lejos de los confines de la Tierra.

La sonrisa de Nicolae creció con más lentitud que el charco de sangre a su alrededor.

—No, Lada. Yo ya estoy ahí. Llegué antes que tú, eso es todo.

—Ten cuidado, o de verdad pondré tu cabeza en una pica.

Nicolae se rio.

Y luego murió.

• • • •

—Pero ¿para quién trabajaba el asesino? —preguntó Bogdan. Estaba en una mesa en la esquina de la cocina junto con Daciana, Oana y Stefan. Tenían pegado el aroma de la tierra fresca tanto como el recuerdo de ir bajando el cuerpo de Nicolae hacia su tumba apenas una hora atrás.

Lada pateó una silla, la cual se tambaleó sobre el suelo de piedra antes de voltearse y caer ruidosamente.

—¡No importa para quién trabajaba!

—Quizás hubiera sido mejor traerlo vivo para sacarle información —dijo Daciana—. Así sabríamos quién te quiere muerta.

—¿Quién *no* me quiere muerta? Esa sería una lista más corta —Lada se paseó de un lado a otro, recorriendo todo lo largo de la habitación, furiosa y devastada, con ganas de hacer algo, cualquier cosa, para dejar de sentirse así. Se frotó los brazos para contenerse de arrancarse el cabello a tirones.

El último hombre que había perdido fue Petru, a quien mataron en ese mismo castillo. Eso aún le dolía. Pero Nicolae… Lada dependía de Nicolae, lo necesitaba de una forma en que necesitaba a pocas personas. Y aunque había dudado de él, Nicolae se mantuvo fiel a ella hasta el fin. Encontró la muerte por su lealtad a ella.

—Y si… —comenzó a decir Bogdan, pero Lada lo hizo callar.

—No importa. El asesino falló —no había fallado del todo. Una parte de ella se había ido a la tumba con Nicolae. Aún no sabía cuánto, pues la herida estaba demasiado fresca, demasiado abierta como para saber de qué tamaño sería la cicatriz. Deseó que esta hubiera quedado en su cara como la de Nicolae. Quería una evidencia visual de lo que había perdido.

Lada recogió su silla, la llevó arrastrando hacia la mesa y se sentó.

—Tenemos mucho que hacer como para preocuparnos por quién mandó a un asesino. Y ahora nos falta un aliado de confianza, así que hay más trabajo para todos. El primer problema es que no tenemos suficientes hombres. Aun si reclutamos convictos y vagabundos, nuestros números son considerablemente menores. Calculo que Mehmed vendrá con al menos veinte mil, probablemente treinta o cuarenta. En este momento, cuando mucho, nosotros tenemos cinco.

—Lada —Daciana se estiró sobre la mesa extendiendo una mano—. Permíteme ayudar. Tómate un tiempo.

Lada observó la mano de Daciana y luego levantó la mirada a su rostro. Daciana era fuerte. Todas las mujeres de Valaquia lo eran; no podían ser de otra manera o no sobrevivirían. Lada sonrió. Ellas la ayudarían.

—Las mujeres pueden pelear. Este país es tan suyo como de los hombres.

—¿Las mujeres? —preguntó Bogdan con tono burlón.

Su madre le dio un golpe en el hombro.

—No somos flores delicadas. Nos quebramos la espalda lavando y labrando y teniendo hijos. Podemos acabar con un enemigo tan tranquilamente como acabamos con el desorden doméstico.

—Cualquiera que sea lo suficientemente fuerte para pelear —concedió Lada, asintiendo—. Hombres, mujeres, no importa. Tenemos mucho que hacer antes de que empiece la lucha real, y solo tenemos hasta mediados de la primavera. Mehmed no vendrá hasta entonces —era logísticamente imposible. Él esperaría hasta que no hubiera riesgo de morir congelados, hasta que fuera posible saquear la tierra para alimentar a sus hombres—. Comenzaremos a reunir y entrenar a las mujeres inmediatamente. Los niños y los ancianos irán a las montañas.

—¿Y los enfermos? —preguntó Daciana con un tono seco.

—Oh, para ellos tengo otros planes —Lada sonrió ante la expresión confundida de la mujer.

Stefan estaba inmóvil; siempre era el último en llamar la atención.

—Aun así nos superarán en número y en nivel de entrenamiento. ¿Qué más tenemos?

—A Matthias.

—¿Confías en él?

—Para nada. Pero me informaron que recibió dinero del papa para combatir a los infieles. Y no querrá enfrentar a todo un ejército otomano acampando en sus fronteras. Le conviene que Valaquia siga libre. Nos ayudará.

Stefan parecía preocupado.

—¿Qué ocurre? —preguntó Lada.

—No confío en que vaya a usar el dinero para lo que está destinado. Lleva mucho tiempo intentando recabar fondos para otros fines.

Stefan esperó, tranquila y pacientemente. Lada presentía que él ya tenía una conclusión. Frustrada, repasó lo que sabía de Matthias. Para qué podría necesitar el dinero. Luego echó la cabeza hacia atrás y se quedó mirando al techo.

—La corona que tomó Polonia. La corona que no podía recuperar porque no le alcanzaba —maldijo, rechinando los dientes—. Esa estúpida e inútil corona. Sin duda sigue obsesionado con ella. Pero tomó el dinero con la promesa de combatir a los infieles. No puede llevar la ira de toda la iglesia católica hacia su cabeza. Tendrá que venir.

Stefan no respondió.

Lada se estremeció por el miedo frío que corrió por su nuca.

—Vendrá, o lo va a pagar, de un modo u otro.

—Yo creo que vendrá —dijo Bogdan, ofreciéndole una sonrisa de ánimo.

—Yo creo que no sabes nada sobre Matthias, y por tanto no deberías dar tu opinión en este tema —soltó Lada. Bogdan hizo un gesto de dolor, como si hubiera recibido un golpe. Oana se reacomodó en su asiento, pero Lada evitó sus miradas. No había sido justa con él. Pero ella era príncipe, no tenía que ser justa.

—¿Tenemos algo de dinero? —preguntó Oana, cambiando el tema.

—No —debió esperar un año o dos más, dejar que el país se estableciera, dejar que hubiera más ingresos de los impuestos. Pero la idea de quedarse en el castillo acumulando monedas lentamente, fantaseando con un futuro en el que Valaquia sería libre cuando ya estaba tan dolorosamente cerca… Debió esperar, pero no hubiera podido hacerlo.

—¿Armas? —preguntó Daciana.

—Mi primo Stephen no puede enviarnos tropas, pero nos mandó algo de pólvora y cañones. Tendremos que usarlos de forma estratégica. Tenemos muchos arcos y ballestas.

—¿Qué están haciendo todos los carpinteros? —preguntó Bogdan. Lada había invitado a la capital a todas las personas con conocimientos de carpintería y experiencia talando árboles. Hizo que varios de sus hombres supervisaran la enorme tarea. No requería mucha habilidad, simplemente mucho equipo y mano de obra.

—Están encargándose de un proyecto distinto —respondió Lada sonriendo nuevamente.

—Entonces, tenemos hombres y mujeres. Y, aparentemente, también enfermos —Daciana miró a Stefan, quien estaba tomando notas, calculando cuántas tropas adicionales tendrían si reclutaban a una parte significativa de las mujeres del país—. Algo de pólvora. Algunas armas. ¿Fortificaremos las ciudades?

—No —respondió Lada—. En caso de un sitio, perderíamos. No permitiremos que eso pase.

Stefan asintió sin decir nada.

Daciana seguía observándolo y el miedo le formaba nuevas arrugas en los ojos.

—¿Lo que tenemos será suficiente?

—No —Lada se echó hacia adelante para ver los cálculos de Stefan. Los superarían en número por al menos cuatro a uno. Probablemente más, dependiendo de qué tan grande fuera el ejemplo que Mehmed quisiera poner. Y le faltaban tantas cosas necesarias. Además de personas. Nicolae. Petru. *Y Radu.*

Pero Lada lo haría pese a sus carencias. Era lo suficientemente fuerte. Su país era lo suficientemente fuerte. Le mostraría a Mehmed exactamente por qué nunca podría poseer a Valaquia, por qué nunca podría poseerla a ella.

—Tenemos algo más: nuestra tierra. Usaré cada centímetro contra los otomanos —por costumbre, los dedos de Lada tocaron los cuchillos en sus muñecas—. El imperio viene por nosotros, y planeo ganar.

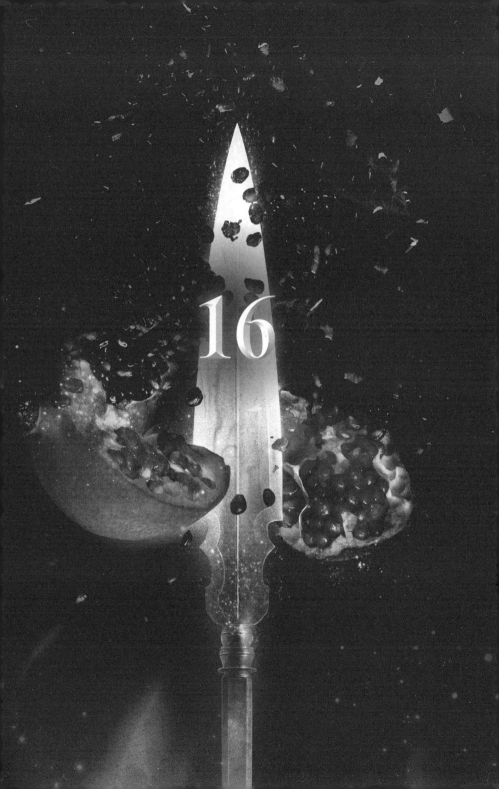
16

CONSTANTINOPLA

Mehmed colocó una mano insegura sobre la espalda de Radu.

—Al menos Kumal murió sabiendo que su hermana estaba a salvo.

Radu estaba agazapado hacia adelante, con la cabeza entre las manos. Había dejado a Nazira y Fátima, que finalmente se habían dormido, abrazadas una a la otra con sus rostros pálidos y secos por la pena, tras una larga noche en vela. Radu no durmió. No comió. No quería hacer ninguna de las dos.

—No pudimos haber sabido…

Radu suspiró para que Mehmed dejara de hablar, y este movió la mano que tenía en su espalda, pero no se alejó. Se quedaron así, hombro con hombro, en la habitación privada de Mehmed.

La voz de Radu estaba llena de las pequeñas grietas que cubrían toda su alma.

—Pudimos saberlo. *Debimos* saberlo. De toda la gente de este mundo, nosotros debimos ser los últimos en subestimarla. Y yo sabía que odiaba a Kumal. Siempre lo odió. Estaba tan ansioso por ver a Nazira y saber… —se detuvo, conteniendo las palabras que seguían. *Saber también sobre el destino de Cyprian*—. Y saber qué le pasó, que no pensé. Kumal pagó un precio que yo debí pagar.

—Si hubieras ido, te habríamos perdido.

—Ella no me habría matado —Radu lo pensó. De hecho, un día Lada prometió hacer eso exactamente—. Como sea, yo era su objetivo. Kumal tomó mi lugar. Es mi culpa que esté muerto.

—Entonces, es nuestra culpa. Fuimos nosotros quienes la pusimos en esa posición.

Mehmed se levantó. En su expresión había un orgullo frío que Radu nunca había sentido cuando estaban solos. Era un gesto del sultán, no un gesto de Mehmed.

—Ella tomó sus propias decisiones. Yo no le pedí que atacara Bulgaria. Yo hice todo lo que pude por ayudarla.

Radu enarcó una ceja, demasiado cansado por la pena y la culpa para rendirse a las necesidades de Mehmed.

—¿Lo hiciste? ¿En serio?

Un destello de culpa cruzó la mirada de Mehmed. Luego se dio la vuelta, con las manos entrelazadas y caminando de un lado a otro.

—No podemos tolerar esto. Mató a mis embajadores, atacó a uno de mis estados vasallos y asesinó a un pasha en una misión diplomática.

—Una misión *de secuestro*.

Mehmed se detuvo en sus pasos, sorprendido por la corrección.

—Radu —dijo con voz de regaño, a lo que él respondió encogiéndose de hombros.

—¿Por qué tenemos que fingir cuando solo estamos tú y yo?

Mehmed frunció el ceño y su boca se volvió una línea entre una sonrisa y una afrenta.

—Oh, ¿ya no quieres fingir? ¿Es hora de ser honestos?

Radu bajó la mirada al suelo. Su rostro se encendió más que el brasero de la habitación.

Mehmed se acuclilló frente a él, obligándolo a mirarlo a los ojos.

—Lo siento, amigo mío. Pero no puedo tolerar esto. Es una amenaza para todo lo que he construido, todo lo que hemos construido. Es un precedente demasiado peligroso. Tengo que ir por ella.

—Entiendo. Y no me opongo —Radu odiaba que la muerte de un hombre se sintiera peor que la muerte de miles en Bulgaria. Pero esto era personal. Lada se había encargado de eso. Sospechaba que quería ser atacada por ellos, aunque no podía ni imaginarse por qué.

—¿Me ayudarás?

—Sabes que siempre lo haré.

Mehmed acarició la mejilla de Radu con el anverso de sus dedos. Los dejó ahí por unos segundos, y luego sonrió. Esa sonrisa que fue la protección y el tormento de Radu por tantos años.

Radu sintió una profunda tristeza por todo lo que su deseo por esa sonrisa le había costado y le seguiría costando.

–No podemos subestimarla –dijo.

–No lo haremos. No esta vez.

· · · · ·

Mara Brankovic estaba sentada muy erguida en su apretado vestido hecho a medida. Radu no podía empatizar con su reticencia a aceptar las túnicas y prendas otomanas que eran por mucho más cómodas y hermosas. Incluso Urbana, sentada junto a Mara en la mesa, al fin se había convertido a las batas y las babuchas. Junto a ellas estaban Aron y Andrei Danesti, quienes seguían viviendo en Constantinopla como invitados de Mehmed; Ishak Pasha y Mahmoud Pasha, pashas mayores distinguidos en Constantinopla, y el líder jenízaro Ali Bey. Todos veían la presencia de Mara y Urbana con curiosidad y desaprobación.

–Es *Valaquia* –dijo Ali Bey. Aunque era jenízaro, también era un bey, y tenía una barba cuidadosamente cortada y estilizada que respondía a su status. Era más joven que los pashas, a mitad de sus treinta. A veces Radu olvidaba que él aún no tenía diecinueve años y Mehmed apenas tenía veintiuno. ¿En verdad habían vivido tanto en tan pocos años?–. No creo que debamos preocuparnos –continuó el bey cruzándose de brazos.

–No estamos preocupados por Valaquia –dijo Radu–. Es por mi hermana. Entrenó con Ilyas Bey y después con Hunyadi.

–¿Ilyas? –preguntó Ali Bey con molestia–. ¿El traidor?

–Ella lo mató –Radu alejó el recuerdo de esa noche, cuando Ilyas Bey, su amigo, intentó asesinar a Mehmed. Lada mató a Ilyas, pero Radu mató al co-conspirador, Lazar. Su amigo. En el momento pareció inevitable, pero ¿cuántas decisiones inevitables que había tomado trajeron como resultado consecuencias imperdonables?

Ali Bey pareció ligeramente intimidado.

—Muy bien. Los jenízaros conducirán el ataque, tomarán el Danubio y asegurarán el paso por el río. Después de eso, exploraremos y despejaremos los caminos. Deberá ser fácil tomar Bucarest y también Snagov. Eso será menos por estrategia y más por enviar un mensaje. Mis exploradores me dicen que pagó el apoyo del monasterio en la isla. Debemos asegurarnos de tomar todo lo que importa.

Ishak Pasha se inclinó hacia adelante dando unos golpecitos en sus notas. Radu no confiaba en la mayoría de los pashas que servían a Murad, pero Ishak Pasha siempre había sido devoto y comprometido con los planes de Mehmed. Kumal también confiaba en él. Radu escuchó con una profunda pena, deseando que Kumal estuviera allí.

—Mis spahis se encargarán de buscar provisiones —dijo Ishak Pasha—. Aún es pronto, pero hay suficientes tierras fértiles entre el Danubio y Tirgoviste, así que la logística de la campaña no debería pesar demasiado en nuestros recursos. Yo preferiría hacerlo en verano o al inicio del otoño, pero nos las arreglaremos. Haremos planes para un breve sitio.

Mehmed asintió. Estaba sentado en una silla elevada a la cabeza de la habitación, separado de la mesa de los demás.

—Radu Bey estará a cargo de cuatro mil tropas montadas. Él conoce a su hermana y la tierra.

Radu supuso que debería estar agradecido por tanta confianza. Hizo su mejor esfuerzo por fingir con una reverencia triste. Este conflicto se sentía tan personal, como si realmente fuera algo entre Mehmed, Lada y Radu. Era incómodo estar planeándolo en los campos con decenas de miles de hombres. ¿Cómo pasó esto?

—Háganme un diagrama detallado de Tirgoviste —Urbana pasó sus dedos despreocupadamente por la suave y brillante cicatriz que le cubría la mitad de la cara, un recuerdo de sus tiempos en el sitio más impresionante en la historia—. Puedo derribar los muros en un día.

—No tenemos un diagrama, pero podemos dibujarte uno y darte todos los detalles —le dijo Aron Danesti a Urbana.

Andrei sacó un pergamino y comenzó a dibujar mientras Aron observaba por encima de su hombro y lo guiaba con susurros.

Mara Brankovic estaba haciendo una lista con su elegante caligrafía.

—Obviamente, contamos con el apoyo de los búlgaros. Lada es conocida como Lady Empaladora allí, y están ansiosos de venganza. Serbia nos dará hombres. Les escribiré a mis contactos italianos aconsejándoles que no se metan, pero dudo que eso sea necesario.

—¿Los sajones? —preguntó Mehmed.

—Oh, odian a Lada. ¿Has visto sus grabados? Son terribles —Mara contuvo una sonrisa—. No la ayudarán. Pero a nosotros tampoco. La única persona a la que odian más que a Lady Empaladora es a Su Alteza.

—¿Y Hungría? —preguntó Ali Bey—. Si entrenó con Hunyadi, seguramente son sus aliados.

Mara hizo un gesto pensativo, golpeteando su pluma contra la hoja y dejando con ello una serie de puntos.

—Quizás. Pero Matthias Corvinus es muy distinto a su padre. Es un estadista, no un guerrero. Estoy segura de que hay grietas que podríamos ampliar si usamos la presión adecuada —se detuvo a pensarlo un momento y dibujó un círculo—. Recientemente recibió una fuerte suma de la iglesia católica para ir de cruzada.

—Pensé que ya habíamos terminado con las malditas cruzadas —masculló Mahmoud Pasha. Era el mayor en la habitación y su cabello negro ya casi era completamente gris. Él también tenía cicatrices del sitio y décadas de sitios anteriores—. Ya tenemos su preciada capital cristiana. ¿Ahora por qué van a hacer cruzada?

—Entonces, ¿Lada tiene el apoyo de los católicos? —interrumpió Ali Bey—. ¿Deberíamos preocuparnos por los italianos?

Mara negó con la cabeza.

—Su conversión fue recibida con la cantidad adecuada de escepticismo. La conexión católica es a través de Matthias. Si podemos aliarnos con él en cualquier medida, debemos hacerlo. Pero aún no podemos contar con que estará fuera de la batalla. Ya pensaré en algo.

—¿Y Moldavia? —preguntó Mehmed.

Mara consultó su lista. Radu se preguntó si había un solo país en Europa con el que no tuviera conexiones esa mujer.

—Su joven rey, Stephen, es una fuerza con la que hay que lidiar, y supuestamente es muy atractivo y encantador, o eso le dijeron a mi hermana que está abierta a propuestas matrimoniales —Mara hizo una pausa y le sonrió amablemente a Mehmed—. Claro que lo rechazará, como lo recomendó su hermana mayor más confiable.

Radu contuvo una carcajada. Aun en un consejo de guerra, Mara encontraba la manera de recordarle a Mehmed lo valiosa que era y la importancia de mantenerla feliz y cerca. Entre Radu más conocía a las mujeres a su alrededor, más se preguntaba si alguna de ellas no era secretamente aterradora.

—Yo recomendaría no intentar ningún ataque contra Moldavia —continuó Mara—. Deberíamos intentar dejarlos totalmente fuera de esto.

Ali Bey señaló hacia el enorme mapa al centro de la mesa.

—El rey Stephen cerrará las fronteras. Pero si enviamos fuerzas cerca, por aquí, lo mantendremos contenido y presionado para proteger a su país en vez de venir a ayudar a Valaquia.

—Entonces, Lada no tendrá más ayuda que Hungría, e incluso eso está en duda —Mehmed sonaba complacido.

—Diez mil hombres deberían bastar —dijo Mahmoud Pasha.

Mehmed enarcó una ceja.

—Vamos con sesenta mil.

Ishak Pasha tosió y escupió. Abrió la boca para discutir, indignado, pero luego recordó cuál era su lugar. Bajó la mirada hacia la mesa.

—Lo que Su Alteza piense que es mejor, así se hará.

Ninguno de los dos pashas parecía complacido. Como tenían sus propios ejércitos, no recibían financiamiento del sultán como los jenízaros. Ir a la guerra era una tarea costosa. En contraste, Ali Bey estaba sonriendo como si le esperara una tarde deportiva. Estaba a cargo de las unidades de combate mejor entrenadas en el mundo. Sin duda veía esto como una oportunidad para recordarle a Mehmed cuánto valían.

El imperio había elegido un camino a seguir. Pero aún había tres valacos presentes. Y Radu quería dejar en claro sus intenciones respecto a su trono.

—Cuando tomemos Tirgoviste, Aron será coronado como príncipe.

Aron inclinó la cabeza y Andrei asintió. Radu sabía, al igual que ellos, que su interés por el trono era tan fuerte como el de ellos. Los Draculesti y los Danesti se habían intercambiado violentamente el trono durante décadas, y ninguna de las dos familias tenía más derecho que la otra. De hecho, el interés de Radu era más fuerte, pues tenía el apoyo del sultán. Pero quería su apoyo y confianza. Eso solo pasaría si no lo veían como una amenaza. Quizás por eso habían sido crueles con él cuando era niño. Aún no comprendía la naturaleza de su rivalidad, pero ellos la descubrieron muy pronto. Las peleas en la fortaleza eran un reflejo de su realidad, representada en una escala infantil.

Radu no ganó esas peleas, pero tampoco Aron y Andrei. Fue Lada quien las ganó.

Aun así, los hermanos Danesti habían crecido para convertirse en adultos inteligentes. Radu no tenía recelo respecto a entregarles el país, aunque sin duda no quería hacerlo.

—Deberían saber —dijo Mara con voz suave— que mis reportes indican que Lada ha matado a casi todo Danesti que quedaba en Valaquia. Los que siguen vivos huyeron a los países circundantes.

—Lo sabemos —Aron no sonaba furioso ni vengativo, solo cansado, triste y un poco asustado. Radu lo miró a los ojos y compartieron un momento de comprensión mutua. No eran hombres que se dejaran mover por la rabia. Aron llevaba su apellido como un manto de responsabilidades y no como una capa de superioridad.

—Iremos con fuerza y nos moveremos rápido. No le daremos ninguna oportunidad —anunció Mehmed poniéndose de pie—. Tomaremos la capital, aseguraremos el país y le demostraremos al resto de Europa que no toleraremos agresiones ni ofensas hacia, o de, nuestros estados vasallos.

—¿Y qué va a pasar con la muchacha príncipe? —preguntó Ali Bey.

—La quiero viva —dijo Mehmed sin dar ninguna explicación—. A toda costa.

· ● ● ● ·

Radu les contó los planes a Nazira y Fátima con pesar. Le aliviaba saber que no matarían a Lada, incluso ahora, pero no esperaba que Nazira se sintiera igual. Sin embargo, no estaba seguro de poder volver a ver a su hermana o siquiera hablar con ella. Eso se lo dejaría a Mehmed.

Radu revisó los detalles del plan, enfocándose en los tiempos.

—No quiero volver a dejarlas tan pronto, pero esto es mi responsabilidad.

—Iremos contigo —dijo Fátima, que ya se estaba levantando para empacar sus pertenencias.

—¿Comprendes que voy a la guerra? —preguntó Radu con una sonrisa cariñosa.

Nazira también se levantó. Se veía aturdida e incapaz de concentrarse. Fátima la acompañó para que volviera a sentarse.

—Entonces, allí te veremos —dijo Fátima.

—Mehmed me pidió que me quede un tiempo después de que pongamos a Aron en el trono.

—¿Por qué Aron? —gritó Nazira—. Conozco a un heredero que lo merece mucho más.

Radu estiró una mano hacia el montón de ropa que ella tenía entre las manos. Lo estaba mirando como si no pudiera entender por qué estaba ahí. Se lo entregó a Radu. En vez de ponerlo en su baúl, lo acomodó sobre la cama.

—Sabes que no quiero eso. Pero significa que me quedaré en Tirgoviste por un tiempo cuando el conflicto haya terminado. Ustedes deberían volver a Edirne o ir a esperarme al campo. A menos que prefieran quedarse aquí.

—No puedo esperar para salir de esta maldita ciudad —las palabras de

Nazira estaban nubladas por los recuerdos compartidos. Y ahora esta ciudad le había traído la noticia de la muerte de su hermano.

Fátima tomó la ropa que Radu había dejado en la cama y la pasó al baúl.

—Te veremos en Tirgoviste cuando termine la lucha. Será agradable ver de dónde vienes —lo dijo con tanta seguridad que Radu casi creyó que no le molestaba viajar. Enarcó una ceja y Fátima miró hacia otro lado, ruborizándose ante su mentira.

—No tienen que hacerlo —aclaró Radu.

Nazira se levantó para ir junto a Fátima, pero luego viró hacia la cama, zigzagueando sin dirección. Radu sabía lo mucho que estaba intentando ser valiente. Lo mucho que estaba intentando funcionar pese a la abrumadora pena. Le haría bien salir de esta ciudad. Radu intentaría convencerlas de que se fueran a casa. Pero en cualquier caso, Nazira debía salir de Constantinopla.

—Pero queremos ir contigo a Valaquia —dijo Fátima, hablando por las dos.

—No querrían ir si la conocieran.

—Iremos para descubrir cuánto hubiéramos preferido no ir. ¿Tu hermana… tu hermana se quedará en Tirgoviste cuando hayan terminado? —preguntó Fátima. Nazira se paralizó ante la mención de Lada. Radu odiaba que su lugar en la vida de Nazira también la hubiera acercado a Lada y a todas las pérdidas y matanzas que eso acarreaba. Amaba a su hermana, pero…

Pero ¿la amaba? ¿Aun sabiendo que al fin se había convertido en lo peor que podía ser?

—No —dijo Radu—. La traerán aquí. Nunca volverá a ser libre —era el destino más cruel para Lada. Él sabía que preferiría morir peleando, pero no se lo permitirían. Radu sintió cómo algo cruel e intenso se endurecía en su interior al imaginar cómo su hermana se destruiría al quedar indefensa y cautiva una vez más.

Bien. Que así sea.

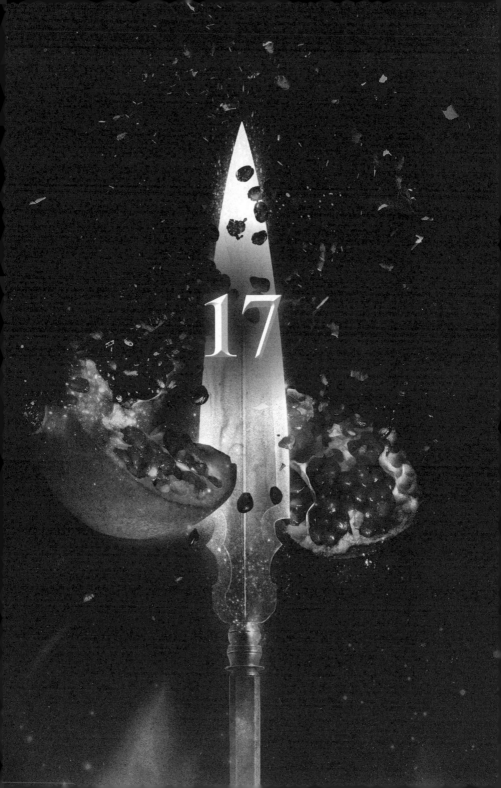

17

El Danubio, territorio otomano

Lada se tendió sobre su estómago, asomándose sobre su escondite de rocas hacia el Danubio. Alcanzaba a ver algo de actividad al otro lado, aunque estaba demasiado lejos para notar los detalles. Pero estaba lo suficientemente cerca. Lo suficientemente cerca para saber que ellos estaban allí. Lo suficientemente cerca para saber que *él* estaba allí.

Mehmed.

Y probablemente Radu también.

Lada retrocedió a rastras, levantándose al llegar a los árboles en los que se escondían Stefan, Bogdan y los hombres que ella misma eligió para dirigir a sus soldados.

—Están ahí afuera. Lo cual significa que no esperan problemas hasta que hayan entrado a los límites de Valaquia. Si no pueden cruzar el Danubio, ni todos los hombres del mundo bastarán para invadir.

—En algún momento lograrán cruzarlo —Doru se rascó un lado de su nariz con un dedo lleno de mugre. Era inteligente, brutal y bueno para dirigir a otros hombres, pero cada vez que Lada lo miraba, veía a quien no estaba ahí: Nicolae. Intentaba no odiar a Doru por ello, pero no siempre lo conseguía.

—No si les cuesta demasiado. Mehmed valora la estabilidad por sobre todo lo demás. No se arriesgará a romperla solo para castigarnos. Si lo atacamos con suficiente fuerza aquí, se retirará.

—¿Cómo sabes…? —preguntó Doru, intrigado.

—No la cuestiones —advirtió Bogdan con un tono carente de emoción. Pero sus ojos indicaban peligro. Doru agachó la cabeza con arrepentimiento.

—Haremos una fila en esta orilla —Lada tenía a cuatrocientos hombres allí. El resto de sus fuerzas estaban en otros lados del país, haciendo filas y filas de defensa. Pero cuatrocientos hombres bien usados para cruzar un río podrían detener a treinta mil hombres al otro lado.

»Avisa a los arqueros que estén listos para atacarlos cuando intenten cruzar flotando. Y que se mantengan escondidos a toda costa. No queremos arruinar la sorpresa —Lada sonrió mirando hacia el Danubio. Era la primera de un número infinito de sorpresas que tenía planeadas, pero si funcionaba, sería la única que necesitaría.

· • • • ·

Esa noche, aunque Lada estaba bien escondida entre los juncos de la orilla, un hombre se coló y fue a acomodarse junto a ella.

—¿Cómo me encontraste? —preguntó.

Stefan se encogió de hombros.

—Dime —Lada esperó su reporte. Se había ido a cruzar el río por varios kilómetros para explorar el campamento enemigo. Lada no esperaba que volviera tan pronto.

—Sesenta mil.

Lada se ahogó con su propio aliento, disimulando su tos con la capa verde oscuro que llevaba para perderse entre las sombras.

—¿Sesenta mil? ¿Cuántos guerreros? —Mehmed normalmente viajaba con una persona de apoyo por cada hombre que estaba peleando. O sea que eran treinta mil. Esperaba menos, pero...

—Sesenta mil *guerreros*.

—Por los clavos de Cristo —exhaló, dejando que el número la bañara como las olas que iban y venían en la orilla frente a ella—. ¿Sesenta mil? ¿Estás seguro?

—Y otros veinte mil de apoyo, pero a juzgar por las provisiones, no esperan que sea una larga lucha.

—Sesenta mil —Lada agachó la cabeza. Y luego comenzó a reírse entre ronquidos y exhalaciones mientras sus hombros temblaban por el esfuerzo de mantenerse callada.

—Estás… ¿bien?

Lada negó con la cabeza. ¡Sesenta mil! Quién hubiera pensado que Mehmed llevaría a tantos hombres. Ni siquiera ella lo pudo imaginar. Sabía que estaba mal, pero algo tibio y agradable cobró vida en su interior. Sin duda era una gran muestra de respeto por parte de Mehmed.

Y una muestra de respeto bastante inconveniente. Vaya momento para que al fin alguien la tomara en serio.

—Pues bien, ya sean sesenta mil o seiscientos mil, si no puede hacerlos cruzar el río, o tendrá que retrasar su plan por semanas para encontrar otro camino o tendrá que rendirse. Y dado lo mucho que ama la frugalidad en todo lo que no sea su ropa y cuidado personal, creo que será la segunda opción.

Stefan asintió.

—¿A dónde quieres que vaya?

—Vuelve a un punto cerca de la capital. Cuando conozcamos el resultado aquí, podremos determinar cuál será nuestro siguiente paso. Quiero que estés lejos del peligro y tan cerca de Hungría como sea posible.

Sin decir nada más, Stefan se perdió en la oscuridad, donde se sentía realmente en casa.

—Sesenta mil —susurró Lada entre risillas. Mehmed bien pudo haberle enviado otra carta de amor.

· · · ·

Pasaron dos noches antes de que los otomanos intentaran cruzar.

Un esquife ancho y plano navegaba por la parte más estrecha del río. Una cuerda gruesa lo seguía. Lada y sus hombres observaron cómo el esquife golpeaba su lado del río. Esperaron a que los jenízaros desembarcaran y luego se abrieron paso entre los juncos y el fango hasta el punto que quedaba justo frente al lugar de donde había salido la embarcación.

Los otomanos habían construido un muelle en su puente, y varios esquifes más grandes estaban esperando para transportar hombres y carretas.

El sonido del metal contra el metal perforó la noche mientras los picos se enterraban en el suelo y las cuerdas eran atadas para que los esquifes fueran y vinieran por el río.

Lada y sus hombres siguieron observando. Esperaron hasta que el trabajo estuvo terminado. Esperaron a que los tres primeros esquifes, con sus doscientos hombres, todos jenízaros con sus estúpidos sombreros de alas blancas brillando como una rendición en medio de la noche, estuvieran completamente llenos y comenzaran a cruzar lentamente el río.

Cuando al fin iban a mitad de camino, Lada se levantó, estiró sus músculos entumecidos y luego disparó su ballesta. Las demás ballestas a su alrededor dispararon también, y las flechas perforaron la noche con su oscuro silbido. Los hombres fueron cayendo y el río aceptó las ofrendas de Lada entre chapoteos hambrientos.

El esquife al fondo cambió de dirección para dirigirse al muelle. Los hombres del primer esquife jalaron con más velocidad, claramente pensando que ir a la orilla más cercana era lo mejor. Y el esquife de en medio simplemente dejó de luchar, flotando sin dirección por el río con la decoración de muerte que dejaron los hombres de Lada.

Lada silbó ruidosamente. Sus cañones dispararon. Tres de los tiros fueron demasiado lejos, pero dos dieron en el blanco sobre el esquife más cercano a la orilla de Mehmed. La embarcación volcó y tiró a los hombres que quedaban a bordo en las rápidas aguas del río. Su armadura sería su fin.

El esquife que se dirigía hacia la orilla de Lada aminoró su avance y luego se detuvo. Ya no había suficientes hombres para moverlo. Naufragó con un último jenízaro sosteniendo heroicamente la cuerda hasta que Lada le enterró una flecha por la espalda. Entonces, el barco se reunió con su hermano en un viaje de placer por el Danubio, alejándose de la tierra de Lada para siempre.

Los hombres de Mehmed al fin recuperaron la razón. Los cañones ocuparon sus lugares para responder a los de Lada. Pero unos cuantos tiros de su lado destrozaron el muelle temporal y luego Lada y sus hombres se echaron al suelo de manera que Mehmed se quedó sin nada a qué apuntar.

Lada estaba eufórica y sabía exactamente a dónde apuntar. Y no fallaría.

· · · · ·

—Si tan solo tuviéramos más cañones —dijo Lada suspirando y dándole unos golpecitos al frío y duro metal de uno de ellos—, podríamos haber bombardeado todo su campamento.

La voz de Nicolae susurró en su oído: "Deja de decir que es *su* campo. No estás luchando contra Mehmed, estás luchando contra los otomanos".

Lada descansó su mejilla contra el cañón. Le dolía el corazón. Qué no daría por tener a Nicolae allí, haciéndola enojar con sus observaciones siempre tan profundas. O a Petru, ansioso y emocionado por lo que estaba por venir. Nunca los volvería a escuchar, nunca oiría a Nicolae burlándose de Petru y a Petru amenazándolo con matarlo por hacerlo.

Los quería de vuelta.

Quería de vuelta todo lo que había perdido. Su infancia. Su hermano. Incluso su amor y respeto por su padre. Los otomanos se lo habían quitado todo.

Una mano suave se posó sobre su hombro.

—¿Estás bien? —preguntó Bogdan.

—¿Por qué todos me preguntan eso? ¡Siempre estoy bien! —Lada se irguió, sacudiéndose los sentimientos al mismo tiempo que, sin darse cuenta, se sacudía también la mano de Bogdan. Él hizo un gesto de dolor y su semblante se puso triste.

Lada tomó su mano de nuevo. A él no lo había perdido. No había perdido Valaquia. Aún no recuperaba nada de lo que había perdido, pero no iba a entregar algo más sin luchar.

El rostro de Bogdan se iluminó con una silenciosa alegría. Se quedó muy quieto, como si tuviera miedo de asustarla.

—¿Y ahora?

—Debemos mover los cañones. Dispararlos y luego moverlos de nuevo. Haremos eso una y otra vez, los mantendremos confundidos, vigilados e incapaces de hacer cualquier intento por cruzar de nuevo. Dile…

Una flecha rebotó en el cañón y dio unos giros en el aire antes de caer a los pies de Lada. Ella la miró con el ceño fruncido. Bogdan la aventó y su cuerpo cayó sobre el de ella mientras más flechas volaban a su alrededor.

—¡Jenízaros! —gritó alguien.

Lada rodó para liberarse de Bogdan, quien no estaba herido, para alivio de ella y del estremecimiento que le provocó el recuerdo no solicitado de la espalda ensangrentada de Nicolae, y desenvainó su espada. Como habían elegido un refugio entre los árboles, no podrían ponerse en fila. No esperaban un combate mano a mano, no ahora.

—¿De dónde salieron? —susurró Bogdan mientras se arrastraban lejos del cañón para encontrarse con una reserva de hombres que estaban descansando. Ya no estaban descansando.

—El segundo bote. El que flotó río abajo. Debieron haber llegado a tierra y regresaron aquí. Demonios, demonios, demonios —eso significaba que había al menos cien jenízaros, asumiendo que la mitad murió antes del escape. Lada sabía que no debía poner en duda sus habilidades. Eran mucho más mortales que sus numerosas fuerzas recién entrenadas. Cien jenízaros al ataque podrían acabar fácilmente con cuatrocientos hombres dispersos.

—Deberíamos retroceder a la segunda línea —dijo Bogdan.

—Perderemos los cañones. No podemos permitirnos eso —Lada silbó con fuerza—. ¡A las armas! —gritó—. ¡Protejan los cañones!

—¡Está por aquí! —gritó un hombre en turco—. ¡Llévensela viva!

Los hombres que la rodeaban dudaron.

—Vinieron por ti —dijo Bogdan.

—Pero ¡los cañones!

—Mejor que se lleven los cañones que a ti —sacó su espada y luego dio las siguientes órdenes a gritos—. ¡Protejan al príncipe! Rodéennos y corran la noticia de que detengan las actividades. ¡Tenemos al príncipe en la segunda línea! ¡Abandonen los cañones!

Lada se quedó pegada al suelo, observando el río burlón. Habían estado tan cerca de la victoria, tan cerca de ganar sin tener que pelear siquiera. Tan cerca de humillar a Mehmed como él la humilló a ella. No era justo. Si tuviera la mitad de los recursos que él tenía, un cuarto, o incluso un décimo, lo habría derrotado allí mismo. Lo único que ella tenía era a Valaquia. Y por mucho que la amara, de pronto la sobrecogió el miedo de que no sería suficiente. Nunca lo fue. ¿Quién era ella para desafiar a la historia, la cual le enseñó que su país nunca había sido y nunca podría ser libre?

—Podemos perder hoy y aun así ganar —dijo Bogdan con desesperación—. Pero si te perdemos a ti, lo perdemos todo.

¿Quién era ella? Era el *dragón*. Su país tenía dientes, garras y fuego, y usaría hasta la última parte de ellos. Lada levantó su propia espada.

—¡A la segunda línea! —gritó, y cada palabra le causaba más dolor de lo que una flecha de ballesta podría haberle provocado. Mientras se abrían paso entre los jenízaros que aparecían de entre la oscuridad para bloquear su camino, todos los pensamientos de Lada estaban puestos en lo que dejaban atrás.

Mehmed. Radu. Y un camino libre para que cruzaran hacia Valaquia.

Había fallado en su primera tarea. Pero se aseguraría de enviarles un fuerte mensaje de bienvenida.

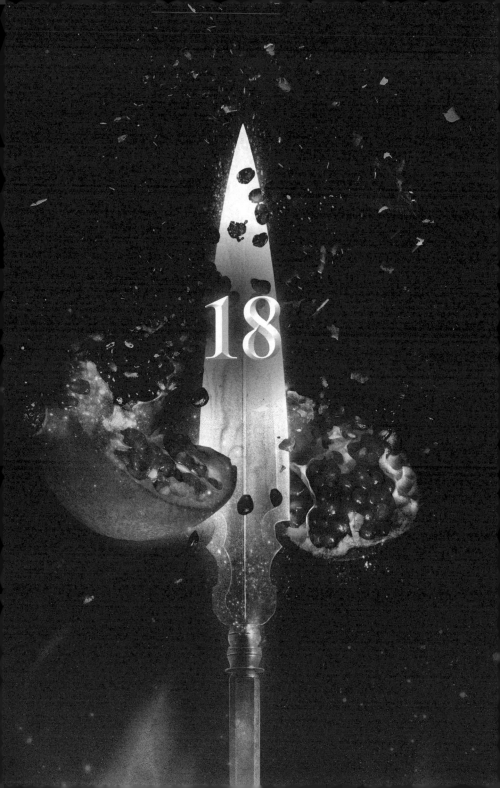

Frontera sur de Valaquia

Radu estaba afuera con los otros líderes, viendo a sus hombres armar un enorme y muy organizado campamento para pasar la noche. Con tantos hombres, tenían que dejar de avanzar pasado el mediodía para que todo estuviera listo antes de que cayera la noche. Era una tarea enorme, y una que debían hacer todos los días.

—Perdimos a más de trescientos jenízaros —dijo Ali Bey con un gesto de preocupación—. Y hasta donde sabemos, ellos solo perdieron a una docena de hombres en su retirada. No me gustan esos números. Si continúan…

Mahmoud Pasha miró las nubes amenazadoras en la distancia con los ojos entrecerrados. No era temporada de monzones, pero la primavera traía fuertes lluvias que desbordaban los ríos y llenaban de fango los caminos, haciendo que su trabajo fuera aún más difícil. Había una razón por la que los ataques se hacían a finales de la primavera en vez de al inicio. Lada los había presionado demasiado pronto.

—Los números no continuarán. Tenemos todos sus cañones. Está huyendo, asustada.

—Mi hermana no hace nada asustada —Radu miró hacia Valaquia con mucha tristeza en el corazón y aún más preocupaciones en el alma. Estaba muy seguro de que no los atacarían allí. Lada sabía cuáles eran sus fortalezas, y el combate directo con las fuerzas otomanas, que eran más fuertes, no era algo a lo que se arriesgaría. Pero estaba ahí afuera, en alguna parte. Esperando.

Descartando más discusiones, Radu entró a la tienda de Mehmed. La suya fue la primera que montaron, en una posición fácilmente defendible, mientras el resto del campamento se iba acomodando. Radu esperaba encontrar a su amigo enojado. Pero lo que encontró fue a Mehmed sentado sobre una almohada contemplando el techo de la tienda con una sonrisa divertida.

—Creo que nos extraña —dijo.

Radu se sentó en el suelo alfombrado, conteniendo una respuesta amarga. La actitud divertida de Mehmed se negaba a considerar a los hombres que habían muerto entre ellos. Pero probablemente Mehmed necesitaba un poco más siendo una persona en vez de un sultán. Todas las conversaciones recientes sobre Lada habían girado en torno a las tácticas, viéndola como príncipe y líder militar. Pero en la tienda solo era Lada. Radu ignoró los fantasmas de la muerte para hablar con Mehmed en el nivel que él quería.

—Está enojada con nosotros. Y por más imponente que eso fuera cuando era joven, al pensar en enfrentarla ahora que ha crecido y está armada y rodeada de soldados me dan ganas de buscar un establo para esconderme hasta que encuentre otro blanco hacia el cual dirigir su ira.

Mehmed se rio.

—¿Recuerdas cuando solíamos hacer carreras por las colinas en Amasya?

Radu hizo un gesto de desagrado y luego soltó su mejor imitación de la voz de Lada, agregando una ligera aspereza a su propia voz, aunque también la hacía más aguda.

—*¿Estás orgulloso por ser capaz de correr más rápido que yo? No importa, porque al final siempre te alcanzaré. Puede que tú corras más rápido, pero yo pego más fuerte* —Radu se frotó los hombros ante el dolor fantasma. La mayoría de sus recuerdos con Lada incluían esa sensación.

Mehmed se rio aún más, recostándose sobre las almohadas del suelo.

—¿Recuerdas cuando se aprendió más versos del Corán que yo solo para demostrar que era mejor que yo en todo?

—Recuerdo todo esto. Y me hace poner en duda nuestro criterio al decidir ir tras ella. ¿En verdad queremos atraparla? Y ¿qué haremos cuando la tengamos?

La tranquila alegría en el rostro de Mehmed fue reemplazada por una conocida tensión.

—Sabes por qué debo hacerlo. No habrás cambiado de opinión.

—No. Estoy de acuerdo en que no podemos dejar que sus acciones queden sin respuesta. Ella amenaza la estabilidad de todas nuestras fronteras europeas. Pero no puedo dejar de preocuparme por dónde terminará todo esto. Cómo terminará.

—A mí también me preocupa eso. Solo quiero que vuelva a casa, con nosotros.

Radu habló tan suavemente como pudo.

—Ya está en casa, Mehmed.

Él frunció el ceño y desestimó las palabras de Radu.

—No puede seguir con esto. Ambos lo sabemos. Si sigue peleando contra todo el mundo, en algún momento va a perder —se levantó, ansioso y lleno de intensidad—. Debe perder con *nosotros*, Radu. No porque la odie, o porque esté enojado con ella. Debe perder con nosotros porque nosotros la amamos. Porque nosotros la entendemos.

—Pero perder Valaquia la destruiría.

—Mejor destruida que muerta.

Radu no estaba seguro de que estuviera de acuerdo con Mehmed. No después de lo que él mismo había vivido y visto. Aún seguía sanando, y dudaba que alguna vez llegara a sanar por completo. Y eso que no le habían quitado lo que más le importaba: Nazira, su fe, el proteger a los inocentes. Si se lo hubieran quitado…

También estaba lleno de incómodas dudas respecto a si eso de que ambos amaban a Lada era verdad. Sin duda sus acciones durante el último año decían otra cosa.

—Sé lo que Valaquia significa para ella —continuó Mehmed—. No soy ciego a su devoción. Ha dejado en claro que siempre la elegirá antes que a mí —hubo una pausa y luego el tono de Mehmed se llenó de amarga añoranza—, pero le quitaremos esa opción antes de que la destruya.

Radu levantó la vista hacia el exquisito techo de seda de la tienda. Un candelabro de oro colgaba de él, encendido aunque era de día. Solo Mehmed podía hacer que el enviar un ejército contra su hermana sonara como un acto de amor y amistad.

· · · ·

—Hoy llegaremos al Arges —dijo Aron Danesti, quien cabalgaba junto a Radu y Mehmed. Aron era más bajo que los otros dos; Mehmed y Radu eran altos y esbeltos, aunque Mehmed se estaba ensanchando ahora que al fin había dejado de crecer hacia arriba, y no ayudaba que el caballo de Aron fuera más pequeño que los de ellos. Tenía que reacomodarse en su montura constantemente, intentando erguirse lo más posible, pero aun así debía estirar el cuello para mirarlos—. Allí hay un buen puente que podemos usar. Y la tierra es fértil. Seguro encontraremos algunos cultivos y ganado. Podemos descansar allí.

Mehmed no respondió. Cada vez más elegía no hablar con quienes lo rodeaban a menos que fuera para corregirlos.

Aron se aclaró la garganta, incómodo, y luego continuó.

—No deberíamos dejar Bucarest abierto detrás de nosotros. Nos costará varios días, pero valdrá la pena tomar la fortaleza en vez de dejarnos expuestos a la posibilidad de un ataque por la retaguardia.

Ali Bey, al otro lado de Radu y Mehmed, gruñó.

—No me gusta. También tenemos que enviar hombres para que retomen Giurgiu. Pero es una necesidad. Cruzaremos el Arges y luego enviaremos un equipo a encargarse de Budapest.

Radu quería que todo terminara. Quería que Tirgoviste ya estuviera tomado, Lada bajo custodia y que todo el país y su historia se quedaran detrás de él. Pero sabía que después de tomar Tirgoviste no sería simple.

Llegaron a la cima de una colina y encontraron a sus exploradores esperándolos, todos mirando en una misma dirección.

Aunque esperaban un puente flanqueado por una gran ciudad con ganado, provisiones y cultivos, por no hablar de la gente, lo único que encontraron fueron ruinas en llamas. A Radu le llegó un súbito recuerdo del tiempo que pasó en Albania luchando contra el rebelde otomano Skanderberg. Radu estuvo del lado de Murad durante ese sitio sin fin. Fue la primera vez que probó el sabor de la guerra, y nunca logró quitarse de la boca ese gusto a fuego y podredumbre que aquello le dejó. Los hombres de Skanderberg habían enfrentado el mismo tipo de batalla, destruyendo sus propios cultivos para evitar que los otomanos los usaran.

¿Radu le había contado a Lada sobre esa estrategia? No lo recordaba. Para entonces ya no eran cercanos. Ella tenía a Mehmed y él se había unido con Murad en su intento de probar que era el hermano más útil a través de sus maniobras políticas. Sin duda no se lo había contado. Esto no era su culpa. Lada pudo haberlo aprendido cuando estuvo con Hunyadi, aunque no parecía algo al estilo del viejo líder militar húngaro.

Probablemente fueron las inclinaciones naturales de su hermana manifestándose. Si ella no lo podía tener, nadie lo tendría.

—Adiós a nuestro puente —dijo Radu. Eso implicaría un retraso que tendrían que enfrentar sin provisiones extra. Radu observó cómo algunos hombres a caballo exploraban el área alrededor del puente. Uno de ellos simplemente… desapareció. Estaba ahí, y de pronto ya no. Los otros giraron rápidamente sus caballos, gritando algo sobre agujeros y trampas. Ali Bey comenzó a lanzar instrucciones de evitar toda el área.

—¿Radu Bey? —interrumpió un hombre que solicitaba la atención de Radu. Varios de sus exploradores se habían acercado. Aunque Ali Bey se encargaba de la mayoría de las fuerzas, los cuatro mil hombres montados de Radu eran independientes de las tropas jenízaras principales. Radu los había enviado a explorar los alrededores en lugar del camino que estaba frente a ellos.

Los exploradores llevaban a dos personas con ellos, campesinos, a juzgar por sus ropas. El hombre y la mujer miraban a Radu con expresiones torvas.

El explorador principal hizo una reverencia.

—Los atrapamos a unos kilómetros de aquí, echando cadáveres podridos de animales en el río. Llevan semanas haciéndolo. Deben haber contaminado el agua hasta aquí por al menos cuatro días.

La mujer sonrió.

—¿Tiene sed? Espero que haya traído el Danubio con usted.

Radu se masajeó las sienes.

—¿Dónde está la fuente más cercana de agua limpia?

El hombre sonrió con superioridad. Tenía vello facial, lo cual era raro. Solamente los boyardos tenían permitido tener vello facial en Valaquia, mientras que a los jenízaros se les exigía estar perfectamente rasurados. Era un asunto de status.

—Lo invitamos a buscarla, a ver si la encuentra. Por favor, hágalo.

—¿De qué familia son? —preguntó Radu. El hombre no tenía ni la labia ni el porte de un boyardo para responder al vello facial.

—De ninguna familia que conozca —se restregó la quijada, entrecerrando los ojos con una sonrisa taimada—. ¿Cree que volverá y encontrará las cosas tal como las dejó? Tenemos un nuevo príncipe. Nuevas reglas. Nueva libertad.

Aron Danesti llegó a unírsele a Radu.

—Esto no me parece libertad. No tienen sembradíos. Ni gente.

—Están en las montañas —dijo la mujer encogiéndose de hombros y sonriendo para mostrar todos los espacios entre sus dientes—. Eso se lo puedo decir porque nunca los va a encontrar. Todos ustedes se morirán de hambre primero, o buscarán por tanto tiempo que el invierno volverá y se llevará sus cuerpos azules y helados. Luego nuestra gente pisará sus cadáveres y reclamará nuestra tierra. Busquen tanto como quieran, aquí solo encontrarán la muerte.

—Venimos a *ayudarlos* —dijo Aron, genuinamente confundido por su afrenta—. Su falso príncipe está provocando a otros países. Los ha puesto en peligro.

—Ella lo es todo —le escupió la mujer a Aron. Uno de los exploradores la tomó del brazo, pero ella se liberó para acercarse más, con los ojos encendidos de ira—. Todo lo que tenemos, se lo debemos a ella. A esos bastardos boyardos les dieron el lugar que siempre quisieron: están por encima de todo, mirándonos hacia abajo desde sus altas estacas —levantó la barbilla—. Te conozco, hijo de Danesti. Te reunirás con tu padre.

Otro grupo de exploradores llegó por el camino que llevaba a Budapest.

—Llévense a estos dos —ordenó Radu ondeando una mano. No quería ordenar sus muertes, no habían matado a ninguno de sus hombres hasta donde sabía, pero no sabía qué hacer con ellos. Se preocuparía por eso más tarde.

Radu reconoció a un jenízaro bajo y robusto de nombre Simion a quien envió a explorar en cuanto cruzaron el Danubio.

—¿Qué ocurre? —preguntó Radu al ver los rostros pálidos y los ceños fruncidos de los exploradores—. ¿Viene alguien? Tenías más hombres cuando te fuiste. ¿Encontraron resistencia?

—No —dijo Simion, desmontando y haciendo una reverencia—. Solo trampas. Perdimos a tres. No viene a enfrentarnos nadie porque no lo necesitan. Todo el camino que recorrimos está igual. Los pozos están envenenados. No hay animales ni cultivos, ni siquiera gente. Si enviamos hombres a Bucarest, más vale que tomemos la ciudad, o moriremos de hambre.

Radu le agradeció a Simion y luego fue cabalgando lentamente hacia Mehmed con Aron a su lado.

—¿Qué pasó en nuestro país? —preguntó Aron, horrorizado. Radu se dio cuenta de que aparte de Constantinopla, donde Aron solo había estado fuera de los muros, los Danesti nunca habían visto una guerra.

—Lada sabe lo que se necesita para provocar un sitio. Quiere que a Mehmed le cueste tanto como sea posible. Pérdidas humanas, de oro y de moral.

—No, no es eso. Es decir, sí, eso es terrible. Pero la manera en que ese hombre y la mujer nos hablaron. Nunca se habían dirigido así a mí en toda mi vida. ¡Él tiene barba! Y ella habla como si fuera nuestra igual… ¡o mejor!

Mara no se había molestado en conseguir reportes de Valaquia, enfocándose en quiénes serían los aliados externos de Lada. Pero ahora era obvio que debieron enfocarse más en quiénes estarían de su lado *dentro* del país. Lada siempre creyó que Valaquia era el mejor lugar del mundo. Aparentemente, el orgullo que le generaba su tierra se había extendido a su pueblo. Los planes de Mehmed no habían tenido en cuenta toda esta devoción.

Radu observó cómo llevaban a los dos valacos hacia el campamento. ¿Cuántos más estaban por ahí, esperando? Necesitaba encontrar apoyo dentro del país.

—Enviaremos a algunos jinetes a buscar boyardos discretamente. No creo que muchos de ellos la apoyen, no después de las muertes de los Danesti.

Radu detuvo su caballo a cierta distancia, sintiendo cómo una súbita emoción placentera lo recorría al ver a Mehmed moviéndose impacientemente sobre su caballo. Observándolo. Esperándolo.

Pero aún buscando a su hermana. Radu sonrió, sabiendo cuánto lo hubiera molestado esta batalla un año atrás. Pero ahora, en cambio, extrañaba a Nazira.

Extrañaba a Cyprian.

Eso dolía más, porque era una añoranza sin sentido. Por más que se decía que ya no volvería a pensar en Cyprian ahora que sabía que estaba sano y salvo, esos ojos grises y esa sonrisa que partía almas nunca se alejaban de la mente de Radu.

—Todo ha cambiado —dijo Aron.

—Nada jamás cambia —respondió Radu echando al fin a andar a su caballo hacia su amigo para poder preocuparse juntos por su hermana.

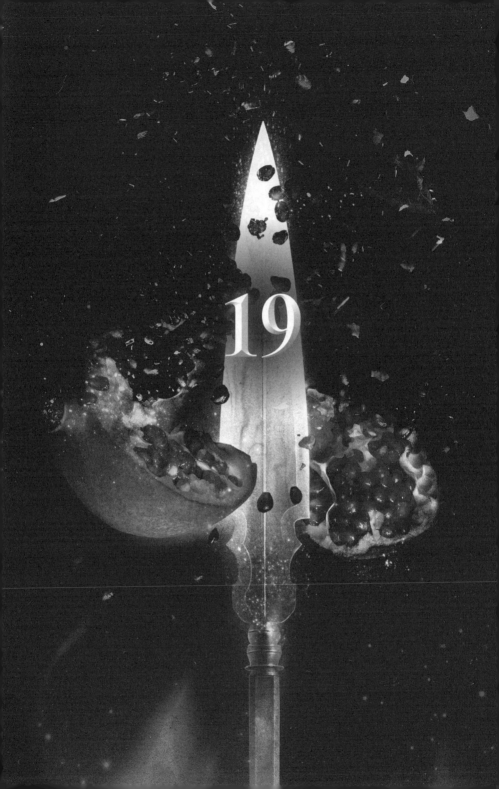

A LAS AFUERAS DE BUCAREST

Lada se detuvo; el tibio sol de primavera aún era demasiado cálido para su gusto. Había sido una subida pesada a fin de llevar a todos sus soldados y los cañones que le quedaban hasta la cima por las empinadas y rocosas laderas. Observó el cañón que estaba allá abajo. Era el único camino lógico para que un ejército lograra llegar a Bucarest.

Ya había probado esa estrategia del cañón antes. Hunyadi seguía ayudándola desde el más allá. El año anterior lo rescató de una trágica pelea en un cañón atacando inesperadamente desde arriba y bloqueando todas las salidas. Aquí sería en una escala mayor, pero se sentía confiada. Debía ser creativa para evitar el combate directo con los números enormemente superiores de Mehmed; esto era perfecto.

Y, como se recordaba constantemente tras su derrota en el Danubio, no necesitaban ganar. No directamente. Tan solo necesitaban hacer que sus intentos costaran más de lo que Mehmed estaba dispuesto a invertir en todo sentido posible. Hombres. Oro. Tiempo. Orgullo.

Le gustaba especialmente socavar este último.

—¿Estamos seguros de que vendrán por Bucarest? —preguntó Bogdan mientras limpiaba una roca para que Lada se sentara. Tras dar instrucciones había dejado al resto de los soldados para que prepararan sus diversas posiciones. Todos eran leales y buenos en lo que hacían, pero cada vez la molestaban más. Solo podía ver quien *no* eran.

Apretó entre su mano el medallón que llevaba al cuello y que ya era tan parte de ella como sus dagas. Si llegara a perderlo, sabía que constantemente estaría buscándolo con su mano, y se sorprendería al no encontrarlo. Tal como buscaba a Petru y Nicolae solo para recordar que ya nunca más podría tocarlos.

¿A cuántos más perdería? ¿A cuántos más podía permitirse perder?

Se guardó el medallón bajo la túnica.

—Tienen que venir por Bucarest. Es demasiado importante para dejar algunas filas atrás. Y es la primera ciudad importante después del Arges, pues no hay más ríos que se interpongan en su camino hacia Tirgoviste. Necesitarán usarlo como base.

—¿Y si toman la ciudad?

—Pues la toman —respondió Lada, encogiéndose de hombros—. Pero les haremos pagar muy caro. Les tomará tiempo y provisiones y no les dará nada a cambio. No volveremos, así que los hombres que dejen aquí estarán aburridos y acabados, y serán menos para enfrentar en otra parte.

Bogdan asintió, satisfecho. Estaba jugando con algo. Lada se acercó para ver mejor. Un rosario. Contuvo su instinto de burlarse de él. Aceptaría toda la ayuda que pudiera conseguir, y si el dios de Bogdan estaba interesado en ayudarlos, sería bienvenido.

Ahora no quedaba más por hacer que esperar la llegada de los otomanos.

Era aburrido y Lada lo odiaba.

Demasiado tarde, como siempre, Lada notó que Stefan se acercaba. Si fuera a matarla, ya estaría muerta. Pero él solo traía información, no la muerte.

Se sentó, doblando sus largas piernas bajo su cuerpo. Estaba tan lleno de polvo y se veía tan borroso que se confundía con las piedras.

—Los turcos llegarán en dos horas. Envió diez mil.

Qué mala suerte. Lada esperaba que Mehmed enviara a todas sus fuerzas allí. Se estaba asegurando de que Bucarest no lo amenazara con ataques por la retaguardia si invertía demasiados hombres. Pero eso solo alteraba ligeramente las cosas. Lada podía moverse por el país mucho más rápido que el enorme campamento de Mehmed y sus cargas de provisiones. Él se quedaría con sus fuerzas principales, pero Lada podría estar en cualquier parte, y así lo haría.

—Bien —dijo—. Les complicaremos el paso para que no puedan ni avanzar ni retroceder. Ni siquiera tenemos que matarlos a todos para que Mehmed pierda una sexta parte de sus fuerzas.

—¿Y después? —preguntó Stefan.

—Iré a Tirgoviste para asegurarme de que todo esté preparado allí. Para este momento, Daciana ya debe haber arreglado la evacuación a las montañas —Lada frunció el ceño—. Aunque me hubiera servido tenerla en otra parte.

Stefan hizo un gesto de molestia, lo cual era raro en él, que nunca demostraba nada. Sin duda estaba muy enojado.

—Está embarazada, Lada. Y no le confiaría el cuidado de nuestros hijos a nadie más.

—¿Está embarazada? ¿Otra vez? —era un momento terrible para tener un hijo. Y además era egoísta. Lada no quería que la atención de sus seguidores se dividiera aún más de lo que ya estaba—. Pues al menos este sí será tuyo.

Stefan se irguió y su rostro se tornó tan cuidadosa y deliberadamente inexpresivo que a Lada la recorrió un escalofrío.

—Todos son míos.

Algo en su postura invitó a Lada a sacar sus cuchillos en una actitud defensiva. Pero en vez de eso, desvió la mirada queriendo demostrar lo segura que se sentía. No necesitaba cuidarse de los ataques de Stefan. Él le pertenecía, y más le valía recordarlo.

—Quiero que vayas a Hungría. Asegúrate de que estén movilizando sus fuerzas como prometieron.

—¿Y si no?

—Asesina a Matthias.

—Eso no será fácil. Y ¿cómo te ayudaría hacerlo?

—Si Matthias no puede cumplir su palabra, lo quiero muerto. Así es cómo me ayudará.

Stefan se levantó y se sacudió las manos.

—Veré cómo está Daciana en el camino para asegurarme de que tengan todo lo que necesitan. ¿Dónde están?

Lada bajó la vista hacia el cañón, y trazó una trayectoria imaginaria con la mirada. Muy pronto, algunos hombres morirían allí. Resultaba extraño ver un lugar tan silencioso y pacífico sabiendo lo que le esperaba antes de que se acabara el día.

—Solo yo conozco su ubicación. Es más seguro así. Nadie podrá traicionarlos si los atrapan —Lada se giró hacia Stefan para ver cómo reaccionaba. Había puesto un énfasis especial en la palabra *traicionarlos*.

El rostro de Stefan estaba tan inexpresivo e ilegible como siempre. Si entendió que Lada lo estaba amenazando, no daba señales de ello ni tenía planes de responderle; solamente inclinó la cabeza y se marchó en silencio.

—Lada —el tono inseguro de Bogdan era profundamente incongruente con lo mucho que intimidaba físicamente. Era un toro que se convertía en un gatito cuando estaba con ella—. He querido hablar contigo, pero no te he encontrado a solas.

—No me voy a casar —Lada no intentó suavizar su tono ni sus palabras, pero tampoco quería herirlo. No con la pérdida de Nicolae aún tan fresca. Tal vez su muerte le había dado una nueva perspectiva respecto a los hombres que le quedaban. Había perdido a Bogdan cuando eran niños. Se lo llevaron los otomanos. Lo encontró y lo recuperó, y no renunciaría a él de nuevo.

Bogdan asintió con los ojos plantados en el suelo pedregoso bajo sus pies.

—Eso dijo mi madre. Y si te casaras, no tendría sentido que lo hicieras conmigo. No te ofrezco ninguna ventaja.

Lada le dio unos tirones furiosos a una de las estúpidas orejas de asas de él. Esas orejas la habían escuchado toda su vida sin cuestionarla. Había tenido esas orejas entre sus dientes. Él servía para muchas cosas.

—No quiero que te alejes de mí nunca —dijo. Era la verdad. No significaba tanto como él quería, pero era todo lo que Lada podía ofrecerle.

El rostro de Bogdan se llenó de alegría como un campo se llena de flores en la primavera, tan dulce y brillante.

—Nunca te voy a dejar.

Lada asintió. Su trabajo aquí estaba hecho. No le debía nada emocionalmente, lo cual era bueno porque tan solo esto la había dejado exhausta. Quería pelear con alguien, tener esa claridad de una acción y una meta alineadas. Qué considerado era Mehmed al ofrecerle todo un ejército para hacer exactamente eso.

Bogdan rascó las piedras del suelo con su pie provocando un sonido molesto.

—Pero si decidieras casarte con alguien, sin importar si te ofreciera ventajas políticas o no, tú...

—Si vuelves a traer este tema a colación, te aventaré al cañón. Luego buscaré tu cuerpo, lo arrastraré hasta aquí de nuevo y lo haré una segunda vez solo para asegurarme de que cualquier parte de tu espíritu que siga por aquí reciba el mensaje fuerte y claro.

Bogdan agachó la cabeza y se frotó la nuca, que se le había comenzado a ruborizar.

—Bueno, está bien. Aún nos queda una hora. ¿Quieres...? —e hizo un gesto muy poco elegante señalando hacia los pantalones de Lada.

Había pasado *mucho* tiempo, debido a sus intentos por evitar a Bogdan. Lada no fue suave. Él no se quejó. Todo volvió a acomodarse en su lugar entre ellos.

· · · ·

—¡Manténganlos allá abajo! —Lada apuntó hacia un grupo de jenízaros que intentaba cruzar la línea y trepar por una ladera del cañón. El escenario no era tan bueno como el del cañón con los búlgaros. Aquí había demasiadas piedras, demasiadas áreas por defender para evitar que las tropas se escondieran y respondieran a los disparos. Pero sus hombres podían contenerlos abajo por un buen tiempo. Quizás, días. Esa era toda la victoria que necesitaba Lada.

Satisfecha, se volvió hacia el hombre brutal y malvado al que iba a dejar a cargo. Encontró a Grigore en prisión, donde estaba esperando su ejecución por golpear al hijo de un boyardo. Era perfecto para las necesidades de Lada.

—Haz que paguen con diez cadáveres por cada paso que han avanzado. Cuando se acabe la pólvora, ya no habrá más. Destruye los cañones para que no se los lleven. Luego vete a Bucarest y encárgate de los muros.

Grigore sonrió, respiró profundamente el aroma a sangre y carne quemada.

—Será un placer.

Bogdan estaba esperando con los caballos. Aunque un ejército no podía cruzar el terreno sin una amplia planeación, dos personas montadas podrían hacerlo fácilmente. Lada sabía que las fuerzas principales de Mehmed aún no se acercaban mucho a Tirgoviste. Lada llegaría antes fácilmente.

—Iré a Tirgoviste sola —anunció Lada—. Necesito asegurarme de que Oana haya salido bien y que no quede nada que ellos puedan aprovechar. Quiero que tú vayas al campamento en la colina y organices a los soldados. Algunos están dirigidos por boyardos —Lada hizo un gesto de desagrado ante esa idea—, y creo que van a necesitar mucha ayuda —le molestaba tener que usar boyardos, pero algunos se habían mantenido leales a ella y simplemente no tenía suficientes hombres entrenados para ir a la cabeza. Ya arreglaría eso cuando terminara la guerra. Nunca más volvería a depender de otros. Todos la decepcionaban, era inevitable, y también la abandonaban. O elegían a alguien más.

Bogdan se le acercó como si intentara besarla, pero Lada pateó los flancos de su caballo y pronto lo dejó atrás.

Se fue cabalgando sola, y eso se sentía bien.

164

20

Campiña de Valaquia

Radu terminó sus oraciones y se quedó un momento sobre el tapete. La pérdida de Kumal era un peso que cargaba todo el tiempo, pero al rezar lo sentía con más fuerza. Kumal fue el hombre que lo invitó y le entregó el islam como un refugio para su alma cuando todo lo demás era caótico.

Todo lo demás era caótico otra vez, y Radu le había costado la vida a Kumal.

No podía evitar preguntarse cuál era su relación con Dios. Había recibido tantas pruebas amargas durante el tiempo que pasó en Constantinopla, pero no se había roto. A veces Radu temía que pasara, pero siempre encontraba paz y consuelo en la oración.

Deseó haberse abierto más con Kumal respecto a lo que había en su corazón. Le preocupaba que Kumal dijera algo que los separara o, peor, que separara a Radu de Dios. Molla Gurani, el erudito que les enseñó a Mehmed y Radu y que atestiguó su conversión, sin duda pudo haberle dicho todo lo escrito sobre cómo lo condenaba el amor por otros hombres que sentía en su corazón. El mismo Radu investigó sobre el tema, pero no consiguió sentirse en paz.

Quizás Kumal pudo haberle hablado sobre el corazón de la fe, y sobre si Radu podría tener un corazón lleno de Dios y aun así amar como amaba.

Pero Kumal ya no estaba. Y tampoco Molla Gurani. Ahora Radu solo se tenía a sí mismo y a Dios, los movimientos de la oración y el ritual de las alabanzas que los conectaban. No iba a acabar con esa conexión. Sentía que Nazira tenía razón: en lo que a Dios y al amor respectaba, Radu aceptaba que nunca se reconciliaran.

Con ganas de quedarse un poco más, Radu enrolló su tapete y empacó su tienda para enfilarse hacia la de Mehmed. Por cómo se veían las cosas, aún no comenzaban a recoger las pertenencias del sultán. Radu no disfrutaba la idea de estar por ahí sin hacer nada. Los avances en el campamento eran lentos y tediosos, y no creía poder soportar el aburrimiento. Le dejaría demasiado tiempo para pensar. Entonces vio a un grupo de sus exploradores y subió a su caballo para ir con ellos.

El día ya había clareado y estaba despejado y brillante, el aire era tibio y húmedo.

–¿Conoces bien el territorio? –preguntó uno de los exploradores. Era un hombre callado y sensato, un jenízaro de hombre Kiril. Radu ya había explorado con él y le caía bien.

–Lo recuerdo –respondió Radu–, aunque no he estado por aquí desde que era niño. Recorríamos un camino junto al río, de Tirgoviste a Edirne.

–¿Qué te trajo al imperio?

Radu sonrió con ironía, recordando.

–La política. De hecho, fui rehén.

–No sabía eso, Radu Bey.

Él se rio para aminorar la incomodidad de los otros hombres. Kiril era apenas un año o dos mayor que él. A Radu le agradaban los jenízaros más jóvenes. Era más fácil convivir con ellos. Sentía que no había tanto que demostrarles como a los mayores.

–Fue lo mejor que me pudo pasar en la vida.

–Igual que lo fue para mí el que me enviaran a entrenar como jenízaro. Este debe ser un extraño regreso a casa para ti.

–No es mi casa. Nunca lo fue, a decir verdad.

Un explorador apareció en un espacio entre dos colinas llenas de árboles a lo lejos. Se les acercó y en su rostro pecoso había un gesto de confusión.

–¿Hay otro camino? Creo que nos equivocamos.

–No –respondió Radu. De acuerdo a su memoria y también a sus mapas, estaban exactamente donde debían estar–. Este es el único camino lo suficientemente ancho para que pasen las carretas. No hay otros caminos grandes. Solo hay tierras de labranza de aquí a Tirgoviste.

—No hay espacio para cultivos allá adelante.

Radu intercambió una expresión alarmada con Kiril. No había vuelto a ese lugar desde que era niño, pero las cosas no podían haber cambiado tanto. Con el miedo creciendo en su estómago, espoleó a su caballo para avanzar a toda prisa. Se detuvo de golpe al llegar a la cima de una pequeña colina. En vez de hectáreas llenas de cultivos comenzando a crecer a cada lado del río, lo que encontró fueron… pantanos.

Kilómetros y kilómetros de pantanos. El río, que ahora corría lento y con poca agua, había inundado toda la tierra que lo rodeaba. Radu sabía que a veces el río se desbordaba y causaba esta clase de daños, pero no había llovido recientemente como para provocar algo así.

Esto había sido obra del hombre.

No. Esto había sido obra de Lada.

—¿Ven? —dijo Kiril, señalando—. Esas zanjas llevaron el río hacia los campos. Debió tomarles media vida cavarlas.

—Busca una forma de cruzar y luego vuelve para informarnos qué tanto se extienden los pantanos —le ordenó Radu al explorador pecoso. No podía ocultar su pesar mientras observaba cómo más y más tierras que podrían haber alimentado tanto a los de Valaquia como a los otomanos eran completamente destruidas. Se giró hacia Kiril—. Ve a ver qué tan lejos tenemos que ir para rodearlo. Tal vez sea mejor abrir nuestros propios caminos que arrastrar los cañones por todo este lodazal —Radu se quedó mirando la tierra en ruinas. Lada les hizo daño, sí. Pero también dañó a su propia gente a la larga. ¿Cómo es que no veía lo que estaba haciendo? ¿Cómo podía justificar este precio?

—¿Tu *hermana* hizo todo esto? —preguntó Kiril, observando el daño mientras se reunía su grupo de exploradores.

Radu inhaló profundo y cerró los ojos para contener la ira que se encendía en su interior hacia Lada y sus incesantes daños hacia el mundo en el que ambos tendrían que habitar.

—No creo que esto sea lo peor que nos espera.

Radu se había equivocado. Se sentía culpable por la forma en que su corazón anhelaba a otros hombres, pero su amor no era venenoso y destructivo. Su amor no destruía nada, no dañaba a nadie. Lada amaba a Valaquia sobre cualquier otra cosa, y este era el resultado. Lo que Mehmed y Lada hacían, por las personas y tierras que exigían sus corazones, era mucho peor que cualquier cosa que pudiera provocar el amor de Radu.

Era un consuelo extraño, pero lo aceptó. Nazira tenía razón. No había maldad en su amor.

Pero no podía decir lo mismo sobre el amor de su hermana.

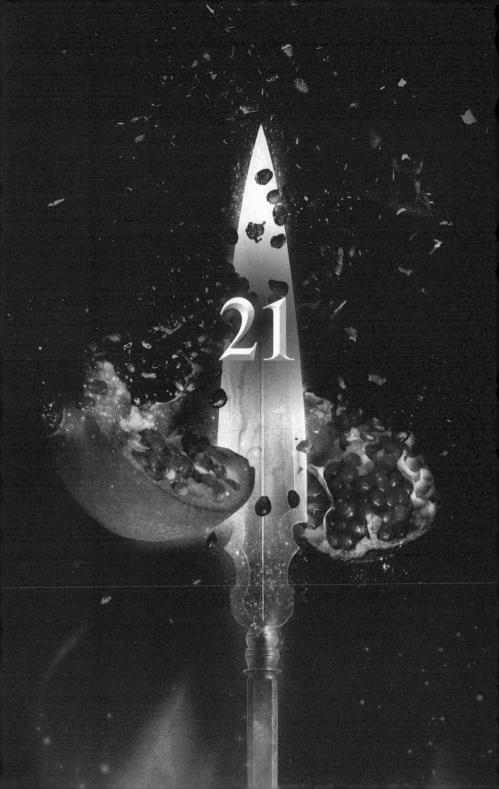

21

Lada no había podido respirar cómodamente desde que llegó a las afueras de Tirgoviste. Al cerrar la puerta del castillo, se quitó la tela que le cubría la nariz y la boca y tragó aire con desesperación.

—Sí, es desagradable estar allá afuera —comentó Oana mirándola con un gesto divertido aunque también algo oscuro.

—No han avanzado tanto como esperaba —Lada se recargó en la puerta como si su peso pudiera hacer que el aire de afuera no entrara. El olor la había seguido, pero ya solo era abrumador y no insoportable.

—Solo pueden trabajar en turnos breves. Tenemos que intercalar a los trabajadores más de lo que habíamos planeado.

—Pueden hacer más.

Oana soltó una carcajada amarga.

—No, si están inconscientes no pueden. Tendrás que conseguirles un poco más de tiempo.

—Por fortuna, eso solamente cuesta vidas y esfuerzo, no dinero. Siempre puedo dar más de los dos primeros, porque del tercero no tengo nada —Lada se masajeó la espalda baja. Había sido un viaje largo y pesado, y no podía darse el lujo de descansar. Aunque tampoco creía que pudiera dormir en ese lugar—. ¿Por qué sigues aquí? Quiero que estés en las montañas. Ve a mi fortaleza en Poenari.

Oana le dio unos golpecitos en la coronilla a Lada, lo cual la hizo preguntarse si sería incorrecto golpear en el estómago a su antigua institutriz.

—¿Te preocupas por mi seguridad, niña?

—Toda la ciudad podría estar en llamas y tú estarías en el centro, completamente sana, peine en mano y diciéndome que es hora de cepillarme el cabello.

——Se ve bastante mal en este momento, de hecho —dijo Oana entrecerrando los ojos.

· —Ya ve a esconderte en las montañas, monstruo —antes de que Lada pudiera esquivarla, Oana la atrapó en un abrazo.

· —Ten cuidado. Te necesitamos —Oana la apretó con más fuerza y luego la soltó y abrió la puerta. La peste era tan fuerte que Lada retrocedió como si la hubieran golpeado. Oana ni siquiera se cubrió la cara en su camino hacia el caballo de Lada.

Lada volvió a cerrar la puerta de golpe. Necesitaba revisar una última vez para asegurarse de que Mehmed no encontraría nada que lo ayudara si lograba llegar al centro de la ciudad.

En el salón del trono observó que los azulejos seguían manchados por la sangre de su predecesor. La silueta desteñida de la espada que una vez colgó sobre la cabeza de su padre, y que ahora ella llevaba en un costado, aún estaba en la pared. En los pasillos se encontró con murmullos fantasmales y recuerdos de rabia y miedo. Y en los aposentos que alguna vez fueron de su padre, no encontró ni un solo recuerdo que valiera la pena.

—Lada —dijo un hombre a su lado.

Ella soltó un grito sorprendido y se giró con la daga desenvainada. Stefan estaba en una esquina oscura de la habitación. ¿Cuánto tiempo llevaba allí? Lada no tenía ni idea. O ella se estaba volviendo descuidada o él estaba mejor que nunca. Esperaba que fuera lo segundo.

—Me alegra que seas tú —su corazón seguía latiendo a toda velocidad mientras guardaba la daga en su muñequera.

Stefan se quedó tan quieto e inmóvil como su expresión. Tenía un rostro tan olvidable que cuando no estaba, a Lada le costaba trabajo recordar cómo se veía exactamente. El hombre inclinó la cabeza ligeramente, como si Lada fuera un problema que había que resolver.

—Me pagaron una impresionante cantidad de dinero para matarte —su voz estaba tan carente de emociones que a Lada le tomó un momento procesar lo que dijo.

Su mano giró hacia su muñeca, pero se detuvo. Sabía lo letal que era Stefan. Se enorgullecía de ello. Aunque era mucho menos placentero pensar que si la quería matar, ya estaba muerta. Al principio la ira y la tristeza comenzaron a surgir, pero los reemplazó una especie de lóbrego placer. ¿No esperaba que algún día alguien se diera cuenta de que merecía un asesino del calibre de Stefan?

Hubiera preferido que ese día nunca llegara. Pero en algún perverso sentido, era algo que la validaba.

–¿Cuánto? –preguntó.

–Más de lo que entregaste para financiar esta lucha –metió la mano entre sus ropas con un movimiento lento y deliberado y sacó un morral de cuero. Lo lanzó a la cama detrás de Lada–. Y eso no es todo. Ni siquiera la mayor parte –esta vez por su rostro cruzó la más ligera sonrisa, como un sueño que desaparece pronto–, pero puedes usarlo como mejor te parezca.

–Entonces, no vas a matarme.

–Lo consideré.

Lada agradeció su honestidad. Si ella tuviera que matarlo, lo lamentaría mucho.

–¿Por qué?

–Porque quien sea que te quiere muerta está dispuesto a pagar todo este oro, así que alguien cumplirá sus deseos tarde o temprano. Yo podría hacerlo de una manera acorde con nuestra larga historia.

–Creo que es lo más sentimental que te he escuchado decir respecto a nosotros.

Esta vez la sonrisa de Stefan fue real y duradera. Lada esperó que no se le olvidara, aunque no pudiera recordar su cara.

–No sé quién me pagó para matarte. Sospecho que fue Matthias Corvinus, porque estás haciendo que parezca un hombre débil en la lucha contra los infieles, o tu primo de Moldavia, quien te usa como distracción para recuperar varias fortalezas fronterizas.

—Por los clavos de Cristo. ¡Él me agradaba! —Lada se frotó las sienes y luego se encogió de hombros—. Pero yo en su lugar haría lo mismo. Después de todo, compartimos la misma sangre —se sentó en su cama y golpeteó su pie contra la alfombra desgastada—. ¿No crees que haya sido Mehmed?

—Ha demostrado varias veces que te quiere viva. Si mueres por su causa, será en una batalla y contra sus deseos.

Lada estaba de acuerdo. Sentía exactamente lo mismo respecto a la idea de enviarle un asesino anónimo a Mehmed. Si moría, quería que fuera por su propia mano. Cualquier otra forma se sentiría inconclusa.

No sabía si lo quería muerto. Tantas tretas, tanto horror, guerra y muerte entre ellos, y aun así no prefería un mundo sin él.

Lada levantó la vista, deseando como nunca tener tiempo para dormir y que al despertar Stefan siguiera siendo suyo. También Nicolae. Y Petru. Y Radu y Mehmed y todos los que anhelaba tener.

—¿Dónde nos deja esto?

—No podré quedarme contigo cuando todo esto haya terminado. Y… no quiero. Me diste algo por lo cual luchar y no soy un ingrato. Pero ahora tengo algo por lo cual vivir. Y una vida larga no es muy probable a tu lado.

—Con esas palabras tan dulces, puedo ver por qué Daciana se enamoró de ti —respondió Lada con una sonrisa.

Stefan se aclaró la garganta como retirando las emociones que habían logrado colarse por allí.

Aunque su elección no era sorprendente, igual dolía. Lada odiaba el hecho de que Stefan no sería suyo por mucho tiempo. Era bueno que Daciana estuviera lejos de la ira y el resentimiento de Lada. También ella le agradaba, pero eso solo significaba que los perdería a los dos. Su sonrisa se tornó hosca y maliciosa.

—Yo tengo a esa familia por la cual vives. Encárgate de esto hasta el final, cualquiera que este sea, y te la devolveré.

Esperaba ira como respuesta, pero casi podría jurar que algo similar al cariño se interpuso en la calma de Stefan, quien inclinó la cabeza respetuosamente.

—Comencé esto a tu lado y así lo terminaré. Y luego no volverás a verme jamás.

—Me parece justo. Ve a traerme noticias de los hombres que enviará Matthias y cuál es nuestra situación respecto al papa.

Stefan se dio la vuelta para ir hacia la puerta.

—Stefan —dijo Lada. Él se detuvo, pero no dejó de darle la espalda. Lada pudo enterrarle un cuchillo en ese mismo momento, pero no buscó sus armas. Quizás estaba cansada, o solo estaba harta de ver a sus amigos sangrar. O quizás fue porque él debía saber que ella podría hacerlo y, pese a todo, confiaba en ella lo suficiente como para darle la espalda—. ¿Cómo me hubieras matado?

—Con toda la dulzura que no has recibido en tu vida —respondió antes de salir de la habitación.

Por unos instantes breves pero crueles, Lada consideró ordenar el asesinato de Daciana y los niños. Stefan no se enteraría hasta que fuera demasiado tarde. Pero no quería matar a ninguno de ellos. Habían sido sus amigos. Que traicionaran esa amistad no amenazaba su vida ni su éxito.

Se había esforzado tanto por no perder nada ni a nadie, pero esos eran sentimientos inútiles. Algún día todos se irían, de una manera u otra. Lada se levantó y salió de la habitación con pasos pesados sin molestarse en revisar ninguna otra parte del castillo. No quedaba nada ni nadie allí adentro que le molestara perder.

Y era justo por eso que ganaría al final. Porque ofrecería *todo* en el altar del sacrificio con tal de conservar su país.

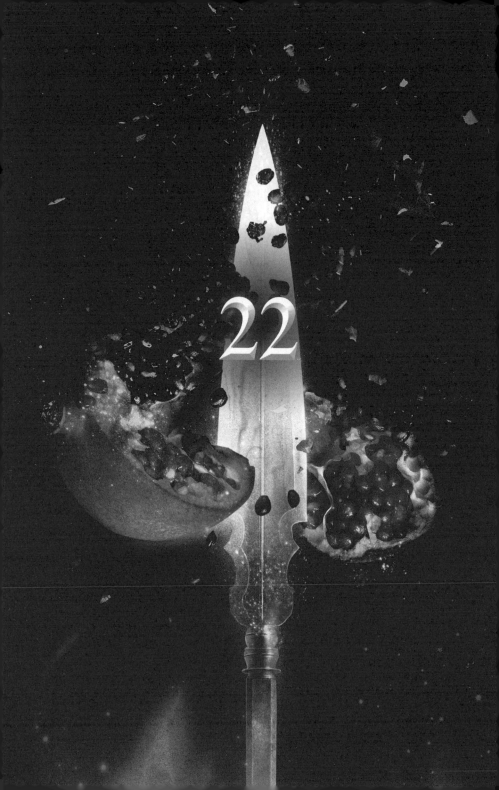

—¿Alguien más se siente nervioso de que el príncipe no haya atacado aún? —preguntó Ali Bey, mirando su mapa, el cual estaba lleno de notas que marcaban los pantanos y las áreas anegadas. Todos los pozos y ciudades estaban tachados. El mapa estaba al centro de la mesa en la tienda de Mehmed. A su alrededor estaban también Aron, Andrei, Radu y los pashas, considerando con desgano sus opciones entre tinta y pergaminos.

El rostro de Aron estaba tan maltrecho como el mapa.

—No necesita hacerlo. Nos tomó tres semanas llegar hasta aquí. Habíamos planeado que nos tomara tres días.

—¿Cómo van nuestras provisiones? —preguntó Radu.

—Entre los retrasos y la falta de recursos que podamos tomar o robar, no van nada bien —Ali Bey azotó su puño contra la mesa—. ¿Por qué no se enfrenta con nosotros en campo abierto?

Mehmed se rio, y su carcajada los sorprendió a todos y llevó su atención hacia la otra orilla de su lujosa tienda, donde estaba él, aparentemente perdido en un libro sobre la vida del Profeta, que la paz esté con él.

—¿Por qué lo haría? Nosotros tenemos a todos los hombres y la fuerza de nuestro lado. Pero ella tiene el tiempo del suyo. Lo usará contra nosotros en tantas formas como le sea posible.

Ali Bey frunció el ceño y sus pobladas cejas bajaron tanto que Radu se preguntó si le picaban los ojos.

—Parece que la admiraras.

—¿No debería admirar la excelencia donde quiera que la vea? Para ser honesto, no he encontrado nada que admirar entre quienes me acompañan en este momento.

El resto de los hombres se encogieron en un gesto herido. Radu sintió las palabras como golpes, pero no lo lastimaron tanto como alguna vez lo hubieran hecho. Hay algo bueno en tener un corazón que han roto tantas veces. Las cosas rotas al sanar se vuelven más gruesas y más fuertes de lo que eran antes. Eso suponiendo que sobreviven lo suficiente para alcanzar a sanar.

—El sultán tiene razón —comentó Radu—. Lada está aprovechando cada una de sus ventajas. Pero no tiene muchas. Debemos encontrar sus puntos débiles y presionar ahí con la misma fuerza que ella presiona los nuestros —observó el mapa lleno de anotaciones y la historia que contaba. Era Valaquia convertida en un arma. Lada estaba usando su país de la misma forma en que lo adoraba: completa y salvajemente.

Aron soltó su pluma, salpicando un poco de tinta.

—Y entonces, ¿cuáles son sus debilidades?

—La gente.

Hamza Pasha, el mayor en la tienda y líder de diez mil spahis, resopló en tono de burla.

—Hemos tomado prisioneros y todos la adoran hasta la locura. No encontraremos puntos débiles ahí.

—No esa gente. Nuestra gente —Radu se volteó hacia Aron y Andrei—. Ha matado a muchos boyardos. Los que siguen vivos son leales a ella, pero no puede confiarse por completo. No tras todo lo que ha hecho. Le ha dado tierra y poder a quien se le da la gana, y los boyardos deben saber que sus títulos y sus vidas nunca estarán seguros mientras ella sea príncipe. A Lada no le importan la tradición ni la sangre.

Andrei enarcó una ceja.

—A mí me parece que le importa muchísimo la sangre. Es solo que la prefiere derramada en la tierra.

Mehmed soltó una pequeña risa desde su esquina, pero mantuvo los ojos sobre su libro, como si no estuviera siguiendo la conversación.

Radu contuvo el impulso de defender a su hermana. Lada no lo merecía, y además podía defenderse sola, eso ya lo había demostrado lo suficiente.

—Envié a unos hombres a buscar a los boyardos que quedan. Eso les dará una alternativa ante el reinado del terror de Lada, y la traicionarán.

—¿Cómo puedes estar seguro? —el turbante de Ali Bey se había aflojado, revelando unos mechones plateados en su cabello negro. Ya había sobrepasado la expectativa de vida promedio de un jenízaro. Quizás por eso era líder, por su experiencia y su tendencia a no morirse.

—Son boyardos —dijo Aron con una sonrisa pícara—. Eso es lo que hacen. Traicionaron al padre de Radu por el mío. Traicionaron la memoria de mi padre por un príncipe que odian. Si les ofrecemos seguridad y poder, la traicionarán a ella también. Y, más adelante, me traicionarán a mí.

Radu puso una mano sobre el hombro de Aron.

—Nos encargaremos de que llegues al trono. Arreglaremos esto —Radu esperaba que Aron lograra restaurar un poco del equilibrio que Lada había roto. Aunque entre más veía el país, más se preguntaba cuánto tardarían en que las cosas volvieran a ser como antes. Lada había hecho tanto en tan poco tiempo. No solo en cuanto a su destrucción de la tierra, aunque eso también iba a tomar tiempo para ser reparado, sino que además había sembrado una rebeldía feroz entre personas que solían aceptar lo que se les ofrecía sin exigir más. Esas ideas infecciosas serían más difíciles de curar.

Y, quizás, no deberían curarse. Radu le sugeriría a Aron que capitalizara las nuevas estructuras sociales en vez de acabar con ellas de inmediato. Lada se enfocaba solo en los valacos comunes, no en la nobleza. Esa era su debilidad. Pero la nobleza había mostrado su propia debilidad ignorando el potencial de su pueblo. En todo caso, Lada demostró que los valacos eran capaces de hacer grandes cosas guiados por el líder correcto.

—¿Radu? —insistió Andrei.

—Disculpen, ¿sí? —la conversación había continuado, dejándolo atrás.

—Hemos tenido algunos brotes de enfermedades —dijo Hamza Pasha. Incluso en ese momento se estaba abanicando la cara, aunque no hacía demasiado calor en la tienda. En las juntas de estrategia solía mantenerse callado. No por reticencia, sino porque al parecer creía que estaba por encima de una discusión sobre estrategias con tres extranjeros y un jenízaro. La rivalidad jenízaros-spahis se mantenía por dos razones, para que ninguno de los dos grupos se volviera demasiado poderoso y para que nunca se aliaran contra el sultán, pero era profundamente inconveniente en momentos como este.

–Y yo debería… –Radu dejó de hablar, pues no sabía qué quería Hamza Pasha que hiciera.

–Es tu país el que los está enfermando. Quizás deberías hacer algo al respecto.

Radu reconocía un juego de poder en cuanto lo veía. Hamza Pasha sabía que Mehmed estaba escuchando, y quería recordarle que Radu, aun siendo un bey, no era ni nunca sería uno de ellos. Que era el país de Radu el que tanto les estaba quitando. Y que estaba profundamente relacionado con la persona que les causaba tanto mal.

Radu sonrió con dulzura. Su hermoso rostro no le servía para nada allí, pero es difícil deshacerse de las viejas costumbres.

–A mí también me enfermaba tener que vivir aquí. No me sentí completo hasta que encontré mi hogar junto al sultán –seguro de que su punto había quedado claro, pues tenía el interés del sultán más que el pasha, Radu se levantó–. Pero iré a ver qué hay que hacer. Avísame si este mapa te revela algún secreto mientras lo sigues contemplando.

Radu salió de la tienda con pasos suaves y seguros. Pero su postura erguida cayó junto con la cortina al cerrarse. ¿Por qué seguía jugando ese juego? ¿Qué le importaba si un estúpido pasha ponía en duda su valor y su lugar en el imperio?

Mehmed no dijo nada cuando Hamza Pasha lo confrontó. Radu comprendía en un nivel académico que el sultán debiera mantenerse fuera de esos conflictos, pero Mehmed no tuvo problemas en comentar cuando surgió el nombre de Lada. Estaba harto del lugar que le correspondía en todo esto. Había estado enredado en los mismos y desesperadamente calculados juegos de poder toda su vida.

Ahora le resultaban fáciles, pero eso no significaba que los disfrutara.

Avanzó más allá de los límites del campamento, yendo hasta donde estaban los enfermos. Eran un número impresionante. La insistencia de Mehmed en los métodos sanitarios del campamento solía mantener la enfermedad a raya. Quizás había algo en Valaquia que enfermaba a la gente.

Radu se cubrió la boca con su capa y caminó lentamente. Un hombre febril estaba tendido en el suelo sobre un petate viejo, cubierto en sudor y mascullando algo. Radu se detuvo a escuchar. El hombre no hablaba en turco, sino en valaco.

Radu se acercó a uno de los cuidadores.

—Este hombre. ¿De dónde vino? ¿Es jenízaro?

El hombre negó con la cabeza.

—No, solo es un trabajador. La mayoría de los enfermos no son soldados.

—Qué bueno —dijo Radu.

El cuidador lo miró con cansancio y desdén.

—Es bueno hasta que necesitas apoyo para sesenta mil soldados, y entonces es devastador.

Apenado por el regaño, Radu se inclinó para estar más cerca del enfermo. El idioma le había despertado una terrible sospecha que debía refutar.

—¿Qué te prometió el príncipe? —preguntó en valaco.

El hombre tenía los ojos cerrados, pero en su boca se dibujó una sonrisa.

—A mi familia. Tierras para mi familia.

Radu se levantó, sintiéndose mareado. No esperaba tener razón. Volvió al campamento y buscó a Kiril, el jenízaro al que más recurría de entre su grupo de cuatro mil.

—Tráeme a toda tu unidad. Tenemos que cruzar el campamento y entrevistar a todos los que no sean soldados.

—¿Por qué? —preguntó Kiril, pero no como un juicio, sino por curiosidad.

—Porque mi hermana está llena de sorpresas. Ninguna de ellas es buena. Busquen gente de Valaquia. Y a cualquiera que esté enfermo.

No había forma de saber cuántas personas de Valaquia se habían colado entre el caos del enorme campamento. Tendrían que buscar entre los cocineros, sirvientes y, oh, por Dios, entre las mujeres que iban detrás para encargarse de cualquier *necesidad* que tuvieran los hombres.

Habían llevado las armas de Lada con ellos todo este tiempo.

Vaya que su hermana era astuta. Radu no podía culpar a Mehmed por no haber dejado de admirarla. Pero sí podía desear que esa astucia no provocara demasiado trabajo extra para él y muerte y sufrimiento para los demás.

A un día al sur de Tirgoviste

Lada se acomodó su sombrero jenízaro robado. No había usado uno en años. Era como revisitar una historia favorita de la infancia y darse cuenta de que, aunque los detalles seguían siendo los mismos, todo el significado había cambiado. Miró al grupo de veinte hombres que ella misma eligió, revisando hasta los últimos detalles. Pero ellos sabían lo que estaban haciendo. Fuera de Bogdan, eran sus últimos jenízaros.

Lada se dio cuenta con una pena inesperada que un día esos veinte también morirían y la dejarían sin valacos entrenados por los otomanes. Tuvo que aclararse la garganta para controlar el deseo súbito de dejarlos allí, lejos del peligro.

—Esta noche solo buscamos información. Cómo está distribuido el campamento. Dónde están los animales con las provisiones. Dónde guardan la comida y, especialmente, dónde tienen las armas. Cuántos hombres. Pongan atención a todo, pero no se dejen ver. Mañana por la noche, cada uno de ustedes dirigirá a un grupo de hombres al campamento —Lada sonrió y sus dientes brillaron como huesos bajo la luz de la luna—. Mañana por la noche será lo divertido. Esta noche trabajaremos para que nuestra diversión rinda frutos.

Bogdan la tomó del brazo mientras el resto de los hombres se dispersaban para entrar al campamento por distintos puntos. Se acercó demasiado a ella, dejando poco espacio para la oscuridad entre sus cuerpos.

—Quiero estar contigo.

—Y yo ya te dije —respondió Lada, alejándose— que necesito que estés aquí para dar aviso si algo sale mal. Aún podríamos enviar suficientes hombres colina abajo para crear una distracción y salir. Pero solo si estás aquí esperando para darles la señal. De otro modo, con uno que atrapen todos estaremos muertos.

Bogdan se puso frente a ella, bloqueándole el camino.

—¿Vas a ir por él?

Lada no tuvo que preguntarle a quién se refería, pero le dieron ganas de castigarlo por atreverse a exigir una respuesta.

—No. Radu puede quedarse aquí después de su traición. Ya no me sirve.

—No me refería a él.

Lada empujó a Bogdan y siguió su camino.

—Voy a averiguar dónde duerme el sultán. Quizás lo mate en su cama. Quizás haga lo mismo contigo luego.

—Ten cuidado —dijo Bogdan, remarcando la crueldad de Lada con su apoyo constante.

Ella siguió caminando.

Lo bueno de tener una fuerza tan enorme era que había cualquier cantidad de puntos para entrar al campamento y no había forma de que nadie supiera que ella no debía estar ahí. Estaban preparados para enfrentar a cientos o miles, pero no a una sola persona. Lada se movió discretamente entre las tiendas y luego comenzó a caminar con seguridad. Solo era un jenízaro más que sabía exactamente a dónde iba y que tenía trabajo que hacer. El campamento estaba bien iluminado por antorchas y hogueras. Hasta donde podía ver, todos los soldados estaban confinados en sus tiendas a menos que les tocara patrullar en ese momento. Y el área de servicio del campamento que recorrió estaba aún más tranquila. Quizás ya habían descubierto sus aportes a las fuerzas de Mehmed.

De pronto se le apareció una imagen de Radu enfermo. Mehmed apareció también en su imaginación; ambos estaban vencidos por la enfermedad.

No. Ninguno de ellos debía morir así, así que no lo harían. Lada se sacudió físicamente esa imagen y se dio la vuelta para adentrarse más en el campamento.

La falta de actividad dificultaba un poco su labor, pero también le ofrecía algunas ventajas. Como solo había pocos hombres por ahí, les tomaría más tiempo responder a cualquier ataque. Los soldados en las tiendas eran soldados dormidos. En una campaña como esa, un hombre jamás desperdiciaba la oportunidad de dormir.

Siguió avanzando y observando los lugares y posiciones que fueran relevantes. El campamento estaba contra las colinas y tenía planicies abiertas por tres flancos. Habían cortado cualquier árbol que pudiera servir como escondite. Ningún ejército podría acercarse con sus caballos sin ser visto desde la distancia. Y las colinas eran demasiado áridas como para que todo un ejército las recorriera sin hacerse notar. Era una posición inteligente y defendible.

Una posición a la que discretamente, pero sin lugar a dudas, los había conducido toda la devastación del campo: demasiadas zanjas por un lado, demasiado lodo por otro, cadáveres de animales por el resto.

Lada sonrió complacida. Sería imposible acomodar a un ejército en esas colinas si ese ejército viniera en camino.

Pero no si el ejército ya llevara semanas allí.

Saludó con un movimiento de cabeza a un jenízaro que pasaba por ahí y luego giró para seguir por un grupo de tiendas y se detuvo de golpe.

Ese hombre no aprendía. Frente a su gloriosa tienda, más alta y majestuosa que cualquier otra, estaba escrito el nombre de Mehmed con banderas y banderines que colgaban inmóviles en esa noche sin viento.

Lada rodeó la tienda, pasando por los jenízaros que hacían guardia en la entrada. Con la sensación de una historia que se repite, sacó un cuchillo y cortó el sedoso material para crear su propia puerta. Y luego entró.

Mehmed estaba sentado ante un escritorio, de espalda a Lada. Solo unos pasos. Su cuchillo. El fin de la campaña otomana en Valaquia. Quizás el fin del dominio otomano al verse obligado a considerar la sucesión.

—No aprendes —dijo Lada—. De nuevo te maté.

Mehmed se tensó. Luego se dio la vuelta con una sonrisa. Él también tenía una daga.

—Llegas tarde. Te he estado esperando cada noche desde que crucé el Danubio.

Durante unos instantes, Lada se quedó quieta, parada al borde de la violencia. Luego fue hacia Mehmed y se sentó en una de sus almohadas de seda roja, estirando las piernas en el suelo. Sus botas llenaron de lodo la elegante alfombra.

—Estaba muy ocupada. Tenía cosas que hacer. Imperios que combatir. Vacaciones de verano que planear.

—¿Así que soy una prioridad tan baja en tu lista? Eso hiere mi orgullo.

Finalmente Mehmed se levantó, con movimientos lentos y calculados, como si Lada pudiera asustarse, o atacar, y se sentó frente a ella. Tomó una de las botas de Lada y se la quitó de un tirón. Tocó el cuchillo que escondía junto a su tobillo y luego le quitó la otra bota. Negó con la cabeza, trazando el cuchillo que guardaba también ahí.

—¿En ambos lados?

—Me gusta estar preparada.

—Ya lo sé —Mehmed le quitó sus calcetines de lana tejidos por Oana y comenzó a masajearle los pies. Lada no podía imaginárselo haciendo algo así con, ni por, nadie más. Sin duda no con ninguna de las mujeres de su harén. *Ellas* existían para servirlo a *él*.

—Quiero que te vayas de mi país —dijo Lada sin quitarle los ojos de encima.

Mehmed le ofreció una sonrisa tan oscura y secreta como la noche.

—Entonces, ¿por qué me invitaste a venir?

—No te invité.

—Lada —dejó los pies para continuar acariciando sus piernas tensas—. Me enviaste a mis hombres en cajas y a todo un estado vasallo hundido en el caos. Viniendo de ti, eso es básicamente un cortejo.

Lada se rio. No quería hacerlo. No había ido para estar con él. Pero pese a su historia, pese a sus traiciones, era… Mehmed. Su Mehmed. En cuanto entró a la tienda supo que no lo mataría. Por más que debería hacerlo si realmente creía en lo que se había propuesto.

Levantó un pie y lo apoyó contra el pecho de él, alejándolo.

—Eres un idiota. Debería matarte.

Mehmed se apoyó sobre sus codos.

—Probablemente. Y yo debería llamar a mis hombres y hacer que te arresten. Pero no quiero hacer eso —su mirada era mucho más tierna e íntima de lo que sus dedos habían sido nunca. Lada la sintió en todo su cuerpo—. Quiero que vuelvas conmigo.

—Nunca lo haré.

—Lo sé —concedió Mehmed, suspirando—. Pero no he dejado de fingir que hay una manera para recuperarte, para estar juntos. Solo te quiero a ti.

—Quieres mucho más que a mí.

La sonrisa de Mehmed era perversa y afilada como los cuchillos de Lada, y también igual de conocida.

—Es verdad. Pero también te quiero a ti.

—Sí, ahora que tienes todo lo demás que querías —Lada cruzó las piernas, acercándose más a él—. ¿Es lo que esperabas? ¿Constantinopla?

—Es más —Mehmed hizo una pausa y su expresión se tornó triste y melancólica—. Y, al mismo tiempo, menos.

Lada tocó una orilla de la boca de Mehmed.

—Entiendo —era difícil ponerse una meta alta y alcanzarla solo para descubrir que al otro lado el trabajo apenas comenzaba.

—Creo que solo tú puedes entenderme. ¿Y tú? Tienes tu país.

—Y me lo dice el hombre que tiene un ejército acampando para apoderarse de mi capital.

—Sabes que no tenía otra opción.

Lada recorrió el labio inferior de Mehmed con un dedo y siguió hacia su mentón, su cuello, su pecho. Lo detuvo ahí, presionándolo con la fuerza suficiente para que doliera.

—Siempre tienes otras opciones. Y nunca eliges mi lado.

Mehmed le tomó el dedo y apretó su mano.

—Porque quiero que tu lado sea a mi lado.

—Eso nunca va a pasar.

–Entonces, estamos en un callejón sin salida. No puedo permitir que tus agresiones continúen. Eso generaría un precedente peligroso para los otros estados vasallos.

–Entonces, renuncia a Valaquia como estado vasallo.

–No puedo.

Lada retiró su mano, enarcó una ceja y dejó que su voz destilara desdén como las uvas al vino.

–Y yo que pensé que eras el sultán. Emperador de Roma. Mano de Dios en la Tierra, o al menos eso me dijeron todas tus cartas. ¿Dónde quedan los títulos entre todo lo demás?

–Si renuncio a un terreno en cualquier parte, me arriesgo a perderlo todo. Tú más que nadie sabes lo endeble que es el poder. ¿No podemos llegar a un acuerdo?

Lada entrecerró los ojos. Nicolae le había dicho que podría y debería negociar. Podía escuchar el susurro de su voz fantasmal en su oído. Y, por una vez, lo escuchó.

–¿A qué acuerdo llegaríamos?

–Aceptaré perdonar tus deudas a cambio de renovar el pacto.

–Jamás.

Mehmed suspiró, levantando los ojos hacia el techo de la tienda.

–Aceptaré perdonar tus deudas a cambio de Bucarest y nuevos términos de vasallaje.

–No obtendrás ningún territorio.

–Ah, pero ¡no dijiste que no a todo! –Mehmed le ofreció una ligera sonrisa–. Firmas nuevos términos de vasallaje, yo no me meto con tu país, tú no atacas mis fronteras ni las fronteras de ninguno de mis estados vasallos.

–Jamás volveré a entregarte niños para tus jenízaros. Y no tengo dinero, y si lo tuviera, lo gastaría en combatirte.

Mehmed se rio.

–No dije que tuvieras que darme nada. Lo único que pido es que firmes los acuerdos. Solo fírmalos, déjame retirarme con un pacto respetable

189

que le demuestre a Europa que llegamos a un acuerdo y que ahí termina todo.

—¿En serio? —Lada se le acercó aún más, como si pudiera leerlo como un plan de batalla. Radu sabría si era sincero. Lada, no. Pero de cualquier manera lo intentó—. ¿Renunciarías a los impuestos, a los soldados, a todo lo que mi tierra puede ofrecerte?

—En este momento lo que tu tierra me ofrece son pantanos, pozos envenenados y la peste —se detuvo un momento—. Gracias por eso, por cierto.

Lada sonrió mientras la emoción la llenaba.

—Sé lo mucho que aprecias un campamento limpio. Quería hacer las cosas más interesantes para ti.

—Entonces, ¿aceptas?

Lada sabía que Mehmed sería un tonto si cumpliera un acuerdo tan desventajoso para él. Mehmed no era ningún tonto. Pero si se iba, le daría tiempo para organizarse. Para conseguir más apoyo. Para generar el suficiente poder para enfrentarlo de verdad. Quizás nunca volvería. Tal vez su acuerdo se cumpliría y Lada habría salvado a su país de décadas de conflicto. Lo dudaba, pero Nicolae la estaba presionando desde la tumba para que no dejara pasar esta oportunidad.

Lada se acercó aún más, inspeccionando los ojos oscuros y los labios carnosos de Mehmed, recordando su sabor.

—Volveré mañana por la noche para firmarlo. Y luego te llevarás a tus hombres y dejarás mi país.

—Es un trato —Mehmed le quitó el sombrero jenízaro y suspiró al ver su cabello cayendo en libertad—. ¿Sabes? La última vez que estuve aquí me dijiste que me matarías si volvía a pisar tus tierras.

—Por suerte para ti, demostraste ser útil.

Mehmed llevó su rostro al cuello de Lada, rozando sus dientes por la piel de ella.

—Permíteme demostrarte lo útil que puedo ser.

Sus acciones tenían toda la sensibilidad de una batalla y el doble de pasión. Lada fingía que lo que Bogdan le daba era suficiente, pero esto, con alguien que realmente era su igual, que la entendía como nadie más, encendía su cuerpo con un fuego que no podía encontrar en ninguna otra parte.

Mehmed puso una mano sobre la boca de ella para evitar que gritara. Lada le respondió con una mordida, y Mehmed se estremeció antes de desplomarse junto a ella sobre el tapete.

—Cásate conmigo —susurró él, con un brazo cubriendo sus ojos y su pecho aún agitado.

Lada se vistió apresuradamente, poniéndose las botas y acomodándose el cabello bajo el sombrero jenízaro. Luego se inclinó y pegó sus labios a la oreja de Mehmed.

—Antes te mataría.

Salió como entró. Pero esta vez era ella quien lo había traicionado y no la traicionada. Porque había otra razón por la que aceptó sus condiciones: significaba que los otomanos se quedarían en este campamento, en esta posición, por una noche más.

Y tendría opciones si Mehmed no cumplía con su acuerdo.

Cruzó el campamento como si estuviera dentro de un sueño, más feliz y relajada de lo que se había sentido en meses. Quizás, años. Nicolae estaría orgulloso de ella. Había tomado la decisión más inteligente. La decisión que le ganaba tiempo para construir y hacerse más fuerte, para seguir creando la Valaquia que su gente merecía.

Unas voces que hablaban en valaco llamaron su atención. Se detuvo. Una de ellas le estrujó el corazón. Era una voz de su infancia, de esconderse en los establos, de caminar sobre el hielo recién formado. De las lágrimas y de la fría distancia. Una voz que necesitaba a su lado.

Encontró la tienda y se detuvo afuera de ella, acercándose para escuchar.

—Los Basarabs, los que quedan, nos apoyarán —dijo un hombre que Lada no conocía.

—Sospecho que el rey húngaro también lo hará —agregó Radu.

—Quizás no de inmediato, pero cuando Aron esté en el trono, Matthias ya no será un problema.

Las manos de Lada fueron hacia las dagas en sus muñecas. Pero las palabras de Radu ya se le habían enterrado. Tras todo este tiempo estaba de vuelta en Valaquia, pero estaba ahí ayudando a los enemigos. No solo a Mehmed, eso era de esperarse, sino también a esos boyardos traidores. A esos que dejaron que los entregaran a los otomanos. Por su propia voluntad se había convertido en *todo* a lo que Lada se oponía.

Se tambaleó ante el dolor físico que le generaba escucharlo conspirar en su contra, pero luego recuperó la compostura y escuchó con más atención.

Aron. Aron. ¿Quién era Aron? Conocía ese nombre.

Danesti. Era el hijo del príncipe Danesti que Lada destronó.

Y estaba en el campamento de Mehmed. Mientras Mehmed le ofrecía paz, ya tenía listo un reemplazo.

¿Lo ves, Nicolae?, pensó. *Siempre tengo razón.*

De cualquier manera, Lada volvería la noche siguiente. Y sabía que Mehmed la estaría esperando con ansias. Esta vez, las esperanzas de él se encontrarían con el cuchillo de Lada.

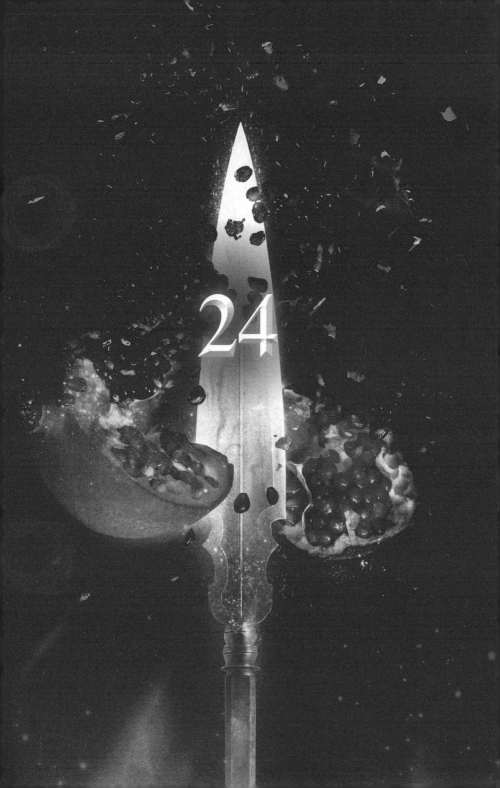

Radu deseó que la tienda fuera más grande para poder pasearse de un lado a otro. Cualquier cosa que lo mantuviera despierto durante esa interminable discusión de futuros probables con Aron y Andrei Danesti.

–¿Te quedarás a ayudarnos cuando hayamos recuperado el trono? –preguntó Aron.

Radu quería volver a su tienda y dormir. No deseaba ni pensar en una estancia más larga en ese país. Habían hablado sobre la posibilidad de que se quedara durante la transición, pero esperaba que no fuera necesario. Ahora que estaba ahí, lo único que quería era estar en cualquier otra parte.

–No lo sé –dijo–. Para serles honesto, no me gusta Valaquia. No tengo deseos de quedarme más de lo necesario para ayudar al sultán.

–Te guste o no, es tu herencia –comentó Andrei con molestia.

–Hace mucho decidí no dejar que mi pasado dictara mi futuro –aclaró Radu con una sonrisa tensa.

Aron respondió el gesto de Radu con otra sonrisa.

–Qué lujo más agradable.

Radu no soportaba el tono crítico de ese hombre. No le debía nada a este país ni tampoco a su gente. Lo habían entregado a cambio de unos años de paz. A los Danesti no les correspondía insinuar que Radu era egoísta.

Entonces Radu asintió y, sin decir adiós, salió de la tienda.

Un jenízaro estaba por ahí con una postura tensa. Era bajo y musculoso. Radu se giró para volver a su tienda pero… algo…

194

Algo…

Se dio la vuelta y observó al jenízaro alejándose. Su paso era agresivo, y sus movimientos, predatorios. Radu nunca había notado lo bien que conocía el andar de su hermana, pero era inconfundible.

—Lada —dijo.

Ella no se detuvo. Radu no sabía si lo escuchó. Aún podía alcanzarla. Tomarla del brazo y obligarla a detenerse. Dar la voz de alarma y hacer que la detuvieran, poniendo fin así a toda la campaña. Una vez más se enfrentaba con la oportunidad de traicionar a alguien a quien quería y terminar de golpe con una lucha violenta.

Pero en vez de eso, simplemente la vio irse.

¿Qué hacía ahí? ¿Y de dónde…?

Mehmed.

Con el terror abriéndole paso, Radu corrió por el campamento hacia la tienda de Mehmed. Los dos jenízaros intentaron detenerlo hasta que vieron quién era y lo dejaron pasar.

Radu entró violentamente para encontrar a Mehmed tendido e inmóvil sobre el suelo.

Y luego sus ojos captaron el resto de la información. Inmóvil y *completamente desnudo*. Y bastante vivo.

—Veo que mi hermana estuvo aquí —Radu se quedó en una orilla del tapete y mantuvo sus ojos en el candelabro que colgaba del techo.

Mehmed soltó una risa adormilada.

—No te escandalices tanto, Radu. Negociamos un nuevo acuerdo.

—Negociaron. Nunca había escuchado tal uso de esa palabra.

Esta vez, la risa de Mehmed fue clara y fuerte.

—¡Radu! No sabía que podías hablar así.

Radu cerró los ojos con fuerza y se apretó el puente de la nariz.

—Pudo haberte matado.

—Y sin embargo, aquí estoy. Se me ocurrió una solución. Le damos lo que quiere, por ahora. No podrá mantenerse. Eso es obvio. Tiene unos meses, quizás un año, antes de que la saquen los húngaros, los transilvanos o incluso sus propios boyardos. Pero nosotros nos iremos en buenos términos y así, cuando lo pierda todo, volverá con nosotros.

—La vi ahí afuera. Me escuchó hablando con Aron y Andrei.

—Eso no importa.

—Imagínate si estuvieras en su lugar. Hemos demostrado una y otra vez que estamos en su contra. Nos apostamos a la puerta de su capital con todo un ejército. Claro que va a aceptar algo. Y luego buscará la siguiente oportunidad para conservar el poder, y la siguiente, y la siguiente. Nunca volverá con nosotros.

—Ya lo hizo. Después de todo, no estoy muerto.

—Por ahora —Radu abrió los ojos. El candelabro lo encandiló, dejando puntos brillantes donde las llamas se marcaron en su visión.

—Radu Bey —dijo uno de los jenízaros de afuera—. Alguien vino a verte. Dice que representa a la familia Basarab.

—Puede esperar —le anunció Mehmed a Radu—. Yo estoy feliz. Lada está feliz. Tú también deberías estarlo, Radu —su voz era baja e insistente y exigía la atención de Radu, quien desvió su mirada de la luz. Aun danzaban en sus ojos los puntos de las llamas alrededor de Mehmed.

El sultán entrecerró los ojos con gesto pensativo y una sonrisa insegura pero perversa. Radu recordaba bien esa sonrisa de sus días en Amasya, cuando salían del castillo a medianoche a robar manzanas, a nadar en su piscina secreta.

Mehmed dio unos golpecitos en el tapete junto a él.

—Ven. Pasa la noche conmigo.

No era una pregunta, pero sonó como si Mehmed estuviera probando las palabras para ver cómo le quedaban. Radu no sabía qué pasaría si cruzaba el infinito e imposible espacio que los separaba.

En ese momento, su certeza quedó demostrada: no quería esto. No quería aceptar las sobras de amor que Mehmed decidiera regalarle. El tiempo que compartió con Cyprian, sabiendo que si su amor hubiera sido posible, habría sido uno de iguales, de corazones que se entregan por completo y sin reservas, o bien lo rompió para siempre o bien al fin lo sanó.

Amaba a Mehmed, siempre lo amaría y se preocuparía por él como un amigo y su salvador de la infancia, pero ya no necesitaba ni quería algo entre ellos que nunca iba a ser suficiente.

—Gracias, amigo mío —en la sonrisa de Radu se liberaron años de anhelos, dolor y desesperación por ser amado—, pero debo trabajar —hizo una reverencia con la cabeza y luego se fue antes de ver la reacción de Mehmed.

Afuera la noche era clara. Las estrellas brillaban frías y constantes sobre él. Una vez, hace mucho tiempo, Mehmed les contó la historia de dos amantes, Ferhat y Shirin. Ferhat se había abierto paso hasta el corazón de una montaña para llevar agua al otro lado y ganarse la mano de Shirin para desposarla. Ferhat murió dentro de esa montaña con el corazón roto. En ese tiempo, Radu pensó que era lo más romántico que había escuchado en su vida. Qué fin tan noble el de morir por amor.

Quizás Radu nunca conocería un amor completo. Pero tantos años de cavar desesperadamente habían abierto un camino hacia su propio corazón. Ya no vivía con miedo de que se rompiera si lo mostraba. Un corazón no necesitaba ser de piedra para ser fuerte.

—¿Radu Dracul? —preguntó una voz insegura.

Radu se dio la vuelta. Radu Dracul. Radu, el Hermoso. Radu Bey. Todos esos nombres que le fueron dados por quienes tenían poder sobre él.

—Solo Radu, por favor —dijo sonriendo—. Ahora, dime cómo puedo ayudarte.

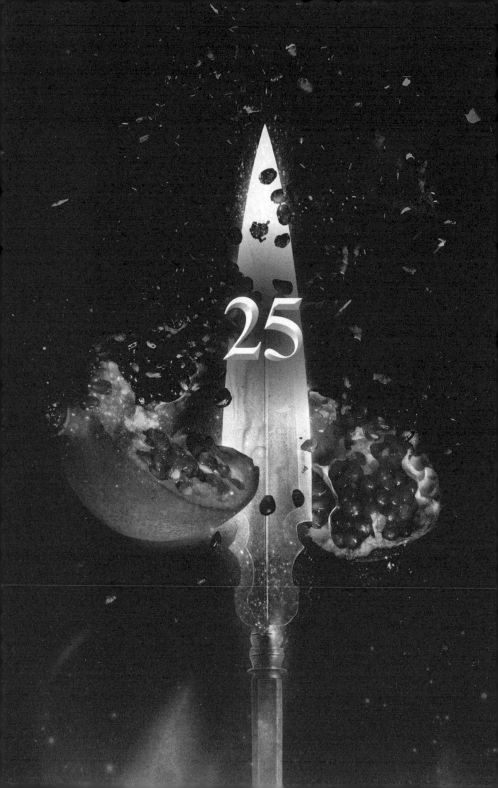

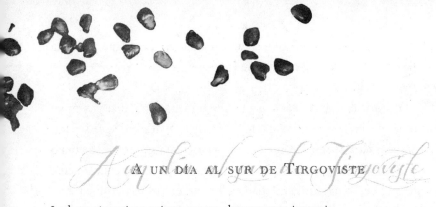

Lada tenía treinta minutos para derrocar un imperio.

Pero dudaba que fuera a necesitar tanto tiempo. Avanzó con confianza por el campamento a oscuras sobre el mismo camino que tomó la noche anterior. Aún llevaba el uniforme jenízaro. Quizás eso estaba bien. Usaría todo lo que los otomanos le habían dado, incluso sus ropas, para destruirlos.

No dejó de andar hasta estar afuera de la tienda de Mehmed. El peso de la historia, de todo lo que habían compartido y hecho juntos, detuvo sus pasos. Lo sintió, lo aceptó, lo dejó asentarse.

¿Podría hacer lo que debía hacer? Una cosa era trazar un plan para matar, y otra, seguirlo. Y esa noche no actuaría por rabia o instinto. Esto debía ser algo que ella elegía.

Entraría en esa tienda y apuñalaría a su primer amigo, su primer amante, su único igual en el corazón.

Se dio cuenta de que no quería hacerlo. Pero de cualquier modo lo haría. Era lo que necesitaba Valaquia, lo que exigía, y Valaquia importaba más que Mehmed. Siempre sería así. Debía ser así.

Con sus latidos regulares y su respiración tranquila, Lada usó el corte que había hecho la noche anterior y entró en la tienda de Mehmed por última vez.

—Hola, Lada —dijo su hermano.

Ella revisó rápidamente la tienda con la mirada y al fin sus latidos comenzaron a acelerarse.

—No está aquí —anunció Radu, estirándose sobre el escritorio de Mehmed—. Pero yo puedo supervisar la firma del nuevo pacto —estaba hablando en turco.

Los labios de Lada se curvaron en un gesto de desagrado ante el idioma que ella también había hablado durante años.

—No vine a firmar un pacto.

Radu sonrió. Mirándolo realmente por primera vez, Lada vio en su sonrisa lo mucho que su hermano había envejecido desde que se separaron. Era más alto. Seguía siendo delgado, pero ahora su rostro era enjuto y en él sobresalían su quijada y sus pómulos. Sus ojos extremadamente grandes seguían siendo impresionantes. Era hermoso. Y era un extraño. El niño que Lada conoció, el niño que Lada amó y protegió, ya no estaba allí.

—¿Qué te pasó? —preguntó ella.

—Tantas cosas —Radu se sentó en una de las almohadas haciendo una señal para que Lada fuera a sentarse con él.

Pero ella se quedó de pie.

—Le dije que no debió mandarte a Constantinopla. No puedo creer que te pusiera ante el peligro.

—Tú habrías hecho lo mismo.

—¡Claro que no! Siempre necesitabas protección y yo te protegía.

Radu inclinó la cabeza hacia un lado con una expresión confundida en el rostro. Lada recordó una vez más lo mucho que él se parecía a su madre. Y, con la cansada tristeza que se marcaba en la boca de su hermano, Lada vio cómo la vida y su crueldad lo acabarían. Ya había visto un destello de su futuro cuando visitó a su madre destruida.

—Creo —dijo él— que tú y yo recordamos nuestra infancia de manera muy diferente. Me protegiste de Mircea, pero solo porque él te caía peor que yo.

—Eso es totalmente cierto —aceptó Lada tras soltar un bufido—. Pero ¿qué tal en Edirne?

—Recuerdo que te negabas a estudiar aun cuando a mí era a quien golpeaban por tu insolencia.

—¿En verdad eres tan estúpido? —cuando Radu puso un gesto herido en vez de uno de comprensión, Lada se plantó, indignada, frente a él—.

Usaban todo lo que podían contra nosotros. Y nos usaron contra nuestro padre. Si hubiera detenido a ese tutor, le habría dejado ver que podían usarte a ti para controlarme y nunca más estarías a salvo. Dejé que te azotaran para evitar que te usaran en mi contra.

Una docena de emociones cruzaron por el rostro de Radu, y Lada no comprendió ni una de ellas. Él decidió quedarse con la diversión y la tristeza.

—Sí que tenemos definiciones distintas de lo que es proteger a alguien.

Lada miró a su hermano a los ojos buscando al niño que siempre había sido para ella. Aun después de negarse a ayudarla, aun después de todo este tiempo, él no había cambiado en la mente de Lada. Pero la realidad le trajo la verdad. Ya no era su hermanito débil y delicado.

—Pareces triste —dijo él con voz suave.

—Perdí algo —aunque Lada debió saberlo, nunca se permitió creérselo. Pero ahora la verdad era innegable. Había perdido completamente a su hermano con los otomanos—. ¿Dónde está Mehmed?

—¿Por qué?

—Tiene mucho que explicar.

—Sospecho que todos estamos igual —Radu se llevó las piernas hacia su pecho y las envolvió con sus brazos, descansando la barbilla sobre sus rodillas. ¡Ahí estaba! Fue apenas un destello, pero Lada vio a su Radu.

—Cuéntame qué te ha pasado. Y ¿por qué estás en la tienda de Mehmed? ¿Ustedes...? ¿Ahora te quedas aquí? —Lada mantuvo su voz tan tranquila como pudo para evitar echarse de cabeza. Pero Radu siempre fue mejor para las emociones, mejor para leer a la gente de lo que ella podría llegar a ser.

Radu se rio y Lada se puso de pie, furiosa. Él sacudió una mano, haciéndole una seña para que volviera a sentarse.

—No, no me quedo aquí. Estoy en la tienda de Mehmed porque viniste a matarlo, ¿no es así?

—Claro que sí —soltó Lada.

Radu suspiró y de nuevo estiró las piernas.

—No me creyó.

—Es un tonto. Sin duda, tras todos estos años de observarlo ya te habrás dado cuenta de eso —Lada sintió la presión del tiempo cayendo sobre ella. Había pasado mucho tiempo allí. Su tarea ya debería estar finalizada.

—¿Crees que fue él lo que se interpuso entre nosotros? ¿O estábamos predestinados a terminar en lados opuestos?

Lada sintió un peso desconocido detrás de sus ojos.

—Teníamos que sobrevivir. Solo encontramos diferentes maneras para hacerlo —en ese momento se dio cuenta de que habían vivido exactamente la misma infancia. ¿Cómo las mismas circunstancias los forjaron de modos tan distintos?

—Entonces, ¿no culpas a Mehmed?

—¡Claro que lo culpo! Lo culpo por muchas cosas —Lada pateó una almohada por la frustración—. ¿Por qué, esta noche en específico, al fin encuentro a alguien que me ganó en mi juego de "Maten al sultán"? Dime dónde está y huye del campamento. Avisaré que no deben matarte.

—Ya tuve la oportunidad una vez —dijo Radu, levantándose lentamente—. En Constantinopla. El emperador Constantino confiaba en mí. Y observé cómo personas buenas de ambos lados morían, lanzadas unas contra otras por fuerzas inamovibles entre huesos, sangre y terror. Mehmed a un lado del muro, Constantino al otro. Y me agradaban los dos —Radu sonrió con ironía—. Pero claro que ambos sabíamos dónde estaba mi corazón. Hubo un momento, una oportunidad perfecta para ponerle fin a todo. Tomar una vida y salvar miles, decenas de miles al tomar esa decisión.

Lada no sabía qué tenía que ver con ella esa historia.

—¿Y bien? —preguntó con impaciencia.

—No elegí. Y por ello, Constantino igual murió, pero muchos otros que podrían haberse salvado si yo hubiera tomado esa decisión murieron con él. Tú habrías tomado esa decisión.

Lada sí habría tomado esa decisión. Era un escenario simple. Pero tenía la molesta sensación de que no le iba gustar el camino que estaba por tomar esa historia.

—También pudiste haber matado a Mehmed, ¿sabes?

—No finjas que esa era una opción.

Pero algo cansado y acabado en el rostro de Radu sugería que sí lo era. Había potencial. Una oportunidad. Recuperarlo y terminar con esto. Lada cruzó el espacio que los separaba y cubrió sus hombros con las manos.

—Esta noche. Esta noche es una opción. Podemos matarlo. Por Valaquia. Al fin podemos liberarnos de una vez por todas de la jaula que nos construyó nuestro padre. Toma la decisión correcta esta noche.

Radu, mucho más alto, mucho más pálido, bajó la mirada hacia ella. Dio un paso adelante y la envolvió en un abrazo. Ella se quedó muy quieta, sin saber cómo responder.

—Espero haberla tomado —respondió. Luego, levantando la voz, pidió—: Entra.

Apretó a Lada con más fuerza, manteniendo los brazos de su hermana pegados a sus costados y aplastándole la cara contra su pecho para que no pudiera ver lo que estaba pasando.

—No quiero verte muerta —dijo—. No lo podría soportar. Lo siento.

Lada lo pisó con fuerza y se sacudió para liberarse. Habían entrado diez jenízaros con sus espadas desenvainadas. Y detrás de una cortina desde donde lo había escuchado todo, Mehmed apareció con una expresión fría y asesina en su rostro.

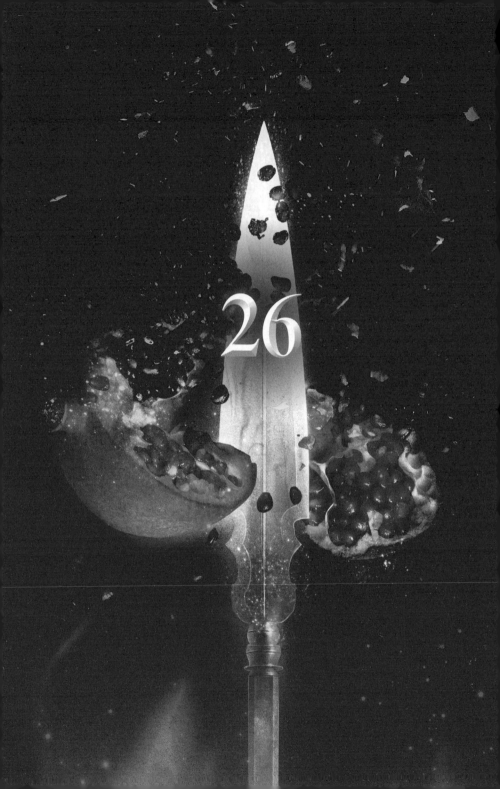

26

—Lo elegiste de nuevo a él —dijo Lada.

Radu esperaba furia, ira, a la Lada que había sido el aterrador centro de su infancia, gobernando todo con su carácter y sus puños. Pero en vez de eso, su hermana parecía resignada. Incluso cansada. Habló en valaco, dejando el turco en el que habían estado conversando.

Radu le respondió en la lengua de su historia compartida.

—No lo elegí *a él*. Elegí lo que me pareció que traería el terreno más fértil para las vidas y la fe. Mira tu país, Lada. ¿En verdad piensas que estás sembrando un futuro en este lugar?

—¡Tú no sabes nada! Desde que tomé el trono, el crimen ha desaparecido. Mi gente ya no necesita asegurar sus puertas, no necesita dormir junto al ganado por miedo a que ya no esté en la mañana. Ya no necesitan un guardia armado tan solo para ir de un pueblo a otro. ¡Mi país está prosperando como *nunca* antes!

—Convertiste todo un valle en pantano. Envenenaste los pozos y quemaste los puentes. Regaste la destrucción por todo el campo.

—¡Porque él venía en camino! —Lada señaló con rabia hacia donde estaba Mehmed. Radu no lo volteó a ver, pues estaba seguro de que le haría un gesto para que hablara en un idioma que pudiera comprender. Los jenízaros se acercaron más. A Radu le sorprendió descubrir que hubiera preferido no llamarlos tan pronto. Esta conversación con Lada parecía como si pudiera ser la última, y como si lo fuera. Y no quería que terminara.

Quizás Lada lo encontró cambiado, pero él la veía más precisa y poderosamente ella misma que nunca. Estaba... orgulloso. Pese a todo. Y eso lo ponía devastadoramente triste. Lada había trabajado tanto y luchado durante tanto tiempo por esto. Y ellos se lo iban a quitar todo.

Era la primera vez que los tres, que alguna vez fueron inseparables, estaban en la misma habitación desde que Lada se fue. Todo había cambiado. Y a la vez, nada lo había hecho. Ella seguía eligiendo a Valaquia por encima de ellos. Radu seguía apoyando a Mehmed. Y Mehmed seguía exigiendo que ambos fueran suyos. Simplemente habían crecido los intereses.

Radu suspiró. Pudo ser una reunión tan diferente. O a decir verdad, no. No con Lada. Pero *debió* ser diferente.

—Vinimos porque tú nos obligaste. Nosotros no queríamos esto.

Lada negó con la cabeza, pero había algo evasivo en su expresión que dejaba entrever que Radu tenía razón.

—Solamente apresuré lo inevitable. Él no me iba a permitir tener esto, jamás.

—Lo único que tienes que hacer son algunas concesiones. Te hubiéramos dado...

—¡No es suyo para dármelo! ¡Valaquia es *mía*, y no le debo nada ni a él ni a nadie más!

—¡Y por eso la vas a perder! —gritó Radu—. Por negarte a ser flexible. ¡Por tu maldito orgullo! Te ofrecimos la paz.

—¡Y vinieron armados y con usurpadores para traicionarme y reemplazarme!

Radu alzó las manos en un gesto de desesperación.

—No puedes acusarnos de traición. No cuando tú aceptaste firmar un pacto y viniste a asesinar a Mehmed.

Lada abrió la boca para defenderse, pero luego se quedó en silencio. Una sorpresiva risilla escapó de sus labios y la hizo verse casi como una chiquilla.

—Supongo que eso es cierto.

Radu le devolvió la sonrisa ante la sorpresa que le causó esa respuesta.

—Tú y yo siempre tenemos planes de contingencia. Eso no ha cambiado.

La sonrisa de Lada se volvió más profunda y oscura.

—No tienes idea de lo que viene.

—¿Estás segura de eso?

El rostro de Lada se fue llenando de intranquilidad. Sus ojos profundos se entrecerraron y sus gruesos labios tomaron una postura tensa. Radu sintió una vergonzosa emoción al pensar que ahora lo respetaba lo suficiente para ponerse en duda a sí misma. Hubiera dado cualquier cosa por vivir un momento así cuando era niño, y aun más por un momento en el que lo viera con orgullo por ser mejor que ella. Pero eso nunca lo tendría.

—Suficiente —dijo Mehmed—. Ahora serás mi prisionera —su rostro estaba lleno de ira, y algo frío y tenso crecía bajo la suavidad de sus mejillas—. Debería matarte aquí mismo por esto.

Lada inclinó la cabeza hacia un lado, mirándolo detrás de sus gruesas pestañas.

—Realmente deberías —y le lanzó una sonrisa insignificante y banal, como si fuera la mujer que debió haber sido, una mujer como su madre—. Haz que Radu me mate.

Radu se sobresaltó y dio un paso atrás. Le lanzó una mirada a Mehmed, sobrecogido por el súbito terror de que estuviera lo suficientemente enojado como para pedírselo. Pero su amigo negó con la cabeza.

—Jamás le pediría eso.

La sonrisa de Lada se tornó coqueta. Radu vio un poco de sí mismo ahí, como si lo estuviera imitando.

—Lo harías, si creyeras que es tu mejor opción. No finjas que pondrías sus sentimientos antes que los tuyos. Nunca lo has hecho. No puedes.

—¡Al igual que tú no puedes deshacerte de tu desquiciada fijación por este país! —Mehmed inhaló profundamente, intentando controlar su ira. Los hombres que los rodeaban se movieron incómodos en sus puestos. Este no era el sultán al que estaban acostumbrados a servir—. Te ofrecí el trono.

—No me ofreciste nada que no tenga ya —el labio superior de Lada hizo un gesto desafiante, convirtiéndola de nuevo en la que Radu conocía–. Y no me has dado nada que no pueda encontrar con muchos menos problemas y mucho más placer.

Los ojos de Mehmed se abrieron de par en par, estaba entre conmocionado y herido. Luego dejó de ser Mehmed para convertirse de nuevo en el sultán con un movimiento de su mentón y la recompostura de su quijada.

—Amárrenla y llévenla a los vagones. Nos encargaremos rápidamente del resto de esta campaña mientras la enviamos por adelantado a Constantinopla.

Lada le sonrió a Radu, mostrándole sus pequeños dientes de tiburón.

—Diles a los boyardos Danesti que los suyos no viven mucho en mi Valaquia.

Radu quería que esto terminara. Quería dormir. Sabía que no podría hacerlo, no esa noche. Cambiaría sus planes y pediría acompañar a Lada de regreso a Constantinopla. Conociéndola, provocaría a los guardias hasta que la mataran. Jamás lo admitiría o siquiera se daría cuenta, pero Lada necesitaba la protección de su hermano en ese momento. Y él la llevaría a prisión, al fin a salvo, de una vez por todas, y entonces habría terminado.

—Lada, yo…

—¿Cuánto tiempo dirías que he estado aquí? –preguntó ella con expresión pensativa.

Radu les hizo una seña a los jenízaros para que se la llevaran.

—Con cuidado.

—No vamos a lastimarla –dijo Kiril, asintiendo respetuosamente.

Lada extendió su postura y dobló las rodillas.

—Eso no es lo que le preocupa.

—Yo… –una explosión ensordecedora retumbó por todo el campamento, interrumpiendo a Radu. La tienda se sacudió y varios paneles se despegaron y cayeron adentro. Radu los esquivó y se cubrió la cabeza antes de que el candelabro se desplomara en el suelo. Para cuando se incorporó, los dos jenízaros más cercanos a Lada ya estaban muertos.

—¡Protejan al sultán! —gritó, empujando a Kiril hacia Mehmed en vez de hacia la pelea con Lada—. ¡Todos ustedes, rodeen al sultán!

Radu desenvainó su espada y Lada se detuvo con dos dagas ensangrentadas en sus manos y tres cadáveres a sus pies. Los otros jenízaros habían sacado a Mehmed de la tienda.

—¿En verdad me enfrentarás? —preguntó Lada, apuntando una de sus armas ensangrentadas hacia la espada de Radu. Luego se fue directo hacia él. Radu se giró hacia un lado, extendiendo su espada para bloquear los cuchillos de ella, pero no para atacarla.

Lada se detuvo a unos pasos de él y le lanzó una mirada que lo hizo sentir como el niño que una vez fue, llorando hasta quedarse dormido sin ser nunca suficiente.

—Ya me imaginaba que no —dijo Lada. Luego salió corriendo de la tienda hacia la noche.

Radu se dejó caer sobre sus rodillas y agachó la cabeza, derrotado. Tenía una espada contra sus dagas. Pudo haberle ganado. Una vez más, tuvo la oportunidad de ponerle fin a todo. Una vez más, no eligió la opción que Lada o Mehmed hubieran elegido en su lugar. ¿Cuántas vidas pagarían el precio esta vez?

Poniéndose de pie dificultosamente, salió para seguir a Lada por la noche en llamas.

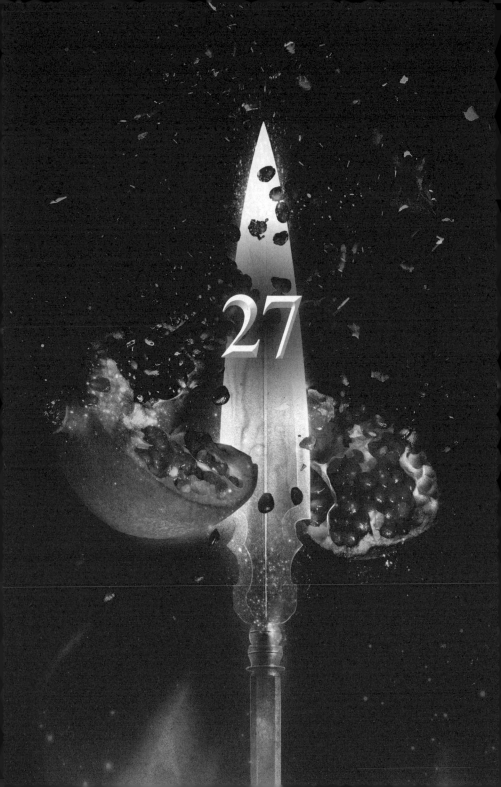

A un día al sur de Tirgoviste

Lada sabía que sería imposible encontrar a Mehmed entre la oscuridad y el caos. Aunque había mucho menos caos del que esperaba. Casi todos los hombres de Mehmed se quedaron en sus tiendas en vez de salir a la pelea. Eso facilitaba las cosas. Pero debería saber que no podía confiarse en la falta de disciplina de los hombres de Mehmed. Él siempre lo tenía todo controlado. ¿Por qué serían distintos sus hombres?

Ya habían atacado las reservas de pólvora, y la explosión llegó en un momento perfecto, pues le permitió escapar. Sabía que encontraría a un gran grupo de sus hombres atacando a los animales y los vagones de carga. Ya había cinco mil tanto ahí como de camino, cada alma que pudo conseguir salía de entre las colinas y atacaba desde la oscuridad. Escuchó sus gritos, su música, usando las mismas tácticas de los jenízaros en su contra. En cuanto hubiera suficiente caos en el campamento, Lada enviaría la señal para que el resto de sus tropas que esperaban en las colinas atacara. Solo eran diez mil contra cincuenta mil, pero podría funcionar. Si todo se acomodaba de manera correcta, Valaquia podría derrotar al ejército más poderoso del mundo.

Lada podría derrotar a Mehmed.

Claro que las cosas ya estaban a destiempo. Se suponía que el punto más alto del desastre y la desesperación sería la muerte de su líder y sultán. Pero Lada aún no había logrado eso. Rechinó los dientes, frustrada. Radu la había derrotado.

Pero...

—¡El sultán está muerto! —Lada tomó una antorcha e incendió la tienda más cercana—. ¡Han matado al sultán! —repitió por todo el campamento,

211

anunciando a gritos la muerte del sultán y al mismo tiempo asegurándose de que la menor cantidad posible de hombres pudieran permanecer dentro de sus tiendas.

Luego hubo más actividad a su alrededor, más y más hombres se sumaban al caos.

−¡Oye! −gritó uno de ellos, tomándola del brazo. Lada lo apuñaló en un costado y siguió avanzando hacia las jaulas de los animales.

Cerca de la parte trasera del campamento, la lucha estaba al rojo vivo. Lada quería que sus primeros cinco mil hombres se enfrentaran con la mayoría de los de Mehmed allí para luego atacarlos por la retaguardia con sus reservas. Desde su punto de vigilancia, parecía que los otomanos tenían a varios miles en el combate. Pero aún no eran suficientes. Flechas de ballesta lanzadas por sus hombres desde las colinas silbaban por el aire, llevándose a los otomanos a su alrededor. Lada se arriesgaría a que una le diera a ella si no se apresuraba.

Unas mujeres gritaban y corrían hacia las primeras tiendas. Al verlas, Lada quiso reírse. No eran mujeres otomanas, sino valacas, armadas hasta los dientes, fingiendo que huían mientras acababan con tantos jenízaros como les fuera posible en su camino. Cuando llegaran a la otra orilla del campamento, lo rodearían y se encontrarían con las fuerzas que venían de las colinas.

Por todas partes había confusión. Caos. Sangre y fuego.

Por primera vez en su vida, Lada deseó estar con las mujeres. Estaban haciendo exactamente lo que ella quería hacer. Pero la necesitaban en otra parte. No estaba ahí como soldado, sino como príncipe.

Rodeó las tiendas y corrió hacia las colinas, donde encontró su punto de reunión con Bogdan y sus otros soldados. Ya la estaban esperando, y observaban con ansias el progreso del ataque.

Lada gritó mientras corría.

−¡Todos los que tengan uniformes jenízaros vayan al campamento y anuncien a gritos que han matado al sultán! −varias docenas de hombres se echaron a correr. Bogdan enarcó las cejas con un gesto esperanzado.

Lada odiaba tener que admitir su derrota. Negó con la cabeza.

—Estaban esperando.

Bogdan parecía preocupado, pero asintió y siguió adelante.

—Entonces, ¿estamos listos?

Lada se mordió el labio. Quería más tiempo para que se rompiera el orden entre las tropas de Mehmed, pero también sabía que si esperaban mucho más se arriesgaban a que sucediera lo opuesto. Los otomanos podían organizarse y hacer filas. La pelea se había intensificado en el área de suministros del campamento. Ya era una batalla en forma, una que sus hombres no podrían mantener por mucho tiempo.

—Hazlo —ordenó.

Bogdan les hizo una seña a los trompeteros. Las notas sonaron metálicas y claras sobre el tumulto de ruido en el campamento. Lada miró hacia las colinas, esperando. Los mensajeros estaban junto a ella, listos para cumplir sus órdenes en cuanto se les notificara. Lada lo dirigiría todo desde allí. Vería la caída del ejército de Mehmed desde allí.

Pero algo estaba mal.

—Hazlo de nuevo —dijo.

De nuevo sonó la señal. El corazón de Lada se estrechó en su interior. El campamento estaba ardiendo, pero no con la suficiente fuerza ni velocidad. Sus hombres en los vagones estaban peleando, pero aún no habían llegado suficientes otomanos hasta ahí. ¿Dónde estaban sus boyardos con el resto de los hombres? ¿Dónde estaban los húngaros que envió Matthias?

Mientras las trompetas lanzaban una súplica final y temblorosa, Lada recordó la respuesta de Radu cuando le dijo que no tenía ni idea de lo que ella había planeado.

Sí tenía idea.

Lo supo todo ese tiempo.

Los ojos de Lada peinaron desesperadamente las colinas en busca de alguna señal, alguna pista de que se equivocaba, de que venían en camino, de que todo podría terminar esa noche. Si habían confiado en ella, si habían seguido su plan. Qué falta de lealtad la de los hombres que aceptaron cualquier falsa ventaja que Radu les hubiera ofrecido en lugar de elegir el camino de los valientes. El camino de la sangre y la victoria, el camino de la lucha y el triunfo por Valaquia. Nunca nadie elegía a Valaquia.

Lada se dejó caer de rodillas, echando la cabeza hacia atrás para ver las estrellas ahogadas en humo. Gritó con toda su rabia y desesperación. Luego se levantó y desenvainó su espada. Si nadie iba a ayudarla, lo haría ella sola.

Alcanzó a dar dos pasos hacia adelante antes de que alguien la tomara por la cintura.

—¡Suéltame! —chilló.

—Anuncia la retirada —dijo Bogdan con voz suave.

Lada se retorció y gruñó como si fuera un animal salvaje. Bogdan la sostuvo con más fuerza y habló con un tono suave y tranquilizador.

—Están formando sus filas. No vendrá la ayuda. Pero conté casi quince mil muertos de su lado, incontables animales de carga asesinados y sus reservas de pólvora destruidas. Ahora debemos correr —hizo una pausa y luego volvió a hablar—. Si escapamos, ganamos.

—¡No ganamos! —Lada soltó unas cuantas patadas más y luego se aflojó hasta que solamente los brazos de Bogdan la sostenían en pie—. Pudimos haberlo destruido todo. Debimos hacerlo.

—¡Anuncia la retirada! —gritó Bogdan por encima de su hombro. Subió a Lada a un caballo y se acomodó detrás de ella, dándole un apretón en la pierna para reconfortarla—. Tu bienvenida ya los espera en la capital. Ahora corremos y ya volveremos a pelear.

Lada escuchó todo su futuro en esas palabras. Nunca podría dejar de pelear. Incluso las victorias que deberían ser suyas le serían arrebatadas por hombres desleales. Siempre se elegirían los unos a los otros en vez de a ella, elegirían los pactos y la tradición en vez de una oportunidad real de cambio.

Siempre habría una pelea. Hunyadi ya se lo había dicho. Sus sueños de triunfo definitivo se desvanecieron en el aire como las chispas del fuego, apagándose y helándose como la ceniza.

28

Hamza Pasha azotó un puño contra la mesa.

—Si los hombres en las colinas hubieran seguido su plan, podríamos haber perdido. ¡Tenía a *mujeres* peleando! ¡Mujeres! ¡Perdí algunos spahis porque estaban demasiado impresionados como para blandir sus espadas!

Radu fantaseó con incendiar la mesa y lanzarla a las cenizas en las que se había convertido su vagón de provisiones. Odiaba esa mesa y el mapa sobre ella, y también odiaba cada vez más a la gente a su alrededor.

—Entonces, fue un fallo de su parte —la sonrisa de Ali Bey era tan afilada como una espada—. Mis jenízaros superaron rápidamente su sorpresa.

—No finja que sus hombres fueron los que salvaron la noche. Solo ganamos porque Radu pactó con los aliados de ella —dijo Ishak Pasha, el más prudente de los tres.

Hamza Pasha exhaló por la boca con un sonido de desprecio, como si el trabajo de Radu para convencer a los boyardos Basarab de no actuar hubiera sido más un accidente feliz que un éxito que les ganó la batalla.

—No podrá usar el mismo truco en Tirgoviste. No podemos contar con que alguien más la traicione. Los plebeyos la idolatran.

Radu le lanzó una mirada a la cortina que hacía de puerta en la tienda. Mehmed no estaba allí. No lo había visto desde el ataque la noche anterior. Nadie más que sus guardias lo había visto. Kiril le informó que Mehmed no estaba herido y, aparentemente, se encontraba en perfectas condiciones para irse a dormir.

Radu se frotó las sienes. Le dolía la cabeza por el cansancio y por haber inhalado tanto humo.

—Tenemos la ventaja con un sitio.

—¡La ventaja siempre está con la defensa! En Kruje…

—Yo estaba en Kruje —dijo Radu, interrumpiendo a Hamza Pasha. Estaba harto de que ese viejo lo minimizara—. Por afuera de los muros. Y yo estaba en Constantinopla, dentro de los muros. Los sitios no son algo desconocido para mí —no agregó una sonrisa para minimizar la dureza de sus palabras. Sabía lo que muchos de esos hombres aún pensaban sobre él: que solo dirigía a sus jinetes por su bonito rostro y el agrado del sultán. Pero el agrado del sultán era la razón por la que todos ellos eran líderes. Y Radu se dio cuenta de que pese a sus dieciocho años, realmente tenía tanta experiencia como cualquier otro.

Sentía esa experiencia, pesada y oscura, ahogándolo en sus sueños, como una constante pesadumbre en su mente tanto cuando dormía como cuando estaba despierto.

Sí, tenía mucha más experiencia que cualquier otro.

Radu inhaló profundamente y habló con un tono más contenido.

—Tirgoviste no tiene ninguna de las ventajas naturales de Kruje, y sin duda tampoco tiene las defensas de Constantinopla. Podrán vernos llegar, pero eso no es un secreto. Y como bien se demostró anoche, Lada no tiene la lealtad de los nobles ni el apoyo europeo que tenían Skanderberg o Constantino. Nadie irá en su ayuda. Perdió a la mitad de sus hombres cuando los Basarabs la abandonaron. Matamos a tres mil, lo que, hasta donde sabemos, la deja con apenas un par de miles bajo su mando.

—¡Nosotros perdimos quince mil! —exclamó Hamza Pasha con el ceño fruncido—. ¡Además de provisiones y animales!

—Podemos sobrellevar una pérdida de quince mil mejor que ella una de mil quinientos —Radu se estremeció ante la brutalidad de tratar las vidas de los hombres como simples cálculos. La guerra los convertía en monstruos a todos—. Cuando tomemos Tirgoviste, y lo haremos, sin importar cuáles sean sus planes, será el fin. Tendremos la capital. Podremos instalar a Aron y Andrei en sus lugares y Valaquia volverá a su estado vasallo.

Ishak Pasha tamborileó un dedo sobre la mesa.

—Pero los boyardos y sus hombres no están completamente fuera del mapa. Si se dejaron influenciar por nosotros tan fácilmente, pueden influenciarlos para volver. Podrían estar ya detrás de los muros en Tirgoviste. Qué tal si ella…

—Los muros no son su fortaleza. Nunca lo han sido. Sin duda tiene planes, pero no puede luchar como lo ha hecho hasta ahora. Aquí es donde nuestro entrenamiento y nuestras habilidades son importantes. Aquí es donde ella se da cuenta de que no puede quedarse con la ciudad frente al poder del ejército otomano. Sin importar cuántos hombres pueda reunir.

La puerta de la tienda se abrió. Radu se sorprendió al ver entrar a Mara Brankovic con el silbido de su falda en capas.

—Pensé —dijo— que me encontraría con un ejército victorioso que ya tendría el control del país —apretó los labios en un gesto de desaprobación—. De haber sabido que iba a quedarme en el campamento, hubiera retrasado mi viaje.

Radu le ofreció una silla y ella se sentó con elegancia, echándole un vistazo a los planes.

—¿Las fuerzas húngaras están aquí?

—Sí, pero no han entrado en la lucha. Aún —Radu debía admitir que Ishak Pasha tenía razón. Todavía podían decidir entregarle su apoyo a Lada. A final de cuentas, los boyardos Basarab que los guiaban no estaban al mando. El rey húngaro era quien mandaba, y si él daba la orden, ellos harían lo que les pidieran.

—Envíale un regalo a Corvinus —dijo Mara, abriendo su abanico de encaje con un giro de su muñeca.

—¿Qué? —preguntó Radu.

—Matthias Corvinus. Envíale algo. Algo lujoso. Bello. Oh, ¡ya sé! Envíale un cojín de terciopelo enjoyado para su corona. Él entenderá lo que significa.

Ishak Pasha puso mala cara y llevó su peso de un pie a otro con actitud molesta. Tenía varias heridas viejas que hacían que los viajes fueran dolorosos y complicados para él. Pero tal era su lealtad con el imperio que se negaba a dejar que Mehmed luchara sin él.

—¿Por qué desperdiciaríamos tiempo de la guerra para enviarle un regalo elegante a un rey enemigo?

Mara se acercó a Radu con gesto conspiratorio.

—Acabo de escuchar el rumor más maravilloso. Al rey Matthias le enviaron una cantidad considerable de oro de parte del papa con el fin de ayudar a tu hermana en su cruzada. Y, por una increíble coincidencia, de algún modo se las arregló para conseguir el dinero necesario para recuperar su corona y comprársela a Polonia —Mara se puso seria de nuevo—. Al usar ese oro en sus intereses personales, básicamente le robó al papa. Eso no les agradará a sus aliados europeos. Debemos asegurarnos de que sus lealtades permanezcan firmemente divididas.

Radu jugueteó con un pesado anillo.

—Y no vendría mal incluir una nota sobre cuánto queremos tener una relación larga y pacífica con el verdadero rey de Hungría, cuya corona reconocemos y celebramos, y cuyas fronteras aceptamos y respetamos —añadió.

—Con solo la justa medida de amenazas si pone un pie más allá de sus fronteras para meterse en conflictos que no le conciernen —Mara sonrió—. Me encanta jugar a esto contigo, Radu. Con un regalo y una carta podremos sacar a Matthias Corvinus de este mapa.

Hamza Pasha se puso de pie, lanzando un dedo acusador hacia ella.

—¡Esto no es algo para jugar como si fuéramos cortesanos!

Mara se cubrió el rostro con su abanico en un gesto de recato.

—A mí me parece que a lo que sea que ustedes estén jugando, no ha funcionado nada bien hasta ahora.

Hamza Pasha salió furioso de la tienda seguido de un Ishak Pasha menos furioso.

—No le hagas caso a Hamza —dijo Mara—. Sigue resentido porque rechacé su oferta matrimonial.

—¿Quería casarse contigo? —preguntó Radu, sorprendido. Los demás hombres en la mesa ya se estaban yendo para comenzar con la enorme tarea de reparar lo que pudiera rescatarse y preparar el campamento para el camino hacia Tirgoviste. Lada había hecho mucho daño. Recorrerían el resto del camino cojeando, pero llegarían.

—Oh, sí. El querido Hamza estaba locamente enamorado de mí —tras una pausa, Mara continuó—. Disculpa. Quise decir que estaba locamente enamorado de mi posición como favorita del sultán —con una sonrisa malvada, se tocó el cabello como si alguna vez hubiera tenido un solo mechón fuera de lugar—. Es mi rasgo más atractivo.

Radu le ofreció una mano para ayudarla a levantarse.

—Estoy bastante seguro de que tu rasgo más atractivo es tu maravillosa mente.

—Si algún día encuentro a un hombre que quiera casarse conmigo por eso, puede que rompa mi promesa de nunca contraer nupcias de nuevo.

—¿En serio?

—No —respondió Mara con una carcajada—. Pero, hablando de esposas, conozco a una muy bonita que viene solo dos días detrás de mí. Deberías ordenar su retraso. Este no es lugar para una mujer.

Radu se llevó una mano a la frente en un gesto de frustración. Entre la locura de la campaña hasta ahora, ni siquiera había pensado en advertirle a Nazira que retrasara su viaje. Creían que para ese momento ya estarían tranquilos en Tirgoviste.

Radu sacó un pergamino y limpió un espacio en la mesa para escribir su carta antes de que algo más demandara su atención.

—Gracias, lo haré. Pero si este no es lugar para una mujer...

—No temas por mí. Me ofrezco a llevarle su regalo a Matthias Corvinus en persona. Este país es simplemente horrible, Radu. No entiendo cómo saliste de aquí.

Radu terminó su nota apresurada.

—También Lada salió de aquí.

—Pero eso tiene mucho más sentido.

Mientras Radu le ofrecía su brazo para acompañarla a la salida de la tienda, su mente volvía obsesivamente a la forma desalmada en la que habló de sus hermanos que perdieron la vida. Los trató como números. Después de todo lo que había visto, después de todas las vidas que vio partir de este mundo, no podía permitirse pensar así. Porque cuando comenzara, ¿cómo podría detenerse?

· · ● · ·

—Por Dios —Kiril levantó un brazo para cubrirse la nariz y la boca—. ¿Qué es ese olor?

Radu también lo sintió, pero no lograba saber qué era. Iba con sus hombres, cabalgando por delante del resto del ejército. Su fuerza era lo suficientemente grande como para enfrentar cualquier ataque directo y lo suficientemente rápida para enviar el aviso de que había surgido algo para lo que no estaban preparados.

Al enfrentarse a Lada, era seguro que no estarían preparados.

En la distancia apenas podía ver la capital, borrosa, y el camino flanqueado de árboles que llevaba hacia allá. Fuera de los árboles delgados por el camino, la mayor parte del bosque había sido talada. Era un movimiento inteligente, pues Lada tenía una vista libre de la tierra que rodeaba su ciudad, pero también significaba que no podría ocultarles nada a ellos.

—Con cuidado —dijo Radu, haciéndoles una seña para que siguieran avanzando. Aún no habían visto ni un alma, aunque el cielo ya comenzaba a puntearse con aves oscuras como gotas de tinta. La última vez que Radu había visto tantas aves carroñeras fue en Constantinopla. No lograba tranquilizarse, pues parecía que sus graznidos salían de sus peores recuerdos.

Se acercaron más, y poco a poco todos fueron desacelerando su paso. La sensación de que algo andaba mal crecía tan constante y fuertemente como el hedor. Detrás de él, Radu escuchaba las arcadas de sus hombres. Kiril se inclinó hacia un lado y vomitó.

Pero aún no veían a nadie. Ni siquiera a un solo soldado. Ni una trampa ni una emboscada. Radu se desató su turbante y se envolvió la boca y la nariz con él, aunque aún podía sentir el sabor pútrido a través de la tela.

Y entonces, al fin, como un paisaje de pesadillas, estuvo lo suficientemente cerca para ver esos extraños y delgados árboles que flanqueaban el camino.

Y no eran árboles.

Cuidadosamente espaciados y sembrados como en un vergel: eran cadáveres empalados en estacas. Algunos eran más nuevos y otros estaban tan descompuestos que debían tener semanas ahí. Y cada uno de ellos era otomano.

–Vayan a avisarle al sultán –ordenó Radu. Quería alejarse, pero no podía. Siguió avanzando hacia el infierno, mientras los rostros de los condenados seguían su progreso con ojos hundidos y podridos.

Estaban tan cuidadosamente espaciados que era fácil llevar la cuenta. Decenas. Luego cientos. Mil. Para los cinco mil ya había llegado a las casas a las afueras de la ciudad. Las construcciones estaban abandonadas. Todas las puertas, abiertas. Sabía que debería enviar hombres a revisar si había soldados escondiéndose al interior, esperando emboscarlos.

No pudo hacer nada más que seguir avanzando. Lo abrumadoramente mal que estaba todo generaba una atmósfera de sueño. No sentía sus extremidades, solo podía verlas. Solo podía oler.

A la cuenta de diez mil, al fin estuvo lo suficientemente cerca para alcanzar a ver las puertas de la ciudad interior. Estaban abiertas. Allí las estacas estaban tan cerca una de otra que no podía ver entre los cuerpos. Era un muro sólido de carne podrida a cada lado, y lo único visible era el cielo sobre su cabeza al cruzar directo hacia la ciudad.

No había más sonidos que los graznidos secos de los pájaros y los ruidos bajos pero más penetrantes de sus picos arrancando carne y nervios de los huesos.

Radu sabía que su caballo estaba haciendo ruido, pero no podía escucharlo. No sabía si aún quedaban algunos hombres con él. No podía detenerse, no podía mirar hacia ningún lado. Solo sentía el impulso de seguir hacia adelante, como si, tras cruzar este túnel de horror, fuera a despertar al otro lado, en un mundo que tuviera sentido. Un mundo donde la puerta estuviera cerrada, los muros protegidos y hubiera algo concreto, comprensible y *humano* a lo cual enfrentarse.

Llegó al castillo. Veinte mil estacas, hasta donde alcanzó a contar. ¿Había sido apenas esa mañana cuando decidió no volver a pensar en los hombres como números?

Allí, frente a las puertas abiertas del castillo, en una estaca que sobresalía de las otras, encontró el último cuerpo.

Radu conocía esa capa, conocía esa ropa.

Aún estaba montado sobre su caballo cuando Mehmed lo alcanzó. Había nuevos sonidos, arcadas, maldiciones y unos cuantos sollozos. Claro que había más hombres allí. Mehmed no habría venido solo. Radu no sabía cuánto tiempo llevaba allí.

–¿Es…? –Mehmed no terminó su pregunta.

–Kumal –susurró Radu. El hombre que entregó el islam como bálsamo y protección para el alma joven y aterrada de Radu. El hombre que se convirtió en su hermano en espíritu y por la ley. El hombre que llegó hasta allí en el lugar de Radu.

Kiril habló. Radu no lo había visto llegar. No podía despegar la vista de donde alguna vez estuvieron los nobles ojos de Kumal. ¿Se habían podrido o se los habían comido? Parecía un dato importante, pero Radu no tenía modo de averiguarlo.

–… ya revisamos. No hay nadie.

–¿Cómo podemos luchar contra esto? –preguntó Mehmed–. ¿Cómo podemos tomar un país cuando Lada simplemente se va de la capital? ¿Cómo podemos derrotar a una persona que está dispuesta a hacer esto –su voz se quebró mientras extendía un brazo hacia el frente–… solo para enviar un mensaje?

–¿Cómo puede hacer esto una mujer? –la voz de Ali Bey estaba tan llena de sorpresa como de asco.

—No es una mujer —dijo un soldado cerca de Radu con tono furioso. Normalmente, un soldado no se atrevería a hablar así ante el sultán. Pero no había nada normal en esa situación—. Es un demonio.

—No —Radu cerró los ojos para guardarse del bosque de cadáveres que creció con la voluntad indomable de su hermana—. Es un dragón.

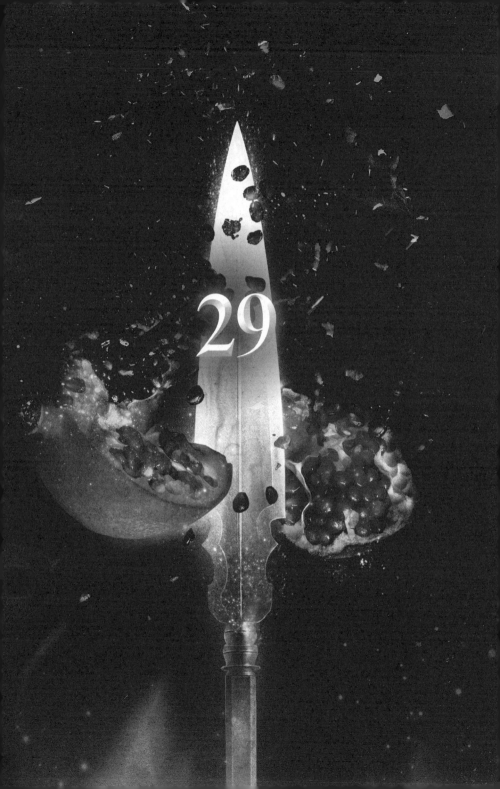

29

A LAS AFUERAS DE TIRGOVISTE

Bogdan hizo todo lo posible para convencer a Lada de que no se vistiera de jenízaro y entrara a la ciudad con los hombres de Mehmed.

Ella quería estar ahí.

Ella quería verlo.

Quería disfrutar su conmoción al encontrar la capital desprotegida. Quería ver sus rostros cuando se dieran cuenta de que no podían luchar contra ella. Ver su desesperación al encontrarse con lo lejos que estaba dispuesta a llegar para proteger lo que le pertenecía. Tenían su bendición para quedarse con la ciudad. Después de todo, Tirgoviste no era Valaquia.

Lada era Valaquia.

Pero en vez de ir, se quedó en las colinas, observando a la distancia, imaginándolo. Disfrutándolo. Y contemplando maravillada y complacida cuando las tropas de Mehmed se detuvieron y luego dieron la vuelta para volver hacia el Danubio.

Al fin Mehmed sabía la verdad. Nunca sería suya. Su país nunca sería suyo. Lada había ganado. Y solo se necesitaron veinte mil cadáveres otomanos empalados.

Y Mehmed que pensaba que Lada no comprendía el poder de las imágenes poéticas.

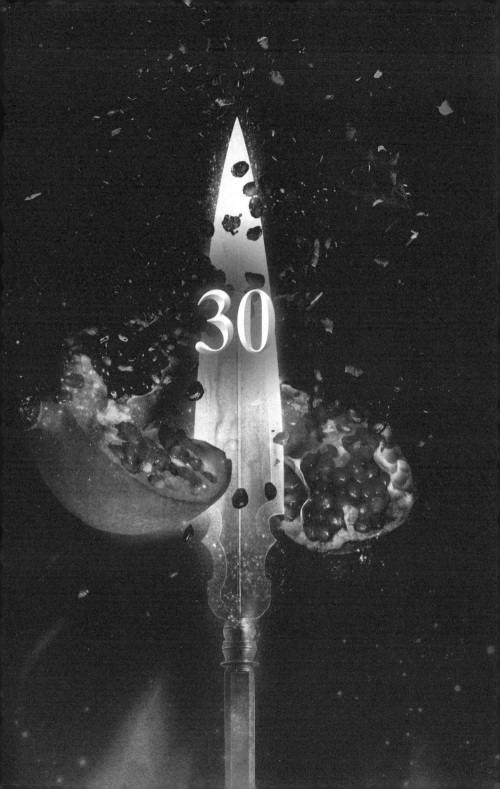

Se requirieron vente mil estacas para dejar en claro un solo punto:

Lada *nunca* se iba a rendir.

Radu no sabía qué estremeció más profundamente a Mehmed: ver a tantos de sus hombres en una horrible afrenta a las tradiciones fúnebres musulmanas o comprender que Lada realmente había tenido la intención de matarlo durante la noche del ataque.

Su retiro de la ciudad fue necesario tanto por razones morales como de salud. En el mejor de los casos, la atmósfera en el campamento era de intranquilidad. Radu escuchaba rumores sobre volver a casa. Tenían que decidir qué hacer antes de que la opinión virara más en una dirección u otra y alborotara a los hombres.

Mehmed se había reubicado en una tienda mucho menos lujosa y más anónima. Allí estaban desde hacía horas. Radu esperaba en silencio junto a Mehmed, quien estaba sentado con la espalda erguida y sus ojos en la alfombra, jalando sin piedad las costuras doradas de su túnica.

–¿Cómo puedo enfrentarme a esto? –preguntó al fin Mehmed. Era la primera vez desde la primera visita de Lada que estaban solos. Parecía un hombre diferente. Radu también se sentía distinto. Mucho más viejo. ¿Cuántas vidas podía envejecer en un par de años?

»¿Cómo puedo enfrentarme a esto? –repitió Mehmed, pero a Radu no le parecía que la pregunta fuera para él. Sospechaba que, hasta el doble golpe de las verdaderas intenciones y su terrible exhibición, Mehmed no se había tomado nada de esto en serio. Era más que un juego para él, pero mucho menos que una guerra. Había enfrentado a Constantinopla con una determinación religiosa. Esto solo se había tratado de recuperar a Lada.

Y ahora Lada se había asegurado de que jamás pudieran perdonarla. Toda la esperanza que Mehmed tenía en una reunión ahora estaba tan muerta y podrida como los centinelas en Tirgoviste.

El campamento se alejó de la ciudad lo suficiente para que el olor ya no hiciera vomitar a los hombres. Radu tenía a su gente —cuatro mil guerreros hábiles y disciplinados— cavando tumbas en vez de yendo hacia una batalla. Pero sus hombres no estaban solos. Ali Bey, Ishak Pasha, Hamza Pasha, todos habían ofrecido tantos como pudieron para hacer el trabajo de darles a los otomanos un entierro digno. Se tomaban turnos con una solemne tristeza. Algunos para cavar, algunos para hacer guardias y otros para rezar.

—Tenemos Tirgoviste, pero eso no importa —la voz de Mehmed estaba tan atormentada como su mirada—. No sé cómo pelear en una guerra donde las tácticas no sirven de nada, donde los números no me dan ninguna ventaja, donde las puertas se dejan abiertas y las ciudades solo están protegidas por la acusadora muerte de mi gente. Dime cómo puedo enfrentarme a esto —levantó la mirada con ojos suplicantes.

—No puedes —Radu se hincó frente a Mehmed. Su amigo se echó hacia adelante y descansó la cabeza sobre las piernas de Radu, haciéndose un ovillo. Radu puso una mano sobre el turbante de Mehmed. Su ardiente deseo se había ido, su pasión se apagó bajo el peso del tiempo y las decepciones. Pero su cariño y profundo respeto por Mehmed, su amigo, el sultán, no lo abandonarían sin dar pelea.

»Si nos quedamos —explicó Radu— tendremos que ir por ella a las montañas. Tomará meses. Quizás, años. Acabará con tus hombres con el tiempo y el hambre, la enfermedad y la frustración. No podemos pelear bajo sus términos y ganar.

—Entonces, ¿qué debería hacer?

El rostro sin ojos de Kumal se apareció de pronto en la mente de Radu, quien cerró sus propios ojos, aunque eso no ayudó.

Lada no podía ganar esto. Radu no la iba a dejar.

–Vuelve a Constantinopla. Quema las ciudades por las que pases, llévate lo que encuentres de ganado y, cada vez que puedas, exagera los números. Haz que Mara les diga a todos sus contactos que esta fue una gran victoria, lo fácil que le devolviste a Valaquia su estado vasallo y pusiste a Aron en el trono.

–Pero ¡Lada ganó!

–Y ¿quién va a contar esa historia? ¿Sus campesinos? ¿Sus hordas de gente sin tierras y sin apellidos? ¿Cómo llegarán hasta el papa, los italianos, al resto de Europa para contar sobre su victoria? Claro que correrán los rumores, pero toda la evidencia estará de nuestro lado. Nuestros hombres en el trono en la capital. Nuestro regreso triunfal a casa.

–Si nos vamos, dejaremos a Lada libre para hacerlo todo de nuevo.

–No –Radu exhaló con pesadumbre y acarició el borde del turbante de Mehmed–. Dije que no podemos pelear bajo sus términos. Y entonces pelearemos bajo los míos. Con tu permiso, me quedaré con mis hombres para trabajar. Puedo robarle el país a mi hermana a través de lo único en lo que nunca pudo ser mejor que yo.

–¿En la arquería? –preguntó Mehmed, y su triste intento humorístico fue recibido por unas sonrisas irónicas que desaparecieron inmediatamente.

–Ser agradable. La derrotaré a través de la manipulación. De la política. Diciendo lo correcto en el momento correcto a las personas correctas.

–Va a pelear contra ti.

–Puede intentarlo, pero fracasará. Intentó desmantelar los cimientos de un edificio mientras aún vivía en él. Intentó ser príncipe destruyendo todo el sistema que apoyaba al príncipe. Encontraré a cada enemigo, a cada boyardo que ha perdido un hijo, un primo o un hermano, a cada noble que con justa razón teme por su lugar en el nuevo mundo de Lada. Usaré a Transilvania, a Hungría y a Moldavia. Robaré cada piedra de apoyo que tiene hasta que se quede sola sobre las ruinas de la nueva Valaquia que intentó construir.

–¿Y luego? –Mehmed se levantó, mirando fijamente a los ojos de Radu–. No se va a detener nunca. No puede hacerlo. Y las tontas esperanzas que yo guardaba respecto a que pudiera regresar con nosotros ya no existen –Mehmed se oponía firmemente a matar a Lada. Radu vio que su postura había cambiado. Tenían tanto en común, su hermana y el sultán. Y ahora se odiaban con tanta determinación como antes se amaron.

Los cadáveres seguían apilándose por ello.

Radu sabía que ya se había enfrentado a esto antes, sabía que fue demasiado débil para tomar la decisión correcta, sabía que era imposible que lo hiciera de nuevo con tantas vidas en riesgo. Había sido egoísta de su parte evitar lo que debía hacerse. Lo que haría Lada en su lugar. Radu podía ser fuerte para esa terrible tarea. Lo destruiría, pero ya no podía pedirles a miles que pagaran el precio de su sensible conciencia.

–Luego haré lo que hay que hacer. Lo terminaré.

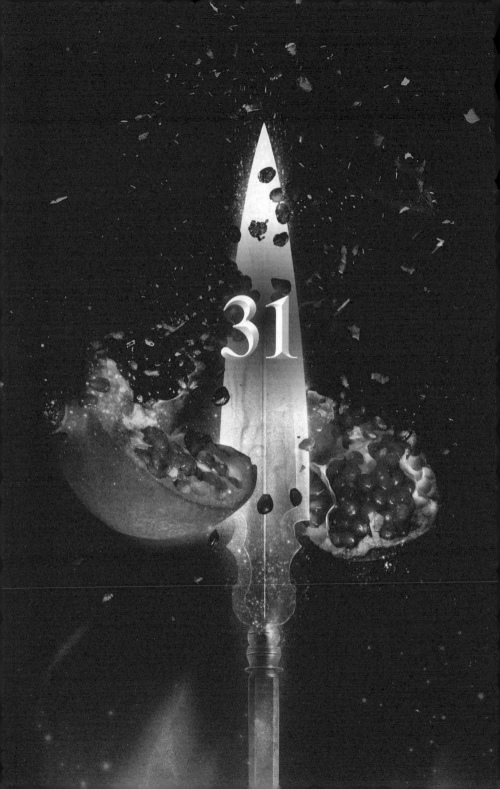

31

Lada se inclinó sobre la pared de piedra donde sobresalía en la orilla del acantilado. El río Arges serpenteaba distante y plateado allí abajo. Su fortaleza al fin estaba terminada. Sería su refugio, su santuario, su punto de encuentro. Inhaló profundamente el aire frío que aún estaba húmedo por el rocío de la mañana y se cubrió con la misma fuerza inexpugnable de su fortaleza.

Había trabajo por hacer.

Sus hombres y mujeres estaban por todas partes en las montañas en grupos de doscientos. Era más fácil así, tanto logísticamente con los campamentos y estratégicamente al permanecer escondidos de sus enemigos. Aun si un campamento era descubierto, no diezmarían las reservas de Lada. Ella y sus seguidores podrían ocultarse allí por meses.

Aunque no tenía planes de que fuera así.

Se dio la vuelta hacia Bogdan y Grigore. Había ascendido a Grigore tras su éxito en la defensa de Bucarest, aunque ese hombre la irritaba. Todos la irritaban por no ser alguien más a quien amaba mejor.

—Avísale al papa de nuestra victoria —ordenó—. Asegúrate de que sepa lo que hicimos. Quince mil de sus hombres muertos y todo su ejército dándose a la fuga. Quizás con estos resultados nos enviará algo más que elogios. Los elogios no alimentan a mis hombres ni matan enemigos. Quiero dinero y soldados.

Grigore pasó su peso de un pie a otro en un obvio gesto de incomodidad.

—No sé leer. Ni escribir.

—¿Dónde está Doru? —preguntó Lada, suspirando—. Él sabe escribir.

Los rasgos fuertes de Bogdan se reacomodaron en un gesto de confusión.

—Murió. La noche del ataque.

Lada no se había dado cuenta. Desestimó la información con un movimiento de mano, molesta consigo misma por no saberlo y con Doru por morirse.

—Entonces escríbela tú o busca a alguien que lo haga. El papa *debe* ayudarnos. Quiero poder real apoyándonos cuando volvamos a Tirgoviste. Tenemos que planear la forma de recuperarla —sabía que ya se habían llevado los cuerpos y que dejaron un pequeño grupo de hombres. Pero sin duda no pensaban que unos cuantos miles de otomanos podrían detenerla. No ahora.

Lada tamborileó sus dedos sobre la espada envainada en su costado.

—Y quiero a todos los hombres de los boyardos Basarab —habían sido ellos, al mando de un hombre llamado Galesh, el débil y desleal Galesh, quienes retiraron sus fuerzas y le costaron una victoria real la noche del ataque. Ellos también estaban escondidos en alguna parte de las montañas, usando su misma estrategia. Pero eso no les iba a funcionar tan bien. Lada consideró brevemente matarlos, pero eso sería un desperdicio de recursos. Solo cortaría la cabeza y aprovecharía el cuerpo—. Quiero a todos los hombres de los Basarab, además de la cabeza de Galesh. Esa es nuestra prioridad.

—Limpia tu casa antes de ayudar a los vecinos —dijo Oana con una sonrisa complacida mientras le entregaba a Lada un tazón humeante de gachas y un trozo de carne seca.

—O, en nuestro caso, limpia tu casa antes de atacar la del vecino por intentar robarse nuestras cosas. También necesitamos recuperar Chilia de manos de mi primo para enseñarle a Moldavia que nuestras fronteras son inviolables.

—¿Quieres matarlo? —preguntó Bogdan.

Lada lo pensó. La verdad, no estaba segura. No podía culpar al rey Stephen por sus acciones. Ella también se habría aprovechado de la misma oportunidad si sus situaciones se hubieran invertido. Había varias ciudades que pasaban de Moldavia a Valaquia y de vuelta cada ciertas décadas, y ella estaría feliz de recuperarlas. Y, pese a la traición, su primo le seguía cayendo bien. Le recordaba a Nicolae.

Dejó su tazón sobre la mesa, pues se le había ido el apetito.

—Nos encargaremos de eso cuando llegue el momento. Por ahora, algo que está más cerca, ¿tenemos aliados en Transilvania?

Grigore se reacomodó en su lugar con movimientos incómodos por tener que dar las malas noticias.

—No eres... muy popular ahí.

—¿Todavía? ¿Aun después de que hice que los turcos regresaran llorando a su tierra?

—Podemos mandar a algunos hombres para que averigüen.

Lada asintió, pero luego se dio un momento para pensarlo.

—Me parece que no deberíamos enviar a nuestros mejores hombres. Elige algunos que sean prescindibles para que te acompañen —su historial de cómo respondía a los enviados no era nada amigable. No quería arriesgar a nadie que fuera difícil de reemplazar.

Grigore tenía un gesto aterrado con los ojos muy abiertos y Lada no entendía por qué.

—Ah —dijo, recordando sus palabras. Tomó su tazón de la mesa y se lo entregó a él—. No es que tú seas prescindible. Estoy segura de que estarás bien. Come algo.

Lada se paseó de un lado a otro por todo el muro que daba al acantilado.

—¿Tenemos alguna posibilidad de que Skanderberg se nos una?

—No tengo contactos albaneses —respondió Bogdan encogiéndose de hombros.

Lada dejó de moverse y se frotó la nuca. Necesitaba a su propia Mara Brankovic. Incluso sintió que echaba de menos a Daciana. Si la hubieran criado con educación, sería mejor que cualquiera de los hombres que estaban al servicio de Lada. La llenó de rabia saber cuánto potencial se desperdiciaba entre su gente simplemente por su sexo. Se recogió el cabello que caía sobre su nuca y se lo ató con una tira de cuero.

—Elige a alguien prescindible y envíalo con Skanderberg. No es muy probable que pueda ayudarnos, pues sigue luchando contra los otomanos en su propia tierra, pero más vale que tengamos en cuenta a todos nuestros potenciales aliados.

—Hablando de aliados, ¿qué me dices de Matthias Corvinus? —Oana se acercó para reacomodarle el cabello a Lada, pero la alejó con un manotazo.

—Él solicitó que los hombres que envió solo fueran dirigidos por Galesh Basarab. Así que no sé la cobardía y traición de quién fue la que nos negó nuestra victoria completa; si fue solamente la de los boyardos Basarab o también la de Matthias.

—¿Qué gana Matthias con tu fracaso? —Oana le regresó a Lada el tazón que Grigore no había tocado, y Lada arrugó la nariz y se obligó a comerse unos bocados. Comer y dormir eran tareas molestas que le gustaría poder encargarle a algún tonto como Grigore para que ella pudiera seguir trabajando cada hora del día.

Temía que si dejaba de moverse, si dejaba de planear y conspirar...

No sabía qué pasaría. Pero el miedo era constante y molesto, y la única forma de ganarla era si nunca se detenía.

—¿Qué gana Matthias? No lo sé. La libertad de Valaquia solamente lo beneficiaría. Mantendría sus fronteras más protegidas de los ataques otomanos. Pero no puedo ni fingir que entiendo a ese hombre. Si tan solo su padre siguiera a cargo —Lada se tomó un momento para imaginar cómo habrían sido las cosas si Hunyadi hubiera estado esperando en las colinas, la tremenda victoria, la completa destrucción del ejército de Mehmed.

Todos recordarían esa noche y sus nombres para siempre.

Pero, claro, si Hunyadi hubiera peleado con ella sin duda todo el crédito por la victoria se lo habría llevado él. Solo él sería recordado.

Los guardias le trajeron a un muchacho jadeante y cubierto por el brillo de su propio sudor. No era cosa fácil subir por la montaña hacia la fortaleza. La mayoría de sus prisioneros murieron cargando piedras cuesta arriba.

El muchacho hizo una reverencia pronunciada y le extendió un bolso de cuero.

—Cartas, mi príncipe.

Lada las revisó. Una, de Mara Brankovic, la echó a un lado para verla después, sintiendo cómo regresaba la envidia de no tener a su propia Mara.

Radu. Radu fue su Mara.

Lada apretó su puño y arrugó las cartas de gente cuyos nombres no reconocía. Pero al fondo del paquete había una carta sellada con un escudo de armas que ostentaba un cuervo. Matthias. Abrió la carta con un movimiento de su daga.

Lada frunció el ceño, preparándose para recibir malas noticias. Pero, extrañamente, quedó sorprendida.

—Matthias celebra nuestra victoria. Dice que no sabía sobre la cobardía de los Basarab ¡y nos da la última ubicación conocida de los hombres que dirige Galesh! —si solamente hubiera dicho que no sabía de la traición, Lada seguiría sospechando. Pero si la ubicación resultaba ser real... Lada mataría a los boyardos que quedaban y se llevaría tanto a sus valacos como a sus húngaros a sus filas—. Le sorprendió saber lo rápido que huyó Mehmed —Lada se rio—. Claramente no sabe lo mucho que le importa a Mehmed el precio de las cosas. Pero ¡Matthias está animado! Además de que está dispuesto a entregar más dinero y hombres. ¡Cree que podemos retomar el Danubio y cerrarle el paso hacia Europa a Mehmed! Con el Danubio bajo nuestro control, podríamos lastimar todo su sistema de vasallaje...

Lada bajó la carta mientras su mente bullía con las posibilidades. Había extrañado tener a Hunyadi a su lado, pero quizás Matthias demostraría ser el más útil de los dos después de todo. Él les daría contactos con Europa, y ella, la fiereza y la capacidad de dirigir a los hombres contra Mehmed. Juntos, tenían posibilidades reales de liberar no solo a Valaquia, sino también al resto de los países Europeos que vivían aplastados por Mehmed.

¡Qué golpe sería eso para Mehmed! Contra sus riquezas, contra su fe, contra su orgullo. Lada ya podía saborearlo. Quería que Valaquia fuera libre, claro, pero ¿y si podía tener aun más?

Lo aceptaría. Con gusto. Incluso con alegría.

—Matthias quiere que vaya a su corte para que hagamos los planes y luego vuelva con sus hombres —si se iba en ese momento, podría llegar en un par de días. Eso les daría tiempo para armar una estrategia y buscar aliados. No tenía dudas de que Matthias, con su rostro noble y su lengua hábil, podría hacerlo mejor que ella. Y volvería a Valaquia antes de que los hombres de Mehmed que quedaban pudieran armar una buena defensa en Tirgoviste sin impedimentos. Mehmed se había ido, pero Lada no era tan inocente como para creer que no volvería.

Se guardó la carta en su túnica.

—Me iré de inmediato.

—Iré contigo —dijo Bogdan, asintiendo.

—No. Necesito que vayas por Galesh y los Basarabs. Esta información podría tener más de una semana. Necesitas encontrarlos ya. Avisa cuando estén muertos y sus hombres ya sean tuyos.

—No me gusta que vayas sola. No confío en Matthias.

—Yo tampoco, pero por ahora nuestras metas se intersectan. No voy a desperdiciar esta oportunidad.

—Grigore puede encargarse de ir por Galesh para que…

Lada tomó a Bogdan por los brazos para hacerlo callar.

—Solo confío en ti para hacer esto —era verdad. Había perdido a tantos de sus hombres. Pero aún quedaba Bogdan. Ella sabía que, de entre todos los hombres del mundo, él era el bueno.

—Yo la cuidaré —dijo Oana dándole unos golpecitos en el brazo a Bogdan para tranquilizarlo. Lada se dio cuenta en ese momento de lo poco que se tocaban. Oana era mucho más cariñosa con Lada. Y, de hecho, Bogdan también. Ya fuera porque Lada había estado a cargo de Oana o porque a Bogdan lo separaron de ella desde muy niño, Lada era el centro de su relación de madre e hijo. Contuvo una sonrisa complacida ante esa idea.

Oana se echó un chal sobre los hombros, asegurándolo con un nudo.

—Una dama nunca debe estar sola. No en un castillo extraño.

Lada soltó una risa burlona.

—Si alguien amenaza mi honor, ¿lo matarías con tus agujas de tejer?

Oana sonrió y unas líneas dulces rodearon sus ojos.

—No dudes de lo que puedo hacer.

—Nunca lo haría.

Tras despedirse de Bogdan, Lada y Oana bajaron por la montaña con treinta guardias. Los caballos ya los esperaban en el pueblo más cercano, uno tan remoto que sus pobladores no se habían molestado en evacuarlo.

Lada se acomodó ansiosa y con la espalda erguida sobre su montura. Por primera vez, ir a Hungría no se sentía como un castigo. Se sentía como una victoria.

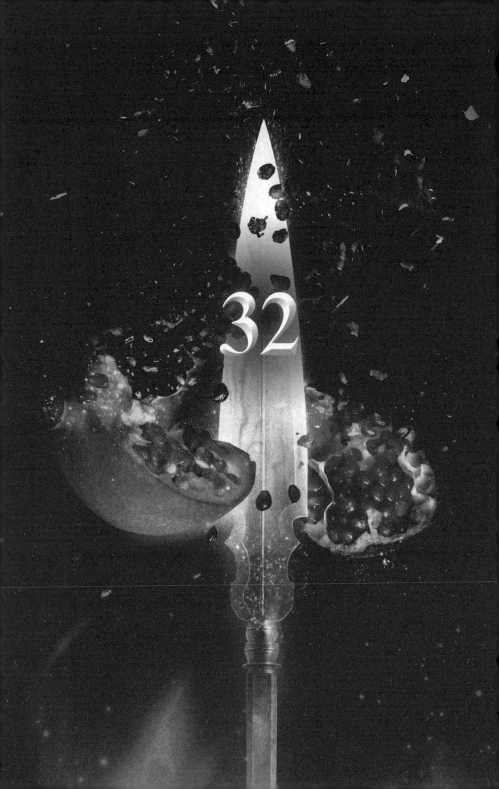

32

TIRGOVISTE

Radu no sabía si la peste de la muerte seguía aferrada a Tirgoviste o si el recuerdo era tan fuerte que nunca podría cruzar de nuevo la ciudad sin sentir arcadas.

El trabajo de recoger los cuerpos, bajarlos, enterrarlos con sus cabezas hacia La Meca y darles el respeto que se merecían, ya había terminado. Fue una semana de trabajo a marchas forzadas y sin descanso. Como no tenían con qué marcar las tumbas y de cualquier modo la mayoría de los cadáveres eran imposibles de identificar, Radu hizo que los enterraran en las partes del bosque que se habían talado para hacer las estacas. Plantaron semillas y brotes entre cada tumba. Algún día crecería un bosque y escondería del cielo la abominación de su hermana.

Hasta entonces, la llevarían con ellos.

Radu se detuvo a las puertas del castillo, mirando fijamente hacia donde habían exhibido a Kumal. No se lo contaría nunca a Nazira. Llevaría el recuerdo él solo; no había razón para atormentarla. Si Radu siguiera siendo cristiano, le habría dedicado una iglesia a su cuñado. Pero, en su caso, cada vez que rezaba dedicaba su oración a la memoria de Kumal. No era suficiente, nunca sería suficiente, pero era lo único que podía ofrecer.

—Señor —dijo Kiril, inclinando la cabeza con un movimiento elegante para luego ir junto a Radu, quien lo había ascendido a segundo al mando—. Ya terminamos la limpieza. ¿Ahora qué?

—Debemos encontrar a mi hermana. Hasta que sepamos dónde está y qué planea, no podremos hacer nada aquí. Nadie volverá a la capital si está cubierta por la amenaza de su ira. Pero no veo manera de que la recupere con sus números –Radu había estado alerta y a la espera de ataques, pero no ocurrió nada. Lada desapareció y se llevó con ella todas las personas y cosas que necesitaban para pelear–. Que yo no vea cómo no significa que ella no podrá encontrar la manera. En realidad, es más probable que intente llevarnos a las montañas, donde ella tendrá la ventaja. No tengo muchas ganas de volver a encontrarme con otra bienvenida de las que nos ha preparado.

Radu evitó la puerta del castillo. No deseaba entrar. En vez de eso, subió por una escalera hacia el muro que lo rodeaba. Se asomó sobre el bastión para ver la ciudad. Aún estaba casi vacía. Había sido fácil acomodar a sus hombres: tenían toda una capital para elegir sus casas.

–Debemos actuar menos como otomanos y más como valacos.

–¿Cómo actúan los valacos? –Kiril era búlgaro de nacimiento, pero no recordaba nada de su tierra. Había estado con los otomanos desde los cinco años. Solía acompañar a Radu en sus oraciones y comidas. Se entendían fácilmente, como dos personas que decidieron apropiarse del hogar que se apropió de ellos.

Radu se apoyó sobre sus codos, volviendo la mirada hacia el castillo. Cuando era niño vio cómo azotaban a Aron y Andrei en el centro del patio por un crimen que no cometieron, un crimen del que él los acusó.

–Los valacos son desesperados, escurridizos, feroces. O al menos así fue siempre mi estirpe. Busca a un pequeño grupo de hombres, de los que tienen experiencia en las fronteras en vez de experiencia en la ciudad. Envíalos a las montañas solo para explorar. Entre más pequeños sean los grupos, más probabilidades tenemos para descubrirlos sin que ellos nos descubran. Necesitamos saber dónde está Lada y dónde tiene ocultos a sus hombres. Cuando tengamos esa información, podremos avanzar. Mientras tanto, coronaremos al nuevo príncipe de Valaquia, Aron Danesti.

–Entonces, ¿fingiremos que el país es nuestro, cuando nuestros enemigos siguen ahí afuera y todo es un caos?

–Lada se va a enfurecer. Retó a Mehmed… –Radu se dio cuenta de sus palabras y se corrigió–: Retó al sultán para que la encontrara donde ella

242

tuviera la ventaja. Nosotros haremos lo mismo. No creo que salga corriendo de las montañas, pero tampoco me sorprendería. Tiene un temperamento terrible cuando le quitas lo que considera suyo. Y aun si eso no la atrae, servirá de algo. A veces, la mejor manera de alcanzar el poder es fingir que ya lo tienes. Coronamos a un nuevo príncipe y gobernamos. El país responderá. Lada cambió demasiadas cosas demasiado pronto. El cambio es difícil. Necesita mucho tiempo y disposición para soportar las incomodidades. Aceptar lo conocido es fácil. ¿Si agregas eso a la gran destrucción que causaron las tácticas de Lada y el sufrimiento que eso provocará? Valaquia nos elegirá a nosotros, porque somos la opción para sobrevivir.

Radu esperaba que aceptaran alegremente volver a las cosas como siempre habían sido si eso implicaba paz y estabilidad, aunque, quizá, merecían más.

Así como él había regresado a Mehmed una y otra vez. Al fin decidió que la soledad desconocida era preferible a la soledad conocida. No volvería a Mehmed. No como antes. Rezaba por que Valaquia no hubiera presionado tanto a sus habitantes que estos ya supieran que merecían más que lo que siempre tuvieron.

Radu haría todo lo que pudiera por mejorar el país mientras estuviera allí. Pero solamente podía hacerlo si había estabilidad. Y, por ahora, solo podía haber estabilidad si regresaba a su antigua forma.

—Creo que es un buen plan, señor —dijo Kiril, asintiendo—. Y quizás esto esté fuera de lugar, pero me alegra estar a su servicio. Sin duda conoce los rumores sobre por qué usted está al mando. Pero Mehmed no da poder ni por caprichos ni por favores. Merece el lugar que tiene aquí, y para mí es un honor seguirlo. Lo es para todos sus hombres.

—Ese halago es como una rosa, viene con muchos pinchos y espinas —respondió Radu entre risas.

Kiril levantó las manos y sus mejillas se cubrieron por el rubor de la vergüenza.

Radu puso una mano sobre el hombro de él.

—No, no, entiendo. Y te agradezco. La confianza que me das significa

243

más de lo que te imaginas. Siempre intentaré hacer lo correcto junto a mis hermanos.

Radu despidió a Kiril con una última sonrisa amable. Era un buen plan. Daría un espectáculo de poder. Los boyardos se arremolinarían ante él al ser la única opción segura. Y, si tenía suerte, Lada se enojaría tanto por ser reemplazada como príncipe que iría a encontrarlos adonde ellos tenían la ventaja. Era gracioso que tras tantos años de hacer todo lo posible por evitar la ira de su hermana, ahora estuviera por usar toda esa historia en su contra.

· · · ·

Radu tuvo que recorrer un gran tramo lejos de la ciudad para responder al llamado de Aron. Se equivocó al asumir que los hermanos Danesti habían tomado su mansión familiar. Estuvo demasiado ocupado para darse cuenta de que no se habían quedado en Tirgoviste.

Aron y Andrei tenían unos cuantos miles de hombres que habían estado con ellos desde el sitio en Constantinopla. Su campamento estaba desordenado y casi desaseado. Radu lo recorrió a caballo juzgándolo con la mirada. Él no habría tolerado tal falta de disciplina entre sus hombres. Nadie en el Imperio otomano lo toleraría.

Aron estaba esperándolo, andando impaciente de un lado a otro dentro de su tienda. Andrei estaba en una silla, reclinado hacia atrás y con los brazos cruzados sobre el pecho.

—Ahí estás —dijo Aron—. Tardaste mucho en llegar.

Radu abrió la boca para disculparse, pero contuvo sus palabras antes de que lograran escapar. No les debía nada.

—No sabía que no se habían reubicado en Tirgoviste. ¿Cuándo lo harán?

—¡No podemos vivir ahí! —Aron detuvo sus pasos, horrorizado—. Es insalubre. Podríamos enfermarnos de muerte.

—¿Creen que lo empalado se contagia? —preguntó Radu, enarcando una ceja.

–Tu hermana sigue libre –repuso Andrei con una sonrisa irónica.

Tenía razón.

–De acuerdo. Pero es importante consolidarnos. Aquí están vulnerables.

Aron se estaba moviendo de nuevo.

–Iremos a los campos de nuestra familia. Necesitamos que tus hombres se adelanten para corroborar que es seguro.

No habían invitado a Radu a sentarse. Entrelazó las manos detrás de su espalda.

–No creo que eso sea un movimiento inteligente.

Aron se detuvo con el ceño fruncido.

–¿Por qué?

–Dudo que las tierras de la familia Danesti estén fortificadas. Si Lada descubriera que están allí, los asesinaría.

–Tendremos a tus hombres.

–No –Radu habló con calma y cuidado. No entendía cómo tenían tan poca comunicación. ¿Había sido su culpa o por negligencia de ellos?–. Mis hombres se están preparando para defender la capital. Es vital que lo tomemos como nuestra sede para que toda Europa sepa quién es el verdadero príncipe.

Aron tenía un gesto de profunda sospecha.

–¿El verdadero príncipe?

–Tú –señaló Radu–. Claro. Serás coronado príncipe. Pero para ser príncipe, tienes que gobernar desde la capital.

–No me sentiría seguro allí.

–No se trata de sentirse seguro. Se trata de aparentar que somos fuertes. Si no podemos engañar a los demás para hacerles creer que nos sentimos seguros bajo tu mando, ¿por qué confiarían en nosotros para ponerse de nuestro lado? Fingimos que somos fuertes hasta que realmente lo seamos. Es una mentira que se convertirá en realidad.

–Pareces un experto en estos temas –dijo Andrei con tono seco.

Radu sí era un experto. Había fingido todo el camino hasta convertirse en uno de los favoritos de Murad. Había fingido todo el camino por el territorio enemigo en Constantinopla. Y había fingido todo el camino durante esa larga amistad que tanto anheló que fuera algo más.

¿Y ahora? Tendría que fingir para reconstruir el país que nunca fingió siquiera que le importaba si vivía o moría.

Aron negó con la cabeza.

—Aun así preferiría dirigir las cosas desde mis tierras. Puedes dividir a tus hombres.

—No lo haré.

Andrei se irguió más y Aron se acercó. Pero, siendo más bajo que Radu, su intento de verse imponente literalmente se quedó corto.

—Estoy aquí con el apoyo del sultán, ¿no es así? ¿Para qué dejó hombres si no para cumplir mi voluntad?

Radu les ofreció una sonrisa benevolente. Era bueno que tuviera tanta práctica fingiendo, porque si fuera honesto, se reiría en la cara de Aron.

—El sultán dejó a sus hombres aquí para ofrecer estabilidad. Los dejó bajo mis órdenes, y los usaré como mejor lo considere. Lo cual, en este momento, es para proteger Tirgoviste y convertirla de nuevo en tu capital.

—Yo soy tu príncipe —dijo Aron, levantando su mentón con gesto de orgullo.

—De hecho, eres el príncipe de Valaquia. Yo soy bey del Imperio otomano y solo estoy aquí por hacerte un favor. No te debo ninguna lealtad.

Aron y Andrei se miraron con un gesto que era de alarma en Aron y de amenaza en Andrei.

—Queremos dinero —declaró Andrei—. Sabemos que el sultán te dejó el suyo. Como príncipe, mi hermano debe poder determinar qué hacer con él.

—El dinero es para combatir a mi hermana.

—Y ¿mi hermano no estará combatiéndola al convertirse en príncipe? Por tanto, debería poder decidir cuál es el mejor uso para ese dinero.

—Entenderás —dijo Aron, extendiendo una mano con gesto tranquilizador— cómo es preocupante que, aunque yo soy el príncipe, parece que tú controlas todo el dinero y a los hombres.

Quizás Radu se equivocó al asumir que estos dos habían madurado dejando atrás su agresivo espíritu competitivo de la infancia. Siempre habían sido amables con él al estar entre otomanos, pero ahí Radu tenía más poder que ellos. Aquí, en Valaquia, estaban decididos a demostrar que eran más importantes. Era como los juegos del bosque a los que los obligaban a jugar cuando eran niños. Solo que esta vez, Lada no saldría de su escondite para darles una paliza por golpear a Radu.

Y esta vez no necesitaba que lo hiciera.

—Lo entiendo —respondió Radu—. El sultán donó a mis hombres y recursos. Nunca lo había visto ser tan generoso con otro príncipe vaivoda. Sin duda nuestros padres no recibieron tanto apoyo del sultán Murad. Creo que, de seguir los deseos del sultán estableciéndose en la capital y comenzando tu reinado con absoluta confianza, pueden esperar una larga y beneficiosa relación con el Imperio otomano. Puedo pedirle que perdone las deudas de años que tiene Valaquia.

Radu no dijo lo que pasaría si Aron decidía que la generosidad de Mehmed no le satisfacía. Pero pudo ver en el cambio de agresión a sonrisas extremadamente expresivas que no tenía que hacerlo.

—Claro —dijo Aron—. Queremos lo mismo que el sultán. Estoy seguro de que se lo harás saber.

Radu no tenía deseos de jugar a la política con los hermanos Danesti. Quería que tomaran el país. Pero él también tenía trabajo por hacer. Sin importar cómo se sentía respecto a Valaquia, a Lada y a Mehmed, cumpliría con su deber lo mejor que pudiera. Tenía que hacerlo.

—Por favor, avísenme si hay algo que podamos hacer para facilitar su transición al castillo —agregó Radu inclinando la cabeza—. Ya se ha limpiado a profundidad. Toda la ciudad está despejada y lista para que la vida retome su curso natural. Mientras se acomodan, yo encontraré a los boyardos que quedan y los traeré para que sean su sistema de apoyo, y así, con su ayuda, podrán comenzar a reestablecer el orden. Sé, al igual que el sultán, que eres el príncipe que Valaquia necesita.

Aron asintió como si todo lo que Radu propuso hubiera sido su plan desde el principio.

—Muy bien. Pensaré en nuestro regreso y te avisaré cuando estemos listos —hizo una pausa—. Pero si vamos a fingir, tengo que mejorar mi espectáculo. Necesito ropa nueva que vaya mejor con mi trono, lo mismo que mi hermano. También deberíamos tener uniformes para nuestros sirvientes con el escudo familiar. Además de nuevos caballos.

Radu prácticamente podía ver a Aron extendiendo la mano para pedir oro. Y si aceptaba esto, apenas podía imaginar las necesidades vitales que Aron iría generando en el futuro. Pero tenía que hacer alguna concesión, y realmente serviría para la imagen que intentaban proyectar. Aron era astuto.

Radu también lo era.

—Será un honor encargarme de eso. Estará esperando en su castillo para cuando lleguen —Radu hizo una reverencia para cubrir la sonrisa que amenazaba con escapársele. Después de todo, sí había extrañado un poco jugar a la corte.

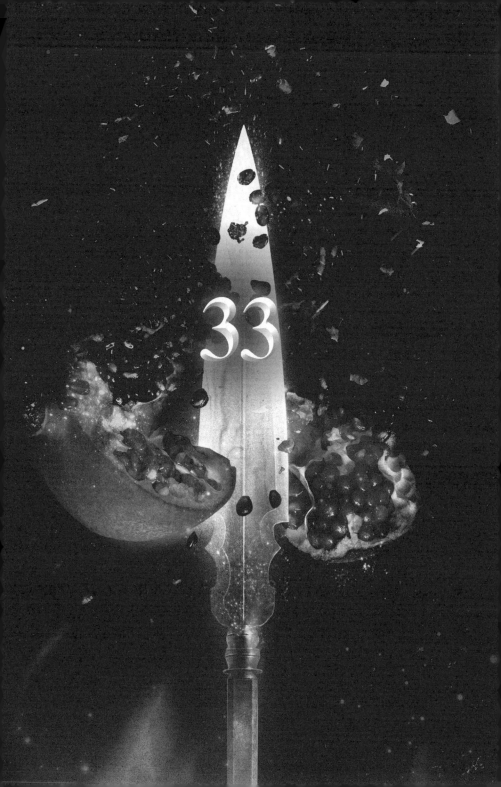

33

Montes Cárpatos

Aunque Lada quería resolver sus asuntos con Matthias tan pronto como fuera posible, tenía que hacer una parada en el camino.

—¿A dónde vamos? —preguntó Oana.

—Nos desviaremos —Lada los dirigió montaña arriba por un sendero cuidadosamente labrado por un afluente. El territorio era despiadado y no ofrecía caminos para guiarlos. Pero no habían avanzado mucho cuando una mujer salió de detrás de un grupo de árboles con su ballesta apuntando a Lada.

—¡Mi príncipe! —dijo la mujer, bajando el arma.

Lada la saludó con un movimiento de cabeza. El guardia se adelantó, alertando a las otras mujeres que estaban en sus puestos. A Lada la complació ver que no habían relajado su disciplina de vigilantes.

Cuando llegaron al campamento, solo encontraron limpieza y orden. Había más de mil mujeres, algunas embarazadas y otras demasiado viejas para pelear. Compartían el cuidado de los niños. Era uno de tres campamentos así, pero Lada sospechaba que era el mejor. Las tiendas improvisadas se escondían entre los árboles, cada una de ellas con un brasero limpio al frente. Un grupo de varios cientos de niños estaba en una pradera mientras las mujeres andaban entre ellos, señalándoles cosas.

Daciana sonrió con una alegría sincera.

—¡Lada! No te esperábamos.

—Me quedaba de camino —Lada desmontó y echó un vistazo a los niños que estaban más cerca de ella para ver qué hacían. Cada uno tenía una pequeña rama y estaba rascando con ella la tierra. Era un juego extraño.

—Estamos aprendiendo a leer y escribir —Daciana señaló a la mujer más cercana—. Maria nos enseña las letras por la noche, y durante el día nosotras se las enseñamos a los niños —el rostro de Daciana resplandecía de orgullo—. Ya me sé todo el alfabeto. Estoy trabajando en una carta para Stefan.

Lada estaba impresionada. Aunque no debería sorprenderla tanto. Claro que las mujeres no se quedarían allí tumbadas, viendo pasar las horas. Las valacas trabajaban desde el nacimiento hasta la muerte. Incluso allí, escondidas entre las montañas, encontraban la forma de mejorar las vidas de sus hijos.

—Ven a dar un paseo conmigo —Lada se dio la vuelta y Daciana la siguió. Ya se le notaba un poco, empezaba a verse más como cuando Lada la conoció, salvaje y desafiante, en las tierras del boyardo que la había preñado.

Lada miró las ramas sobre su cabeza. Aunque la primavera llegaba tarde a las montañas, los árboles ya tenían brotes. El verde primaveral era casi dorado. Pequeños mechones de tesoros en cada uno de los árboles de Lada. ¿Había alguna primavera más hermosa que la de allí? Inhalando profundamente y sintiendo cómo eso la llenaba de fuerzas, Lada habló.

—Cuéntame cómo están las cosas.

—Todo va tan bien como podría esperarse. Hemos racionado las provisiones y deberíamos poder quedarnos varios meses más de ser necesario. Complementamos todo con lo que cazamos, aunque cada vez nos alejamos más para montar las trampas. Pero las mujeres que están a cargo son cuidadosas y no se han encontrado con nadie más. ¿Cómo van las cosas en el país?

—Tuvimos la oportunidad de ganar. Pero los Basarabs me traicionaron.

—Boyardos —dijo Daciana con rabia.

—Sí. Pero de cualquier modo, los otomanos se fueron.

La sonrisa que Daciana le ofreció como respuesta fue tan afilada y brutal como las estacas de Lada. Ella fue una de las mayores entusiastas de los planes de Lada para Tirgoviste. Algunos hombres se habían resistido ante la idea de hacerles eso a los cadáveres, pero Daciana sabía qué se necesitaba para sobrevivir. Y estaba de acuerdo con Lada. Ya estaban muertos, ¿por qué no usarlos para un fin mayor?

—O sea que a Mehmed no le gustó su bienvenida.

—Ni un poco —Lada se detuvo y se dio la vuelta para quedar de frente a Daciana—. ¿Sabías que Stefan me va a dejar?

Daciana tuvo la cortesía de no fingir. Asintió, sin miedo ni arrepentimiento en su rostro.

—No fue mi idea.

—Pero te irás con él.

—Seguiría a ese hombre hasta el fin de la Tierra.

Lada sintió una puñalada de dolor. Alguna vez Nicolae le dijo algo similar. Y ahora él estaba en la Tierra y ella estaba perdiendo a sus amigos uno a uno. Esa sensación de ausencia la apretaba tan súbitamente y con tanta fuerza como ella apretaba su medallón.

Daciana estiró una mano queriendo tomar la de Lada, pero ella no se la ofreció. En su lugar, Daciana le tocó el hombro.

—Extrañaré ser la dama de compañía de la mujer más extraña que he conocido.

Lada se dio la vuelta para volver al campamento.

—No necesito una. Estaré bien —aceleró el paso para que Daciana no caminara a su lado. Se había preparado para una pelea, o para la ira si Daciana intentaba mentirle, pero no esperaba estar tan… triste.

Encontró su caballo y se fue sin despedirse de Daciana. Oana, que tardó más en hacer que su caballo recorriera el difícil camino, acababa de llegar al campamento. Masculló algo sobre tener que hacer que su caballo diera la vuelta.

Lada aún la tenía a ella. No necesitaba a Daciana.

Pero no era lo mismo. Daciana era joven, casi de la edad de Lada. Una compañera de su propio sexo era algo que Lada nunca tuvo antes de Daciana. Jamás había notado cuánto la necesitaba, e incluso la disfrutaba, hasta que se encontró con su ausencia.

El dolor en su interior la ofendía. Había encontrado fuerza en sus amigos, pero el precio de perderlos cada vez era más alto. ¿Cómo no había aprendido antes esta lección? Entre Radu y Mehmed, incluso retrocediendo hasta su padre, sin duda su corazón ya debería saber que lo mejor era no darle un lugar a nadie.

Lada cerraría su corazón.

No se dio cuenta de que una vez más tenía en la mano el medallón de plata, lo apretaba con tanta fuerza que las orillas se le estaban enterrando en la carne. Le debía a Valaquia estar entera. Dedicada y lúcida. Nadie podría romper su corazón si lo único que contenía era a su país.

· • • • ·

A diferencia de su última visita a Hunedoara, donde era invisible cuando no la estaban ridiculizando, esta vez la trataron con respeto. Uno de los consejeros principales de Matthias fue a recibirla a las afueras de la ciudad. Le ofreció una reverencia como lo haría con cualquier príncipe hombre. Esta vez no habría vestidos para ella, no tendría que fingir ser alguien que no era. Entró a la ciudad como un igual.

—Sus hombres pueden quedarse en las barracas —dijo el consejero mientras avanzaban hacia el castillo. La última vez, sus hombres tuvieron que dormir afuera. Lada cabalgó erguida y llena de orgullo por el puente hasta las puertas que apenas el año anterior la habían hecho sentir sofocada. Ahora, el castillo se le presentaba como una promesa.

—Ustedes —dijo Lada, eligiendo a veinte de sus hombres— encárguense de los caballos y de las camas —a los otros diez les hizo una seña para que la siguieran. Oana también se quedó a su lado. Las enseñanzas de Oana respecto a las apariencias no habían fallado del todo. Lada necesitaba hacerse notar. Por suerte, irradiar poder y autoridad era algo más natural para ella que recorrer habitaciones llenas de gente con un vestido voluminoso.

Elevando su mentón con orgullo, Lada volvió a ingresar al castillo y no como una muchacha sin nación, sino como príncipe. Y nada menos que un príncipe conquistador.

Matthias, tan atractivo y astuto como lo recordaba, se puso de pie cuando ella se iba acercando en la sala del trono. No la abrazó, eso hubiera sido inapropiado y a Lada no le habría agradado, pero sí le ofreció una sonrisa e inclinó la cabeza respetuosamente. Lada hizo lo mismo, como exigían sus puestos.

—Me sorprendiste —dijo él, observándola.

—Eso es porque no me conocías. Si me conocieras, nada de lo que he hecho te sorprendería.

Matthias se rio y le hizo una seña a un sirviente, quien les llevó vino en una bandeja. Lada tomó su copa y la levantó cuando Matthias elevó la suya. Él observó a su prima por encima del borde con gesto pensativo.

—Ahora entiendo por qué mi padre te dedicó tanto tiempo. Me sentía un poco celoso, ¿sabes? No veía por qué merecías su atención cuando yo casi nunca podía tenerla.

—Tu padre hizo lo que consideró mejor para ti. Y funcionó —Lada señaló la habitación—. Eres rey —levantó su copa hacia la corona de Matthias y su mano se quedó a medio gesto. Su corona. La corona que no podía pagar. Bajó su vino, mientras la desconfianza la envolvía como un viento helado. Él llevaba un chaleco con bordes de piel y un cuello alto que cubría su cuello. Su cabello oscuro era corto y rizado, y su barba estaba perfectamente arreglada. Se veía exactamente igual que en el último recuerdo que Lada tenía de él; la corona no había cambiado nada. Y lo había cambiado todo.

Matthias volvió a sentarse en su trono, inclinando la cabeza hacia un lado.

—Realmente eres una criatura increíble. Aún no puedo creer lo que lograste.

Lada extendió su copa a fin de que el sirviente se la llevara. Intentó sacudirse la premonición de la desgracia. Tan solo era una corona. Probablemente había convencido a Polonia de que se la dieran. Lada no podía arriesgarse a perder su apoyo. Necesitaba aprovechar su aprecio recién descubierto para ponerlo en acción. Se aclaró la garganta.

—Ahora imagina lo que lograremos juntos. Por Europa. Por el cristianismo. Por nuestros pueblos.

—Sí —respondió él, sonriendo—. No me he olvidado de los servicios que nos diste la última vez. Espero que sepas lo agradecido que estoy por el servicio que me das ahora. Y acepta mis disculpas por adelantado.

Matthias hizo una señal y docenas de hombres entraron a la sala del trono, superando y matando rápidamente a los hombres de Lada. Ella desenvainó su espada con un grito de rabia, pero ya había demasiados hombres entre ella y Matthias. Mató a dos, tres, cuatro antes de que la tuvieran en el suelo, con el rostro aplastado contra los mosaicos mientras le amarraban las manos detrás de la espalda. Podía escuchar a Oana maldiciendo a gritos en valaco, pero ninguno de sus hombres decía nada. Ya no quedaba ninguno vivo para hacerlo.

La voz de Matthias retronó por la habitación, rebotando en el suelo donde la tenían aplastada y hacia el techo que ella no podía ver.

—Me ayudaste a llegar al trono, y ahora me ayudarás a conservarlo. Es una nimiedad intercambiar tu libertad por mi seguridad. Sé que tal vez no lo creas, pero en verdad te lo agradezco.

Lo último que Lada vio de él mientras se la llevaban a rastras fue una sonrisa cálida y una copa ofreciéndole un brindis.

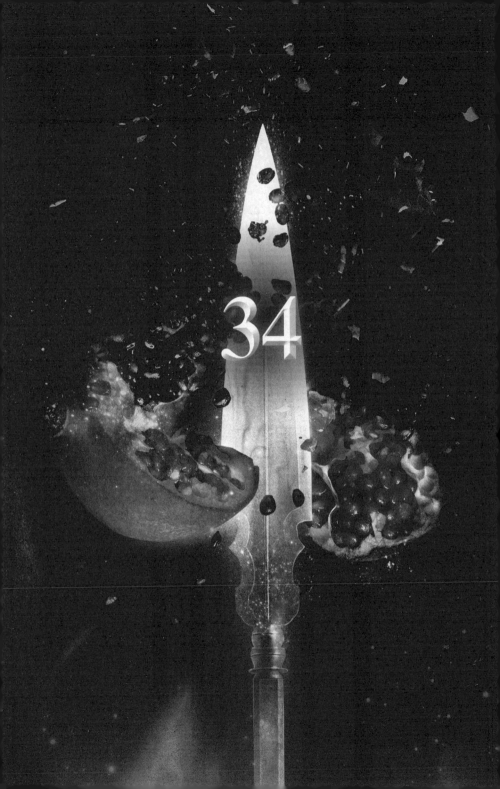

Tirgoviste

Radu se encontró una vez más ocultándose en el castillo.

Durante su infancia fue su ocupación principal. En ese tiempo se escondía de su hermano, Mircea, y, en un período, de los mismos hombres que ahora estaba evitando. Aunque entonces eran niños que querían lastimarlo.

Hoy querían dinero. En cada oportunidad lo presionaban para que les diera más. A Radu le costaba trabajo mantener la civilidad y ser amable. Se había quedado para ayudarlos, pero cada vez resultaba más difícil.

Hizo su mejor esfuerzo para que fuera imposible encontrarlo. No dormía en el castillo, pasaba de mansión en mansión fingiendo que se estaba asegurando de que estuvieran bien arregladas para cuando volvieran los boyardos. Frecuentemente patrullaba con Kiril y Simion, y pasaba tanto tiempo como le era posible fuera de los muros.

Ese día, una discusión entre sus jenízaros y los hombres de Aron lo había obligado a regresar. Los hombres de Aron insistían en que cualquier caballo en sus establos le pertenecía al príncipe. Los jenízaros no tendían a la cortesía tanto como Radu.

Tras informarles con firmeza a los hombres de Aron que el sultán no apreciaría que se robaran sus caballos, y luego encargándose de que Simion transfiriera los caballos a establos lejos del castillo, donde aparentemente eran demasiada tentación, Radu se fue al muro del castillo para respirar un momento. Se asomó y le echó un vistazo a la ciudad que seguía vacía.

Una procesión montada que avanzaba hacia el castillo llamó su atención.

A Radu no se le ocurría quién podría llegar tan pronto. Sin duda los boyardos esperarían hasta que supieran que estaban a salvo, aun después de recibir las invitaciones de Radu. Entonces se dio cuenta de que todos los guardias llevaban ropa al estilo otomano. Uno, que iba al fondo, le pareció muy conocido a Radu, pero en la distancia no alcanzaba a identificar por qué.

Al centro iban dos mujeres. Una vestida con una simple túnica azul y la otra como una flor en primavera.

Como si fuera el fantasma de su padre, una maldición valaca llegó sin invitación hasta sus labios.

—Por los clavos de Cristo —susurró. ¡Al parecer, Nazira no recibió su aviso de que no viniera!

El camino debió hacerlos pasar sobre las tumbas recién hechas. Radu hizo un gesto de dolor al pensar en las miles de estacas apiladas a los lados del camino mientras decidían si quemarlas o usarlas para construir otra defensa alrededor de la ciudad. Lo primero era lo más respetuoso para los muertos, lo segundo era lo más práctico. Radu odiaba que esa clase de decisiones recayeran sobre él.

Al menos estaba agradecido de que Nazira se hubiera retrasado lo suficiente para perderse los entierros. No podía ni imaginar lo que les habría hecho el estado original de la ciudad a ella o a la dulce y delicada Fátima. No deberían estar allí.

Radu bajó la muralla corriendo y casi choca con Aron.

—Te estaba buscando. Quisiera…

—Lo siento, no puedo —lo detuvo Radu—. Mi esposa acaba de llegar.

Aron no hizo mucho por ocultar su molestia, aunque sus palabras contradijeron su tono.

—¡Oh, pero claro! Ve a verla y reconfortarla primero. Yo puedo esperar. Pero quisiera una actualización detallada de todos los esfuerzos que se han hecho para fortificar la ciudad y encontrar a tu hermana.

Radu no tenía ni el tiempo ni las ganas de fingir que integraría a Aron en los asuntos militares que lo rodeaban. Pero si el país sería de Aron, tendría que encargarse de ellos en algún momento.

—Sí, claro —Radu inclinó la cabeza respetuosamente y luego se fue corriendo.

Llegó a la puerta al mismo tiempo que los caballos. Radu casi se cae por la ráfaga de seda amarilla que se lanzó contra él.

—¡Radu! —Nazira lo abrazó con fuerza por el cuello—. Me alegra tanto ver que estás bien. No recibimos reportes positivos de la pelea. Tuvimos que esperar dos semanas más en el Danubio antes de que consideraran que era lo suficientemente seguro que siguiéramos adelante. ¡Incluso nos encontramos con todo el ejército yendo en la dirección contraria! Hamza Pasha dijo que te quedaste a ayudar.

Radu la abrazó también, apretándola contra su cuerpo, y luego retrocedió para poder mirarla a los ojos. Se preguntó qué más le había dicho Hamza Pasha a Nazira, y rezó por que hubiera tenido la decencia de no mencionar a Kumal.

—¿Por qué siguieron adelante? ¡Debieron regresar con ellos!

Nazira apretó los labios con un gesto de enojo.

—Ya te lo había dicho, esposo mío. No volveremos a estar separados. Somos una familia.

Fátima se bajó de su caballo con delicadeza, sonriéndole a Radu con la cabeza baja.

—No fue un viaje tan malo —era terrible para mentir, y sus esfuerzos por hacerlo sentir mejor hacían que le dieran ganas de regresarla inmediatamente. Ella merecía paz y tranquilidad.

—Además —continuó Nazira—, siempre he querido ver de dónde vienes —sonrió, una expresión generosa y obviamente falsa—. ¡Es encantador!

Radu se rio.

—Está en ruinas. Lada no dejó nada en pie. Pero algún día te llevaré al campo. Snagov es adorable, un monasterio en la isla en medio de un enorme lago verde. Y las montañas en el Arges te dejarán sin aliento —miró el castillo con un gesto de duda—. ¿Estás segura de que no quieres volver a Edirne y esperar a que termine mi trabajo aquí?

—Estoy segura.

—Estamos seguras —agregó Fátima.

—Muy bien —aceptó Radu con un suspiro—. ¿Te gustaría entonces hacer mi trabajo y permitir que sea yo quien regrese a Edirne ahora mismo?

Nazira se rio, aunque su risa parecía un poco más baja y forzada de lo normal. Luego su rostro se tornó sombrío.

—¿Y mi hermano? ¿Encontraste su cadáver?

Radu bajó la mirada al suelo.

—Fue enterrado con todo el amor y el respeto que se merecía. Yo mismo lavé y vestí su cuerpo y me encargué de su sepelio. Puedo llevarte a su tumba más tarde.

—Gracias.

—Lamento tanto, tanto…

Nazira puso una mano en el rostro de Radu, obligándolo a mirarla.

—No recibiré más disculpas tuyas sobre ese tema. Lo único que te pido es que guardes luto por el hermano que ambos amamos. Y que lo hagas con culpa. No puedo cargar con tu culpa encima de mi tristeza.

Radu asintió, sintiéndose egoísta. Realmente era una carga para Nazira. Si ella no lo culpaba, él no tenía derecho a forzar su perdón.

—Bien —se sacudió las manos como si se deshiciera de los restos de la culpa de Radu. Y luego, con una voz extrañamente alta dado el tema, agregó—: Voy a acomodarme en mis aposentos con Fátima. Por favor, reúnete conmigo en la torre norte dentro de una hora, y ven tú solo.

Radu frunció el ceño, confundido.

—No me he estado quedando en el castillo.

—Pues entonces eso tiene que cambiar. Necesitas nuestra ayuda y también la necesitarán los hermanos Danesti. Todos nos quedaremos aquí a partir de ahora.

Radu no podía discutir la verdadera situación con ella en público. Pero tenerla allí sería un excelente amortiguador entre él y las exigencias de los Danesti. Además, Nazira probablemente tendría algunas ideas sobre cómo manejarlas.

—Como desees. Puedo acompañarlas a su…

—Fátima y yo somos muy capaces de acomodarnos solas. Sin duda tienes cosas importantes por hacer. Solo no faltes a nuestra cita en *esa* torre —señaló hacia la torre donde, siendo niños, Lada y Radu observaron a Hunyadi entrando a la ciudad— en una hora.

—Como desees —respondió Radu con una reverencia.

Nazira se puso de puntillas y dio unos golpecitos sobre la cabeza de Radu cubierta por el turbante. Sus ojos se llenaron de emoción y sonrió, aunque parecía estar al borde de las lágrimas.

—Mereces toda la felicidad —susurró, y luego se dio la vuelta para entrar al castillo con Fátima.

Radu realmente no comprendía a las mujeres.

· · · · ·

Usó el tiempo que Nazira le había dado para buscar a Aron e informarle de los planes del momento, que incluían los grupos de exploración que había enviado a las montañas.

—Lamento no tener más tiempo para hablar —dijo Radu, aunque en realidad no lo lamentaba, sino lo contrario—. Debo encontrarme con mi esposa. Hizo un viaje muy largo para llegar aquí.

—Sí, claro. ¿Cenarás con nosotros? Sería agradable tener a alguien con quien hablar además de Andrei. Y Nazira es mucho más agradable a la vista que él.

—Arriesgándome a ofender a tu hermano, estoy muy de acuerdo. Deberíamos hablar de alianzas maritales para ti. Le escribiré a Mara Brankovic para consultarle si tiene alguna sugerencia sobre cómo usar eso para reforzar tu poder.

—Sí, supongo que ese es el siguiente paso. Además, será agradable tener más compañía. Se me había olvidado lo solitario que puede llegar a ser este castillo —dijo Aron con sus ojos tristes sobre las ojeras que nunca se fueron por completo.

Una parte del resentimiento de Radu se fue entre una oleada de compasión.

—Creo que nuestras infancias tuvieron más en común de lo que nos dábamos cuenta en ese momento —respondió Radu.

Aron asintió y luego se acomodó el frente de su nuevo chaleco de terciopelo.

—Quizás haya una pariente cercana de tu primo, Stephen de Moldavia.

Era buena idea. Stephen había sido agresivo en sus fronteras y una alianza matrimonial suavizaría las cosas.

—Lo averiguaré de inmediato —entre más pronto se acomodaran las cosas allí, antes podría irse Radu.

Se despidió de Aron y fue hacia el castillo para luego subir las escaleras de la torre. Llegó un poco temprano. Uno de los guardias de Nazira estaba asomado, viendo el paisaje, con la espalda hacia Radu, quien no sabía si Nazira tenía alguna razón para pedir que se vieran a solas. Pero esperaría hasta que ella llegara para pedirle al hombre que se fuera. Cerró la puerta con fuerza para que el hombre no se sorprendiera.

—Me temo que la vista tiene muy poca gracia en este momento —dijo Radu con tanto ánimo como pudo. El hombre estaba mirando hacia las tumbas. Las miles de partes oscuras de la tierra fresca daban la impresión de que era un campo de labranza con los cultivos más trágicos—. ¿Te dieron comida en la…?

Las palabras de Radu murieron en sus labios cuando el hombre se dio la vuelta para revelar unos ojos tan grises como el agua del Gran Cuerno de Constantinopla.

—Cyprian —susurró.

Cyprian extendió las manos a cada lado de su cuerpo con un gesto tenso. Sonrió con picardía; no era la sonrisa que abrió el corazón de Radu cuando pensó que se había cerrado para cualquiera que no fuera Mehmed.

—No tengo armas.

—Yo… —Radu negó con la cabeza. Ni siquiera había considerado que Cyprian pudiera estar allí para hacerle daño. Aunque el hombre tenía todo el derecho a odiarlo, a quererlo muerto.

Los ojos de Cyprian se pasearon por el rostro de Radu, y él no sabía qué hacer con ninguna parte de su cuerpo. Cada expresión facial y cada postura que siempre le habían llegado naturalmente lo abandonaron. Estaba petrificado ante su mirada.

Cyprian señaló con un movimiento de cabeza hacia el turbante de Radu.

—Te queda bien —se llevó los dedos hacia el suyo—. Yo todavía no me acostumbro al mío.

—Tú… venías con Nazira —el hombre que reconoció en la distancia al fondo de la procesión. Radu no observó de cerca a los guardias de Nazira cuando salió porque estaba tan abrumado al verla de nuevo. Por esto le había dado las instrucciones con una voz tan alta. No eran para Radu, eran para Cyprian.

—Volví primero a Constantinopla —dijo Cyprian—. No quiero mentir: me dolió ver mi ciudad reconstruida. Pero tenías razón. Mehmed ya ha hecho cosas increíbles con ella. Está llena de vida y vibrando de una manera en la que jamás la había visto. Renovó su antigua vitalidad. Pero eso solamente explicaba por qué confiaste en Mehmed. Yo quería entenderte, quería entender de dónde vienes —se dio la vuelta y señaló hacia el paisaje, con las marcas y cicatrices de la violencia y la profanación de veinte mil hombres—. Esto explica muchas cosas.

Radu seguía demasiado impactado como para saber qué decir o cómo decirlo.

—Ahora veo, al menos un poco, por qué los otomanos fueron tu salvación. Por qué los amabas. Es la misma razón por la que yo amaba a mi tío. Me sacó de la crueldad y me dio un lugar y un propósito.

Radu no soportaba seguir mirando a Cyprian. Si estar lejos de él y saber que nunca estarían juntos le había dolido, estar ahí con él y saber que nunca estarían juntos era una agonía a la que no sabía si iba a sobrevivir. Levantó la mirada hacia el cielo azul y despejado.

—Lo siento tanto. Lo siento tanto. Nunca podré…

Cyprian lo interrumpió.

—Lo he pensado mucho. La verdad es que casi no he pensado en nada más. Y tuve tanto tiempo para pensar mientras estaba atrapado en los cuidados de nuestra querida Nazira. Y no dejaba de volver a los mismos tres detalles.

»El primero: no me traicionaste a mí ni a mi confianza personalmente. Te di muchas oportunidades para usarme en contra de mi ciudad, y nunca lo hiciste.

»El segundo: salvaste a mis pequeños primos aunque no tenías que hacerlo. Los vi, en la ciudad. No me les acerqué. Pero están vivos y felices. No habrían sobrevivido si tú no hubieras vuelto por ellos.

»El tercero: tuviste muchas oportunidades para asesinar a mi tío, y nunca tomaste esa decisión.

—Lo consideré —susurró Radu.

—Pero no pudiste hacerlo.

—No.

—Porque eres una buena persona.

—¿Cómo puedes decir eso después de lo que hice? —Radu al fin miró a Cyprian, buscando el engaño o la mentira en su rostro. Porque no era posible que Cyprian lo viera con algo más que odio.

—Estábamos en lados distintos. Yo hubiera hecho lo mismo, dadas las circunstancias. Yo *hice* lo mismo: fui a Edirne con el único propósito de usarte para conseguir información. Pero los lados en los que estábamos ya no existen —Cyprian dio un paso, acortando la distancia entre ellos. Radu podría tocarlo si fuera capaz de levantar una mano. Si no estuviera paralizado y aterrado por lo que quería.

»Te lo dije una vez —agregó Cyprian—. ¿Lo recuerdas?

—Recuerdo cada momento que pasamos juntos.

—Te lo dije —siguió Cyprian, con una sonrisa insegura y tan llena de esperanza que dolía verla—, te dije que te perdonaría. Y lo dije en serio.

Radu exhaló y el sonido salió como un sollozo. Esto no podía ser real. Era un regalo demasiado grande, demasiado maravilloso, una clemencia demasiado poderosa. Nunca en su vida cruel y llena de castigos había tenido algo así. No sabía que era posible. Radu levantó una mano temblorosa y, aún esperando que Cyprian se alejara, la puso sobre la mejilla de él. Cyprian levantó su propia mano y cubrió la de Radu, entrelazando sus dedos.

—Lo dije en serio —susurró.

Radu se acercó a Cyprian, quien lo encontró a medio camino, y sus labios se tocaron con un movimiento tan conocido, tan sagrado y tan sanador como un rezo.

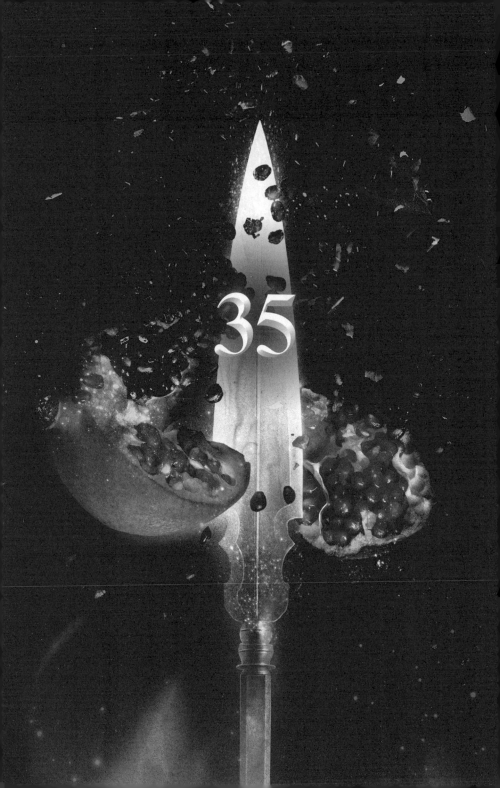

Hunedoara

—Pensé que la iban a tener en una casa —dijo un hombre con cara de nabo mientras se asomaba a la fría y húmeda celda de Lada. La puerta era de madera sólida con una abertura cuadrada demasiado pequeña para que cupiera una persona y demasiado alta para alcanzar el pestillo al otro lado. En lo alto de la pared opuesta a la puerta había una ventana con barrotes. Un montón de pieles enredadas y mohosas estaban tendidas sobre un catre bajo, debajo del cual se posaba un orinal muy usado y pocas veces limpiado.

—Así será —respondió otro guardia que ella no alcanzaba a ver—. Pero necesita un tiempo para tranquilizarse. Mató a cuatro guardias.

—¿A cuatro?

Lada vio cómo en el rostro del primer hombre se dibujaba una expresión que sería imposible para un nabo, pero no sonrió ni rompió el contacto visual. Fue él quien desvió primero la mirada, jalándose el cuello de su ropa.

Un tercer hombre se abrió paso a empellones entre los otros dos; llevaba una bandeja de metal con un tazón de gachas en él.

—Sé que prefieres comer en compañía de los muertos —se acercó a la abertura—. Vi los grabados. Hoy no habrá carne humana para ti —señaló hacia la puerta con un gesto de su quijada—. Aléjate.

Lada no se movió.

—¡Aléjate de la puerta!

Lada siguió sin moverse.

El hombre se encogió de hombros, puso el tazón de lado y lo echó por la apertura hasta escucharlo chocar contra el suelo, derramando todo su contenido.

—La próxima vez puedo traerte algo que te haga sentir más en casa —con una sonrisa fingida, se fue. Los otros dos se acomodaron en sus sillas contra la pared.

Lada se quedó en la puerta, observándolos.

Horas después, con los pies adoloridos pero la espalda aún recta, alguien que jamás esperó ver en una prisión en Hunedoara apareció en su campo de visión.

—Hola, Lada —Mara Brankovic sonreía con una formalidad sin emoción, como si esto fuera una visita social de rutina.

—¿Qué estás...? —Lada respiró profundamente para evitar que sus emociones se notaran—. Mehmed compró a Matthias.

—Este rey de repuesto no salió nada barato —Mara arrugó la nariz, y Lada no supo si fue por disgusto hacia Matthias o como reacción a los hedores de orina y desesperanza que llenaban toda la prisión—. Lamento esto. Siempre insististe en tomar el camino más difícil. Piensa en lo diferente que hubiera sido tu vida de haberte casado con Mehmed, como aconsejé hace años.

—Tú no estás casada y mírate, libre, mientras que yo estoy en la cárcel —acusó Lada.

—Me tomó muchos años y muchos sacrificios llegar aquí. Pero lo hice de una forma aceptable. Lamento verte así. Puede que no me creas, pero sinceramente espero que este sea el inicio de un nuevo camino para ti. Uno que no termine con tu muerte.

—Todos los caminos implican una tremenda cantidad de muertes.

Mara enarcó una de sus elegantes cejas.

—Entonces, supongo que eres la única culpable.

—Soy perfectamente capaz de culparte a ti. Y a Mehmed. Y a mi hermano. Y a Matthias.

—Aun con eso, se te dieron oportunidades. No tenía que terminar así. Aún puede cambiar —Mara se acercó y bajó la voz—. Matthias no puede matarte ahora mismo. Aún tienes el agrado de algunos en Europa por tu éxito contra Mehmed y por tu disposición para pelear. Tiene tu encarcelamiento en secreto a fin de que nadie venga a ayudarte. Solo Mehmed sabe que estás aquí. Ni siquiera puedo decirle a tu hermano. En lo que a Valaquia concierne, desapareciste en las montañas y los abandonaste. Matthias te mantendrá presa por tanto tiempo como considere necesario. Haz tu parte, sé recatada, al menos finge que te domaron, y con el tiempo podrías arreglar un matrimonio ventajoso que te saque de aquí. No con la nobleza de Moldavia, eso se consideraría una amenaza. Tus posibilidades de casarte con alguien importante en Transilvania son bastante pequeñas. Supongo que no quieres húngaros. Puedo buscar entre la nobleza serbia.

—¿Eso es lo que Mehmed quiere para mí? —preguntó Lada, incrédula.

—No, niña tonta. Eso es lo que *yo* quiero para ti. Me entristece verte encerrada. Eres tan joven. Tienes una vida entera por delante. No la desperdicies en esto. Sé buena, cásate. Y luego usa eso para conseguir más poder. Me marcharé esta tarde, pero comenzaré a buscar prospectos y le sugeriré a Matthias que arreglarte un matrimonio es lo que más le conviene. Pero tú debes hacer lo tuyo —le pasó un paquete bien amarrado por la abertura. Lada lo tomó, sopesándolo.

—No son armas —dijo Lada, decepcionada.

—Es un vestido, lo cual es una especie sutil de arma que tendrás que aprender a usar.

Lada aventó el paquete a un lado.

—Nunca he sido buena para las sutilezas.

—Espero que cambies de opinión. Por favor, recuerda que solo quiero lo mejor para ti.

Lada abrió sus enormes ojos tanto como pudo, inclinó la cabeza hacia un lado y sonrió.

—Entra y déjame abrazarte por lo amable que eres.

Mara dio un paso atrás, negando con la cabeza.

—Sí, sin duda necesitas trabajar en tus habilidades histriónicas. No tengo deseos de ser rehén de nadie. Adiós, Lada. Buena suerte.

Mara desapareció y Lada se quedó mirando hacia el espacio vacío que la otra mujer había ocupado por completo. Frecuentemente fantaseaba con lo que podría hacer con los recursos de Mehmed. Con el dinero y la tierra, sí, pero sobre todo con las mentes tan brillantes y despiadadas como la de Mara a su disposición. Mehmed no se merecía a Mara.

Ningún hombre la merecía, como Mara sabía bien. Y aun así su consejo para Lada era que se casara. ¿Realmente todo llevaba a eso?

· · · ·

Matthias esperó un día entero antes de ir a verla.

—¿Por qué no te has cambiado? —preguntó, echándole un vistazo a la túnica sucia y ensangrentada de Lada, la cual llevaba sobre su cota de malla. El vestido que Mara le había dado estaba en el suelo, con una parte sobre las gachas derramadas.

Lada no respondió. Solo había dormido unas cuantas horas, pues prefería que la rabia la sostuviera. El tapiz de poder para el que pasó tantos años juntando hilos de nuevo había sido destrozado por un hombre. Un hombre *estúpido*. Y lo iba a pagar.

—No puedo dejar que salgas vestida así. Y te vas a congelar usando tu cota de malla ahí adentro.

Lada no se movió ni cambió su expresión, solamente siguió observando a Matthias con los ojos entrecerrados.

Él se reacomodó en su lugar y sus hombros se sacudieron como si quisieran quitarse algo invisible pero molesto.

—¿Consideraste que estoy haciendo esto por tu propio bien? Mucha gente quiere verte muerta, principito —escupió las últimas palabras con tono de burla—. Aquí estás más segura de lo que podrías estar en Valaquia. Considéralo mi compensación para la estirpe Dracul. Mi padre mató a tu padre. Yo te mantengo viva —hizo una pausa, pero Lada no podía ni imaginarse qué esperaba. ¿Gratitud? ¿Llanto? No obtendría nada de eso de ella.

»¡Cámbiate de ropa! —ordenó él con rabia—. Preparé una casa para ti, pero no vas a faltarle al respeto a mi hospitalidad luciendo como un animal.

Lada al fin dejó que la más mínima sonrisa rompiera la inexpresividad de su rostro. Pero no contestó.

—¡Guardias! —gritó Matthias. Se volvió de nuevo hacia ella—. Si no aceptas mi generosidad de buena gana, nosotros te ayudaremos.

Matthias salió del campo de visión de Lada. Se escuchó el sonido de una cerradura abriéndose y el pestillo de la puerta se corrió. Los guardias estaban listos para correr hacia ella.

Pero Lada estaba más lista. Esquivó los brazos del primero agachándose y pateó la rodilla del segundo con tanta fuerza que tronó. El tercero la tomó por la muñeca, pero ella se giró y le enterró su codo en la nariz. Casi había llegado a la puerta cuando se cerró de golpe. El sonido de la cerradura esta vez se escuchó para cerrarse.

—Ahora no puedes salir —el primer guardia, el que tenía cara de nabo, extendió los brazos como si esperara que Lada pasara corriendo junto a él hacia la otra esquina de su celda.

Lada le mostró los dientes en una sonrisa.

—Tú tampoco.

Un destello de incertidumbre cruzó por el rostro del hombre y luego Lada se lanzó hacia él. Lo tiró al suelo de piedra. Él la envolvió con sus brazos, jalándola mientras intentaba someterla. Sus rostros chocaron y Lada abrió la boca y lo mordió un poco más abajo, con fuerza, en la garganta. El hombre gritó y la boca de Lada se llenó de sangre.

De pronto la atacaron por detrás y su frente se estrelló contra el suelo. Una rodilla se enterró en su espalda y luego la tomaron del cabello y su cabeza chocó contra el piso un par de veces más, solo para estar seguros. Su vista se llenó de luces que giraban y no supo cuánto de la sangre que tenía en la boca ahora era suya.

—Perra estúpida —dijo el guardia que estaba encima de ella, casi sin aliento. Se hizo a un lado para tomar la ropa de Lada y ella puso las palmas en el suelo y, empujando con todas sus fuerzas, lo hizo perder el equilibrio. El hombre cayó al suelo y ella se levantó y lo aplastó con cada rastro de fuerza que le quedaba.

La laringe del guardia crujió bajo el pie de Lada. Mientras él se agarraba la garganta, desesperado por el aire que nunca volvería a llenar sus pulmones, Lada se dio la vuelta hacia los hombres que quedaban.

A juzgar por la cantidad de sangre en el suelo que había corrido desde la garganta del cara de nabo, solo quedaba un guardia. Estaba pegado a la pared, balanceándose sobre una pierna porque tenía lastimada la rodilla de la otra, y golpeaba desesperadamente la puerta.

—¡Por favor! ¡Por favor, déjenme salir!

Lada miró hacia la abertura de la puerta. Matthias le devolvió la mirada, horrorizado.

—Si dejaras de comportarte como una bestia rabiosa, yo podría ayudarte —dijo.

Habían pasado años desde la última vez que Lada mató a un hombre sin armas. Su cabeza estaba flotando por los golpes, y escupió. No le gustaba el sabor en su boca. No le gustaban los cadáveres en el suelo. ¿Por qué la obligaron a hacer esto?

—Ya recibí tu versión de la ayuda. No necesito más. Pero él sí. Abre la puerta.

Matthias giró la cabeza.

—¡Traigan más hombres! —ordenó.

—No vendrán lo suficientemente rápido —Lada volvió a escupir sangre. El hombre junto a la puerta había comenzado a llorar. Matthias no siguió la orden de abrir la puerta. Lada no podía demostrar debilidad. Buscó en su interior, más allá de los instintos animales que la habían impulsado a matar a los otros hombres. Este sería una elección.

Pero no había elección. Haría lo que tenía que hacerse, como siempre.

Matthias, como el cobarde que era, ni siquiera observó a Lada rompiéndole la otra rodilla al soldado, y luego el cuello.

• • • •

Lada sabía lo que Mara le habría aconsejado. También Radu. Y Nicolae. Incluso Daciana.

Juega su juego. Haz lo que te dicen. Sobrevive.

Pero ella era un príncipe. Tenía otros métodos de supervivencia. Se había abierto paso entre los años y las vidas para llegar allí. Aún quedaban los europeos que creían en ella, y los valacos que nunca la abandonarían.

Ella era príncipe. No podía ser nada más. Y jamás le daría a Matthias la satisfacción de pensar que la había derrotado.

Una hora después, el siguiente intento para vestirla incluyó a diez hombres. Lada no tenía oportunidad y lo sabía. Pero hizo tanto daño como pudo en el transcurso. Después de haberle quitado su cota de malla y dejarla en ropa interior, la patearon y la aventaron a una esquina. Luego tomaron los tres cadáveres y salieron a toda prisa de la celda. Al menos eso fue gratificante.

Parada con tanto cuidado como pudo para no mostrar lo mucho que la habían lastimado durante los dos ataques, Lada se asomó a la puerta.

—Al menos ahora pareces una mujer —dijo Matthias.

—Y tú sigues sin parecer rey ni un poco —Lada sonrió con los dientes ensangrentados y el rostro cubierto de vísceras hasta que él se dio la vuelta con un temblor que no supo disimular y se fue.

Recién cuando cayó la noche y todo quedó oscuro fue que Lada al fin se dejó caer en el catre, haciéndose un ovillo y sintiendo todo lo que había perdido.

36

Tirgoviste

Nazira, fiel a su palabra, no solo las había acomodado a ella y a Fátima en su habitación, sino que además había apartado la contigua para Radu. Él estaba abrazado a Cyprian en la oscuridad. Solía pensar que nunca sería feliz en ese castillo.

Se había equivocado.

Apretó su frente contra la de Cyprian, disfrutando el cosquilleo del aliento del otro hombre en su rostro. Significaba que era real. Radu aprovecharía todas las evidencias que pudiera conseguir.

Estaban acostados sobre la cama de Radu con los brazos y las piernas entrelazados. Sus botas y turbantes yacían en el suelo. Radu envolvió un puño en la camisa de Cyprian, acercándolo más a él.

—No puedo creer que realmente estés aquí.

Cyprian se rio, y fue un sonido tan suave e íntimo como la oscuridad que los rodeaba.

—No tienes idea del tiempo que llevo queriendo esto.

—Podrías… ¿decirme?

Radu sintió la risa en el pecho de Cyprian. Puso su palma allí, deleitándose en el latir de ese corazón. Ese corazón que ahora también era suyo.

—Sabes que quise conocerte desde el primer momento en que te vi.

—También recuerdo eso. Te grabaste en mí cuando creía que no podía ver a nadie más, pero… —Radu dejó de hablar. Aún quedaban tantos filos en su historia que tendrían que esquivar. Lo cual solo hacía que el milagro de su conexión se sintiera aún más valioso y sagrado.

–Fue mi sonrisa, ¿verdad? –Cyprian frotó su nariz en la mejilla de Radu y él pudo sentir su sonrisa allí.

–No, eso me atrapó en nuestro segundo encuentro. Lo primero fueron tus ojos.

–Hmmm –dijo Cyprian–. No fueron tus ojos los que me atrajeron.

–Entonces, ¿qué fue?

–No sé si alguien te lo ha dicho, pero eres una persona muy hermosa.

Esta vez fue el turno de Radu para reírse, aunque lo hizo tímidamente.

–Lo he escuchado alguna vez. Aunque el término preferido es "Radu, el Hermoso".

–*Radu, cel Frumos* –murmuró Cyprian, usando las palabras de Valaquia. Su propio idioma nunca había sonado tan encantador para Radu. Incluso el nombre que solía usarse para molestarlo sonaba nuevo y limpio en la boca de Cyprian. Le daba esperanza de que su pasado no lo atormentaría por siempre. No había hecho ni vivido nada de lo que no pudiera recuperarse, no con Cyprian a su lado–. Es un alivio poder tocarte –añadió, rozando sus labios por la garganta de Radu. El pulso de Radu sufría por el esfuerzo de seguirle el ritmo a sus emociones. Se había imaginado cómo se sentirían estas cosas, pero no estuvo ni cerca. Cada parte de su cuerpo estaba viva de una forma que solo había sentido en la batalla. Pero en lugar de sentirse desconectado y simplemente reaccionando a lo que pasaba a su alrededor, ahora se sentía completa y profundamente conectado consigo mismo. Cada caricia, cada movimiento era planeado.

–No fue fácil en Constantinopla –dijo Radu–, intentar esconder lo que provocabas en mí. E intentar desesperadamente que no me lo provocaras.

–¡Me alegra que tú también hayas sufrido! –respondió Cyprian entre risas–. ¿Sabes cuánto intenté conseguir alguna reacción de tu parte?

–Esa noche en la fundidora…

Cyprian pasó su mano por la cintura de Radu, dejándola descansar en el punto más alto de su pelvis.

–Habría saltado sobre la mesa si me dabas la más mínima señal.

—¡Había una razón por la que tenía la mesa entre nosotros! Estaba intentando no amarte con todas mis fuerzas.

Cyprian asintió, con su rostro aún en el cuello de Radu.

—Era una situación imposible —algún día hablarían más al respecto; tenían tiempo. Lo que necesitaban ahora era la cercanía.

—Siempre tuve miedo de que *esto* —dijo Radu, besando la frente de Cyprian— fuera una situación imposible.

Él retrocedió un poco, tomó el rostro de Radu entre sus manos y lo miró en la oscuridad. Radu solo alcanzaba a ver los detalles de su expresión. Cyprian parecía preocupado.

—¿Lo es? ¿Para ti? Mi religión es la ortodoxa como mi padre es mi padre. Distante y solo porque allí nací. En Constantinopla vi mucho daño causado por gente que blandía la voluntad de Dios como un arma. Pero en el islam, ¿podemos...? ¿Puedes?

Radu sonrió. Ya se había angustiado lo suficiente por esas cosas.

—Creo que Dios es grande, misericordioso y está fuera de nuestra comprensión. Y Nazira siempre me dice que es al estar enamorada cuando más cerca se siente de Dios. Creo que tiene razón. En cierta forma, el amor es la máxima expresión de la fe, hacia nosotros, hacia los otros, hacia el mundo. Puedo expandir mi fe para permitirme ser feliz en esta vida y confiar en el amor y la misericordia de Dios en la siguiente —se detuvo—. Aunque... me gustaría seguir tantas reglas como me sea posible. La estructura del islam es importante para mí. Ha sido un remanso de protección y paz.

Cyprian bajó la mano juguetonamente, siguiendo el camino por el abdomen de Radu pero deteniéndose a solo unos instantes de... donde Radu hubiera querido que llegara.

—¿Estás diciendo que necesitamos casarnos muy pronto? —dijo Cyprian con sus labios sobre la oreja de Radu.

—Sí —respondió Radu conteniendo la respiración—. Muy, muy pronto —su matrimonio con Nazira era legal. El matrimonio de ella con Fátima era espiritual, pero aún más fuerte. Radu haría lo mismo con Cyprian.

Cyprian volvió a subir su mano, apoyándola sobre el corazón de Radu. Fue a la vez un alivio y una decepción. Pero conforme Cyprian se acercaba más a él y respiraban juntos, perdiéndose en el sueño, Radu supo que tenían tiempo para explorar su deseo. Ahí no había miedo ni desesperación. Solo felicidad y la increíble bendición de amar y ser amado.

Eso era lo único que realmente había querido toda su vida. Lo encontró en el islam. Lo encontró en su conexión con Nazira. Y ahora había encontrado su forma más pura aquí. Descansó su cabeza sobre el pecho de Cyprian y se quedó dormido con la música de esos latidos que contenían todo lo que Radu necesitaba en la vida.

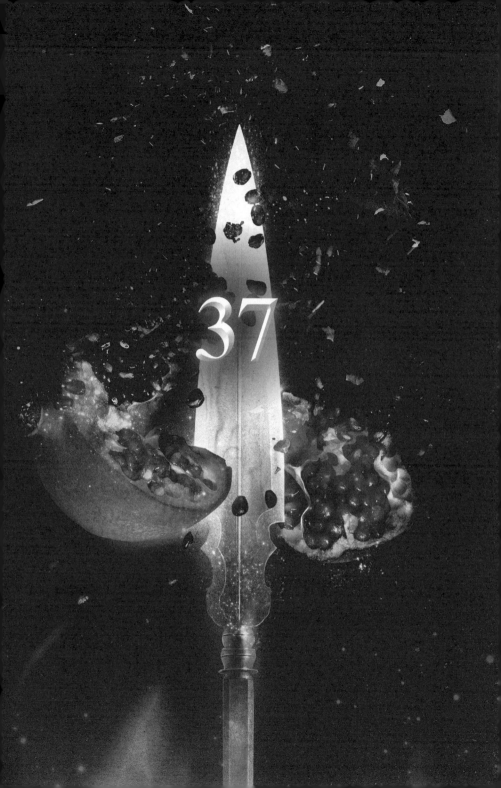

37

HUNEDOARA

Tras dos semanas en cautiverio, Lada creía con bastante seguridad que Matthias la estaba envenenando. Apenas podía comerse lo que le daban, y casi siempre lo vomitaba. Aunque no sabía por qué él elegiría el veneno.

No, sí lo sabía. Era la salida de los cobardes.

Lada solo deseaba que subiera la dosis para acabar con ella en vez de ese constante tormento. Quizás era un castigo de Dios. Ella le había dado a Matthias las herramientas para tomar el trono y él envenenó al enfermizo niño príncipe para llegar allí. Ahora Lada moriría de la misma manera.

Aunque si Dios estuviera interesado en castigarla, tenía pecados mucho peores que apoyar a Matthias. ¿Había ido demasiado lejos? ¿Había matado a demasiados? ¿Había ignorado los consejos de quienes realmente se preocupaban por ella?

A veces los sentía allí, con ella. Especialmente a Nicolae. Él no le decía nada, pero al despertar del sueño sobre aquel sangriento banquete en el que mató a todos los boyardos Danesti y comenzó el viaje que la trajo hasta esta celda, solo podía recordar la forma en que Nicolae la había mirado. La forma en que lo había contemplado.

Él la conocía desde entonces. Y le advirtió. Radu también le advirtió. Todos le advirtieron y ella los desafió.

¡Y ganó!

Y ahora estaba allí.

Toda su rabia se había diluido, dejándola con un constante frío. Seguía el pequeño rayo de sol que lograba colarse hasta el suelo. Era su única compañía. Intentaba moverse tanto como le fuera posible, pues temía perder su fuerza y su habilidad para la pelea, pero la aplastaba un letargo que pesaba tanto sobre su cuerpo como sobre su alma.

La decimoctava mañana estaba tendida en el suelo, hecha un ovillo intentando que el recuadro de sol alcanzara tantas partes de su cuerpo como fueran posibles.

—Niña, ¿por qué estás en paños menores? —exclamó Oana.

Lada se levantó y corrió a la puerta. Oana le devolvió la mirada a través de la abertura.

—¡Estás viva! —Lada se aferró a los barrotes. No supo más de su cuidadora tras la emboscada en la sala del trono. No se había permitido sufrir por eso, pero el alivio que sentía al ver el rostro cansado y lleno de arrugas de Oana era casi insoportable. Ahora que sabía que no estaba muerta pudo sentir lo mucho que esa muerte la hubiera herido. Respiró profundo y se apretó los ojos con los dedos para luego volver a la ventana.

Oana puso sus manos sobre las de Lada.

—Sí, estoy viva. Intentaron sacarme información, pero soy una vieja que no sabe nada y apenas puede hablar valaco, mucho menos entender húngaro. Lo único que sé es coser. Y claramente nunca he estado al tanto de tus planes.

Lada sonrió, aliviada al saber que al menos a Oana le estaba yendo bien en su cautiverio.

—¿Y ahora?

—Ahora, por insistencia de Mara Brankovic, quien ha escrito varias veces, al fin me han permitido traerte comida. Matthias dice que no estás comiendo mucho.

—Me está envenenando.

Oana le echó una mirada a lo que llevaba.

—Yo comeré un poco y así podremos estar seguras.

Lada negó con la cabeza.

—No hay razón para que las dos terminemos muertas.

—Lada, mi niña, he estado contigo desde que naciste y no quiero seguir viva después de tu muerte —se recargó en la puerta y dio unos bocados de la comida de Lada.

»Sabe bien —anunció.

Lada arrugó la nariz en un gesto de desagrado.

—¿Tienes algún arma? Eso me serviría mucho más que la comida, envenenada o no.

—Me revisaron exhaustivamente. De hecho, es lo más interesado que un hombre ha estado en mi cuerpo desde hace casi veinte años. Lo invité a mis aposentos, pero al parecer no entendió.

Lada se rio, no pudo evitarlo. Sentía una gratitud más profunda por tener a Oana allí, en medio de la desesperanza, de lo que creía posible. Incluso aceptaría que le cepillara el cabello si tal cosa fuera posible a través de la puerta.

Oana lanzó una mirada casual hacia un lado.

—Bien. El guardia no habla valaco. No hizo ni un solo gesto ante mis insinuaciones sucias —comenzó a pasarle la comida a Lada—. Pero te avisaré inmediatamente si me muero —Oana se detuvo, mirando la celda en penumbras—. ¿Qué diablos es eso?

Lada siguió la mirada de Oana hacia la escena que había construido alrededor de su catre.

—Oh. Los guardias creen que es gracioso traérmelas. Dicen que me recordarán a mi hogar y evitarán que me ponga demasiado triste —varias ratas habían sido empaladas en pequeñas estacas y acomodadas en posiciones grotescas. Desafortunadamente, las estacas eran demasiado pequeñas y frágiles como para servir de algo—. Intentan molestarme, así que yo las pongo en exhibición.

Oana arrugó la nariz, asqueada.

—Pásamelas. Yo me desharé de ellas.

Lada se recargó en la puerta para descansar. Necesitaba moverse más, estar activa incluso en esas condiciones.

—Me las quedaré. No puedo mostrarles debilidad a estos gusanos. Pero basta de hablar de mi celda. Cuéntame qué está pasando allá afuera.

—No te va a gustar.

—Cuéntame.

—Radu está en Tirgoviste. Puso a Aron Danesti en el trono.

A Lada le dolió la quijada, pero no lograba destrabarla.

—¿Y nuestros hombres en las montañas?

—No sabemos nada de ellos, lo cual es bueno. Significa que no los han encontrado ni nos han traicionado.

—¿Y el resto de Europa? ¿Cómo responden al atrevimiento de Matthias tomándome como prisionera?

—Nadie lo sabe.

Lada suspiró. Esperaba que Mara le contara a Radu o a alguien que corriera la noticia. Pero Mara era de Mehmed y haría lo que se le dijera porque así se mantenía libre y poderosa. Qué diferente sería el mundo si se recompensaran el mérito y las habilidades, si la ambición diera resultados. Pero en vez de eso, todo era un enredo de hilos. Lada había intentado con todas sus fuerzas mantenerse fuera de esa red, no deberle su poder a nadie. Pero entre más se acercaba a trascender los hilos que la habían atado toda su vida, más se apretaba la red sobre ella.

—Hasta donde todos los demás saben —continuó Oana—, aún estás escondiéndote en las montañas. O bajo las camas de los niños que se niegan a obedecer a sus parientes. Pero al menos Matthias no puede matarte y arriesgarse a despertar la ira de tu fan, el papa.

Lada golpeó la puerta de madera con la cabeza, deseando que se rompiera y la dejara pasar.

—¿El papa sabe dónde estoy? ¿Hay alguna ayuda ahí?

—No. Él también cree que estás escondida.

—¿Cómo sabes todo esto? ¿Te conseguiste un amante aquí? ¿Estás jugando a la espía? —Lada no podía imaginarse algo así, pero claro, Oana siempre la sorprendía.

Oana se rio con una carcajada profunda y gutural como la de Bogdan. El anhelo de Lada por estar en cualquier otro lugar se renovó. Quería volver a las montañas con Bogdan. Al menos había hecho que él se quedara allá. De otro modo, ya estaría muerto. Tomó su medallón, pues le habían permitido quedárselo. Le daba consuelo saber que Valaquia la estaba esperando. Que Bogdan la estaba esperando.

Le daba consuelo y rabia en la misma medida. ¿De qué le servía a nadie allí?

—Yo no descubrí nada de esto —Oana se movió hacia un lado, inclinando sutilmente la cabeza hacia la izquierda. Lada se pegó a la abertura y vio a un hombre que barría el piso ante la aburrida mirada de un guardia. No pasaba mucho tiempo mirando por la ventana, pues sentía que la hacía parecer débil, pero debería haberle puesto más atención a quien estaba allí afuera.

A diferencia de la mayoría de las personas, Lada se había entrenado para notar un rostro absolutamente inexpresivo.

Stefan.

—Comenzó a trabajar aquí dos semanas antes de que te capturaran. No sospechan nada. Ahora, debo irme —dijo Oana con una sonrisa—. Aguanta —metió una mano por el hueco y puso su palma seca contra la mejilla de Lada quien, luego, la vio partir, cuidándose de no ponerle atención a Stefan.

Por primera vez desde que la encerraron, la esperanza se avivó en su pecho, tan pequeña y frágil como los ratones muertos con sus poses macabras alrededor de su cama.

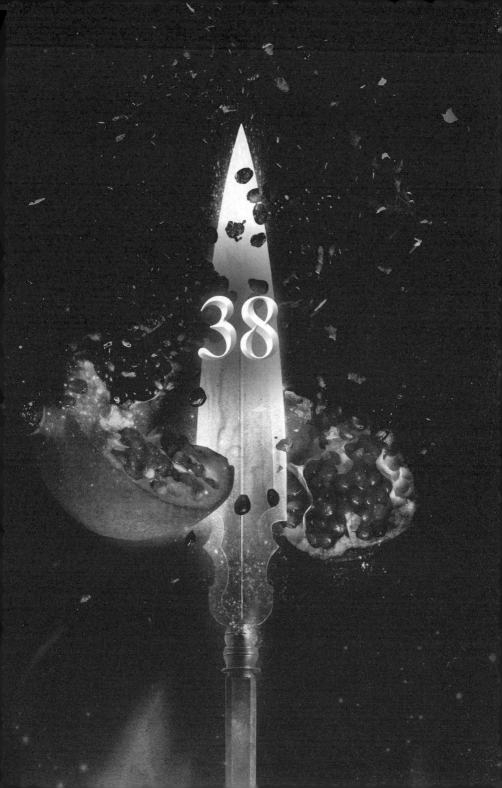

38

Tirgoviste

Aunque Radu estaba agradecido por la ayuda de Cyprian, tenerlo en las juntas lo distraía. Placenteramente, pero de cualquier modo lo distraía. Con tanto trabajo, nadie había cuestionado la presencia de Cyprian. Radu simplemente lo presentó como un amigo cercano y consejero. Los hombres de Radu lo aceptaron sin más preguntas. Y Aron y Andrei estaban demasiado ocupados haciendo sus planes para preguntarse de dónde había salido. Por suerte, las juntas se hacían en turco: los hombres de Radu no hablaban valaco y Aron y Andrei conocían bien el turco.

—¡Radu!

Él despegó sus ojos de la sonrisa pícara en los labios de Cyprian.

—¿Qué?

—Dije —repitió Aron con el ceño fruncido—: ¿Cuánto crees que deberíamos considerar para la celebración?

Radu se reclinó en su silla, luchando para mantener una expresión neutral.

—Pensé que habíamos quedado en que pagar por tanta comida y bebida, además de amueblar todas las habitaciones de huéspedes en el castillo, no era el mejor uso de los recursos en este momento.

—No quedamos en nada —repuso Andrei—. Tú dijiste que necesitábamos poner a los boyardos de nuestra parte. ¿De qué otro modo podemos demostrarles que tenemos el control?

Radu se esforzó por ocultar de su rostro la incredulidad que sentía.

—La mejor manera en que podemos demostrarles que el país está bajo control es teniendo realmente el país bajo control. Mis hombres siguen en las montañas buscando a las fuerzas de Lada. No hemos escuchado nada sobre ella ni sobre su ubicación desde hace semanas, lo que significa que cualquier reunión de boyardos es inherentemente riesgosa. No es típico de ella darnos tanto tiempo para fortificarnos. Me hace preguntarme qué está planeando.

—Quizás está muerta —dijo Andrei.

—No está muerta —soltó Radu.

—¿Cómo puedes estar seguro?

No lo estaba. O al menos no había forma de que lo estuviera. Pero no podía imaginarse que Lada muriera sola y en secreto. O que podría estar muerta sin que él lo supiera de alguna manera. Sin duda, su muerte se marcaría con algo. Un cometa. Un enorme agujero en la tierra. Una tempestad, una inundación, un incendio. Una fuerza como la de Lada no podía dejar este mundo sin una marca final.

Radu se frotó las sienes.

—De cualquier manera, hasta que tengamos noticias de ella, debemos conducirnos como si el ataque fuera inminente. Y si queremos evitar muertes por la hambruna el próximo año, necesitamos plantar y rehabilitar los campos lo más pronto posible. La gente ha comenzado su regreso a los pueblos. Todos los recursos que no sean necesarios para la protección deben dirigirse a la reconstrucción.

—Creo que mi hermano tiene razón —insistió Aron, acomodándose el chaleco—. Se requiere mostrar nuestra fuerza.

—Y por eso hay hombres en las montañas cazando a los enemigos —masculló Cyprian en griego. Radu tosió para disimular la risa que soltó como respuesta.

—Así se hacen las cosas —dijo Aron—. Es lo que mi padre hubiera hecho.

—Tu padre está muerto como muchos de los boyardos —Radu no quería que eso sonara duro, pero Aron respondió con un gesto de dolor. Andrei se irguió y una mirada protectora cruzó sus ojos. Radu levantó las manos para tranquilizarlos—. Lo que quiero decir es que mi hermana ha cambiado tanto las cosas que tendremos que ser muy cuidadosos al reacomodarlas. Si tuvieran un caballo que escapó y vivió libre por un año, no le pondrían de inmediato una montura esperando una cabalgata segura. Lo traerían de regreso, lo alimentarían, lo harían sentir seguro y le recordarían por qué son un buen amo. Lada destruyó todos los establos. Necesitamos regresar todo a su sitio antes de que esperemos que vuelva a la normalidad.

—¡Fuiste tú quien nos dijo que necesitábamos actuar como si las cosas fueran normales a fin de que lo fueran! —Aron se acomodó su chaleco una vez más, arreglando un botón que al parecer nunca se mantenía en su ojal—. Desviaré fondos para la celebración. Le pagaré al sultán con algunos muchachos para el tributo jenízaro. Como vaivoda de Valaquia, no necesito tu permiso —le sostuvo la mirada a Radu—. Para nada —agregó.

Radu abrió la boca para discutir, pero luego la cerró y la llevó hacia una sonrisa.

—Lo que sientas que es mejor. Entregaré los fondos designados para ustedes y luego continuaré con mi trabajo como lo ordenó el sultán. Por favor, avísenme si necesitan algo más.

Radu se levantó, hizo una reverencia tensa y salió de la habitación. Lo siguieron Kiril, su otro dirigente principal, y Cyprian.

—Aron es un tonto —dijo Cyprian, suspirando.

Radu no lo contradijo, y fue desalentador.

—Esperaba que lo hiciera mejor. Finge que simplemente heredó el trono de su padre. Pero todo es diferente. No podemos seguir como antes. Y creo que no deberíamos hacerlo —por más que a Radu le encantaba entrenar con los jenízaros y valoraba a los hombres bajo su mando, también pensaba que intercambiar más jóvenes de Valaquia a fin de ofrecer fiestas no era el mejor inicio para Aron—. ¿Cuántas personas han regresado a la ciudad? —le preguntó a Kiril.

—¿Cien, quizás? Vendrán unas cuantas más cada día, pero son gotas y no ríos.

Radu negó con la cabeza.

—Y Aron quiere celebrar. Ni siquiera podemos estar seguros de que algunos ciudadanos no estén trabajando para Lada. Puede que los boyardos la desprecien, pero no deberíamos subestimar lo mucho que hizo por los campesinos de este país. Tendremos que trabajar mucho para ganarnos su apoyo, o siquiera su agrado.

Kiril se despidió de ellos y Radu y Cyprian caminaron solos hacia sus aposentos.

—¿Crees que Aron sea el indicado para esto? —preguntó Cyprian cuando llegaron con Nazira y Fátima.

—Eso espero —Radu no podía evitar el miedo de que el ciclo de sangre corriendo sobre el trono de Valaquia continuaría indefinidamente. Nada cambiaba.

No. Algunas cosas sí cambaban. Radu miró su mano, sus dedos entrelazados con los de Cyprian. No parecía posible que esos fueran sus dedos, que esta fuera su vida. ¿Cómo algo tan simple como tomarse de las manos con otra persona podía sentirse como un milagro?

Como si leyera sus pensamientos, Cyprian levantó sus manos y puso sus labios en el dorso de la de Radu para luego descansar su mejilla ahí.

Nazira tenía un gesto preocupado al escuchar el reporte de Radu sobre la situación, aunque no despegaba la vista del cabello de Fátima, con el que estaba jugando. Fátima estaba tendida en el suelo con la cabeza sobre el regazo de Nazira. Cyprian y Radu estaban frente a ellas en la sala que conectaba ambas habitaciones. Por primera vez en su vida, Radu sentía el castillo como un hogar. No por el lugar, sino por la gente.

—No puedo creer que piense que una fiesta es la solución. He dado pistas muy obvias de que debería enfocarse en preparar ofertas de matrimonio —comentó Nazira con un suspiro—. Solo me pide consejos sobre estilos de ropa.

—Deberías haberlo escuchado —dijo Cyprian—. Les ofrecerá una cena a los boyardos como evidencia de su derecho a ser príncipe.

Nazira llevó su mirada al techo con gesto exasperado.

—No creo que esté hecho para esto. No es el tipo de líder capaz de cambiar un país entre tanto caos.

–Es la única opción real –Radu cerró los ojos imaginando que todos ellos estaban de vuelta en Edirne o, mejor aún, en el campo donde Nazira y Fátima vivían normalmente. Se sentía tan cercano. Él y Cyprian se casarían pronto, como lo habían hecho Fátima y Nazira, y luego…

Luego simplemente estarían juntos. Y eso sería suficiente. Más que suficiente.

–Hay otro heredero mucho más capacitado para este trabajo –dijo Nazira.

–Andrei también me preocupa. No creo que…

–No es él –el tono de presión en la voz de Nazira obligó a Radu a abrir los ojos. Lo estaba mirando intensamente–. La estirpe Draculesti tiene tanto derecho como ellos al trono.

–No quiero este trono –respondió Radu con un gesto de rechazo–. Nunca lo he querido.

–Y es por eso que tú eres la persona correcta –la mirada de Nazira estaba llena de la seguridad y confianza con las que se movía por la vida–. No porque sientas que lo mereces. Tomarías el trono como un verdadero servidor de tu pueblo. El príncipe que necesitan y también el que merecen. No un guerrero violento ni un noble sin carácter. Un príncipe *de verdad*.

Radu se encogió de hombros, pero su sonrisa retaba las palabras de Nazira.

–¡Lástima! La posición ya no está vacante. Haré lo que pueda por él y por Valaquia. Y luego nos iremos a casa –apretó la mano de Cyprian y sintió una cálida tranquilidad cuando Cyprian le devolvió el gesto–. Todos nosotros. Para siempre.

Los labios carnosos de Nazira se curvaron en un gesto triste.

–Tu gente merece algo mejor que Aron.

–Tú eres mi gente. Mi gente son las tres personas que están conmigo en esta habitación ahora mismo.

Solo Fátima parecía contenta con ese comentario. El gesto triste de Nazira no mejoró. Y Cyprian hizo un sonido en su pecho que parecía de duda.

–Encontraremos a Lada antes que los demás. La enviaremos de regreso al imperio, donde pasará el resto de sus días en una prisión. Y luego Aron podrá arreglárselas para ser príncipe sin mí –Radu habló con toda la autoridad y la seguridad que no sentía, esperando que así se hiciera real. No quería cargar con el peso de Valaquia. Que el país se cuidara solo como nunca cuidó de Radu.

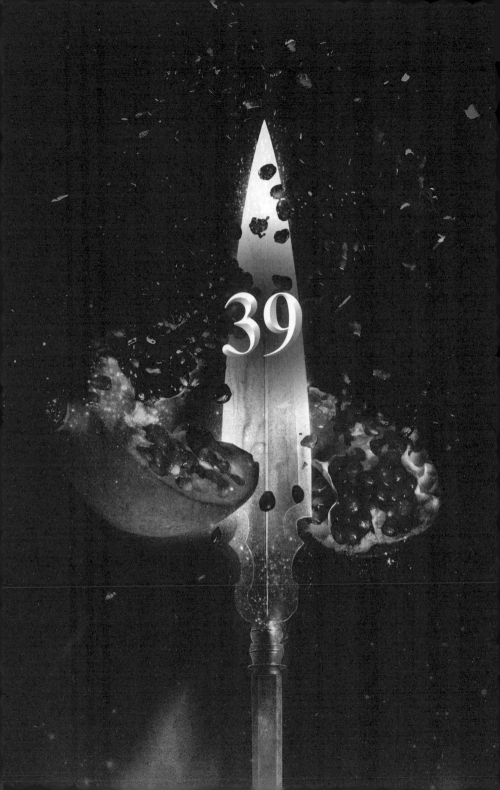

39

HUNEDOARA

Lada estaba sentada en el suelo, dándole la espalda a la puerta. La celda que antes era fría y húmeda ahora estaba cálida por el paso de la primavera hacia el verano.

—Creo que estoy muriendo.

—No digas locuras —canturreó Oana desde el otro lado, dando unos golpecillos con los dedos en la madera—. No tienes permitido morirte. Además, tomé a uno de los cocineros como mi amante.

—¿Que hiciste qué? —Lada se irguió en su lugar.

—Las noches aquí son largas. Y me pareció el camino más fácil para asegurarme de que tu comida estuviera limpia. Definitivamente no te está envenenando. Primero, porque nadie le dio esa orden. Y segundo, porque si mueres, yo ya no tendría razón para quedarme aquí. El pobre tonto me adora.

Lada no supo si reírse o cortarse las orejas en el intento por deshacerse de la información que acababa de recibir.

Oana continuó, como si nada de lo que decía fuera extraño.

—Ahora, para resumir: Stefan dice que siempre hay al menos seis guardias. La llave está arriba en una habitación cerrada que también está protegida por otros guardias. Probablemente él podría matar a los guardias de este piso, pero no está seguro de poder ir por la llave y luego volver y matarlos a todos sin encender las alarmas. Eso haría imposible que te escabulleras cuando la puerta se abra.

A Lada aún le sorprendía que el mejor asesino que conocía llevara más de tres meses trabajando como intendente. Stefan se había convertido en parte del castillo. Nadie lo notaba, podía hacer lo que necesitara siempre y cuando cumpliera sus deberes. Lada nunca volvería a ver a los sirvientes de su castillo de la misma manera. Suponiendo que algún día volviera a tener un castillo.

Se rascó la cabeza y luego miró sus uñas sucias.

—Entonces, necesito encontrar la manera de hacer que los guardias abran las puertas por sí mismos.

—Cuando Stefan esté aquí. Y solo limpia esta zona una vez a la semana.

Lada arrugó la nariz al pensar en la peste que siempre estaba ahí.

—Puedo verlo. Desafortunadamente, desde que maté a tres guardias tan solo con mis manos, no han querido abrir la puerta —Lada tenía que pasar su orinal por el agujero de la puerta. Así le daban también el agua para beber y lavarse, la comida, que tras tres meses eternos aún la hacía vomitar casi siempre, y cualquier cosa que consideraran importante enviarle. Por lo general, más ratas. Ya no tenía la energía para molestarse en acomodarlas para su exhibición.

—Ya pensarás en algo. Cuando lo hagas, estaremos listos.

—¿Y si esto es todo? ¿Y si nunca salgo? Desaparecería tal como lo planeó, y él habrá ganado. Mehmed habrá ganado. Todos los hombres habrán ganado. No puedo soportarlo, Oana.

—¿Con quién estoy hablando? —Oana metió una mano por la abertura y a ciegas buscó la cabeza de Lada. La encontró y enredó sus dedos en el cabello de ella—. Se siente como mi Lada, pero sin duda no suena como ella. ¿Realmente dejarás que este rey con sus ropas elegantes y su barba enaceitada y sus mentiras de oropel te derrote? Eres un dragón.

Lada asintió. Pero allí, en esa celda sofocante, lejos de su gente y de su tierra, no se sentía como un dragón.

Por primera vez en mucho tiempo, se sentía como una chica. Y eso la aterraba. Porque no hay nada en el mundo más vulnerable que una chica.

• • • •

En los últimos tres meses Lada solo había hablado con Oana, quien tenía permitido visitarla una vez al día durante unos cuantos minutos. Sospechaba que Mara estaba detrás de ese detalle. Por un momento se preguntó si Mehmed pediría que la sacaran. Pero ella había intentado matarlo, y si la llevaba a Constantinopla, la noticia correría y arruinaría el plan de Matthias de borrarla de la mente de los europeos.

Por esto, cuando Matthias fue a visitarla al siguiente día, Lada estuvo más feliz de hablar con él de lo que debería.

—Me duele verte así —dijo él.

—Suéltame y te mostraré lo que es el dolor.

—Eres muy mala para negociar —señaló Matthias, riéndose—. Pero no me extraña que mi padre te prefiriera sobre mí. Hablan el mismo idioma. ¿Sabías que quería que me casara contigo?

—Sí. Lo sabía.

—¿Sí? —un destello de confusión cruzó por su rostro. Lada asumió que era porque no podía imaginarse que alguna mujer dejara pasar la oportunidad de contraer nupcias con él.

Lada bostezó, estirando sus brazos sobre la cabeza.

—Sentí que sería una falta de respeto para tu padre casarme con su hijo para luego matar a mi esposo mientras dormía. Aunque probablemente te habría matado estando despierto, por el placer de ver tu cara mientras mi cuchillo liberaba tu alma de ese despreciable cuerpo tuyo.

Matthias se acercó más a la puerta, asomándose por la abertura.

—¿Por qué haces que tu vida sea mucho más difícil de lo necesario? Pudiste estar en una casa. Con sirvientes. Con comodidades. Te hubiera cuidado tanto por respeto a tus logros. No soy un tonto; sé que has hecho grandes cosas. Pero te conseguiste demasiados enemigos en tu camino. ¿No te genera conflicto que lleves cautiva aquí tres meses y nadie haya venido a buscarte? Nadie ha intentado averiguar dónde estás —hizo un gesto de falsa empatía—. A nadie le importa que ya no estés. Te han reemplazado en tu trono sin pena ni gloria. Aunque hayas sacado a los otomanos de tus tierras, esta es tu recompensa —suspiró como si realmente sintiera lástima por ella–. No te puedo matar. No sé si quiero, pero aunque quisiera, eso hablaría mal de mí ante quienes te admiran. Además, es más fácil simplemente mantenerte aquí. Dejar que te quedes hasta que todos te hayan olvidado. Hasta que tu único legado sean los espeluznantes grabados y los aterradores cuentos de los sajones. Te diluirás hasta convertirte en un monstruo, en un mito. Y cuando eso pase, voy a ser bueno. Cuando todos tus logros hayan desaparecido, y no tomará mucho tiempo para que eso pase, te sacaré de esta celda. Y te dejaré morir.

Matthias hizo una pausa con gesto pensativo.

–O quizás te deje vivir. No creo que haga mucha diferencia. El mundo no te permitiría continuar. Tendrás que ser la desagradable esposa de alguien, tener un hijo o dos y vivir el resto de tu vida en silenciosa miseria.

Lada enarcó una ceja sobre su mirada fría.

–Tu padre estaría avergonzado de ti.

–Probablemente, sí –reconoció Matthias, asintiendo sin emoción–. Tendré que vivir con eso. Y viviré. Tengo mi corona. Gobernaré a mi pueblo y mi reinado será largo y justo y lleno de gloria. Y tú serás menos que un comentario al margen en la triunfal historia de mi vida. ¿Quién sabe? Quizás también conseguirás un par de líneas en la historia del sultán. Conserva la esperanza.

Lada quería encontrar las palabras que lo lastimaran tanto como lo harían sus puños si pudieran. Quería destrozar a ese hombrecito.

Pero sabía que aunque ella era mejor, más inteligente, más fuerte, aunque ya había hecho más por Europa de lo que él haría en su vida, aunque había trabajado y luchado más de lo que él era capaz, probablemente Matthias tenía razón. Él recibiría las recompensas y sería recordado y respetado.

Tal vez podría merecerse algo de eso con el tiempo.

–Pudimos haber hecho grandes cosas juntos –dijo Lada–. Si tuvieras tan solo un poco del valor de tu padre, podríamos haber cambiado a Europa para siempre.

–Pero solo uno de nosotros quiere que las cosas cambien. Como están ahora es bueno para las necesidades de mi gente. Y, sé honesta, querida. ¿En verdad pensabas que el mundo cambiaría lo suficiente como para aceptar a una mujer como príncipe? –Matthias buscó una respuesta en el rostro de Lada con genuina curiosidad. Y luego, encogiéndose de hombros, se dio la vuelta.

Lada vio cómo el espacio se oscurecía mientras Matthias salía de su campo de visión.

Ella sabía muy bien cómo ser una muchacha. Era una muchacha. Al parecer, la gente se olvidaba de eso o asumía que quería ser algo más por elección. Escuchar a Matthias presentándole un futuro tan desgarbado, en el pasado la hubiera hecho rabiar, pero ahora era mayor que cuando llegó. Y estaba harta.

Y estaba lista.

· • • • ·

Lada le sonrió al guardia cruel cuando le llevó el siguiente roedor. Abrió mucho los ojos y le lanzó una sonrisa desde detrás de su largo y enredado cabello.

–Quiero animales más grandes –dijo–. Las ratas ya no me satisfacen. Tráeme conejos. Animales mayores. Hombres, si les sobra alguno.

El gesto de alegre horror en el rostro del guardia le confirmó a Lada que haría lo que ella le pedía, aunque solo fuera para tener una nueva historia sobre ella para usar como moneda de cambio con los otros soldados. Lada sonrió aún más.

· • • ·

Lada estaba tumbada sobre un charco de sangre con la piel pálida y los ojos cerrados. La sangre estaba fría y coagulada, contando de la forma menos elegante la historia de cómo su vida terminó regada en ese piso de piedra.

—Que el diablo venga por ella —masculló un guarida en la puerta—. ¡Oigan! Vengan a ver esto.

—Dios nos ampare. Qué desastre. ¡Oye, tú! Quédate ahí. Tienes mucho que limpiar esta noche. Josef, trae las llaves.

—¿Debería dar aviso al rey?

—No, aún no. Tenemos que revisarla para asegurarnos de que esté muerta. Luego la sacaremos de aquí rápidamente para que nadie se dé cuenta. Después de eso podremos pensar en qué decirle al rey. Más vale que esto no me meta en problemas.

—Me gustaba este trabajo —dijo el segundo guardia.

—A mí no. ¡Mira esos animales! Esa mujer era un monstruo. Esta noche Lucifer bailará feliz entre sus llamas por recibir a un alma como esta en el Infierno.

Tras algunos minutos, la puerta se abrió y dos pares de pies cubiertos por botas entraron a la habitación.

—¡Dios mío, qué peste!

Una bota tocó a Lada por un lado. Luego levantaron su muñeca y la sostuvieron cautelosamente entre dos dedos como si el guardia temiera que su muerte, o tal vez el olor, fueran contagiosos. ¿Dónde está la herida? Sus muñecas no tienen cortes.

Lada giró la mano para tomar al guardia por la muñeca. Lo jaló al suelo. El hombre soltó un grito que rápidamente fue interrumpido por el ataque de la espada de Stefan. Las manos de Lada sobre el cuello del primer guardia evitaron que gritara, y el arma de Stefan silenció al otro.

—¿Por qué tardaron tanto? —Lada se levantó, sacudiendo brazos y piernas para recuperar la circulación. La sangre de animal había dejado su vestido pegajoso y tieso, pero no tenía otra cosa que ponerse ni tiempo para cambiarse.

Stefan limpió su cuchillo en la túnica de uno de los guardias muertos. Se había metido detrás de ellos.

—Tuve que matar a los del pasillo primero.

Sacó una tela color café y Lada se la envolvió como un chal. Escondía la mayor parte de la sangre. Se tomó un instante en el umbral y luego salió al pasillo. La distancia parecía mucho más grande de lo que era.

—¿Dónde está Oana? Ella debía ser quien descubriera mi cuerpo. ¡Llevaba horas tirada en el suelo!

—No lo sé —respondió Stefan, negando con la cabeza.

—¡Acordamos que este sería el día!

—No siempre aparece cuando se lo piden.

—No podemos irnos sin ella. Iremos a las cocinas y luego…

—Lada, no tenemos tiempo.

Lada intentó correr por el pasillo. Quería sentirse triunfante, pero la recorría una oleada de mareo. Había pasado tanto tiempo desde la última vez que se sintió bien, desde la última vez que pudo moverse lo suficiente. Se recargó contra la dura pared, maravillada de que tras varias semanas, estuviera contra una pared distinta a las cuatro a las que ya se había acostumbrado.

Stefan iba adelante de ella, revisando si había otros guardias.

—No tenemos tiempo, y tú no tienes la fuerza. Si quieres salir, debemos irnos ahora mismo.

—Entonces tú ve por Oana.

—Si te dejo, no lograrás salir.

El corazón de Lada latía a toda velocidad en su pecho. Debía haber otra manera. Una manera de escapar con Oana.

—Si voy y la saco de la cocina, alguien se dará cuenta —dijo Stefan—. No puedo mantenerlas en secreto a las dos.

—Ella no me dejaría.

—No, no lo haría —reconoció Stefan negando con la cabeza.

Lada debía tomar una decisión. Y debía tomarla ya.

—Ella no me dejaría, pero me pediría que la dejara —si Oana estaba en la cocina, tendría testigos y una coartada. Nadie la culparía por la muerte de los hombres en la celda. Pero sí podrían mantenerla como su prisionera. Para siempre.

Lada estaba intercambiando su libertad por la de Oana.

Aceptando el brazo de Stefan para apoyarse, Lada salió de la prisión hacia Hunedoara, odiándose a cada paso. Odiando más a Matthias. Y odiando sobre todo al mundo por quitarle a las personas que le importaban y por siempre obligarla a elegir entre ellas y Valaquia. Una vez Oana le dijo en este mismo castillo que no había ningún sacrificio demasiado grande cuando se trataba de su país. Lada esperaba que Oana siguiera pensando lo mismo, que siguiera pensando lo mismo cuando descubriera que la habían abandonado.

Pero otro día en la prisión podría matar a Lada. Y no volvería por nada.

40

—Dime de nuevo por qué Aron te envió a un monasterio en una isla lejos de Tirgoviste en lo que parece ser una tarea sin importancia que pudo haber hecho cualquier otro —pidió Nazira, pestañeando con un gesto inocente. Fátima la hizo callar con tono de reproche. Cyprian se rio.

Radu suspiró.

Su viaje hasta allí había sido pacífico. Demasiado pacífico. Toda el área entre Tirgoviste y Snagov seguía prácticamente vacía. ¿Todo el país se escondería en las montañas por siempre? Eso dificultaría más el gobierno de Aron. ¿Cómo podía cobrar impuestos o dirigir a una población que no podía encontrar?

Radu corrigió el rumbo de su fuerte yegua, guiándola para que volviera a alinearse con los demás. Por delante y por detrás de ellos había jenízaros, pero era fácil sentir como si estuvieran ellos cuatro solos.

—Aron me mandó porque Mehmed no podía tomar Snagov; atacar la isla era demasiado complicado logísticamente y no valía la pena. Necesitamos asegurarnos de que los monjes en este lugar sean leales al trono y también invitar a uno de ellos a encargarse de la catedral de Tirgoviste. Hasta ahora nadie ha estado dispuesto.

—Sí, y todo ese plan tiene mucho sentido. Pero lo razonable hubiera sido enviar a alguien a hacerlo que no fuera el hombre a cargo de todas las fuerzas militares que están en el país —Nazira hizo callar a Fátima antes de que esta pudiera callarla a ella.

Cyprian hizo un gesto inclinando la boca hacia un lado y frunciendo el ceño. Radu amaba cada una de las expresiones que podían formarse en el rostro de Cyprian, aunque su sonrisa genuina seguía siendo, y siempre sería, su favorita.

—Me inclino a estar de acuerdo con Nazira. Aron está intentando mandarte a la orilla, minimizar tu visibilidad. Ya eres una amenaza.

Radu no podía negarlo. Las cosas se habían puesto más tensas entre él y los hermanos Danesti. Radu se frotó la frente, mirando hacia el muelle al que se acercaban cada vez más.

—Aron no tiene nada que yo quiera. Ojalá pudiera ver eso. De cualquier manera, estamos cerca del fin. Para cuando vuelva ya debería tener de regreso a todos mis exploradores. Han pasado más de tres meses sin noticias de Lada. No me imagino qué podría estar planeando que requiera tanto silencio e inactividad. Sospecho que ocurrió algo más —no le gustaba pensar en qué podría haberle puesto fin a sus agresiones. Aún después de todo lo que había hecho su hermana, Radu no quería que sufriera. Solo quería que fracasara—. Como sea, estoy seguro de que podremos irnos muy pronto.

—¿Irnos a dónde? —preguntó Fátima.

Radu desmontó de su caballo y le ofreció una mano para ayudarla a bajar del suyo.

—A algún lugar fuera de Valaquia.

—No lo sé —dijo Cyprian—. Esta área es bastante linda —le dio unos golpecitos cariñosos a su caballo y estiró sus anchos hombros. Radu rápidamente miró hacia otro lado, y luego recordó que ya no tenía que hacerlo. Dejó que sus ojos se posaran sobre el otro hombre, llenándose de él. Cyprian notó su mirada y la sonrisa que le ofreció como respuesta fue más intensa de lo normal. Más intensa y más pícara.

Los jenízaros ya habían desmontado sus caballos también. Radu dejó a Kiril a cargo en Tirgoviste, confiando en que él cuidaría las cosas allá. Los guardias que lo acompañaron cruzarían hacia la isla con ellos por si se encontraban con alguna hostilidad. Intentando verse lo menos amenazador posible, Radu se vistió al estilo valaco. Dejó su amado turbante en casa y se puso un absurdo sombrero en su lugar. Quería volver a las túnicas vaporosas y las hermosas telas, dejando atrás las capas de pantalones y chalecos y abrigos. No solo eran feos, sino que además eran asquerosamente calurosos bajo el aire caliente del verano.

Nazira y Fátima también habían cambiado sus vestidos. No se veían muy valacas, pero tampoco parecían turcas. Como con todo, Nazira hacía que cualquier cosa que usara se viera más bella solo por ponérsela. Radu sospechaba que podría usar una piel sucia recién arrancada de un cordero y hacer que pareciera elegante. La ropa de Fátima era práctica y sencilla. Aunque Radu le dijo que allí no tendría que fingir que estaba al servicio de nadie, pero ella prefería pasar desapercibida. Verse como una sirvienta era la forma más fácil para volverse invisible ante cualquiera que no necesitara nada de ti.

Cyprian al fin estaba cómodo con las ropas de Valaquia, pues eran similares a los estilos que usaba en Constantinopla. Había dejado de usar el uniforme jenízaro, que Radu no sabía si Nazira se lo había conseguido, aunque sospechaba que en algún lugar había un jenízaro que seguía demasiado prendado de ella como para molestarse en sentir la ira de andar por ahí desnudo.

Tras darles instrucciones a los guardias, fueron hacia el muelle maltrecho. Aparentemente, el muelle anterior había sido quemado y desmantelado. Su reemplazo fueron solo unos cuantos tablones unidos por clavos, pero un bote ya los estaba esperando. Los pensamientos de Radu lo abandonaron, dejándole solamente una sensación de náuseas.

—¡Oh, un barco! A Radu le encantan los barcos —bromeó Nazira.

Radu se subió con cautela a la parte trasera, con Cyprian a su lado. Nazira y Fátima eligieron una banca cercana y el resto de los guardias se acomodaron donde pudieron. Ayudaron a remar, siguiendo las instrucciones cada vez más molestas del capitán que hablaba valaco. Radu traducía lo mejor que podía al mismo tiempo que intentaba no vomitar.

Cuando llegaron a la isla, Radu casi se cayó en su prisa por volver a tierra firme.

—Quizás me equivoqué —le susurró Cyprian muy de cerca—. Quizás la razón real por la que te quedaste en Constantinopla no fue por un deber altruista hacia mis primos, sino porque sabías que no serías capaz de sobrevivir a un viaje en bote.

Radu se rio sin ganas y Cyprian lo imitó. El hecho de que él no solo fuera capaz de perdonar su pasado sino además encontrar maneras de bromear al respecto lo tranquilizaba tanto. Siempre sería un punto sensible, pero como una cicatriz y no como una herida abierta.

Cuando las náuseas pasaron, Radu al fin fue a revisar la isla. Era pequeña y sus orillas estaban empantanadas y llenas de hierba. Los insectos volaban por todas partes, creando una música única entre la humedad y el aire pesado. Unos árboles bajos pero densos prometían dar sombra, y un camino conducía a un jardín bien cuidado. El monasterio se elevaba en la distancia con sus torres de piedra rojo pálido. Aunque los guardias a su alrededor estaban en alerta, el monje que avanzaba hacia ellos parecía totalmente despreocupado ante la aparición de todos estos hombres armados.

—Hola —dijo Radu—. Soy... —hizo una pausa, sin saber si Radu Bey o Radu Dracul le ganarían una mejor recepción. Pero ya estaba vestido como un noble de Valaquia, así que más valía seguir con eso—. Soy Radu Dracul y he venido de parte del príncipe Aron Danesti, vaivoda de Valaquia.

El monje no sonrió, con su rostro lleno de arrugas y bronceado por los años al aire libre. Pero algo en las líneas que rodeaban sus ojos denotaba un gesto divertido.

—¿El príncipe Aron? No sabía que teníamos uno nuevo. O que necesitábamos uno.

—Sí —respondió Radu con una sonrisa, aunque no sabía a qué se enfrentaba con ese hombre—. Envía saludos y solicita que un sacerdote vaya con él a Tirgoviste para encargarse de la catedral.

—Hmm. Bueno, vengan conmigo al monasterio. Puedo ofrecerles comida y un lugar para descansar —el monje se dio la vuelta para volver por donde vino. Radu caminó junto a él mientras el resto los seguía—. ¿Habías estado antes en nuestra isla? —preguntó el monje—. Me pareces conocido.

—No desde que era un niño.

—Ah, sí. Ya te recuerdo. Tu hermana me dijo.

—¿Lada estuvo aquí?

—Vino el otoño pasado. De hecho, mira… —el monje señaló hacia las los capiteles de una iglesia casi terminada, donde unos hombres estaban colgados con unas cuerdas y martillando tejas—. Donó el dinero para el nuevo edificio. Ha sido una buena parroquiana.

Radu hizo un gesto confundido. La iglesia era funcional y elegante, con piedras pardas que con el tiempo se volverían más bellas, como les pasaba a todas las iglesias allí.

—Pareces sorprendido —dijo el monje.

—No sabía que mi hermana estuviera especialmente preocupada por el bienestar de su alma.

El monje le respondió con una sonrisa taimada.

—¿No lo estamos todos? Además, en sus propias palabras, nuestra iglesia es de Valaquia y por tanto merece más gloria y ornatos que otros dioses.

—Ah, eso tiene más sentido —si era por Valaquia y en competencia con otros países, Radu entendía el deseo de Lada por mejorar la isla. De hecho, le sorprendía que no hubiera hecho una iglesia más grande. Y con más picos—. ¿Qué piensan de ella?

—Es especial. Nunca he conocido a alguien como ella, aunque he pasado los últimos veinte años en esta isla y no recibimos muchas visitas. De cualquier modo, aunque al principio sentí desconfianza, los reportes del campo indican que tu hermana es una líder con gran visión y fuerza.

—Era —corrigió Radu amablemente.

—¿Sí? —en el rostro del monje se dibujó un sonrisa juguetona—. ¡Mircea! —gritó. Radu reaccionó con desagrado ante el nombre de su cruel hermano mayor, pero Mircea estaba muerto y su nombre era común. Uno de los hombres que estaban trabajando en la iglesia volteó la cabeza—. ¿Quién es príncipe de Valaquia? —gritó el monje.

—Lada Dracul, ¡que escupa en los rostros de todos los turcos!

Los guardias que estaban alrededor de Radu se reacomodaron incómodos en sus posiciones, pero ninguno de los trabajadores dio señales de agresividad o siquiera de estarles poniendo mucha atención.

—¿No sabe que se ha coronado un nuevo príncipe? —preguntó Radu. Quizás la gente no había vuelto a sus pueblos porque aún no se enteraban.

El monje abrió las puertas de la iglesia y el fresco interior en penumbras los invitó a pasar.

—Creo, hijo mío, que no le importa.

· · · · ·

La comida fue pescado con vegetales frescos y pan. Los monjes eran buenos y amables, pacientemente indiferentes a todo lo que Radu tenía que decir. Y aún menos interesados en tomar un lugar en la capital.

—Quizás deberías ir a revisar las iglesias de algunos pueblos —sugirió el monje que lo había recibido.

—Todos tienen miedo de ir a Tirgoviste —confesó Radu, levantando la mirada hacia un mural de Cristo—. La mayoría siguen escondidos en las montañas. Los que han regresado son como tu hombre del techo. No les importa el nuevo príncipe. Ni siquiera hemos podido comenzar a recaudar impuestos. Solo esperamos que hagan sus siembras para poder tener cosecha.

—Es un país distinto ahora. Tu hermana les ofreció un cambio. No renunciarán a eso tan fácilmente.

—Pero ella ni siquiera está aquí.

El monje levantó las manos como si ofreciera una evidencia.

—Pero sí está. Mientras viva ella, vivirán los cambios que nos trajo. Las puertas se abrieron de par en par y las ovejas conocieron la libertad. Sospecho que el tal Aron no tiene la capacidad de arrearlas para que vuelvan.

Radu no podía discutir con eso. No dijo nada y solo evitó la mirada penetrante de Nazira.

—¿Podemos hacer algo por ti antes de que te vayas? —preguntó el monje, poniéndose de pie.

Radu no quería decirle al monje que esta religión ya no podía hacer nada por él. Eran buenas personas, y les deseaba solo lo mejor en su vida de fe, pero para él solo era un recuerdo de la infancia. No sentía nada hacia la religión, ni bueno ni malo. Eso, suponía, era una bendición a su manera. Era bueno tener algo en Valaquia hacia lo cual se sentía neutral, algo que no le causaba dolor.

—¿Podrían avisarme si mi hermana los vuelve a visitar? —su propia visita le había dado la claridad de que no solo estaba luchando contra su hermana, sino que estaba luchando contra *la idea* de ella. Y eso era tan, o más, escurridizo y difícil de atrapar. Aron no tenía muchas probabilidades de inspirar devoción y despertar un cambio de lealtades en nadie que hubiera respondido a su hermana.

El monje levantó la mirada hacia el mismo mural.

—Dijo que la pasó bien aquí. Creo que encontró lo más cercano a la paz que una criatura como ella podría encontrar. Espero que regrese. Y si lo hace, la recibiremos con gusto y no le avisaremos a ninguno de sus enemigos —el monje miró a Radu, enarcando una ceja—. ¿Eres su enemigo?

Aunque Radu no tenía vínculos con esa religión, no encontraba en su corazón lo necesario para mentirle a un hombre que había consagrado su vida a Dios.

—No lo sé. Creo que podría serlo.

El monje asintió sin reproche en su rostro.

—Deberías pasar la noche aquí. Tal vez tú también puedas encontrar la paz.

Sin importar lo que hiciera Radu, ese país le seguía perteneciendo a Lada. Nunca había podido recuperar algo que ella hubiera hecho suyo. Ni a su padre ni a Mehmed, y ahora tampoco a Valaquia.

—Quizás —dijo Radu, pero sabía que él no encontraría paz allí. Lada se había encargado de eso.

308

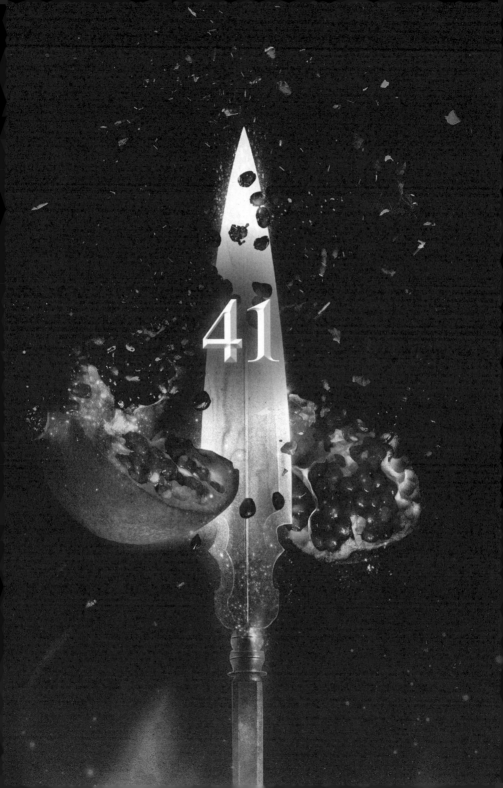

41

Pueblo de Arges

Lada había padecido demasiado durante su escape como para pensar en nada. Stefan consiguió caballos en alguna parte y lograron hacer todo de forma rápida y silenciosa. Nadie volteó a ver al hombre que cabalgaba junto a una mujer jorobada envuelta en un chal. Aunque estuviera sucia y descalza.

Cuando salieron de la ciudad, todo era campo y tierras de labranza. El verano había pasado su cénit e iba dejando su calor y humedad para convertirse en otoño. Lada debería sentirse llena de alegría por estar de nuevo afuera, pero en realidad solo estaba horrorizada y resentida. ¿Cómo se atrevían a cambiar las estaciones, cómo se atrevía la naturaleza a seguir su camino mientras ella estaba cruelmente encerrada? Y ¿cómo se atrevía algo a ser tan adorable, como un bálsamo para el alma, cuando ella había abandonado a su nana para salvarse a sí misma?

Rechazó la belleza del paisaje húngaro, ignoró el verde calor de Transilvania y solo se permitió sentir un poco de alivio y alegría cuando al fin entraron a Valaquia. Aun en ese estado, no podía resistirse a amar a su país. Pero temía lo que encontraría al llegar. Frente a ellos iban apareciendo las montañas de Arges, donde encontraría su fortaleza. Y a Bogdan.

Sin su madre.

Lada no creía que Matthias fuera a matar a Oana. O al menos esperaba que no lo hiciera. Parecía el tipo de persona que consideraba tan inocuas a las sirvientas que quizás ni siquiera le había puesto atención. Además, Oana no había estado cerca de Lada cuando escapó. Sin duda eso estaría a su favor. Pero aun así, Lada tenía que agregar un nombre más a la lista de los que ya no estaban con ella.

Matei. Traidor, aún lo echaba de menos como su primera pérdida jenízara importante.

Petru. Asesinado, vengado.

Nicolae. Murió por ella, y quizás por eso era el que más la atormentaba.

Oana. Sacrificada, y sin duda por ello la atormentaría.

Y siempre, eternamente, los fantasmas a su izquierda y derecha: Mehmed y Radu. Algún día sería tan vieja que ya no le importarían sus mejores compañeros de infancia.

Eso esperaba.

Tanto que ya no le importara como que llegara a vieja. Ninguna de las dos cosas parecía probable en esa brillante tarde de verano. Jorobada y agazapada sobre la montura, a Lada no solo le molestaba lo que la naturaleza exhibía sin pena, sino también lo que no era: tierra de cultivo.

Cabalgaron por hectáreas y hectáreas de tierra sin sembrar. El otoño pasado, ese mismo espacio había dado grandes cosechas. Ahora no habría nada. Lo cual significaba que el invierno por venir sería mucho más infame que la anterior primavera. A los otomanos se les podía engañar, derrotar, alejar. La hambruna era el enemigo más paciente e implacable del mundo. ¿Qué había hecho? ¿Cómo podría arreglarlo?

—No iré a Poenari —dijo Stefan deteniendo su caballo.

Lada suspiró. Otro nombre para la lista de las personas que había perdido, y con él, Daciana. Ya se lo había advertido; aparentemente había llegado el momento.

—¿Estás seguro?

—Mi deuda contigo ha quedado saldada —respondió, asintiendo con gesto serio.

—No del todo —dijo Lada, enarcando una ceja.

—¿Qué?

—La deuda por liberarte de los otomanos, sí. Pero no te olvides que fui yo quien permitió que Daciana se quedara con nosotros. Si me hubiera negado, seguirías siendo la sombra de un hombre, sin nadie, *mío*. No debí dejar que se quedara.

Stefan le regaló la más simple de sus sonrisas y Lada miró hacia otro lado para no ponerse sentimental. Al menos a este amigo lo perdía por la vida y no por la muerte. Lada se sacudió el sentimentalismo y tomó el tono que le corresponde a un príncipe.

–Haz una cosa más por mí, y luego te diré dónde está Daciana.

–¿Qué cosa?

–Hay unos usurpadores en mi castillo. Mata a Aron y Andrei Danesti para que quede claro que yo soy el único príncipe que Valaquia tiene y necesita. No deberá ser muy difícil para ti.

–Lo haré –giró su caballo para irse–. Un último favor entre amigos.

–¿No quieres saber dónde está Daciana? –gritó Lada.

Stefan la miró por encima del hombro y, por primera vez en la vida, Lada pudo ver su sonrisa entera. Comprendió lo que Daciana había visto en él, y por qué podría valer más tener algo más que tan solo la lealtad militar de un hombre así.

–No sería un buen espía si no lo hubiera averiguado ya por mí mismo.

Lada se rio, rendida ante esa sonrisa.

–Entonces, ¿por qué te quedaste?

–Ya te lo dije: estoy agradecido. Te deseo buena suerte, mi príncipe. Ha sido un honor.

Si Lada no estuviera tan cansada y enferma, tal vez se habría enojado por su partida. Pero podía sentir con fuerza el fantasma de Nicolae junto a ella, recordándole que no era tan malo perder a Stefan de esa manera. Había cosas peores.

–Más te vale que críes a tu pequeña Lada para que sea terrible.

–No espero nada menos.

Lada observó al hombre con el que entrenó, el último de su grupo de leales aliados y seguidores –amigos– alejarse hasta desaparecer de su vista. Era el fin de una era. No sabía si esto la haría más débil. Decidió que no. Cada uno de ellos, de una forma u otra, se había sacrificado por el bien de Valaquia. ¿No había ella misma decidido que sacrificaría todo lo que fuera necesario?

Envolviéndose más con su chal, echó a andar en su caballo, hacia su fortaleza y hacia su último amigo de juventud. Pero realmente, ¿qué era lo que la esperaba allí? Hizo un recuento de lo que le quedaba.

El único miembro restante de su círculo cercano era Bogdan. Tenía unos cuantos hombres que sabía que eran buenos, pero no era lo mismo. Con Daciana y Oana fuera del castillo, nunca volvería a confiar en nadie allí, suponiendo que pudiera recuperarlo. Después de todo, ya había visto lo fácil que era para un sirviente ser alguien más.

Hungría estaba en su contra, aunque sabía que Matthias no la enfrentaría inmediatamente. Tal vez debería haber enviado a Stefan a matarlo, pero Valaquia siempre debía ser su prioridad. De cualquier modo, aunque no habría conflicto, tampoco recibiría ayuda de Hungría.

Moldavia no estaba en su contra, pero su primo, el rey Stephen, le había quitado tierras. Eso debía responderse con sangre, así que en el futuro no serían aliados. Quizás antes podría manipularlo para que la ayudara. Podía aplazar la venganza por un tiempo.

Bulgaria, claro, la odiaba y así sería por un tiempo. Albania y Serbia eran firmes vasallos otomanos. No había amor ni de ella ni para ella entre los transilvanos ni los sajones.

El papa la apreciaba, pero su país no era católico y por tanto solo recibiría felicitaciones pero nada de ayuda real. La ayuda que el papa envió había sido a través de alguien más de su confianza; para lo que eso sirvió. Sin duda le escribiría para contarle del engaño de Matthias. Que él se encargara de explicar su corona ante la tesorería papal que la compró.

E incluso en su propio país, sus recursos eran escasos. Su hermano estaba ayudando al usurpador Danesti. Tirgoviste estaría fortificada. Los boyardos que quedaban ya se habrían pasado al lado de Radu. Suponiendo que Galesh Basarab y sus hombres estuvieran muertos, lo cual Lada esperaba pero no contaba con ello considerando que la información le había llegado por Matthias, Radu no habría conseguido muchos más hombres con los boyardos que quedaron. Pero aun así, a Lada no le gustaba la idea de sitiar su propia capital.

Entonces: enemigos dentro y enemigos fuera. Todos los hombres al poder estaban en su contra. Casi nadie en quien confiar. Un país hecho pedazos. Un otoño sin cosecha. Un pueblo escondido en las montañas. Una capital llena de serpientes.

Solo había una solución.

Había sido demasiado amable, demasiado gentil. Había intentado mantener intacto tanto como fuera posible, construir con lo que ya estaba ahí. Pero todos los cimientos estaban podridos. No podría construir un reino fuerte quitando solo algunas de las piedras más acabadas. Tendría que desmantelarlo por completo.

Tendría que quemarlo todo. Y solo entonces Valaquia podría renacer de entre las cenizas.

Se irguió en su montura con los ojos fijos en el horizonte. No había lugar para la amabilidad ni para la clemencia. Matthias había demostrado que Lada no podía seguir ninguna de las reglas existentes. Tendría que convertirse en algo totalmente nuevo.

El campo que la rodeaba estaba en silencio, como si hasta los insectos y el viento reconocieran el paso de una gran depredadora. De nuevo se imaginó unas alas que se abrían a sus espaldas, cubriendo toda la tierra con sombras y fuego. No habría más orden ni más estructuras. Mataría a los líderes de cada país en sus fronteras y a todos sus herederos. Sembraría el caos y la destrucción.

Y estaría allí, en el centro, apostada sobre su propia tierra. Valaquia sobreviviría. Siempre sobrevivía. Pero con ella ahí, y con todo lo demás hundido en el caos, Valaquia al fin prosperaría.

Después de todo, el fuego, la sangre y la muerte no eran nada para un país dirigido por un dragón.

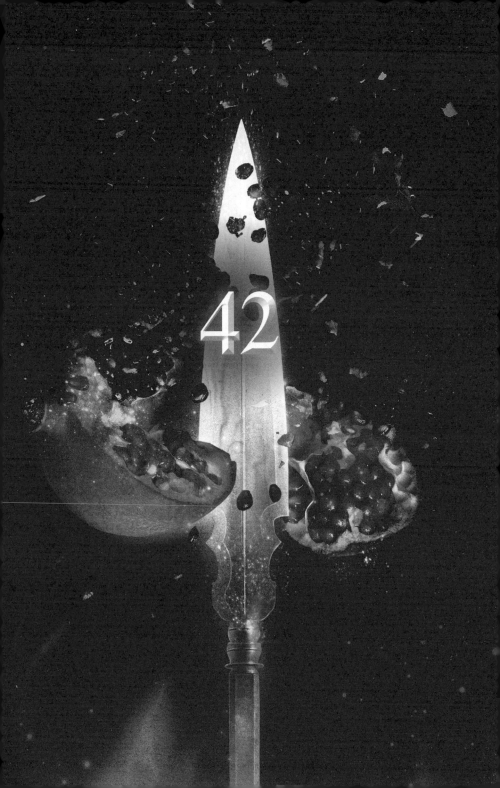

42

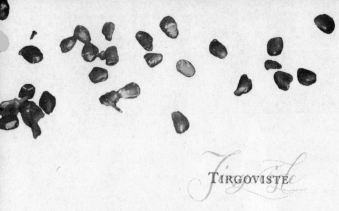

Tirgoviste

Radu estaba en lo alto de la torre. Esa torre había anunciado tantos cambios en su vida. Primero, cuando él y Lada vieron a Hunyadi entrando a la ciudad, marcando el fin de sus vidas tras la petición de apoyo a los otomanos por parte de su padre y el consecuente intercambio de sus vidas como garantía. Aunque en el momento fue aterrador, resultó ser lo mejor que pudo pasarle a Radu. Y ahora la torre había sido el lugar de la reunión más inesperada y feliz de su vida.

Como si lo hubiera llamado con el pensamiento, Cyprian llegó a su lado. El aire estaba cargado de las primeras señales del otoño inminente. Radu se estremeció y Cyprian lo rodeó con un brazo mientras miraban el amanecer abriéndose paso gentil y suavemente entre la niebla. Todas las heridas de los últimos meses se habían mezclado con el verde, volviéndolo todo silencioso y pacífico. Los campos que rodeaban Tirgoviste estaban llenos y casi listos para la cosecha. Había sido un uso poco convencional para los asesinos entrenados, pero gracias a los jenízaros de Radu que trabajaron bajo la dirección de unos cuantos granjeros canosos, habría suficiente comida para que Tirgoviste, y cualquier refugiado que llegara, sobreviviera al invierno. Después de todo, se había quedado allí para proteger la ciudad.

Radu estaba orgulloso de esos campos. Aron le había exigido que mandara a sus hombres a las montañas para buscar a Lada, pero Radu sabía que otras cosas eran más importantes. Y cuando Aron no se muriera de hambre durante el largo invierno que venía, estaría agradecido. O, si no agradecido, al menos resentido de que Radu, una vez más, hubiera tenido razón.

Un jinete solitario iba saliendo de la ciudad con dirección a las montañas. Radu no envidiaba su libertad, pero solo porque su propio escape se acercaba rápidamente.

—Nos iremos hoy —dijo Radu, dándole la espalda al paisaje que ya casi podía amar.

—¿Hoy? —Cyprian tomó la mano de Radu en la suya.

Se preguntó cuándo el contacto con Cyprian dejaría de impactarlo, si algún día se acostumbraría a esa emoción. Esperaba que no. Esperaba que tuvieran toda una vida para averiguarlo.

—Aron ya no me quiere aquí. Confío en Kiril. Hará un buen trabajo dirigiendo a los hombres que dejemos. Y nadie ha tenido ni una sola noticia sobre Lada desde el ataque. Eso fue hace cuatro meses. Si fuera a atacar, ya lo habría hecho. Esta espera, esperando su momento…

—Podría ser una estrategia.

—Pero no es su estilo. No querría perder el impulso así. Creo… —Radu negó con la cabeza—. Sospecho que ya no está a cargo.

—¿Crees que está muerta? —preguntó Cyprian con tiento.

—Es demasiado malvada para morir. Estoy seguro de que lo que sea que le haya pasado no es bueno, pero no creo que esté muerta —Radu se llevó una mano al corazón, preguntándose si sentiría la muerte de su hermana, si lo sabría. Llevaban tanto tiempo separados. Aquella noche en la tienda de Mehmed ella lo miró como si fuera un recuerdo y no un hombre.

»Aunque —dijo Radu, pensativo— si está muerta, eso significa que yo viviré por siempre.

Cyprian le respondió con una sonrisa confundida.

—No entiendo tu razonamiento.

Radu se acercó a Cyprian y descansó su frente contra la de él.

—Hace mucho tiempo, Lada prometió que nadie me mataría más que ella. Así que, si no puede cumplir su promesa, parece que seré inmortal.

Cyprian envolvió la cintura de Radu con sus brazos.

—Esa idea me gusta mucho.

–Pero tú también tendrás que vivir por siempre –dijo Radu.

–Veré qué puedo hacer –Cyprian puso sus labios en el cuello de Radu, quien se estremeció.

No, nunca se acostumbraría a eso. Cada momento que pasara con Cyprian se sentiría como un milagro. Había algo sagrado, algo puro sobre la manera en la que se sentía hacia él. No había vergüenza ni angustia. Nada del dolor que había acompañado sus sentimientos por tanto tiempo.

–¿En qué estás pensando? –susurró Cyprian.

–En Dios –respondió Radu.

–No sabía que era tan bueno para los besos –dijo Cyprian, riéndose.

Radu también se rio, y luego sus labios volvieron a encontrarse.

• • • •

Recordaron soltarse de las manos antes de llegar al fondo de la torre. Radu estaba flotando, incapaz de dejar ir la sonrisa de sus labios como había dejado ir los dedos de Cyprian.

No entendía cómo alguien podía verlos y no darse cuenta de lo que sentían. Pero Nazira y Fátima llevaban años haciendo eso. La gente veía lo que esperaba, como Nazira le había dicho que pasaría.

–¡Radu Bey!

Radu se dio la vuelta para encontrarse con un guardia jenízaro que iba corriendo hacia él, con el rostro blanco y los ojos muy abiertos. El estómago de Radu se aplastó por el miedo.

–¿Qué pasa? ¿Encontraron a mi hermana?

El jenízaro negó con la cabeza.

–El príncipe.

Radu había estado aplazándolo, pero era momento de decirle a Aron que planeaba irse. Se preguntó si eso ayudaría o empeoraría su relación. Ya no importaba.

–¿Quiere verme?

–No. Está muerto.

Radu sintió las palabras como golpes.

—¿Aarón está *muerto*?

—Y también Andrei.

Aturdido, Radu pasó junto al jenízaro en dirección a los aposentos reales. El castillo estaba despertando, varios sirvientes iban de aquí para allá sin saber que, una vez más, no tenían príncipe. Varios guardias jenízaros estaban montando guardia afuera de las habitaciones de Aron y Andrei. Kiril se hizo a un lado para dejar pasar a Radu. El cadáver del príncipe estaba en la cama. Radu se movió tan silenciosamente como pudo, como si le preocupara que sus pasos pudieran molestar a Aron. Si tan solo eso fuera posible.

Aron estaba tendido de lado, con una pequeña herida en la nuca donde alguien le había enterrado una daga, abriendo su columna en la base del cráneo. Debió ser una muerte rápida. Por la posición del cuerpo de Aron, ni siquiera se había despertado.

—¿Andrei también? —preguntó Radu en un susurro.

—De la misma forma —respondió Kiril con un tono igual al de la pregunta—. Ambos mientras dormían. Los cuerpos están fríos, pero apenas. No pudo haber ocurrido hace más de una hora o dos.

—¿Y nadie vio nada?

Kiril negó con la cabeza.

Radu miró el cuerpo de Aron. Sintió pena por el hombre, pero una sensación de resentimiento se retorcía también bajo la superficie. Con el asesinato de Aron en su propia cama, en medio del castillo, en plena capital, ¿cómo podría Radu convencer a los boyardos de que estarían seguros?

Y ¿quién sería príncipe ahora?

· · · ·

Radu estaba demasiado abrumado para fingir decoro o seguir las tradiciones. Alrededor de la mesa tenía a Kiril, Cyprian y Nazira.

—Fue ella, ¿verdad? —preguntó Kiril.

Radu se quitó el turbante. Se sentía atrapado, aplastado.

—Tiene que ser. Aron y Andrei no tenían enemigos. No tuvieron suficiente tiempo para hacerlos. Bulgaria, Moldavia, Hungría y Transilvania: a todos les conviene que Valaquia tenga estabilidad y esté bajo control. Nadie mandaría a un asesino.

—Pero ¿por qué ahora? ¿Por qué esperó tanto tiempo sin hacer nada? —preguntó Nazira.

—No tengo idea —reconoció Radu, negando con la cabeza—. ¿Se sabe algo de los exploradores?

—Ya regresaron algunos —dijo Kiril—. Temo que los demás nunca lo harán. Los hombres de Simion encontraron cuerpos en una fosa. No sabían quiénes eran, pero la ropa indicaba que eran boyardos. Había evidencias de un campamento grande, pero no había rastros sobre el camino.

—Los Basarabs —dijo Radu—. Supongo que Lada los encontró.

—Y entonces, ¿ahora qué haremos?

Radu se masajeó la nuca, donde comenzaba a formársele un dolor de cabeza por la tensión. Imaginó una pequeña daga enterrándose allí. Qué preciso, qué quirúrgico, qué mínimo era el corte que podía separar a una persona de la vida.

—Necesitamos un príncipe. No creo que los Basarabs que quedan tengan a alguien con la edad suficiente, pero revisaré los registros. Los pocos Danesti que quedan probablemente tendrán miedo de acercarse al país. Todos se fueron con parientes lejanos. Quizás haya un buen candidato para ser príncipe entre los...

—¿Por qué estás buscando un príncipe? —preguntó Nazira.

—Necesitamos a alguien en el trono.

La expresión de Nazira de algún modo logró ser dura y de lástima al mismo tiempo.

—Radu, esposo mío, ya tenemos un heredero. Uno que sabemos que no teme venir a Tirgoviste ni enfrentarse a Lada.

Radu tomó una postura desanimada. Esperaba que hubiera otra opción, fingía que existía una.

—No quiero el trono.

—Lo sé. Ya lo hemos hablado. Pero algunas veces, por el bien del pueblo, necesitamos hacer cosas que no queremos.

—¡Ellos no son mi pueblo! —Radu se levantó, sorprendido por la fuerza de su declaración. Comenzó a pasear de un lado a otro en la habitación—. No quiero esto. Nada de esto. Me quedé como un favor al imperio. No puedo ser príncipe.

—Ya has visto en qué estado se encuentra el país.

—¡Precisamente! —exclamó Radu, riéndose—. Recomponerlo será un trabajo de toda la vida.

—Trabajo difícil —dijo Cyprian con una sonrisa triste—. Trabajo importante.

Radu miró las expresiones alrededor de la mesa y luego se dejó caer sobre su silla.

—Quiero irme a casa —dijo, sabiendo que sonaba como un niño y que eso no le importaba.

—Tenemos nuestra familia —Nazira puso una mano sobre la de Radu—. Podemos hacer un hogar en cualquier parte. Pero creo que nosotros, tú y yo, llevamos un peso tremendo sobre nuestras almas por lo que hemos visto y hecho. Participamos en la destrucción. Les hará bien a nuestras almas reconstruir y cuidar.

—Sé que quieres retirarte —agregó Cyprian, acercándose—, vivir tranquilamente y olvidar todo lo que ha pasado. Pero no pudiste darles la espalda a mis primos. Sin duda no podrás darle la espalda a todo un país que te necesita con tanta desesperación.

Era verdad. Radu sabía que cargaría los fantasmas de Constantinopla por siempre. Quizás este era su castigo por todo lo que hizo. Pero quizás podría ser su oportunidad de redimirse.

—Muy bien —las palabras le apretaban la garganta como un grillete—. Seré príncipe.

Sus amigos asintieron con solemnidad, sabiendo que no era algo para alegrarse o celebrar. No había triunfo en el ascenso de Radu.

—¿Vas a ofrecer una fiesta? —preguntó Nazira, en un generoso intento por romper la tensión—. Esa era la prioridad en la agenda de Aron.

—No —dijo Radu—. Me coronarán inmediatamente y haré correr la noticia de que soy príncipe. Pondremos guardias alrededor de la ciudad para que esté perfectamente protegida. Y luego iremos a las montañas.

Todas las partes de su vida se acomodaron para darle forma a las afiladas piedras de un sendero brutal. Todo lo llevó hasta allí. Todo lo llevó de regreso a Lada. Y sabía lo que debía hacer. Lo que Mehmed haría. Lo que la misma Lada haría.

Tenía que ponerle fin de una vez por todas.

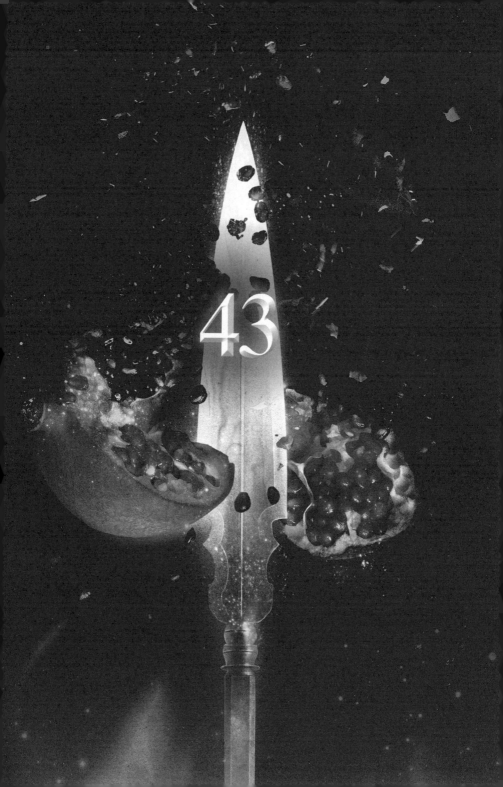

FORTALEZA POENARI

Aunque había conservado su sucio disfraz todo ese tiempo para evitar que alguien la reconociera, ya no podía seguir escondiéndose. No quería llegar a su fortaleza viéndose, y sintiéndose, tan débil. Llegó al pueblo más cercano a Poenari. Era pequeño, ubicado sobre un pedazo de tierra entre el río y las montañas. Lo había visitado muchas veces y allí tenía sus caballos. La conocían. Tras desmontar, se quitó el chal y miró a su alrededor, esperando que al menos allí, entre las montañas, la tierra aún fuera suya. Si no lo era, estaba muerta de cualquier modo.

—Mi príncipe —exclamó una anciana, dejando caer la ropa que estaba lavando en la orilla del río. Observó el vestido lleno de sangre de Lada y luego se levantó—. Venga conmigo —la mujer se secó las manos en el mandil.

Lada la siguió hacia un humilde hogar a las afueras del pueblo. La mujer sacó una tina de madera y puso un caldero de agua sobre las brasas, atizándolo mientras tarareaba.

—Lo siento —dijo—. No esperaba recibir al príncipe. Pero usted es el príncipe del pueblo —la mujer le sonrió a Lada con una calidez mayor que la de las brasas, y Lada sintió que algo en su interior se rompía. Quería llorar. No podía recordar la última vez que había querido llorar, y no podía ni imaginar para qué serviría en ese momento. En vez de llorar, se levantó y aceptó el pan y la carne seca que le ofrecía la mujer.

—¿Cómo han estado las cosas por aquí? —preguntó. No quería especificar que se refería a durante su ausencia, pues si Matthias había mantenido su encarcelamiento en secreto, sin duda no sería ella quien lo daría a conocer.

—Tranquilas. Pacíficas. Vino un hombre hace un mes preguntando por usted —la mujer sonrió—. Y no se marchó de aquí —vertió el agua hirviendo en la tina y luego se disculpó. Volvió con dos cubetas de agua fría y los echó también—. Sería el honor más grande de mi vida lavar a mi príncipe —declaró, haciendo una reverencia con la cabeza.

Lada se quitó la ropa y la echó al fuego. Acomodó su medallón con cuidado sobre una silla y luego se metió a la tina con las rodillas contra su pecho. Se hundió tanto como le fue posible en ese espacio. La mujer tarareó una canción dulce para sí misma, tomando un trozo de jabón y un cepillo áspero para luego comenzar su labor.

Aunque Lada no había sido bañada por otra persona desde que era niña, aceptó la amabilidad que le ofrecía esa mujer. Meses de miedo, de suciedad, de sangre seca se diluyeron en el agua. Lada deseó poder quitarse la piel para revelar algo nuevo y más fuerte. Escamas o cota de malla. Pero bajo la mugre solo estaba su cuerpo suave y rosa que le resultó desconocido. Sus pechos seguían siendo grandes y su estómago estaba hinchado por los meses de malnutrición. Sus brazos y piernas estaban más delgados y los callos de las armas en sus manos habían desaparecido.

Cuando el agua se enfrió, Lada salió de la tina. La mujer la envolvió con una manta que se había suavizado por los años de uso. Lada se sentó junto al fuego y, en otra traición imperdonable hacia Oana, dejó que la mujer le cepillara el cabello.

—¿Por qué has sido tan amable conmigo? —preguntó Lada. Una cosa era servir al príncipe, pero Lada no había pedido esto y era claro que no tenía nada con qué pagarlo.

La mujer se detuvo por un momento y luego siguió con el cepillado, aunque con movimientos más pensativos.

—Porque usted es el único príncipe que ha visitado nuestro pueblo —Lada escuchó cómo una sonrisa le daba forma a la voz de la mujer—. Porque es el único príncipe que sabe lo que es una mujer en este mundo. Y porque tengo un poco de temor de que si no soy amable con usted, me matará.

—No mato a mi gente —respondió Lada, riéndose—. Solo a los que le roban a mi gente.

La mujer también se rio, con un sonido tan suave y desgastado como la manta que cubría a Lada.

—Otra razón por la que merece mi amabilidad. Nunca me había importado mucho un príncipe, ni para bien ni para mal. Nunca me sirvieron de nada. Pero la gente de aquí la conoce y la quiere. Gracias a usted, podemos quedarnos con más parte de nuestras cosechas y ganancias. Y mi nieto, que es un niño inteligente y fuerte, nunca será vendido a esos malditos infieles para que luche en sus batallas —terminó y dio unos golpecitos en el hombro de Lada—. Ahora, espere aquí. Sé que no usa faldas. Le buscaré algo de ropa.

Lada sabía el sacrifico que eso significaba. En un pueblo de ese tamaño, probablemente cada persona solo tenía un cambio de ropa. Los pantalones y la túnica que le llevó la mujer estaban limpios y bien arreglados.

Lada se vistió. Al terminar, un niño, probablemente el nieto de la mujer, se asomó. Sus ojos estaban muy abiertos por la sorpresa y el miedo. Lada le lanzó una mirada seria y luego le guiñó. Al parecer, el niño no se sintió menos aterrado y retrocedió, cerrando la puerta. La mujer volvió, sonriendo con pena, y le ofreció una tira de tela roja.

—Mi madre me dio esto cuando me casé —acarició el material. Era una tela simple, pero el color de la tintura era costoso. Probablemente era su tesoro más grande. Lada se dio la vuelta y dejó que la mujer le envolviera la cabeza con la tela, recogiéndole el cabello mojado.

Lada se levantó con la espalda más erguida que cuando llegó y siguió a la mujer hacia el pueblo. Los aldeanos que habían salido de sus casas o regresado del río y de los campos estaban por todas partes. El nieto de la mujer iba corriendo de puerta en puerta, susurrando y señalando para advertirles de la presencia de Lada. Todos estaban parados a los lados del camino, observando. Unos cuantos sonreían, pero todos la miraban con un orgullo salvaje. Muchas mujeres tenían las manos sobre los hombros de sus hijos. Esos muchachos a los que nunca se llevarían. Muchachos que crecerían para servir a su propio país.

—Por la amabilidad que se me demostró hoy aquí, este pueblo nunca más tendrá que pagarle impuestos a ningún príncipe —anunció Lada con la frente muy en alto.

La gente vitoreó y las niñas agitaban flores, una incluso llevaba una rama como si fuera una espada, a su paso. Un hombre le ofreció solemnemente sus propias botas, aunque reemplazarlas le costaría mucho. Lada las aceptó y montó en su caballo. Asintió, fuerte y llena de orgullo, antes de darse la vuelta y alejarse cabalgando hacia su fortaleza.

No había precio demasiado alto por el bien de Valaquia; y Valaquia, la verdadera Valaquia, la conocía y la amaba por sus sacrificios.

• • • •

Se encontró con varios de sus soldados en las faldas de la montaña donde Poenari se alzaba como un centinela sobre el río. Parecían impactados por su presencia, pero ella no aceptó preguntas ni ofreció invitaciones. Les entregó las riendas de su caballo y siguió avanzando a pie por el camino zigzagueante. Para cuando llegó a la cima estaba agotada y sin aliento, pero hizo su mejor esfuerzo por ocultarlo. Solamente proyectaría fuerza.

Bogdan corrió a la puerta para recibirla. Lada podía ver en su postura que quería abrazarla, pero se estaba conteniendo. Al menos lo había entrenado bien. Bogdan echó un vistazo al espacio detrás de ella.

Estaba buscando a su madre.

—No está conmigo —Lada le hizo una señal para que la siguiera, sabiendo que esta podría ser la última vez que él la siguiera a cualquier parte. Logró llegar a su habitación al fondo de la fortaleza ignorando a cada uno de los hombres con los que se cruzaba en el camino. Y entonces, al fin, cuando la puerta se cerró detrás de Bogdan, Lada se dejó caer sobre una silla.

—¿Qué pasó? —preguntó él—. ¿Dónde estuviste? Les dije a todos que estabas cazando espías otomanos, pero no sabía cuánto tiempo más podría controlar a los hombres sin ti. Quería ir a buscarte. Pero sabía que querías que estuviera aquí.

—Qué bueno que no fuiste. Te habrían matado. Matthias nos traicionó. Me tomó como su prisionera.

Bogdan se hincó frente a ella, observando su rostro.

—No te has sentido bien.

—Creo que me estaba envenenando.

—¿Y mi madre?

Lada sabía que debía disculparse. Sabía que Radu lo haría en su lugar. Pero ella no podría soportarlo. Si se disculpaba significaría que se había equivocado, y si reconocía que se había equivocado al dejar a Oana, jamás podría perdonarse.

—Cuando llegué, Matthias mató a todos mis hombres. Me tuvo en una celda más pequeña que esta habitación por tres meses. A tu madre la pusieron a trabajar en la cocina y estaba sana y salva. Escapé con la ayuda de Stefan. Tuvimos que matar a todos los guardias. Tu madre debía reunirse con nosotros, pero estaba en el castillo cuando pasó. No pude ir por ella.

Los rasgos duros del rostro de Bogdan se retorcieron, pasando por una infinidad de emociones. Finalmente, tragando saliva con dificultad, asintió.

—Ella hubiera querido que te fueras.

Lada intentó no dejar que su alivio se notara, pero sintió cómo unas lágrimas traidoras le llenaron los ojos. Lo único que le quedaba era Bogdan. Si él la hubiera odiado por esto, si la hubiera dejado por esto… no quería ni pensarlo. Y no tenía que hacerlo. Estiró una mano y le dio un tirón a las estúpidas orejas de asa del hombre, aclarándose la garganta en un intento por deshacerse de las inconvenientes emociones que tenía alojadas ahí y que le dolían como una herida vieja.

—Cuéntame qué pasó en mi ausencia.

Bogdan le informó que Tirgoviste estaba fortificado, pero no se habían hecho grandes avances en las montañas. Encontró y mató a los boyardos Basarab. Los hombres bajo las órdenes de los boyardos estaban dispersos, escondiéndose de los exploradores que los buscaban, pero todos se encontraban a medio día a caballo y listos para volver en cuanto ella los llamara.

—¿Permanecieron leales?

—La mayoría. Los húngaros se fueron mucho antes de que llegáramos.

Eso era todo lo que Lada había esperado.

—¿Cuántos tenemos ahora?

—¿Contando a las mujeres? Dos mil, quizás tres. Es difícil saber cuántos siguen a la espera y cuántos han huido. ¿Mataremos al rey Matthias? —las palabras de Bogdan eran tan duras y fuertes como sus puños. Quería eso tanto como ella.

Lada descansó su cabeza en el respaldo de la silla y cerró los ojos.

—Los mataremos a todos.

—Muy bien.

Lada sonrió y estiró una mano. Bogdan la cubrió con la suya con un gesto inseguro.

—Nunca me dejes —dijo ella.

—Nunca lo haré.

Mientras se iba quedando dormida, al fin volvió a sentirse segura. No sabía qué habría hecho sin Bogdan. Sabía que debía decirle cómo se sentía, sabía que él valoraría esa información más de lo que la mujer del pueblo valoraba el trozo de tela roja que llevaba en el cabello, pero no soportaba la idea de entregar esas palabras. Él no era Mehmed. Pero quizás era algo mejor. Nunca la retaría, nunca exigiría que se adaptara a sus deseos. Él era suyo.

En vez de agradecerle, decidió que se casaría con él. No significaba nada para ella, pero sería una recompensa por la lealtad de Bogdan. Y tendría el doble propósito de deshacerse de su condición de soltera ante los intereses políticos de otros.

Se lo diría en la mañana. Se casarían y luego comenzarían a trabajar en la destrucción.

Radu no quería gran pompa, tradiciones ni celebraciones. Su coronación se realizó entre las veinte mil tumbas que marcaban el reinado de Lada.

Se arrodilló en medio de la tierra y las ramillas de los árboles que habían comenzado a crecer. Inclinó la cabeza y, sobre ella, el único sacerdote que volvió a la capital le colocó una corona simple de hierro. Se sentía mucho más pesada y aplastante que cualquier turbante que hubiera usado en su vida.

Pensó en la coronación de Mehmed. En las semanas de celebración. En la sensación de que era el inicio de algo realmente grande, la historia a una escala inimaginable. Radu se preguntó qué pensaría Mehmed de su nuevo puesto. No había habido tiempo para que el sultán se enterara y les escribiera. Radu sintió con fuerza la distancia entre ellos. Pero también la apreció. Porque si lo iban a forzar a hacer cosas que no quería, al menos podría hacerlas como mejor le pareciera.

Radu solo tenía cinco testigos: el sacerdote, Nazira, Fátima, Cyprian y Kiril. A una distancia respetuosa estaba una docena de ciudadanos, más por curiosidad que por emoción u obligación.

Cuando el sacerdote terminó, Radu se puso de pie. Era un príncipe, como su hermana y su padre lo fueron antes que él. La tierra de las tumbas se había pegado a sus rodillas, y él no se la sacudió.

· · · · ·

Una semana después de la coronación y luego de asegurarse de que las defensas de la ciudad estuvieran listas y los cultivos bien cuidados, Radu y

Cyprian fueron a las montañas con Kiril y eligieron un grupo de jenízaros. Entre más pronto terminaran con esto, antes podría atraer de regreso a los boyardos. Incluyendo a alguien, quien fuera, que pudiera convertirse en vaivoda. Él solo era príncipe por culpa de la violencia de Lada. Consideraba que su único deber principesco era ponerle fin a esa violencia. Y con eso sus responsabilidades quedarían cumplidas.

Tras dos días de viaje cuidadoso, se detuvieron para revisar sus planes. Las mañanas y las noches eran cada vez más frías, pero las tardes aún tenían el poderoso y constante calor de finales del verano. Radu y Cyprian se sentaron bajo la sombra de un árbol enorme y lleno de hojas junto a Kiril, revisando lo que sabían.

Kiril frunció el ceño, observando las empinadas cordilleras que los rodeaban.

—Deberíamos encontrar sus reservas de hombres que siguen escondidas. Están por aquí, en alguna parte.

Podían vagar por semanas sin encontrar ni un alma, mucho menos personas cuidadosamente escondidas que conocían esta tierra como la palma de su mano. Radu negó con la cabeza.

—No necesitamos encontrarlos. No si encontramos a Lada. Se ha asegurado de que todo dependa de ella. Todos le deben su poder y sus esperanzas. Si ella cae, todo su sistema de gobierno y su mando caerán también. Los hombres dejarán el ejército y volverán a sus antiguas vidas.

Kiril se rascó su mejilla recién rasurada. A Radu no le molestaría que se dejara crecer la barba, pero los jenízaros no abandonaban su disciplina por nada.

—Aún no sabemos dónde está escondida o si siquiera está en estas montañas. Hay rumores sobre una fortaleza escondida, pero no hay registros de que se haya construido y nadie nos puede decir dónde está.

—¿Está sobre una montaña? —preguntó Radu, sospechando que sabía cuál era la ubicación de su hermana. ¿Cómo era posible que no hubiera pensado antes en esto?

—Escuché que la montaña era su fortaleza —respondió Kiril, enarcando las cejas con un gesto sorprendido ante la pregunta–. Pero eso no tenía sentido.

Radu sintió más miedo desalentador que triunfo. Una parte de él esperaba que nunca la encontraran. Que simplemente hubiera desaparecido. *Ay, Lada.*

–Reúne a los hombres y los cañones. Los más ligeros que tengamos. No será un viaje fácil.

–¿Sabes dónde está?

–Compartimos la misma infancia. Creo que se le olvida eso –Radu recordó el pequeño bolso que su hermana solía llevar con ella. Lo llenó aquí. Lo usaba como un talismán contra el dolor y la distancia a la que se enfrentaban. Y, cuando el bolso quedó arruinado por la sangre, Radu puso su contenido en un medallón de plata, y ella nunca se lo quitó.

El corazón de Lada siempre estuvo aquí.

Y aquí se detendría.

· · · ·

Radu había aprendido bien su lección. Dejó a Nazira y Fátima en Tirgoviste, en una pequeña casa en una calle secundaria y sin ningún detalle especial que la marcara como el contenedor de algo realmente valioso. Radu no sabía si Lada intentaría matar a su esposa, pero ya había matado a su cuñado. Él nunca le dejaría la vida de Nazira a la suerte.

Pasara lo que pasara aquí, Nazira y Fátima estarían a salvo. Y si Radu no volvía, sabía que Mehmed cuidaría de ellas. Tanto por honrar la memoria de Radu como para honrar la de Kumal. Todas las piezas de su vida se habían acomodado. Su amistad con Mehmed al fin estaba libre de dolor y tensión. Su deber con Nazira y Fátima. Con excepción de Cyprian a su lado recordándole lo mucho que quería vivir, Radu estaba listo para enfrentar a su hermana.

Conforme se adentraban más y más entre el verde y el gris de los Cárpatos, Radu sintió el peso del miedo acercándose más que las montañas a cada lado.

Todos los que estaban de su lado pensaban que él era el Draculesti bueno. El noble. Pero ¿no tenía él tanta culpa como Lada? Todas las vidas que entraron en contacto con ellos, de una manera u otra, habían quedado manchadas por siempre. Ensangrentadas. Acabadas. Y ahora estaban en lados opuestos, con muchas más vidas sobre ellos. Por el bien del país y de los países a su alrededor, por la estabilidad y la seguridad, no solamente por Mehmed, sino por la gente protegida por el gobierno que solo prosperaría si el imperio lo hacía, Radu necesitaba ganar.

Eso lo sabía.

Pero no sabía si merecía ganar.

—¿En qué estás pensando? —preguntó Cyprian, acercando su caballo para que sus piernas rozaran las de Radu.

—En toda la sangre que me trajo hasta aquí.

—Yo estaba pensando en qué cenaríamos —respondió Cyprian con un gesto exagerado.

Radu intentó entregar una sonrisa, pero con Cyprian no tenía que hacerlo. No tenía que fingir ni forzar su amabilidad. Él nunca le exigía que fingiera. Radu lo miró con toda la ternura que sentía en su corazón. Y una parte de él le susurró que se aferrara a cada mirada, a cada momento, porque un fin estaba cerca.

Radu meció una mano hacia las montañas antiguas y enormes. Sus caballos avanzaban por el camino junto al río. El valle era tan estrecho que en ciertos lugares el sol solo brillaba por un par de horas al día. Era posible subir hasta la mitad de las montañas al norte y dar con una flecha en los picos del sur. O quizás incluso con una roca bien lanzada.

—Estos son los caminos de mi infancia, pero el niño que era entonces no conoce al hombre que soy ahora. Y creo, temo, que este será el paso final para convertirme en lo que sea que seré. No quiero descubrir qué es.

Cyprian tampoco le ofreció una sonrisa falsa. Simplemente asintió con determinación.

—Lo descubriremos juntos.

Radu trepó por un costado de la montaña frente a la fortaleza de Lada. El Argeș era una línea negra allá abajo, separando los dos montes. A los dos hermanos. La noche era oscura y densa como el aceite, con unas nubes pesadas que les ocultaban las estrellas. Parecía algo ominoso, como si toda la naturaleza supiera lo que les deparaba el futuro.

Radu había pasado un verano allí. Un verano feliz, el más feliz de su infancia. Y no mucho tiempo después, su padre los vendió a él y a Lada a cambio del trono de Valaquia.

Lada cambió una vida con Radu y Mehmed, una vida segura, una vida que Radu aún creía que hubiera sido feliz, de alguna manera –al menos para ella–, por sangre, lucha y violencia, vendiéndose de nuevo por el trono de Valaquia.

Radu, al parecer, estaba condenado a sacrificarse por lo mismo. ¿Los Dracul no podían escapar de ese trono maldito y lo que les exigía? Al menos Lada y su padre fueron víctimas voluntarias. Radu no quería entregar lo que se necesitaba para mantener el trono.

Pero no tenía elección.

Hicieron el menor ruido posible, lo cual no fue tarea fácil cuando cien hombres y diez pequeños cañones iban subiendo por una montaña sin camino definido. Pero Radu no se equivocó respecto a la ubicación. El brillo de una vela sobre el monte de Lada los guio. De su lado había un campo rocoso y plano a unos seis metros sobre la fortaleza frente a ellos. Desde allí tendrían un perfecto punto de vigilancia, y de ataque.

Comenzar un sitio contra la fortaleza sería casi imposible. Lada se había asegurado de eso. Era como si la fortaleza formara parte de las mismas piedras que se elevaban, protegiendo a su hermana.

Quizás eso había pasado. Valaquia amaba a Lada tanto como ella amaba a ese país.

Pero cometió el mismo error que cometían todos los que se enfrentaban a Mehmed. Porque no importaba qué tan astutos fueran, Mehmed tenía el dinero, a los hombres y las armas para ser más astuto. Lo único que tenían que hacer era quedarse ahí, seguros detrás de las rocas y los árboles, y disparar cañón tras cañón hacia la fortaleza de su hermana. Hacía diez años, ese ataque habría sido imposible. Pero Lada no estuvo en Constantinopla. No vio una artillería diseñada por la genia asesina de Urbana.

Una docena de hombres iban monte abajo para traer más balas de cañón y pólvora. Radu tenía otros cientos, a los cuales acomodaría en la cima cuando comenzara el bombardeo y el elemento sorpresa se agotara.

En algún momento, la fortaleza caería. Los hombres de Lada no podrían huir sin ser atrapados, al igual que los hombres de Lada no hubieran podido atacar a pie sin que los atraparan. Los puntos fuertes de la fortaleza también eran sus mayores debilidades.

Justo como la mujer que la construyó.

—Observaremos y esperaremos. Necesitamos asegurarnos de que está aquí —susurró Radu. Pero él ya lo sabía. Al igual que había sentido que no estaba muerta, podía sentirla en ese lugar, más densa y oscura que la noche. Lada estaba allí.

Sus hombres se dispersaron en silencio entre los árboles, cubriendo los cañones con hojas para que nada pudiera ser visto. Radu se tendió sobre su estómago y solo su cabeza se asomaba junto a una enorme piedra a la orilla de su montaña. Debajo de él solo había oscuridad.

Cyprian se acomodó a su lado y esperaron para ver qué traería el alba.

—Si está ahí… —dijo Cyprian, pero luego hizo una pausa, reacomodándose para quedar tendido sobre su espalda, mirando hacia arriba. Radu lo imitó. En el silencio y la noche era fácil fingir que solo eran ellos dos. Que no estaban rodeados de hombres y máquinas hechas para matar. Que su hermana no estaba dormida a solo un pequeño abismo de distancia.

Eso último sería lo más difícil de ignorar. Lada era así de obstinada, siempre ocupando espacios que no le pertenecían, tanto en la realidad como en la mente de Radu.

—Si está ahí —volvió a hablar Cyprian—, ¿qué harás?

—Lo que tengo que hacer.

—¿Y qué tienes que hacer?

Radu cerró los ojos y la oscuridad detrás de sus párpados no le ofreció más consuelo que la noche.

—Lo que ella haría. Lo que Mehmed haría. He intentado tanto escapar de esto, pero mi camino siempre me trae hasta aquí. Tomé cada desvío que pude. Encontré la fe y a Dios. Encontré un nuevo hogar y un nuevo país, incluso nuevos idiomas y otro nombre. Pero no puedo escapar de convertirme en un Dracul. La crueldad, la disposición para destruir todo a fin de alcanzar una meta. Sé lo que ella haría. Sé lo que tengo que hacer. Pero no quiero hacerlo.

Radu sintió los largos dedos de Cyprian entrelazándose entre los suyos. Sintió cómo se acomodaban cual si estuvieran hechos los unos para los otros.

Cyprian levantó la mano de Radu y se la llevó a los labios.

—Lada y Mehmed solo pueden ir hacia adelante. Solo tienen un camino y no pueden salirse de él. Pero tú te subestimas. No eres tu hermana ni debes serlo. Siempre has tenido las fortalezas de las que ella carece. Si quieres bajar esta montaña ahora mismo y salir de Valaquia para siempre, yo estaré a tu lado. Y si decides que matar a tu hermana es la decisión correcta, yo estaré a tu lado. Pero no hagas algo porque es lo que ella o Mehmed harían.

—Pero ellos pudieron hacer grandes cosas. Incluso estaban destinados a ellas.

—Entonces, que tu meta no sea la grandeza. Que sea la bondad. Y cualquier camino que tomes para llegar allí será el correcto para ti, mi dulce Radu.

Radu sintió cómo unas lágrimas tibias corrían por su rostro. ¿Cómo podía encontrar bondad en todo esto?

—Lada nunca se detendrá. No puede. Y yo no puedo pensar en una manera de salvarlos a ella y a Valaquia.

—Sobreviviste a una infancia cruel. Construiste un lugar seguro para tu corazón y tu alma. Te moviste en una corte enemiga y la hiciste tuya. Alcanzaste el poder cuando debías estar cautivo. Forjaste una amistad con el hombre más poderoso de nuestro tiempo. Fuiste a una ciudad enemiga y ayudaste a cambiar las cosas para tu gente, y lograste mostrar gran clemencia al mismo tiempo. Si alguien puede encontrar la manera, eres tú, Radu.

· · · · ·

Al alba, Radu se puso a rezar.

Había hombres en la fortaleza de Lada. Se veían pequeños e insignificantes en la distancia, andando de aquí para allá con despreocupación. No tenían idea de que los estaban vigilando.

Radu tenía razón, sabía que la encontrarían ahí. Lada apareció en la muralla de la fortaleza y se asomó por el borde. Bogdan estaba junto a ella. Aunque la distancia era grande, Radu reconocería a ese hombre enorme desde cualquier lugar. Pero no reconoció a ninguno de los otros, algunos de los cuales estaban ahí, con Lada y Bogdan.

Bogdan hizo un intento por tomar la mano de Lada, pero ella se negó.

Radu se arrodilló y tomó un arco largo. Acomodando una flecha contra la cuerda, exhaló, mirando por encima del asta hacia su hermana. Siempre había sido mejor que ella para el tiro. Era lo único físico en lo que podía derrotarla.

Todo lo demás siempre había sido más fuerte en Lada. Incluyendo su corazón.

Radu lo rompería. Respiró profundo y apuntó.

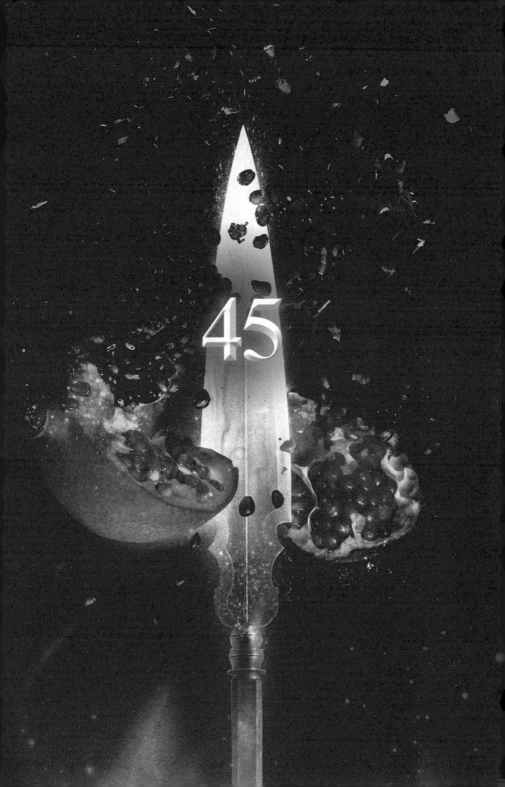

Fortaleza Poenari

Lada alejó la mano de Bogdan cuando intentó de nuevo tomar la suya.

—Nos vamos a casar. No eres un niño que anda demasiado cerca de la orilla del río. Dudo que necesites que te tome de la mano.

Bogdan sonrió, y la alegría suavizó sus facciones y lo convirtió de nuevo en el niño con el que Lada compartió su infancia.

—¿Recuerdas cuando le dijiste a mi madre que yo era tu hermano y Radu un gusano? Ahora seré tu esposo. Además, aquí fue donde nos casamos la primera vez.

Lada puso los ojos en blanco, pero sí lo recordaba. Y aunque no sentía la misma alegría evidente de Bogdan, sí se sentía bien. Siempre había querido que Bogdan estuviera a su lado. Esta era la renovación de ese lazo que marcaron con sangre durante su infancia.

Una renovación de su lazo tanto con Bogdan como con su país. Aún no había hecho suficiente. No había presionado lo más fuerte ni lo más lejos posible. Pero lo haría. Y Bogdan la apoyaría a cada paso, como siempre.

El sacerdote jorobado y gris del pueblo siguió con su parte como si no estuvieran hablando al mismo tiempo que él. Lada llevaba cota de malla y una túnica con su escudo bordado. Se había dejado la tela roja en el cabello. La anciana la usó en su propia boda, y se sentía bien honrarla. También se sentía como una deslealtad, pues la mujer a la que Lada realmente debería honrar había sido abandonada en Hunedoara. ¿Oana estaría feliz por esta unión oficial? Lada esperaba que sí.

El sacerdote le hizo una pregunta a Bogdan. Lada no estaba poniendo mucha atención. Sintió un revuelo nervioso en su vientre. No tenía sentido.

No estaba nerviosa. No le importaba lo suficiente la ceremonia como para estar preocupada o temerosa.

El revuelo volvió. Era algo nuevo. Algo ajeno.

Lada se llevó una mano al estómago y miró a Bogdan, horrorizada. Él estaba viendo solemnemente al sacerdote.

—Bogdan —dijo Lada con enojo.

Él se volvió hacia ella y volvió a ofrecerle sus manos. Ella las tomó, pues necesitaba un ancla, necesitaba algo a lo que pudiera aferrarse para combatir el temor que se había abierto como un agujero en su interior. Necesitaba a su institutriz. Necesitaba a Daciana.

Pero lo único que le quedaba era Bogdan.

La preocupación borró la felicidad del rostro de él como una nube que cubre al sol.

—Oh —dijo, frunciendo el ceño al ver la flecha que había aparecido para enterrarse profundamente en su costado.

Volvió a mirar a Lada y luego se desplomó contra la muralla. Lada se inclinó para detenerlo, pero llegó demasiado tarde. El peso de Bogdan y el impulso lo habían hecho caer por el borde.

Lada observó cómo Bogdan giraba en el aire antes de chocar al fin con las piedras, haciendo el sonido de algo quebrándose antes de seguir cayendo por el acantilado hacia el río de abajo. Sus brazos y piernas se movían sin oponer resistencia; Bogdan ya no era más que un cuerpo.

Bogdan se había ido. Y esta vez no habría reencuentros milagrosos, no se encontrarían después de años de separación. Bogdan se había ido. Bogdan *no tenía permiso* de irse. Bogdan no podía haberse ido. Él era suyo.

Lada se quedó mirando fijamente al lugar desde donde él cayó. Alrededor, sus hombres estaban gritando y algunos la jalaban del brazo. Si una flecha había alcanzado a Bogdan, otra podría alcanzarla a ella. Lada levantó la mirada, observando la montaña frente a ellos.

Allí.

Una figura solitaria estaba parada con un arco largo junto a ella.

Radu levantó una mano y la agitó en saludo. Aturdida e impactada, Lada también levantó la suya y le respondió el gesto.

La primera bala de cañón estremeció la fortaleza. El tronar de piedra contra piedra sacó a Lada de su estado de ensueño. Él no la estaba saludando. Les estaba dando una señal a sus hombres.

—¡Ahí! —señaló Lada—. ¡Apunten hacia allá con todo lo que tengamos! —se agachó, saltando desde la muralla hacia el suelo. La caída fue como una descarga que recorrió todo su cuerpo. Lo necesitaba. Necesitaba concentrarse.

Bogdan, girando y alejándose de ella para siempre.

—¡Cañones! ¡Flechas! ¡Ballestas! ¡Y vigilen los caminos para asegurarnos de que no ataquen también desde nuestro lado! —instruyó Lada a gritos hacia esos hombres que no conocía, hombres cuyas caras apenas recordaba. Mientras ellos se ponían en acción a toda velocidad, Lada se quedó ahí.

Sola.

Bogdan, el primer hombre que ella eligió. El último que la dejaría.

Un hombre gritó al mismo tiempo que una explosión lanzaba pequeñas piedras y escombros al aire, haciendo que Lada se echara de rodillas. Se limpió la sangre que corría hacia sus ojos para encontrarse con la mitad del exterior de la muralla destruida, la mitad en la que guardaban sus cañones y pólvora.

—Por los clavos de Cristo —siempre había pensado que el matrimonio sería su muerte. Pero no esperaba que ese miedo se cumpliera tan literalmente.

Una de las torres gimió y lanzó una lluvia de piedras. La fortaleza se había construido rápidamente, pues la velocidad y la discreción eran los principales objetivos de Lada. No la había diseñado para soportar un ataque con artillería, pues suponía que nadie podría llevar grandes y pesados cañones a la cima de una montaña sin ser notados. Eso fue un tremendo fallo de su imaginación.

Radu no tenía esa misma carencia.

Los hombres de Lada encontraron trincheras donde pudieron, disparando arcos y ballestas desde allí. Lada tomó su medallón con la sensación de que estaba olvidando algo, que le faltaba algo vital. Pero sabía qué era lo que le faltaba, y que él nunca regresaría. Luego sintió otro revoloteo en su estómago. Era como si fuera ella quien iba cayendo por la montaña.

—¡Tú! —atrapó a un hombre, Grigore, mientras se agazapaba junto al muro buscando la protección que pudiera ofrecerle—. Quiero que vayas por ayuda. Aún no están de este lado de la montaña.

Lada lanzó una cuerda sobre la muralla. La ató y luego señaló hacia ella.

—Pero… —el hombre miró a su alrededor con desesperación y dudas.

—¿Prefieres estar ahí afuera con ellos o aquí adentro tras desobedecer mi orden?

Grigore se lanzó sobre el muro y bajó por la cuerda. Ya casi había llegado al fondo cuando una flecha de ballesta se enterró en su barriga y lo hizo caer entre gritos.

—¡Quemen el puente! —gritó Lada, agachándose. La fortaleza estaba construida sobre un bloque que sobresalía sobre la montaña, y un puente de madera se extendía sobre el barranco entre esa parte y el resto de la montaña. Era otra defensa natural. Pero para lo que les servía en esta lluvia de fuego.

Lada fue hacia la parte baja de la fortaleza mientras los hombres lanzaban alquitrán sobre la muralla y hacia el puente para luego prender fuego a unas flechas y dispararlas.

Hasta donde Lada sabía, solo había un jenízaro en su montaña. Si todos se iban contra él, posiblemente podrían superarlo. Muchos podrían llegar al otro lado. Pero Radu tenía más recursos que ella. Podría tener a diez mil hombres esperando entre los árboles.

No podía destruir la fortaleza entera en un solo día. Podría mermarla, pero le tomaría al menos una semana de ataques con los pequeños cañones que logró subir a la montaña para causar un daño que pudiera derribar todo el lugar. Tuvo suerte con el tiro que dio en sus bodegas de pólvora. El resto del proceso sería más lento.

Lada estimó generosamente que tenían al menos una semana. Podían esforzarse por llegar al pie de la montaña, pero no había manera de hacerlo en secreto. Así que, aun si Radu no tenía muchos hombres a la espera, los vería huyendo y tendría tiempo suficiente para llevar a sus soldados hasta allá abajo y esperar.

Si Lada esperaba la muerte lenta de su fortaleza por los cañones, los pobladores en algún momento se darían cuenta. Pero no tendrían idea de dónde conseguir ayuda. Y ella aún no les había enviado instrucciones a sus hombres. Hasta donde sabían sus soldados escondidos en las montañas, estaban haciendo exactamente lo que debían hacer: esperar.

Miles de soltados dispuestos y ninguno podía ayudarla.

Bogdan estaba muerto. Lada no dejaba de recordar eso. Pero ahora sentía alivio de haber abandonado a Oana. De que ella no hubiera visto esto. Después de todo, dejarla había sido un acto de misericordia. Algo bueno salió de la traición de Lada.

Se paró en el pequeño patio escuchando los gritos de sus hombres y viéndolos correr a su alrededor.

Viendo a Bogdan caer una y otra, y otra vez.

Estaba sola. Por primera vez desde que tenía memoria, estaba absolutamente sola. Solía creer que era fuerte y distante, pero eso era una mentira.

De niña tuvo a su institutriz. A su Bogdan. Su adoración por su padre. Y a Radu.

Luego tuvo a Radu y a Mehmed.

Luego tuvo a Nicolae y sus hombres, y en su mente aún tenía a Radu y a Mehmed, aunque ahora sabía que eso era una mentira y siempre lo había sido.

Incluso había recuperado a su Bogdan y a su cuidadora, y construyó un pequeño ejército de personas a su alrededor. Pero uno por uno se habían ido o se los habían quitado.

El revoloteo en su abdomen bajo volvió, y Lada se quedó sin aliento y sin poder controlar los latidos de su corazón. No estaba sola.

Estaba sola.

—¡Disparen todo lo que nos queda y luego abandonen la fortaleza! —gritó. Los hombres se detuvieron, petrificados por la incredulidad. Y luego, siguiendo las órdenes, comenzaron a moverse frenéticamente.

Lada comenzó a caminar, sin notar ni importarle el caos que la rodeaba, con dirección a la puerta más cercana. Dentro de la habitación había un viejo pozo cubierto con tablones de la madera con la que habían construido a su alrededor. Lada tomó un tramo de cuerda que colgaba en el muro y la ató a un aro de metal que estaba incrustado en la piedra. Luego retiró los tablones, echó la cuerda al pozo y comenzó a descender.

La cuerda le quemó las manos y sus brazos estaban temblorosos, debilitados por el tiempo que pasó en prisión. Bajó tan lentamente como le fue posible, deslizándose durante el último tramo y apenas apoyando las puntas de sus pies en los apoyos que llevaban al fondo del pozo.

El año anterior había encontrado la cueva al fondo del monte. Durante la construcción de la fortaleza, descubrió el pozo cuando salieron volando unos murciélagos de él. Debía ser la salida por arriba del pasaje secreto de la montaña. Pero no tenía idea de si los apoyos en las paredes seguían hasta el fondo o si el tiempo los había desgastado.

Si tan solo hubieran encontrado el pozo aquel verano en el que descubrieron ese lugar, ella lo habría explorado. Hubiera obligado a Bogdan a bajar. O más probablemente a Radu. Y así sabría con seguridad si era posible bajar por ahí hasta el pasaje secreto. Su exploración juvenil le falló, como todas las cosas de su infancia. Su madre. Su padre. Bogdan. Radu. ¿Para qué le servían los recuerdos si no podían salvarla ahora?

Le atormentaba pensar en Bogdan. En Radu. En el tiempo que pasaron los tres allí. Un verano de risas y rodillas raspadas, bañados por el sol; el recuerdo se burlaba de ella ahora que descendía por las piedras húmedas y frías.

Radu le quitó a Bogdan.

Radu.

¿A quién tenía ahora? ¿Dónde estaba la fuerza y la seguridad que la sostenían? Debería confiar en su verdadera madre, Valaquia, pero no dejaba de ver a Bogdan cayendo. Golpeándose contra la montaña. ¿Cómo podían quitarle esto también?

Las piedras estaban resbalosas por la humedad, y algunas, cubiertas por desechos de murciélago o moho. Podía sentirlo bajo sus uñas, y le alegraba no poder ver cómo se le pegaba esa negrura. Ya estaba totalmente oscuro, con la boca del pozo tan lejos de ella que ya no alcanzaba a ver su luz. Abajo, su meta aún estaba demasiado lejos como para darle al menos un destello de esperanza.

Sola, con la presión de las piedras, lo supo: esa montaña no tenía corazón.

Valaquia no era su madre. A Valaquia no le importaba lo que le pasara. Y cada persona a la que sí le importó estaba muerta o intentando matarla.

Sus pies se resbalaron y Lada quedó colgando de las puntas de sus dedos. El dolor la quemaba.

—Soy un dragón —susurró, haciendo eco a su alrededor, haciendo que sus propias palabras volvieran como una maldición y carentes de significado o fuerza.

Lada cayó.

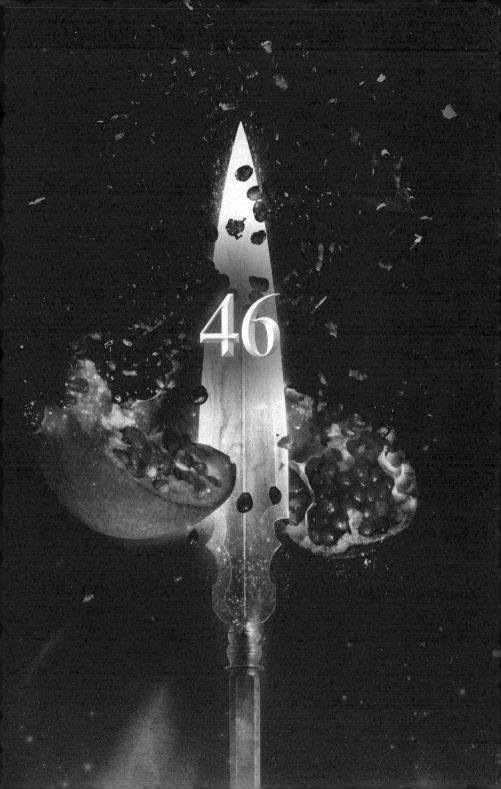

Fortaleza Poenari

Radu estaba junto a la tenue luz del farol, con la cabeza recargada en la piedra fría. En sus manos tenía uno de los cuchillos de Lada. Muñeca, muñeca, tobillo, tobillo. Se los había quitado todos.

La cabeza de Lada estaba descansando en el regazo de él; tenía los ojos cerrados. Su respiración era tranquila. Tenía un brazo doblado en un ángulo imposible cuando él la encontró tirada al fondo de largo y oscuro túnel que conducía a la fortaleza. No estaba sangrando hasta donde él podía ver, pero llevaba horas dormida.

Radu se reacomodó para recuperar la circulación en sus piernas.

Los ojos de Lada se abrieron lentamente. Él le acarició la frente, retirando uno de sus rizos enredados. Lada se incorporó, sobresaltada, y luego soltó un grito de dolor, agarrándose un hombro y alejándose de él. Intentó levantarse pero uno de sus tobillos no la resistió. Se arrastró hasta llegar a la pared más lejana, a solo unos metros de distancia de Radu, y luego se detuvo, recargándose y respirando pesadamente.

—Hola, Lada —dijo Radu.

Con su mano buena, Lada se tocó la otra muñeca.

Radu le mostró el cuchillo. Bajo el brillo dorado de la lámpara, los ojos negros de Lada parecían muertos, no reflejaban nada. Era como si se tragaran la luz por completo, haciéndola desaparecer.

—¿Cómo supiste sobre este lugar? —Lada se llevó su mano buena a las costillas e hizo un gesto de dolor.

—¿Crees que lo único que hice aquel verano fue llorar porque tú y Bogdan no me dejaban jugar con ustedes?

—Sí, de hecho —respondió Lada, aún aturdida.

Radu se rio, y ese sonido brilló más que la luz de la lámpara.

—Sí, hice mucho de eso. Pero también exploré. Encontré esta cueva y bajé hasta la fortaleza. En cuanto subí, supe que era el secreto que habías estado guardando. Pero no me atreví a bajar. Me tomó hasta la noche para bajar por la montaña. Tú ni te diste cuenta de que no estuve en todo el día —dijo Radu con una sonrisa.

—Nuestro padre tampoco se dio cuenta cuando encontré las ruinas de la fortaleza la primera vez. Estaba tan emocionada por contarle. Pero él solo quería dejarnos.

—Eso no cambió —comentó Radu con un suspiro, un sonido suave que se perdió en la brisa que se abría paso hasta esa parte de la caverna—. Cuando escuché rumores sobre tu fortaleza en la montaña, supe que sería aquí donde te iba a encontrar.

Lada cerró los ojos y otro gesto de dolor cruzó su rostro antes de que lo hiciera desaparecer.

—Así que viniste hasta aquí después de que fallaste.

—¿Después de que fallé?

—Tu tiro. Con la flecha.

—No fallé.

Lada abrió los ojos, mirando a su hermano con sospecha.

—Y sin embargo aquí estoy, sin ningún agujero de flecha.

—Le di a mi objetivo.

A Lada le costó trabajo encontrar las palabras.

—¿Querías… querías matar a Bogdan?

No había sido una decisión fácil. Radu apuntó primero a Lada. Pero la fe que le tenía Cyprian lo hizo detenerse. Sabía que teniendo a Cyprian a su lado, podía hacer cualquier cosa. Y si Lada tenía a Bogdan a su lado, ella nunca se rendiría. Tenían que arrancarle todo lo que había hecho suyo a lo largo de los años. Y fue por eso que Radu mató al amigo más antiguo de Lada. El hijo de su amada institutriz. No era un hombre inocente, pero aun así, Radu cargaría con su asesinato hasta el final de sus días.

Debía quebrar a Lada antes del fin. Y Bogdan murió.

—Necesitaba que entendieras el costo de esto. Que sintieras la pérdida.

—O simplemente odiabas a Bogdan.

Radu se frotó una oreja contra el hombro en un gesto apenado. Era verdad. Odiaba a Bogdan. Pero el odio no había motivado sus acciones.

—Debes perder.

—Me lo quitaste.

La rabia de Radu se encendió ante las acusaciones de su hermana.

—¡Tú asesinaste a mi cuñado!

—¡Él te arrancó de mi lado! —Lada se lanzó hacia él y luego ahogó un grito de dolor, desplomándose de nuevo—. No lo lamento.

Radu controló su ira. Ella estaba intentando provocarlo.

—Ya lo sé.

—Puedes decirle eso a Mehmed. Dile que no lo lamento. Dile que lo único de lo que me arrepiento es de que no fuera mi cuchillo el que le diera muerte.

Radu levantó una mano y fingió escribir una carta.

—Querido Mehmed —dijo con voz cantarina—. Mi hermana te envía saludos y quiere que sepas lo mucho que admira tu sangre y cuánto desearía haber visto más de ella. Toda, de hecho.

Lada soltó una sorprendente carcajada, agarrándose las costillas para luego retorcerse de dolor. Jadeó hasta volver a incorporare.

—Termínalo. Siempre dije que te mataría. Jamás me imaginé que tú me matarías a mí.

Radu no le quitó los ojos de encima a su hermana.

—Pues ya ves. El resultado de tu lucha. Estás sola, en la oscuridad, sin aliados ni amigos ni armas.

El rostro de Lada estaba tan lleno de fiereza y orgullo como de cansancio y dolor.

—¿Valió la pena? —susurró Radu.

—Sí —respondió Lada, elevando la barbilla.

Radu raspó las piedras húmedas detrás de él con el cuchillo.

—¿Recuerdas la historia de Shirin y Ferhat?

—Estamos en el centro de mi montaña, Radu, y no veo un corazón.

—Te equivocas —dijo Radu con una sonrisa—. Hay dos. El tuyo y el mío.

Lada exhaló profunda y temblorosamente, y un poco de su orgullo cayó al mismo tiempo que sus hombros. En su rostro había una expresión que Radu no había visto nunca antes.

Tristeza.

—Desearía que no fueras tú —dijo—. Aceptaría felizmente la muerte de cualquiera que no fueras tú.

—Pero nunca te vas a detener. Ni siquiera ahora. Si hubiera alguna forma de seguir, sola, sin nada, lo harías.

Lada asintió, llevándose una mano al medallón que Radu le dio.

—Mientras siga respirando, seguiré peleando. Aunque parezca que mi país no quiere que lo haga, pelearé. No puedo detenerme.

—Eso es lo que pensé —Radu se levantó, sacudiendo sus piernas que estaban adoloridas y entumecidas tras tanto tiempo sentado—. Tú y Mehmed. Siempre intenté protegerlos, intenté cambiar sus caminos. Ojalá hubiera podido hacerlo. Pero de haberlo hecho, no serían las personas que son ahora, y no envidio eso —Radu acortó la distancia entre ellos. Lada levantó la mirada hacia él, desafiante.

Radu se guardó el cuchillo en la cintura de sus pantalones.

—Es cierto que intentaste protegerme cuando éramos niños. Hacerme más fuerte. Cada vez que dejaste que me golpearan. Cada vez que fuiste tú quien me golpeó. Fue porque no veías otra manera de protegerme.

—Sí —respondió Lada con gesto confundido.

—Entonces, déjame protegerte ahora de la única manera que conozco. No me quedaré contigo por siempre, no puedo y no quiero hacerlo. Pero puedo ayudarte durante un tiempo para que puedas seguir liberando a Valaquia. Creo que se merecen mutuamente.

—¿Eso es un insulto? —preguntó Lada con el ceño fruncido.

—No lo sé —dijo Radu, riéndose—. Pero ya has visto lo que consiguen tus métodos. Déjame ayudarte lo suficiente para que vuelvas a levantarte.

Puedo darte un trono sin caos ni amenazas para que puedas sanar a tu país.

—¿Y luego?

—Y luego me iré.

—¿Y qué pasará con Mehmed?

—Deja que yo me encargue de él. Por favor. Deja que yo me encargue de todos los otros líderes, nobles y boyardos. Insisto.

—No necesito… —Lada se detuvo, negando con la cabeza—. Sí necesito tu ayuda. Siempre la necesité. Pero no estabas aquí. No me elegiste a mí.

Radu se arrodilló frente a ella, ofreciéndole el cuchillo. Sabiendo que había matado al mejor amigo de Lada. Sabiendo que le había quitado todo. Sabiendo que un ser salvaje herido y acorralado es el más peligroso.

Sabiendo que esta era su elección. Que no era lo que Lada o Mehmed hubieran hecho. Y que por eso era lo correcto.

Lada estiró una mano y tomó el cuchillo entre sus dedos. Lo sostuvo, jugando con el reflejo de la luz.

—¿Eres mío de nuevo?

—Por un tiempo.

—¿Y luego?

—Y luego me retiraré a vivir una vida feliz y pacífica, lejos de los tronos, los gobernantes y las decisiones imposibles —hizo una pausa—. O podríamos hacer eso los dos en este momento. Ven conmigo. Déjalo todo.

La mano de Lada se tensó por reflejo alrededor del cuchillo.

—Ya me imaginaba que no, pero tenía que intentarlo —dijo Radu y le ofreció una mano.

Lada envainó su cuchillo y aceptó la ayuda de su hermano.

—Sabes —agregó Radu con una voz tan suave como el brazo que rodeaba la cintura de Lada— que esto será tu muerte. No hoy. No mañana, si tenemos suerte. Pero en algún momento acabarán contigo por atreverte a exigir el poder.

—Lo sé. Pero Valaquia lo vale —en la voz de su hermana, Radu escuchó cómo aceptaba su fin. No había desafío en ella. Sus palabras fueron casi tiernas, como si se las estuviera diciendo a un amante.

Salieron juntos de la cueva oscura, caminando hacia la luz.

—Otra cosa —dijo Lada, parpadeando mientras sus ojos se ajustaban—, ¿quieres un bebé?

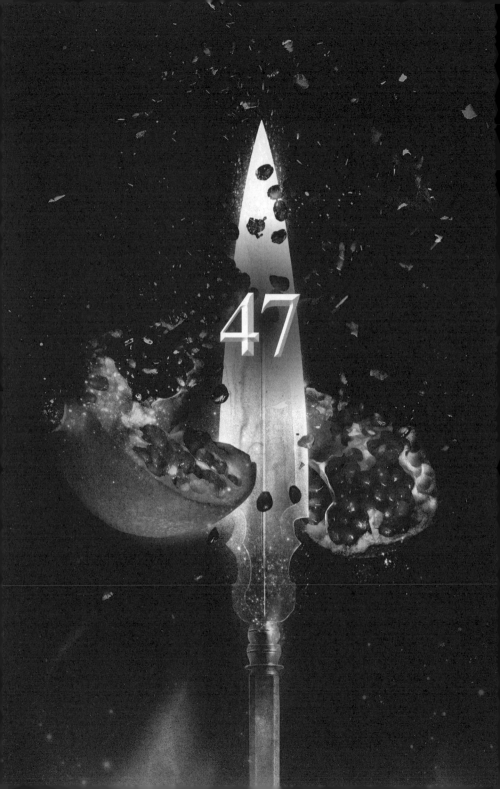

TIRGOVISTE

Lada estaba tendida de espaldas, contemplando las ramas de los árboles. Estaban entrelazadas como dedos y el azul del cielo luchaba por abrirse paso entre ellas. El final del otoño las había dejado sin hojas, salvo algunas tristes aferradas. Hacía suficiente frío como para que todos estuvieran envueltos en pieles, pero nadie discutió con ella cuando sugirió que se encontraran en el bosque. Nazira evitaba a Lada, buscando una excusa para estar en otro lado cuando había reuniones con ella. Lada no le guardaba rencor por eso. Fátima, la criada silenciosa, iba en su lugar, acompañando a Radu y Cyprian.

En algún punto cercano los hombres de Radu montaban una guardia silenciosa e invisible alrededor del grupo. Lada sospechaba que su atención estaba más enfocada en ella que en otras posibles amenazas. Lo cual demostraba que eran buenos hombres. Cuando Radu sacó a Lada de la cueva y anunció que habían hecho un pacto, los hombres de Radu desconfiaron. Pero Radu seguía siendo el mejor para usar su lengua de plata para convencer a los demás de que su idea era la mejor.

Además, le había escrito a Mehmed. Lada no preguntó qué le dijo ni cuál fue la respuesta de Mehmed. Lo único que sabía era que Radu estaba de su parte, lo cual valía más de lo que se hubiera podido imaginar, y no estaba dispuesta a ponerlo en riesgo.

—¿Y qué hay del rey Stephen? —preguntó Lada, siguiendo su conversación sobre amenazas y aliados—. Aún tiene las ciudades que me quitó cuando se suponía que iba a ayudarme. Quiero matarlo.

Radu suspiró, frotándose la nariz y dejándose una mancha de tinta allí. Cyprian, el alto joven griego que siempre estaba con su hermano, se rio y se la limpió. Cyprian no se parecía en nada a Mehmed. Era alegre y abierto, y portaba sus emociones con tal transparencia que incluso Lada podía leerlo. Mehmed siempre fue muy cuidadoso con lo que le mostraba al mundo. Y mientras él nunca estaba satisfecho con nada y siempre quería más conocimiento, más poder, más control, Cyprian parecía profundamente contento tan solo teniendo a Radu junto a él.

Alguna vez Lada se preguntó si alguien podría quitarle su corazón a Mehmed. No hubiera pensado que sería alguien tan diferente quien lo hiciera. Supuso que debería estar feliz por Radu, pero resultaba muy fastidioso.

—No puedes matar al rey de Moldavia —dijo Radu.

—No planeaba hacerlo personalmente —respondió Lada, señalando hacia su estómago que no paraba de crecer—. Obviamente enviaría a alguien más.

—No, quiero decir que no *podemos* matar a Stephen. Sigue siendo un aliado. He recibido buenas respuestas de mis enviados que lo han visitado. Además, pensé que te caía bien.

—Sí me cae bien. Pero eso no significa que debe vivir después de lo que hizo. ¿Qué clase de ejemplo sería si le permito quedarse con las tierras que me quitó?

—No vamos a dejar que se las quede. Vamos a dárselas como regalo en agradecimiento por ser nuestro aliado, y como muestra de futuras cooperaciones y apoyos.

—Eso es terrible —gruñó Lada, poniéndose de pie.

—Eso es diplomacia. No puedo hacer mucho en este momento por nuestras relaciones con Transilvania y Bulgaria, pero no dañaremos nuestras únicas fronteras amigables.

Lada puso un gesto de disgusto, masajeándose la nuca con sus nudillos.

—Permíteme —Fátima se acomodó en la manta que estaba junto a ella y trabajó en los músculos adoloridos de Lada. En el castillo, cuando trataba con enviados o dirigía el manejo de las tierras, Nazira usaba un vestido relleno que imitaba la condición de Lada.

—Solo estás siendo amable conmigo porque quieres el bebé —dijo Lada.

Fátima no se detuvo ni respondió. Nunca lo hacía. Trataba a Lada con una amable lejanía de la que ella sabía que no era merecedora, y eso la irritaba. Fátima debería odiarla, como lo hacía Nazira, con justa razón.

A veces, Lada se preguntaba si debería disculparse con Nazira por matar a su hermano. Pero ya le iba a dar un bebé, lo cual aparentemente Nazira deseaba mucho. Y Lada no podía encontrar las palabras, ni la emoción, para pedir perdón. Pero Nazira le caía bien pese a todo. Por mucho que sospechó y dudó del matrimonio, ahora veía que Nazira sin lugar a dudas era valiente y que tenía una mente astuta que siempre estaba buscando oportunidades.

A Lada le parecía lamentable que Nazira y ella no pudieran ser amigas. Pero no había nada que hacer por arreglar sus actos. Ni lo intentaría. Nazira seguía teniendo mucho más de lo que Lada tenía. Radu había logrado construirse una familia maravillosa. Y, a diferencia de Lada, pudo quedarse con todos.

Una rama se rompió y Lada tomó una piedra antes de darse cuenta de que Bogdan no estaba intentando escabullirse de sus clases en el bosque.

Era Oana, cruzando el bosque hacia ellos con una enorme canasta.

—Pero sí mataremos a Matthias —dijo Lada. Sus palabras se quedaron un momento en el vapor de su aliento contra el frío. Quería que se congelaran para volverse una realidad—. Me traicionó. Me tuvo presa durante tres meses. También traicionó al papa y a sus aliados europeos tomando el oro que se le dio para nuestra cruzada contra Mehmed y usándolo para comprar su estúpida corona. No podemos confiar en él. Además, no podemos estar seguros de que no intentará hacerme daño de nuevo.

—No vamos a matar a Matthias —respondió Radu.

—¡Me encarceló!

—Pero no te mató. Ni a Oana. Incluso la devolvió como un regalo.

Oana gruñó, desempacando su almuerzo.

—Pudo haber enviado algo más valioso.

–No hay nada más valioso –dijo Radu, pero no logró ver a su institutriz a los ojos. Solo él y Lada conocían la fuente de su culpa. Lo más cerca que Lada estuvo de disculparse por haberla dejado fue no decirle a la mujer quién mató a Bogdan. Hasta donde Oana sabía, o sabría, Bogdan fue a las montañas en busca de ayuda y nunca volvió.

Oana no necesitaba vivir con la verdad. Ya era suficiente con que Lada y Radu cargaran con ella.

La mirada de Oana viajó hasta el estómago hinchado de Lada y sus ojos se llenaron de lágrimas. Lada resistió el impulso de quejarse. Si pudiera quitarse esa maldita cosa y darlo por terminado, lo haría. Era como un parásito, ajeno e intrusivo. Y Lada sabía que cuando los demás miraban su estómago, veían lo que querían.

Nazira y Fátima veían sus futuros como madres. Radu, un secreto que debía esconder para proteger a Lada. Oana, a su propia carne y sangre mezclada con la hija que eligió.

"¿Es suyo?", preguntó Radu una noche mientras ayudaba a Lada a ejercitar su brazo herido para recuperar la movilidad completa.

"¿Te refieres a Bogdan?", respondió Lada.

"Ambos sabemos que no me refiero a él".

Lada no le respondió. Ni lo haría nunca. Sabía que el hijo podría ser considerado un heredero legal, sabía que en la mente de Mehmed y a los ojos de la ley otomana, Lada era parte de su harén. Pero él nunca tendría nada suyo. Y mucho menos esa bestia que en ese mismo momento se estaba aposentando sobre su vejiga.

–… porque sabemos lo que quiere –Radu seguía hablando–, y es fácil tratar con él. Y es nuestra conexión con el papa y el resto de Europa. Es un tema delicado, pero creo que podemos mantenerlo de nuestro lado, o al menos no directamente en nuestra contra.

–Sería mejor si tuviéramos dinero para enviarle a Matthias –dijo Lada–. Le es profundamente leal al dinero.

–Muchas cosas serían mejores si tuviéramos dinero. Pero primero tenemos que sobrevivir a este invierno.

Lada sabía que sobrevivirían, y solo por la visión de Radu al emplear a sus jenízaros como granjeros. Ella había destruido su propia tierra. Él la había sanado.

La estaba fastidiando de nuevo.

—Si no me dejas matar a Stephen o a Matthias, ¿a quién sí podemos matar?

—Hice una lista exhaustiva —Radu buscó entre sus montones de pergaminos. La mayoría de ellos eran reportes detallados, dónde estaban, a dónde irían. Recursos como comida y materiales. Listas de hombres y dónde localizarlos, así como la gente que consideraba de confianza o cuya confianza podrían ganarse. En resumen, todos los detalles a los que Lada nunca quiso enfrentarse pero que se necesitaban para dirigir un país.

Radu era un príncipe excelente, y a Lada no le sorprendía. Y ni siquiera le molestaba especialmente. Siempre quiso tenerlo a su lado. Siempre supo que juntos podrían lograr lo que solos les era imposible.

Quizás, si no hubiera destruido tantas cosas para llevarlo hasta allí, él se quedaría.

—¡Ah! Aquí está —Radu levantó un pergamino y se lo entregó a su hermana.

—Esto está en blanco —dijo Lada mientras sus ojos recorrían las líneas vacías.

—¡Exacto! Estamos construyendo, no destruyendo.

—De todos modos, creo que sería más fácil empezar de cero. Destruir todo lo que ya existía y que provocó tanta debilidad y putrefacción.

—Ya he visto el precio de tomar algo muy viejo y hacerlo nuevo —respondió Radu con la quijada tensa por reflejo—. Las calles llenas de sangre para limpiar los restos del imperio caído y abrirle paso al futuro. Los niños...

Cyprian puso una mano sobre la de Radu, que estaba temblando con tal intensidad que hizo crujir al pergamino.

—No quieres pagar ese precio —continuó Radu, respirando profundamente—. Incluso tú construirte la fortaleza Poenari sobre las piedras del pasado, sobre la fuerza que ya estaba allí. Estamos haciendo lo mismo.

—Tú derribaste la fortaleza —dijo Lada, enarcando una ceja.

Una risilla de Fátima provocó que todos voltearan al lugar donde estaba acurrucada bajo una piel gruesa.

—Bueno —comentó con voz suave—. Quizás no fue el mejor ejemplo.

Lada se reclinó hacia atrás y dejó que los demás hablaran, escuchando a Cyprian y Radu discutir y hacer estrategias y planes. Radu intentaba entregarle el trono más estable que fuera posible, y ella no dudaba que haría un buen trabajo. Aún tenían que discutir el mayor problema, con el que habían compartido toda su historia. Ninguno de los dos se había atrevido aún a abordarlo. Las manos de Lada estaban descansando sobre su estómago.

Las retiró.

Fátima masajeó suavemente la frente y el cuello de Lada, donde tenía una tensión constante. Allí, en el bosque, entre sus árboles, en su país, Lada escuchó a la familia que su hermano había construido y extrañó desesperadamente a la suya.

• • • • •

—Quiere verte —dijo Radu, observando desde la torre. Lada no quería estar ahí. A ninguno de los dos les gustaba el castillo, pero él parecía tenerle mucho cariño a la torre. Para Lada solo tenía fantasmas. Otra noche, otro tiempo, otro hombre al que amó. Lada miró hacia Tirgoviste, intentando olvidar. Todo estaba congelado. En calma. La guerra dormía durante el invierno, acurrucada como un oso en una cueva.

Y, por tanto, Tirgoviste comenzaba a llenarse de nuevo. Gracias a las provisiones de comida de Radu y la presencia de Lada, la gente de Valaquia lentamente había regresado. Y, de nuevo gracias a Radu, varias de las mansiones de nuevo daban techo a los boyardos. Radu los visitaba diariamente, haciendo apariciones sociales con esa encantadora flor que tenía por esposa. Pero también se reunía con personas elegidas por Lada, aquellas a las que les había dado tierras. Lada podía ver en las acciones de su hermano que respetaba lo que ella intentó hacer, y lo que esperaba seguir haciendo. Solo quería hacer las cosas de una manera más amable, lo cual era típico de él.

—Trabajamos bien juntos —dijo Radu, como si leyera la mente de Lada.

—O sea, ¿yo hago todo el trabajo y luego tú te apareces para sonreírle a la gente y caer bien?

—Sí —respondió Radu, riéndose. Luego suspiró y su rostro se tornó serio de nuevo—. Mehmed quiere que nos reunamos. Vinieron sus enviados y todos sobrevivieron y volvieron con vida; estoy trabajando en nuevos acuerdos que, creo, espero, aceptará. Está en deuda conmigo, y nunca le he pedido nada. Creo que permitirá que te quedes en el trono. Pero quiere que nos reunamos en secreto.

—¿Ustedes dos?

—Nosotros tres.

La cosa en su interior le picó las costillas, las cuales seguían adoloridas por la caída meses atrás. Ella le dio un empujón con la mano. Había dejado su típica cota de malla y ahora usaba unas túnicas extrañas y voluminosas, algo entre un vestido y los batones que se usaban en el Imperio otomano. Su cuerpo era naturalmente grueso y había escondido su condición por un tiempo, pero esa ropa era ahora su única opción. No faltaba mucho tiempo.

Lada negó con la cabeza.

—No tengo nada que decirle.

—¿Aun después de todo?

—Especialmente después de todo. ¿Te dije que vi a nuestra madre?

Radu inclinó la cabeza hacia un lado, frunciendo el ceño ante el cambio de tema.

—¿Cuándo?

—Cuando estabas en Constantinopla. Yo buscaba apoyo. Pensé que ella quizás podría ponerme en comunicación con su padre.

Las cejas de Radu se elevaron y de pronto se veía como el niño al que Lada salvó tantas veces mientras iban creciendo. Pero ella no podía salvarlo de esto.

—No le importó —dijo Lada—. No le importábamos nosotros. No le importaba lo que nos pasó. Ni siquiera me preguntó por ti.

Radu parpadeó rápidamente y luego intentó elevar las comisuras de su boca al mismo tiempo que encogía los hombros.

—Yo ni siquiera la recuerdo.

—No se merece un lugar en tus recuerdos. Dejó que el mundo… nuestro padre… la destrozara. Y se fue para que lo mismo pudiera pasarnos a nosotros. A mí no me van a destrozar. Y nunca perdonaré ni olvidaré a los que no pudieron quedarse a mi lado.

—Mehmed era nuestro amigo, Lada. Más que eso. Al menos para ti —la sonrisa de Radu era melancólica, pero no amarga.

—Tenía todo el poder del mundo y no usó ni un poco para ayudarme. No quería verme triunfar. Yo solamente le importaba en relación a sí mismo —sabía que era verdad, porque ella había tratado a Bogdan de la misma forma. Odiaba a Mehmed por ello y hacía su mejor esfuerzo por no pensar en Bogdan para no odiarse a sí misma.

—Yo tampoco quiero verlo —reconoció Radu, suspirando.

—¿Qué pasó entre ustedes dos? —Lada había sentido celos por tanto tiempo, preocupada por los afectos de Mehmed. Debió preocuparse más por Radu. Pero ninguno de los dos logró evitar que Mehmed se convirtiera en la estrella central alrededor de la cual giraban sus vidas.

—No pasó nada. Me pidió que me quedara y yo elegí irme. Está solo.

—Tiene un imperio —dijo Lada con tono irónico.

—Y tiene que estar por encima de todo y de todos. Nos amaba, nos necesitaba, porque éramos las únicas personas con las que él podía ser normal. Los únicos para quienes solo era Mehmed, no el sultán.

—Ese es el precio del poder —Lada no miró a Radu, pues sabía que él también iba a dejarla. Estaría sola, igual que Mehmed. Solo Radu había elegido a las personas en lugar del poder. Lada miró hacia el cielo, donde una luna creciente comenzaba a levantarse—. ¿Recuerdas la noche en que la luna se hizo de sangre?

—Estaba en Constantinopla con Cyprian —respondió Radu, asintiendo.

Lada estaba allí con Bogdan. Con Nicolae. Con Stefan. Con Petru. Ya estaba sola, pero aún no se había dado cuenta.

—Mehmed puede vivir en el infierno que él mismo construyó —dijo Lada—. Prométele dinero que nunca le enviaré. No aceptes darle a ningún valaco. Mientras yo sea príncipe, los jenízaros no recibirán sangre de Valaquia para llenar sus filas.

Si los príncipes antes de ella hubieran sido así de fuertes, nunca habría conocido a sus amigos. Lada deseó que ese hubiera sido el caso. Si no hubieran sido jenízaros, no se habrían convertido en *sus* jenízaros. Todos seguirían vivos. Y ella nunca los habría conocido, y por tanto no estaría extrañándolos.

—Mehmed quedó humillado por el fracaso de su ataque —continuó Radu—. Creo que aceptará mientras signifique paz. Y porque soy yo quien se lo pide.

—Pero sí voy a recuperar el Danubio.

—En este momento vas a bajar hasta la sala del trono y arreglarás las disputas sobre algunas tierras. Y si en diez años tu gente no está en peligro de morir de hambre, y tienes un ejército fuerte y el apoyo de tus países vecinos asegurado con años de paz, entonces, por favor: recupera el Danubio.

—Podríamos hacerlo juntos —sugirió Lada con una naturalidad que no sentía.

—Estarás sola —dijo Radu con voz triste pero firme.

—Lo sé —reconoció ella.

48

La expresión preocupada de Radu desapareció cuando el monje le informó que su hermana había dado a luz a una niña. El invierno era tan frío que casi no habían logrado llegar a tiempo al monasterio ante las dificultades que expresaron para cruzar tanto la tierra como el lago. Pero llegaron. Y ahora el bebé también había llegado ya.

Oana salió de la habitación con un montón de telas sucias entre los brazos.

—Lo hizo muy bien —su voz estaba enronquecida por la emoción.

Radu abrió la puerta con incertidumbre y encontró a Nazira en una silla abrazando un bultillo envuelto en telas. Le sonrió con lágrimas en los ojos. Fátima estaba junto a la cama, acomodándole las sábanas a Lada y limpiándole el sudor de la frente.

Se escuchó un extraño chillido y Radu se dio cuenta de que era la bebé. Se acercó a Nazira y echó un vistazo. La bebé tenía cabello grueso y oscuro, y aunque su cara estaba roja e hinchada por su llegada al mundo, Radu solo necesitó un instante para ver que era la mezcla de las dos personas que Radu reconocería en cualquier lugar.

Esa no era hija de Bogdan.

—¿Qué nombre deberíamos ponerle? —preguntó Nazira, levantando la vista.

—Theodora —dijo Lada con voz cansada—. Quien nació con nada y creció para gobernar un imperio.

—Esta bebé no nació con nada —aclaró Radu, entregándole una sonrisa a la pequeña.

Fátima se acercó y tomó a la bebé entre sus brazos. Le acarició la cabeza con su nariz e inhaló profundamente.

—El nombre es fuerte y hermoso. Y ella también lo será.

—Espero por su bien que sea fea. Ahora salgan de aquí y déjenme descansar —ordenó Lada. Nazira y Fátima salieron rápidamente de la habitación con la bebé. Lada se reacomodó en su cama, dándole la espalda a Radu.

Él puso una mano sobre el hombro de su hermana y sintió cómo su cuerpo se contraía con un llanto silencioso.

—Lárgate —repitió ella.

Radu se acomodó en la pequeña cama y se acurrucó contra Lada, abrazándola hasta que se quedó dormida.

· · · ·

—¿Cómo te sientes? —preguntó Radu.

—Con ganas de apuñalar a la siguiente persona que me pregunte cómo me siento —dijo Lada con los dientes apretados mientras cabalgaba junto a él.

Apenas habían pasado un par de semanas tras el nacimiento de la bebé. Nazira y Fátima seguían resguardadas en Snagov, pues encontraron una nodriza dispuesta a quedarse con ellas durante todo el tiempo que la bebé requiriera. Incluso estaba dispuesta a mudarse a Edirne. Radu sospechaba que una parte de su entusiasmo venía por el generoso pago, y otra por el hecho de que Nazira solo quería que alimentara a su hija sin hacer ningún otro trabajo.

—Entonces, ¿te irás a tu hogar feliz en el campo? —preguntó ella.

—Sí. Cyprian se casará con Fátima para que sea más sencillo explicar las cosas.

—Supongo que los matrimonios siempre son un negocio para facilitar la vida —comentó Lada con tono pensativo—. Simplemente el tuyo es más extraño que la mayoría.

—Aun no puedo creer que todos nosotros nos hayamos encontrado –dijo Radu, riéndose.

—Yo sí. Siempre fuiste implacable para encontrar personas que te amen.

Radu abrió la boca para discutir, sintiéndose herido. Pero Lada tenía razón. Siempre fue tan enfocado y decidido como ella. Simplemente tenían metas distintas.

—Todavía puedes venir con nosotros.

—Y tú todavía puedes quedarte aquí y ayudarme a gobernar –agregó ella tranquilamente, pero había algo en su voz que hizo que Radu sospechara que la oferta tenía más peso del que ella misma quería que tuviera.

—No.

Radu amó a Mehmed y amó a su hermana, pero no tenía deseos de estar a sus servicios. Ya no. No quería pagar el precio de sus ambiciones ni ver cómo lo pagaban ellos mismos.

—¿Cuánto tiempo? –preguntó Lada, asintiendo.

—Tres meses. Queremos esperar hasta que la bebé haya crecido un poco antes de viajar.

—Pues entonces acelera el galope. Tengo mucho trabajo para ti antes de que te vayas –pero ella misma no aceleró el paso de su caballo. Parecía feliz, por una vez, de tomarse su tiempo–. Enviaré a Oana contigo –anunció, envolviéndose lo más posible con su abrigo forrado de piel.

—¿Ella quiere ir? –preguntó Radu, sabiendo que lo único que contaba eran los deseos de Lada.

—No importa lo que ella quiera. No deseo que se quede. Puede ayudarles con la bebé.

Radu sospechaba que en realidad sí quería que Oana se quedara. Era obvio por la forma deliberada y decidida en la que había rechazado la ayuda de la institutriz desde que nació Theodora. Si a Lada no le importara tanto, no sería tan malvada.

—Se quedará en Tirgoviste si se lo pides.

—No quiero otra muerte en mis manos –dijo Lada. Las palabras salieron tan rápido que Radu se preguntó si realmente había querido decirlas en voz alta–. ¿Tú quieres a la bebé? –preguntó, cambiando de tema con brusquedad.

–¿Por qué preguntas eso? –Radu frunció el ceño.

–Sé que Nazira quiere a la bebé. Se hubiera metido a sacarla de mi vientre si fuera necesario. Pero ¿tú la quieres?

–Creo que nunca quise un hijo –respondió Radu, rebuscando entre sus sentimientos. Casi no había tenido oportunidad de ver a la bebé y solamente la cargó un par de veces. Resultó que Fátima era increíblemente posesiva–. Si recuerdas, nuestras propias infancias no fueron muy placenteras.

–¿Quieres decir que no has pensado ya en todas las maneras en las que podrías usar a esa criatura para tu beneficio personal?

–Jamás haría algo así –dijo Radu, indignado.

Lada volteó a verlo y de pronto adoptó un tono solemne.

–Lo sé. Por eso te la di a ti. Mehmed sí la usaría –hizo una pausa–. Yo también, en algún momento. O provocaría que la mataran. Quiero algo mejor para ella de lo que tuvimos nosotros. Confío en que Nazira y Fátima se encargarán de eso. Y confío en ti.

Radu asintió mientras su pecho se llenaba de emociones que tanto había intentado contener.

–La criaré con amor.

–Y fuerza.

–Y fuerza. Aunque estoy seguro de que no podríamos evitar que sea fuerte ni aunque lo intentáramos.

Lada levantó un brazo y se desabrochó su collar. Lo sostuvo entre su mano, observándolo. Luego sacó uno de sus cuchillos y envolvió el collar en el mango. Le entregó ambos a Radu.

–Su herencia. No espero que le cuentes algún día la verdad sobre su origen, pero quiero que tenga esto.

Radu los tomó con reverencia, sintiendo el peso del alma de Lada sobre su mano.

–Tal vez espere un par de años antes de darle el cuchillo.

–Yo tuve uno a los tres años –comentó Lada con un gesto de desinterés.

–Y mira cómo terminaste.

Lada soltó una carcajada, mirándolo con una sonrisa de fuego o destrucción; o de ambas.

–El primero en llegar a Tirgoviste decide si matamos a Matthias.

Lada espoleó su caballo y pronto dejó atrás a Radu. Él la observó cabalgando hacia su destino, sabiendo que siempre le ganaría, que siempre llegaría antes que él a cualquier destino. Ya no quería intentar alcanzarla. Y aceptó esa resignación con tanta paz como melancolía.

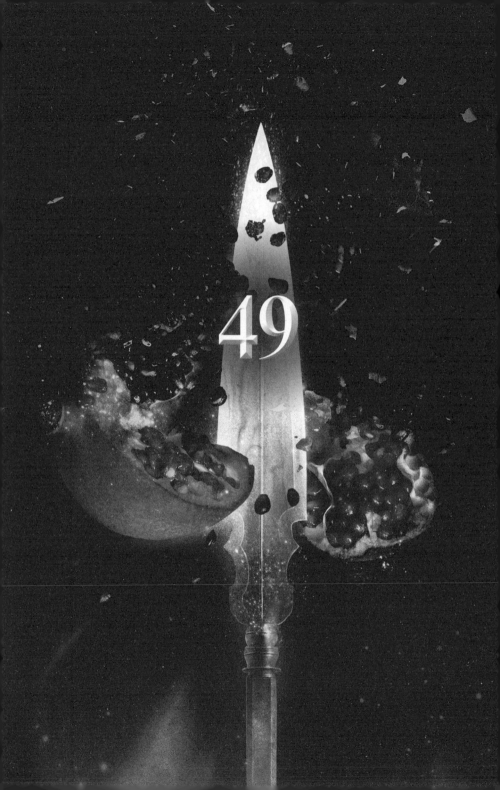

49

Tirgoviste

Lada se quedó mirando hacia el horizonte mucho tiempo después de que Radu y su gente desaparecieron por el camino. La primavera comenzaba a abrirse paso sobre la tierra, haciendo todo más suave y verde con sus brotes. Era hora de renovarse, de reconstruir. Y de que ellos se fueran.

Era bueno que Radu ya no estuviera. Lada ya no tendría que fingir felicidad o calma cuando no sentía nada de eso. Y sería agradable que ya no anduviera siguiéndola por todas partes y diciéndole a quién podía matar y a quién no.

Pero había hecho un buen trabajo. Mejor del que ella hubiera podido hacer. Tenía pactos firmes en todas las fronteras que importaban. Los boyardos con los que trabajaba Radu parecían confiables, aunque Lada planeaba vigilarlos de cerca. Su país estaba funcionando como ella quería. Con orden. Con fuerza. Con justicia y equidad. Si bien era un cambio más lento de lo que le hubiera gustado, al menos esperaba que la promesa de Radu de que sería como un árbol con raíces profundas que crece por décadas fuera verdad.

Lada entró a la sala del trono. Se sentó, dirigiendo la mirada hacia donde su padre una vez la dirigió. Hacia donde también lo hicieron los príncipes Danesti.

El trono era una sentencia de muerte. Lada no era tonta. Sin duda se la llevaría en algún momento, como se había llevado a todos los que estuvieron ahí antes que ella. Todos menos *Radu, cel Frumos*, el príncipe que se fue. El que eligió la vida y el amor sobre el país.

Lada no se iría.

Una vez estuvo ahí con los ojos de sus amigos sobre ella. Ahora, y por siempre, estaba ahí sola.

Se abrió camino en la montaña para alcanzar el deseo de su alma y descubrió que la montaña, después de todo, sí tenía corazón, y sus latidos eran los de todos aquellos que no se detendrían, que no aceptarían lo que el mundo les ofrecía, que no cederían.

Lada tamborileó sus dedos sobre los brazos del trono, mirando la sala vacía. No era tan estúpida como para creer que los hombres dejarían de intentar quitárselo. Siempre estarían allí, esperando una debilidad, esperando que fallara. Querían lo que ella tenía porque ella lo tenía. Y un día, en algún momento, alguien la derrotaría. Pero hasta ese día pelearía con uñas y dientes, con todo el fuego y la sangre que la convirtieron en lo que era.

Era un dragón.

Era un príncipe.

Era una mujer.

Y esto último era lo que más la asustaba. Sonrió, golpeteando el trono con sus dedos al ritmo de los latidos de su corazón.

—Mío —dijo.

Suyo. Y solo suyo.

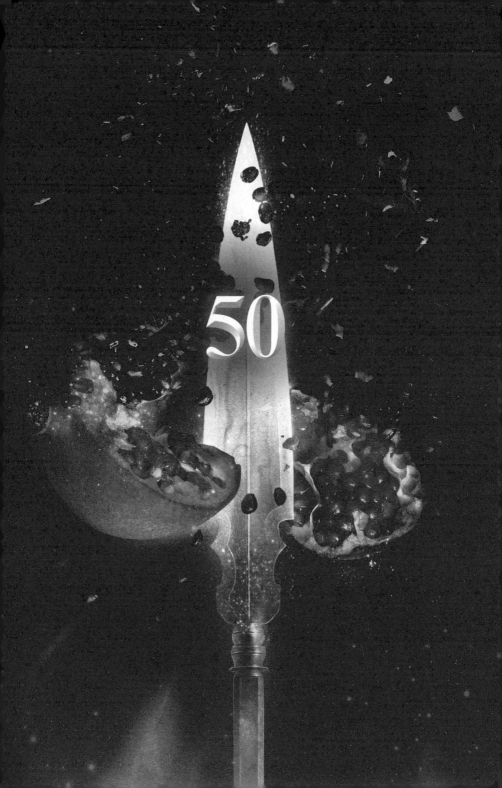

Radu terminó sus oraciones y se acomodó en cuclillas, disfrutando la paz única de ese lugar. Un golpe seco y una risa lo hicieron levantarse. Se estiró y echó un vistazo a las cartas que lo esperaban en su escritorio. La mayoría eran asuntos regionales: disputas menores, solicitudes de impuestos, todos los detalles que mantenían el buen funcionamiento de su gobierno.

Pero una de ellas era de Mara Brankovic. La llevó consigo hasta el jardín abrumadoramente colorido donde Oana estaba preparando un pícnic de mediodía mientras Fátima bordaba en la sombra. Nazira estaba en el columpio que alguna vez colgó del viejo árbol en las tierras de Kumal. Se lo habían llevado hasta allí como llevaban a Kumal con ellos, en espíritu, de todas las formas posibles.

—Es de Mara —dijo Radu, entregándole la carta a Nazira.

Nazira la leyó, sonrió y negó con la cabeza.

—Dice Mara que Urbana nos manda saludos afectuosos.

—Debe saber que sabemos que está mintiendo.

—Sospecho que lo hace para divertirse. Nos agradece por enviarle nuestras condolencias cuando murió su madre. Las fronteras orientales de Mehmed le están causando problemas, así que últimamente no ha pasado mucho tiempo en la capital. Ah, sí, y el verdadero motivo de la carta, al que solamente le tomaron tres páginas para llegar: quiere saber si podrías recordarle a Lada que cumpla con sus impuestos. "Esas cosas siempre son mucho más agradables si vienen de un familiar" —Nazira se rio—. Está intentando delegar.

Radu se inclinó hacia el suelo, sentándose junto a Fátima y asomándose para ver la túnica que estaba cosiendo.

—Es hermosa.

—Es para Theodora —respondió ella con una sonrisa complacida.

—Entonces durará tres minutos enteros siendo hermosa a partir del momento en que se la ponga.

La sonrisa de Fátima se volvió más suave y también más llena de orgullo.

—Sí —dijo, acariciando la tela.

Cyprian entró al jardín corriendo y soltando un rugido; llevaba a Theodora sobre sus hombros. Le dio tres vueltas al árbol antes de desplomarse sobre el césped. Theodora saltó sobre su estómago, riéndose, pero Cyprian fingió que estaba muerto.

La niña volvió a la casa con el ceño fruncido y con las trenzas que Fátima le había hecho esa mañana en su cabello negro ya casi deshechas.

Radu se estiró, descansando la cabeza sobre el torso de Cyprian. El día era cálido, adorable y ligero; la mejor estación. Por la noche le respondería a Mara y escribiría su informe sobre el estado de su gobierno para Mehmed. Pero ¿esta tarde?

Esta tarde era para ser feliz.

Oana terminó de acomodar la comida, mascullando algo sobre cómo en ese lugar no podía conseguir los ingredientes correctos. Se había ajustado bien a su nueva vida, aunque se negaba a aprender turco. Pero para Theodora era bueno entender valaco. Parecía lo correcto.

—¡Theodora! —gritó Oana—. ¡Hora de comer!

Radu se incorporó para pasar la comida mientras escuchaba a Nazira hacer planes para sus vacaciones en el mar en Bursa. Algún día peregrinarían a La Meca, pero eso podía esperar hasta que Theodora fuera más grande. También irían a Cyprus para ver el lugar donde nació la mamá de Cyprian. Pero Bursa estaba lo suficientemente cerca por ahora.

—Mientras no tenga que subirme a ningún barco —dijo Radu.

—Extrañamente, Cyprian y yo también tenemos suficientes experiencias en barcos para el resto de nuestras vidas —respondió Nazira.

—E islas desiertas —agregó Cyprian, riéndose y entrelazando sus dedos con los de Radu.

No había dejado de parecerle un milagro.

—Tuve que combatir a una montaña —anunció Theodora, dejándose caer sobre la manta y tirando varios tazones de comida—. Estaba enojada. Le grité, y tenía fuego en los ojos. Pero luego le gané con mi cuchillo —levantó el cuchillo que llevaba entre su mano que aún era la de una niña pequeña.

Radu se lo quitó.

—¿Cómo hace para encontrar siempre cuchillos? —preguntó Nazira con el ceño fruncido mientras se llevaba a Theodora al regazo y le revolvía el cabello. Theodora se acurrucó en Nazira, dándole unos golpecitos en la mejilla.

Radu sabía que lo regañarían, pero no pudo contener su risa.

· · · ·

Esa noche, mientras Radu acomodaba a Theodora en su cama, metió una mano bajo su almohada y sacó el cuchillo que tenía escondido allí.

Los labios de la niña formaron un puchero y él le besó la frente.

—Lo guardaré para cuando seas mayor. Y si tienes que luchar contra una montaña, búscame. Yo lucharé contigo.

Su cuerpo de tres años no era capaz de contener la ira ni los recuerdos por mucho tiempo. Radu se quedó por horas después de que ella se perdiera en el sueño, contemplando su rostro. Lada y Mehmed se habían combinado para suavizar las facciones de ambos. Los labios gruesos de él con los grandes ojos de ella, las pestañas oscuras de Mehmed con la nariz aguileña de Lada.

Radu los amó tanto a ambos y no fue suficiente para conservarlos. Pero podía asegurarse de que la pequeña criatura a la que le dieron vida tuviera todo el amor del mundo.

—Sé fuerte —susurró—. Sé noble. Sé optimista —se inclinó para besar su frente.

»Y sé indomable.

Epílogo

Monasterio de la isla Snagov:
Diecisiete años después

Radu observó el barco que crecía al aproximarse.

Le alegraba haber llegado primero para no aparecer jadeando en la orilla para su primer encuentro en diez años.

Theodora se movía impaciente junto a él. Llevaba ropas de viaje, pero con la excelente hechura de Fátima y el amor por el color de Nazira. Y siempre llevaba cuchillos, siendo su favorito el que había heredado.

Theodora no era elegante, pero era fuerte e indudablemente adorable. Había adoptado el optimismo astuto de Nazira, la amabilidad de Fátima y, desafortunadamente, el sentido del humor de Cyprian. Con sus veinte años, seguía siendo el brillante centro de sus vidas. Radu agradecía que ella le hubiera pedido acompañarlo. Hacer solo este viaje lo habría dejado con demasiados fantasmas. Theodora era tan intrépida y encantadora que no dejaba lugar para la melancolía.

También era impaciente. Llevaban casi una hora esperando. Cuando Mehmed desembarcó, ayudado por su séquito, Theodora trabajó cuidadosamente en un gesto al menos aceptable. Por supuesto que no de recato, pero al menos respetuoso.

Al parecer, Mehmed no padecía ningún efecto adverso del viaje. Radu sonrió, pero no se apresuró para recibir a su viejo amigo como lo hubiera hecho antes. Los años habían sido duros con Mehmed. Estaba más robusto y caminaba con un marcado cojeo. Una barba poblada ocultaba las arrugas en su rostro, pero sus ojos seguían teniendo la intensidad e inteligencia de siempre.

Mehmed hizo una seña para que sus guardias lo dejaran.

—¿No traes a un sirviente que te cargue? —preguntó Radu, incapaz de contenerse.

Mehmed soltó una exhalación que bien pudo ser una risa.

—Estuvo conspirando en un asesinato. Tuve que hacer que lo mataran.

—¿En serio? —preguntó Radu con un gesto horrorizado.

El rostro de Mehmed se cubrió por una sonrisa traviesa, haciéndolo pasar de cuarenta años a quince con solo una expresión.

—No.

Radu se rio, negando con la cabeza.

—Recordarás a mi hija, Theodora.

Mehmed le ofreció una sonrisa cálida.

—Los rumores sobre tu belleza han llegado hasta Constantinopla. Me alegra verte de nuevo. La última vez eras mucho menos alta que yo.

Radu sintió una punzada de ansiedad. No podía ver a su hija sin ver a Lada y a Mehmed. Pero si Mehmed lo sospechaba, no dijo nada. Le dio unos golpecitos en la mano a Theodora y le entregó un bolso que sonaba sospechosamente a que estaba lleno de monedas.

—Por todos los cumpleaños que me he perdido, pequeña —dijo.

—Gracias —respondió Theodora con desgano en la mirada.

—Me gustaría haber regresado por causas más alegres —anunció Mehmed—. Aunque Lada nunca fue muy buena para crear circunstancias así.

Theodora miró a Radu.

—Me habría gustado conocerla. Y no solo a través de las historias —sonrió con un toque ligeramente perverso—. Aunque las historias son bastante buenas. Lada Tepes, Lady Empaladora. Nadie más tiene una tía tan impresionante.

Mehmed y Radu rieron, pero era algo incómodo. A Theodora nunca le habían contado las peores historias. Incluyendo la de cómo esa tía mató a su tío.

—Les daré unos momentos a solas antes de hacer la recepción formal —dijo, haciendo una reverencia con la cabeza. El medallón de plata que siempre llevaba al cuello se meció hacia adelante. Mehmed lo observó como si hubiera visto un fantasma. Luego se volvió hacia Radu, pero él no mostraba ninguna emoción.

—Gracias. No tardaremos.

—No es nada —Theodora se dio la vuelta, estirando los brazos y respirando profundamente—. Tómense todo el tiempo que quieran. Hay algo especial aquí. Me gusta cómo se siente Valaquia: tibia y acogedora. Como una madre, ¿no es así? —se alejó por el camino con pasos firmes y seguros. No azotaba los pies ni merodeaba como Lada, pero sí se movía como si fuera la dueña de la tierra en la que estaba parada.

En ese instante, Radu sintió la razón por la que estaba allí con más dolor que antes. Avanzaron lentamente hacia la iglesia.

Mehmed seguía con el ceño fruncido.

—Theodora no es de Nazira, ¿verdad?

La única respuesta de Radu fue un suspiro.

—Ya lo sospechaba. Desde hace años. Pero ahora, ¡con la forma en la que entrecerró los ojos, molesta ante lo condescendiente de mi regalo! Apenas podía respirar. Fue como ver el pasado. Entiendo por qué has evitado la capital todo este tiempo. Mantenla lejos.

Radu se detuvo con una mano en la puerta.

—Es mi hija.

La sonrisa de Mehmed era a la vez amable y triste.

—Me alegra. Ojalá todos hubiéramos tenido padres como tú.

La vida adulta de Mehmed había sido tumultuosa, llena de violencia y tragedias, incluso dentro de su propia familia. Se dio la vuelta y miró el jardín, pues al parecer aún no estaba dispuesto a entrar. A Radu no le molestaba el retraso.

—¿Cómo está Nazira?

—Está bien. Se le ha complicado más la visión, pero se las arregla con gracia —ya no podían salir de su casa, pero a Fátima no le importaba. Después de todo, el único lugar en el que siempre quisieron estar era una junto a la otra.

—¿Y Cyprian?

Radu sintió un dolor en su corazón. Odiaba estar lejos de él, aun ahora.

—Al fin pudimos ir a Cyprus hace dos años. Fue encantador. Pero creo que nuestros días de viajes ya terminaron. Le duele un tobillo por su vieja herida.

—Consideré hacer que lo arrestaran, ¿sabes?

—¿Qué?

Mehmed se apoyó contra el marco de la puerta, poniendo una mano en las piedras como si estuviera admirando el trabajo. Radu se dio cuenta de que estaba trazando el nombre que allí se había tallado. Lada Dracul, la financiadora de esa iglesia.

Mehmed sonrió. El amigo de la infancia de Radu una vez más se asomó entre la barba y las arrugas.

—Oh, fue hace años. Y solo iba a tenerlo como prisionero político. Solamente para tenerlo en la capital y obligarte así a volver.

—Tú y mi hermana siempre han tenido las maneras más extrañas para expresar su afecto. Ella solía pegarme y dejar que otros lo hicieran. Tú consideraste secuestrar a quienes amo para pasar más tiempo de calidad conmigo.

Mehmed sonrió, pero sin muchas ganas.

—No fue lo mismo después de que te fuiste. Nunca ha habido nadie como tú.

—O como ella.

—O como ella —reconoció Mehmed con expresión dolida—. Y probablemente eso es lo mejor —su mirada se perdió en sus pensamientos—. La habría hecho emperatriz. Se pensaría que una mujer con su ambición…

—Tuvo exactamente lo que quiso.

Mehmed se dio un tirón en su densa barba.

—Así fue.

Y, al final, también tuvo exactamente lo que Radu había predicho.

—¿De quién era la cabeza? —preguntó Radu—. La que llevaste a la capital y exhibiste en la muralla. Siempre me lo he preguntado.

—No tengo idea. Daba lo mismo. Una cabeza cercenada es una cabeza cercenada —Mehmed había combatido en batallas desde que tenía doce años; Radu sentía algo distinto hacia las cabezas cercenadas, pero habían vivido vidas distintas en los últimos veinte años.

Al fin, sin nada más entre ellos que retrasara la razón de su visita, entraron al salón principal de la capilla. Las estatuas de los santos se levantaban sobre ellos como centinelas, y las elaboradas pinturas contaban historias de la Biblia. Radu notó que todas las pinturas eran especialmente violentas, lo cual tenía sentido si se pensaba que Lada había pagado por esa capilla.

Un monje se puso de pie, inclinando la cabeza. Los llevó a una parte del suelo con azulejos nuevos. Una pequeña lápida sobre uno de ellos simplemente decía PRÍNCIPE.

–¿Sin nombre? –preguntó Mehmed.

–Temía que alguien pudiera profanarla –dijo Radu. Aun en la muerte, Lada tenía muchos enemigos. Ambos miraron en silencio hacia el lugar donde su hermana dormía, sepultada para siempre–. ¿Fueron tus hombres? –preguntó Radu. No había nada acusatorio en su tono, solamente curiosidad. A Lada la habían matado en un campo mientras esperaba enfrentarse a Mehmed y sus hombres en una batalla, su primer conflicto directo desde aquellos terribles días a las afueras de Tirgoviste.

Mehmed negó con la cabeza.

–He intentado descubrir quién fue. Algunos sospechan que Matthias envió a un asesino. La mayoría cree que fue uno de sus propios guardias. Nadie lo sabe con seguridad.

–¿El golpe final?

–Un cuchillo por la espalda. Me llevaron su cadáver en el campo. Creo que esperaban una recompensa –Mehmed se reacomodó en su lugar con una expresión avergonzada–. Maté a esos pobres hombres ahí mismo. Fue una tontería, considerando que yo mismo había ido para luchar contra ella.

Radu puso una mano sobre el hombro de Mehmed.

–Gracias por enviar su cuerpo hasta aquí.

Mehmed asintió y luego se arrodilló, poniendo una mano sobre las piedras que cubrían el cuerpo de Lada.

—Aún tras todos estos años, no puedo creer que se haya ido.

—Yo no puedo creer que haya logrado permanecer viva por tanto tiempo —Radu se arrodilló junto a Mehmed—. Pero tienes razón. No parece correcto estar en Valaquia sabiendo que Lada ya no está aquí.

—Fue un príncipe fuerte.

Fuerte, terrible y justo.

—Sospecho que el apellido Dracul no quedará pronto en el olvido.

—Lamento la forma en que terminaron las cosas entre nosotros. Entre los tres. Desearía que hubieran sido distintas. Que hubiéramos permanecido juntos.

En algún tiempo no hubo nada que Radu quisiera más. Pero su vida feliz había suavizado sus dolores del pasado. Y en su lugar había dejado algo parecido al medallón de plata de Lada: suave, frío, lleno del amado polvo de la historia.

—Ustedes dos nunca tuvieron más opción que conquistar y gobernar.

—¿Y tú?

Radu sonrió, plantando un beso en sus dedos para llevarlo a las piedras. Él quería mucho menos de lo que ellos tenían, y a la vez mucho más. Ellos eligieron los caminos difíciles, los caminos solitarios, los caminos de la sangre y la lucha.

—Yo volveré a casa con mi familia —se movió para levantarse pero, pensándolo mejor, sacó un cuchillo y talló cuidadosamente dos palabras más en la lápida de Lada.

PRÍNCIPE

HERMANA

DRAGÓN

Con eso bastaba.

— DRAMATIS PERSONAE —

FAMILIA DRACULESTI, NOBLEZA DE VALAQUIA

LADA DRÁCULA: príncipe de Valaquia.
RADU BEY: también conocido como Radu Drácula y Radu, cel Frumos, consejero del sultán Mehmed.
VLAD DRÁCULA: difunto padre de Lada, Radu y Mircea.
VASILISSA: madre de Lada y Radu, princesa de Moldavia.
MIRCEA: difunto hijo mayor de Vlad Drácula y su primera esposa fallecida.

· · · · ·

CORTE DE VALAQUIA Y PERSONAJES DE LA CAMPIÑA

OANA: madre de Bogdan, institutriz de la infancia de Lada y Radu, asistente actual de Lada.
BOGDAN: mejor amigo de la infancia de Lada.
ANDREI: boyardo de la familia rival Danesti, hijo del príncipe anterior.
ARON: hermano de Andrei, siguiente en línea para el trono de Valaquia.
FAMILIA DANESTI: familia rival del trono de Valaquia.
DACIANA: esposa de Stefan, amiga y sirviente de Lada.
LUCIEN BASARAB: boyardo de la familia Basarab.
GALESH BASARAB: aliado de Lada a cargo de los soldados.

· · · · ·

FIGURAS DE LA CORTE OTOMANA

MEHMED: el sultán otomano.
MURAD: difunto padre de Mehmed.
MARA BRANKOVIC: viuda de Murad, parte de la realeza serbia, ahora consejera de Mehmed.
VISIR HALIL: anteriormente Halil Pasha, ejecutado por traición.

Kumal: devoto pasha de los círculos cercanos de Mehmed, hermano de Nazira, cuñado y amigo de Radu.

Nazira: esposa de Radu, pero solo en apariencias, hermana de Kumal.

Fátima: pareja de Nazira, pero aparenta ser solo una sirvienta.

Cyprian: sobrino del emperador Constantino, desaparecido tras huir de Constantinopla.

Valentín: sirviente de Cyprian, desaparecido tras huir de Constantinopla.

Mesih: heredero y sobrino del emperador Constantino, renombrado e integrado a la corte.

Murad: heredero y sobrino del emperador Constantino, renombrado en honor al padre de Mehmed e integrado a la corte.

Ishak Pasha: poderoso pasha a cargo de las fuerzas militares.

Mahmoud Pasha: poderoso pasha a cargo de las fuerzas militares.

Ali Bey: líder de las tropas jenízaras.

Kiril: jenízaro al servicio de Radu a cargo de cuatro mil soldados a caballo.

Urbana de Transilvania: experta en cañones y artillería.

· · • · ·

Círculo íntimo militar de Lada Drácula

Matei: fallecido.

Nicolae: amigo más cercano de Lada.

Petru: fallecido.

Stefan: mejor espía de Lada.

Grigore: soldado de Valaquia a las órdenes de Lada.

Doru: soldado de Valaquia a las órdenes de Lada.

· · • · ·

Aliados de Lada

Matthias Corvinus: rey de Hungría.

Rey Stephen: rey de Moldavia, primo de Lada.

Glosario

- **Bey**: gobernador de una provincia otomana.
- **Boyardos**: nobles de Valaquia.
- **Concubina**: mujer que pertenece al sultán y que, aunque no sea su esposa legítima, puede dar a luz legítimos herederos.
- **Dracul**: dragón, o demonio, ya que los términos son intercambiables.
- **Estado vasallo**: pueblo al que le permiten mantener su gobierno propio, pero que está sujeto al Imperio otomano con impuestos de dinero y esclavos para el ejército.
- **Harén**: grupo de mujeres, compuesto por esposas, concubinas y sirvientas, que pertenecen al sultán.
- **Infieles**: término usado para cualquiera que no practique la religión del que habla.
- **Irregulares**: soldados del Imperio otomano que no forman parte de las tropas oficiales. Suelen ser mercenarios u hombres en busca de botines.
- **Jenízaro**: miembro de una selecta fuerza armada de profesionales, que está formada por jóvenes reclutados de regiones extranjeras, a los que se convierte al islam, se los educa y adiestra para que sean leales al sultán.
- **Moldavia**: país vecino y aliado de Valaquia.
- **Orden del Dragón**: Orden de cruzados ungidos por el papa.
- **Pasha**: noble del Imperio otomano, designado por el sultán.
- **Santa Sofía**: catedral edificada en la época cumbre de la era bizantina, la joya del mundo cristiano.
- **Spahi**: comandante militar que está a cargo de soldados otomanos de la región, a los cuales se convoca durante la guerra.
- **Transilvania**: pequeña región que limita con Valaquia y Hungría; incluye la ciudad de Brasov y de Sibiu.
- **Vaivoda**: príncipe caudillo de Valaquia.
- **Valaquia**: estado vasallo del Imperio otomano que limita con Transilvania, Hungría y Moldavia.

NOTA DE LA AUTORA

Por favor, léase la "nota de la autora" de *Hija de las tinieblas* para más información sobre las fuentes, a fin de ampliar los estudios acerca de las vidas fascinantes de Vlad Tepes, Mehmed II y Radu, el Hermoso. Al fin y al cabo, esta saga es un trabajo de ficción. Intenté incorporar la mayor cantidad de historia de la manera más respetuosa posible e incentivar a los que estén interesados en seguir estudiando este período y esta región.

Los personajes de la saga interactúan con la religión, sobre todo con el islam, de diferentes modos. No siento más que respeto por el valioso pasado y hermoso legado de aquel evangelio de la paz. Las opiniones individuales de los personajes con respecto a las complejidades de la fe, ya sea de la islámica o la cristiana, no reflejan la mía propia.

La pronunciación varía según las lenguas y el paso del tiempo, al igual que los nombres de los lugares. Asumo la responsabilidad de cualquier error o inconsistencia. Aunque los personajes principales hablen numerosos idiomas, tomé la decisión editorial de presentar todos los términos comunes en inglés.

AGRADECIMIENTOS

· · · · ·

Normalmente, suelo dejar lo mejor para el final, pero en este, el último libro, le agradeceré primero al mejor: Noah, eres la mejor persona que conozco y soy muy afortunada de compartir la vida contigo. Estos libros no existirían sin ti.

Gracias a Michelle Wolfson, mi brillante y sabia agente. Jamás haría este trabajo sin ti. Eso puede sonar un poco amenazador, considerando que han pasado varios cientos de páginas con Lada… pero lo digo con tono *muy* amenazador. Nunca dejes de ser mi agente.

Gracias a Wendy Loggia, mi increíble editora, quien guio esta trilogía desde el inicio. Tu entusiasmo contagioso me ayudó a cada paso. Es maravilloso trabajar contigo y espero que hagamos muchos más libros juntas.

Gracias a Beverly Horowitz y Audrey Ingerson de Delacorte Press por los consejos editoriales y vocacionales. A mis fieles correctoras, Colleen Fellingham y Heather Lockwood Hughes, ya sé que levantamos cajas y enarcamos las cejas, pero cometeré los mismos errores en el próximo libro. Me alegra que estén aquí para arreglarlo. A los equipos de First In Line y Get Underlined, gracias por inventar nuevas y emocionantes maneras de encontrar lectores para que yo pueda quedarme sola en mi sofá paseando por el siglo xv. A Aisha Cloud, prometo nunca volver a comer en IHOP mientras tú sigas siendo mi encantadora publicista. A John Adamo, Adrienne Wantraub y a todos en marketing por llevar a cabo esos planes tan brillantes y enviar nuestros dragones a los lectores de todo el país. A Felicia Frazier y al equipo de ventas por su apoyo apasionado e inquebrantable.

Las increíbles portadas de estos libros fueron pintadas por Sam Weber y siempre superaron hasta mis más salvajes fantasías. Isaac Stewart, gracias por los maravillosos mapas, y Alison Impey, gracias por el increíble diseño.

A Barbara Marcus y todos en Delacorte Press y Random House Children's Books, hay una razón por la que eran mi sueño. Es un privilegio enorme hacer libros con ustedes.

Gracias a Penguin Random House en todo el mundo y a Ruth Knowles por encargarse de Lada en el Reino Unido y Australia. Me gustaría poder visitarte.

Como siempre, no puede faltar una sección de agradecimientos para mis mejores amigas en la escritura. Natalie Whipple, siempre estás ahí para mí, aun cuando encuentras baches en tu propio camino. Si yo fuera Lada, sin duda te elegiría para mi círculo íntimo. (Pero en ese caso probablemente morirías, así que más vale que yo sea Radu). Stephanie Perkins, haces que todo sea mejor: mis libros y mi vida. Tengo tanta suerte de que seas mi amiga.

Gracias a mis tres hermosos hijos por su paciencia y su apoyo. La pregunta diaria de "¿Ya adelantaste algo?" me ayudaba mucho. (En serio, ustedes tres son increíbles, maravillosos y alimentan mi creatividad).

Finalmente, gracias a mis lectores. Han recorrido tanto camino con Lada y Radu. Gracias por elegir esta familia ficticia que creé, por demostrar que no hay ideas demasiado raras, que no hay chicas demasiado brutales y que no hay chicos demasiado sensibles para la literatura YA. Ustedes van a cambiar el mundo, y no puedo esperar por ver cómo lo hacen.

FANT

Bandos enfrentados que harán temblar el mundo

¿Crees que conoces todo sobre los cuentos de hadas?

EL ÚLTIMO MAGO - *Lisa Maxwell*

RENEGADOS - *Marissa Meyer*

EL HECHIZO DE LOS DESEOS - *Chris Colfer*

Protagonistas que se atreven a enfrentar lo desconocido

EL FUEGO SECRETO - *C. J. Daugherty Carina Rozenfeld*

JANE, SIN LÍMITES - *Kristin Cashore*

HIJA DE LAS TINIEBLAS - *Kiersten White*

Dos jóvenes destinados a descubrir el secreto ancestral mejor guardado

ASY...

En un mundo devastado, una princesa debe salvar un reino

LA REINA IMPOSTORA - *Sarah Fine*

LA CANCIÓN DE LA CORRIENTE - *Sarah Tolcser*

REINO DE SOMBRAS - *Sophie Jordan*

Una joven predestinada a ser la más poderosa

EL CIELO ARDIENTE - *Sherry Thomas*

CINDER - *Marissa Meyer*

La princesa de este cuento dista mucho de ser una damisela en apuros

¡QUEREMOS SABER QUÉ TE PARECIÓ LA NOVELA!

Nos puedes escribir a **vrya@vreditoras.com**

con el título de esta novela en el asunto.

Encuéntranos en

f facebook.com/VRYA México

t twitter.com/vreditorasya

📷 instagram.com/vreditorasya

COMPARTE
tu experiencia con
este libro con el hashtag
#ytodoarde